위키드

서쪽 마녀 이야기

위키드

그레고리 머과이어
송은주 옮김

민음사

차례

빈쿠스에서

이상한 여행

7년차 수녀가 떠나던 날, 버사 수녀는 품에서 큼직한 쇠로 된 열쇠를 꺼내어 창고 문을 열었다.

"들어오렴."

수녀는 옷장에서 검은색 드레스 세 벌, 캐미솔 여섯 벌, 장갑, 숄하나를 꺼냈다. 또 빗자루도 건넸다. 마지막으로 비상시에 쓸 약초와 뿌리, 약, 고약, 향유 등을 담은 바구니도 하나 주었다.

많지는 않지만 종이도 있었다. 열 장 남짓으로 모양과 두께가 제각각이었다. 종이는 오즈에서 그 무엇보다도 공급이 딸리는 물품이었다.

"잘 아껴 두고두고 쓰도록 해라." 버사 수녀가 충고해 주었다. "너는 영리한 아이니까. 무뚝뚝하고 말이 없기는 해도."

수녀는 펜도 찾아냈다. 깃대가 오래 견디고 튼튼하기로 유명한 피닉스 깃털이었다. 울퉁불퉁한 왁스로 봉한 검은 잉크도 세 병 건넸다.

오치 맹글핸드는 늙은 수녀원장과 함께 복도에서 기다리고 있었다. 수녀원은 이번 일에 적잖은 금액을 치르기로 했고, 오치는 그 돈이 필요했다. 그러나 버사 수녀가 데려온 젊은 수녀의 어두운 얼굴이 마음에 들지 않았다.

수녀원장이 말했다.

"이분이 당신 손님이에요. 이름은 성 에이엘파바 수녀. 은둔 생활을 하며 환자를 돌보는 일로 여러 해를 보냈지요. 남들과 이야기를 나누는 법을 잃어버렸답니다. 하지만 이제 원하는 곳으로 떠날 때가 되었어요. 당신이 이분 때문에 신경 쓸 일은 전혀 없을 거예요."

오치는 승객을 훑어보았다.

"그래스 트레일 대상은 목숨을 보장할 수 없는 길이에요, 원장님. 십여 년간 스무 차례에 걸쳐 여행객들을 안내했는데, 유감스럽게도 사상자가 적지 않았어요."

"에이엘파바 수녀는 자신의 자유의지로 떠나는 거예요. 언제든 다시 돌아오기를 원한다면, 우리는 기꺼이 받아줄 겁니다. 에이엘파바도 우리 중 한 명이니까." 원장 수녀가 말했다.

오치가 보기에 그녀는 어느 축에도 낄 것 같지 않았다. 아무리 보아도 정체가 알쏭달쏭한 인물이었다. 백치 같지는 않지만 그렇다고 많이 배운 티가 나지도 않았다. 에이엘파바 수녀는 마룻바닥만 쳐다보고 있었다. 서른쯤 되어 보였지만, 창백한 10대 같은 분위기도 엿보였다.

"그럼 짐은 여기 있고…… 들 수 있겠어요?"

원장 수녀가 수녀원의 깨끗한 앞뜰에 놓인 조그만 짐 더미를 가리켰다. 그런 다음 떠나는 수녀에게 돌아섰다.

"이름 없는 신의 사랑스러운 딸아, 속죄를 행하러 우리를 떠나는 구나. 먼저 치러야 할 죗값을 치러야 평화를 찾을 수 있다고 여기는 가 보구나. 이제 더는 수도원의 절대적인 침묵을 지키지 않아도 된 다. 너는 본래 모습으로 되돌아가는 거다. 그러니 우리도 네 성공을 바라는 마음과 너에 대한 사랑을 함께 실어 너를 보내마. 행운을 빈 다, 내 착한 자매여."

여행객은 땅바닥에 눈을 내리깐 채 대답이 없었다. 원장 수녀가 한숨을 내쉬었다.

"이제 우리는 예배를 드리러 가 봐야겠구나." 원장은 베일 속 깊 이 넣어 두었던 돈뭉치에서 지폐 몇 장을 꺼내 오치 맹글핸드에게 건넸다. "이 정도면 끝까지 갈 수 있겠지. 그 이상까지도."

상당한 액수였다. 오치는 이 말없는 여인을 데리고 켈스를 지나 가는 대가로 한몫 잡게 되었다. 그녀와 함께 가는 다른 일행 전부를 다 합친 것보다도 더 많은 액수였다.

"너무나 좋은 분이십니다, 원장 수녀님." 오치가 말했다. 오치는 억센 손으로 현금을 받으며 다른 손으로는 존경의 표시를 했다.

"너무 좋은 사람은 세상에 없지."

원장 수녀는 이렇게 대꾸하고 수녀원의 문 뒤로 놀랄 만큼 잽싸 게 사라졌다. 버사 수녀가 말했다.

"이제 정말 너 혼자 힘으로 서게 되었구나, 엘피 자매. 모든 별들 이 네가 가는 길에 축복을 내리기를!"

버사 수녀도 자리를 떴다. 오치는 짐을 마차에 실으러 갔다. 여 행 가방 뒤에 몸집은 작지만 다부지게 생긴 누더기 차림의 소년이 잠들어 있었다.

"저리 꺼져." 오치의 말에 소년이 중얼거렸다.

"저도 갈 거예요. 수녀님들이 그러라고 했어요."

성 에이엘파바 수녀는 이 말에 긍정도 부정도 하지 않았지만, 오치는 저 초록색 수녀를 떠나 보내는 데 어째서 그렇게 많은 돈을 주었는지 알 것 같았다.

세인트글린다 수녀원은 에메랄드 시에서 남서쪽으로 20킬로미터 떨어진 셰일샐로에 자리 잡고 있었다. 도시의 본원으로부터 후원을 받는 지부 수녀원이었다. 원장 수녀의 말에 따르면 성 에이엘파바 수녀는 도시의 본원에서 2년을 보내고 여기에서 5년을 보냈다고 했다.

"이제 저 성스러운 감옥에서 뛰쳐나왔는데 그래도 수녀님이라고 불러 줬으면 좋겠어요?" 오치는 고삐를 움켜쥐고 말을 몰며 물었다.

"엘피라고 불러 주세요."

"그럼 저 애는 뭐라고 부를까요?"

엘피는 어깨만 으쓱했다.

마차는 몇 킬로미터 더 가서 나머지 여행자들과 만났다. 모두 마차 네 대에 여행자 열다섯 명이었다. 엘피와 소년이 맨 마지막으로 합류했다. 오치 맹글핸드는 대충 가야 할 길을 설명했다. 켈스워터 외곽을 따라 남쪽으로 가다가 서쪽으로 쿰브리시아 고갯길을 지나, 북서쪽으로 천년 대초원을 통과하여 키아모코에 들렀다가, 약간 더 북서쪽으로 올라가 겨울을 난다. 오치는 그들에게 빈쿠스는 아직

문명화되지 않은 땅이라 유나마타 족, 스크로 족, 아르지키 족 등 경계해야 할 부족 집단이 여럿 있다고 말해 주었다. 짐승들도 있다. 유령들도. 일행이 모두 꽁꽁 뭉쳐야 한다. 서로를 믿어야 한다.

엘피는 듣는 둥 마는 둥 했다. 그녀는 피닉스 깃털을 만지작거리며 다리 사이로 흙바닥 위에 낙서를 했다. 꿈틀거리는 용인지 연기를 피워 올리는 용인지 고리 모양으로 돌돌 말린 무늬였다. 소년은 3미터쯤 떨어진 곳에 웅크리고 앉아 경계 태세를 취하고 있었다. 소년이 엘피의 가방을 나르고 필요한 시중을 들어 주는 것으로 보아 그녀의 시동인 듯했지만, 그들은 서로 시선을 피했고 말을 나누지도 않았다. 오치는 참 세상에 희한한 일도 다 있다고 생각하면서 나쁜 징조만 아니기를 바랐다.

그래스 트레일 대상은 해 질 녘에 출발하여 고작 몇 킬로미터를 가고 강바닥에 첫 야영 천막을 쳤다. 대부분 길리킨 출신인 여행자들은 안전한 오즈 중심부에서 이렇게 멀리 벗어난 자기들의 용기가 스스로 놀랍기도 하고 긴장되고 흥분되기도 하여 신나게 떠들었다. 떠난 이유는 저마다 달랐다. 사업 때문에, 집안 형편 때문에, 아니면 빚을 갚거나 적을 죽이려고 떠난 사람도 있었다. 빈쿠스는 미개척지였고, 윙키인들은 실내 배관이나 예절 따위는 모르는 피에 굶주린 종족이었다. 여행자들은 기운을 북돋으려고 노래를 불렀다. 오치도 잠깐 어울렸으나, 그들 중 좋아서 본래 있던 곳을 떠나 빈쿠스 깊숙이 들어가려는 자는 없음을 잘 알고 있었다. 어쩌면 속에 많은 것을 꽁꽁 감추어 두고 있는 엘피만은 예외일지도 모른다.

그들은 비옥한 길리킨을 뒤로하고 떠났다. 빈쿠스에 들어서자 습기 많은 갈색 땅 위에 자갈밭이 펼쳐졌다. 밤이면 도마뱀 별이 남쪽으로 그레이트 켈스 가장자리를 따라 쿰브리시아의 위험한 협곡으로 들어가는 방향을 일러 주었다. 소나무와 거무스름한 스타샙 나무들이 제방마다 이빨처럼 서 있었다. 나무들은 낮이면 가끔은 그늘을 제공해 주며 여행자들을 맞이했다. 밤이면 탑처럼 서서 부엉이와 박쥐들의 거처가 되어 주었다.

엘피는 밤에는 깨어 있는 때가 많았다. 밤이 되면 이런저런 생각들이 새삼스레 떠올라 새들이 울고 별똥별들이 하늘에 예언을 수놓는 탁 트인 공간으로 한없이 뻗어 나가는 모양이었다. 가끔씩은 피닉스 깃털로 뭔가를 끼적이기도 했고, 생각한 것을 입 밖으로 내어 중얼거릴 때도 있지만 종이에 옮겨 적지는 않았다.

수녀원 밖에서의 생활은 이런저런 사소한 일 속에 묻혀 점점 흐려지는 듯했다. 과거 7년간의 생활은 벌써 의식 밖으로 밀려나고 있었다. 양동이에 손을 적시지 않고서 적갈색 테라코타 바닥을 닦으며 보낸, 그날이 그날 같은 시간들이었다. 방 하나를 다 닦는 데 몇 시간이나 걸렸지만, 그보다 더 깨끗한 마루를 찾아볼 수 없을 정도였다. 포도주를 만들고 병자들을 돌보고 병동에서 일했다. 병동에서 그녀는 잠시나마 크레이지홀에서의 기억을 떠올렸다. 제복의 이점은 아무도 튀어 보려고 애쓰지 않게 된다는 점이었다. 이름 없는 신 또는 자연이 얼마나 많은 개성을 만들어 낼 수 있을까? 수녀원에서는 누구나 자기를 버리고 판에 박힌 일과 속으로 침잠할 수 있고, 애써 더듬지 않고도 자기 길을 찾을 수 있었다. 봄이면 창턱에 붉은 새가 날아와 앉는다든가, 가을이면 테라스에서 낙엽을 갈

퀴질해 쓸어 낸다든가 하는 작은 변화로도 충분했다. 완전한 침묵을 지키며 3년을 보냈고, 2년은 나지막이 속삭이며 보낸 후, 원장 수녀의 결정에 따라 2년을 불치병 환자들의 병동에서 일했다.

엘피는 별 아래에서 누군가에게 이야기하듯 마음속에 과거의 일을 떠올려 보았다. 거기에서 아홉 달 동안 죽어 가는 사람들, 자기 힘으로는 죽지도 못하는 사람들을 돌보았다. 그녀는 차츰 죽어 가는 모습을 그 나름대로 아름다운 하나의 패턴으로 보게 되었다. 인간의 몸은 나뭇잎과 같아서 외부의 개입이 없으면 한 치의 오차 없이 일정한 순서에 따라 죽는다. 처음에는 이렇게, 다음에는 저렇게, 그 다음에는 이렇게. 영원히 간호원으로 남을 수도 있었다. 풀 먹인 침대보 위에 손목을 편안히 놓아 주고, 꽤 도움이 되는 듯한 성경의 헛소리들을 읽어 주며 세월을 보낼 수도 있었다. 그녀는 죽어 가는 이들을 잘 다룰 줄 알았다.

그런데 1년 전, 병들어 창백해진 몰골로 티벳이 불치병 환자 병동에 실려 왔다. 엘파바가 베일을 쓰고 침묵을 지키고 있다 해도 알아보지 못할 정도의 상태는 아니었다. 티벳은 쇠약해져서 남의 도움 없이는 대소변도 가릴 수 없고 피부는 누더기 양피지처럼 벗겨지는데도 그녀보다 더 밝았다. 티벳은 엘파바를 원래 이름으로 부르며 그녀가 이기적일 수 있는 한 개인이 되기를 요구했다. 그는 농담을 하고, 지난 일들을 끄집어내고, 자기를 버렸다고 옛 친구들을 욕하기도 했다. 그리고 날마다 그녀의 움직임과 생각에 일어나는 변화를 감지했다. 그는 또 엘파바에게 그녀가 생각을 하고 있다는 사실을 일깨워 주었다. 그의 쇠잔한 몸의 감시를 받으며 그녀는 자신의 의지를 거슬러 한 개인으로 다시 태어났다. 혹은 거의 그

수준에 이르렀다.

마침내 티벳이 숨을 거두자, 원장 수녀가 엘파바에게 잘못을 속죄하러 갈 때가 왔다고 말했다. 그녀가 지은 죄가 무엇인지는 원장 수녀조차 몰랐지만. 그게 언제적 일이었더라? 그녀는 아직도 젊었고, 가정을 이룰 수도 있었다. 빗자루를 들고 순종과 신비를 기억해야 했다.

"잠을 잘 못 자는군요."

어느 날 밤 오치가 별빛 아래 앉은 엘피를 보고 말을 걸었다. 그러나 엘피는 아무리 머릿속이 복잡하고 생각이 많을지언정 무뚝뚝하게 한두 마디 중얼거릴 뿐 말을 극도로 아꼈다. 오치는 엘피를 웃겨 보려고 농담을 좀 해 놓고는 자기가 두 사람 몫까지 웃었다. 크고 호탕한 웃음소리였다. 그 웃음소리에 엘피는 피로를 느꼈다.

"저 요리사, 물건이지 않아요?"

오치는 두서없이 몇 가지 이야기를 늘어놓고 자기 얘기에 혼자 신이 나서 웃어댔다. 엘피도 즐기고 웃어 보려 애썼지만, 머리 위에서 별빛만 더 무성해지더니 소금 결정 같은 모양이 아니라 반짝이는 생선 알처럼 더 짙게 빛날 따름이었다. 별들은 그녀가 들을 수만 있다면 저주를 퍼부으면서 삐걱대며 걸음을 옮기고 있을 터였다. 그녀의 귀에는 별들의 소리가 들리지 않았다. 오치의 목소리가 너무 크고 귀에 거슬렸다.

이 세상에는 미워할 것이 많지만, 사랑할 것도 너무나 많았다.

오래지 않아 그들은 켈스워터 끝에 도착했다. 뇌운의 옆으로 벌어진 틈새처럼 무시무시하게 보이는 가느다란 물길이 흐르고 있었다. 온통 회색이었고, 빛 한 줄기 그 위로 떨어지지 않았다. 오치가 입을 열었다.

"이러니까 말도 여행자도 이 물을 마시지 않는 거예요. 여기에 수로를 대어 에메랄드 시로 물을 끌어오지 않는 것도 그래서이고. 죽은 물이에요. 보기만 해도 알 수 있지."

그래도 여행자들은 깊은 인상을 받았다. 서쪽 끝에서 연보랏빛이 피어올랐다. 빈쿠스를 나머지 오즈 지역과 갈라 놓는 산맥인 그레이트 켈스에 닿았다는 첫 번째 신호였다. 여기에서부터 산들이 연기처럼 희미하게 나타났다.

오치는 유나마타 사냥꾼 부대에게 습격당할 경우를 대비해 안개 주문 쓰는 법을 보여 주었다.

"공격받을 수도 있나요?" 엘피의 시동 같은 소년이 물었다. "나타나기만 하면 다들 뭐가 뭔지 알아차릴 틈도 없이 내가 해치워 버리겠어." 소년한테서 피어오른 공포가 다른 사람들한테까지 전염되었다.

"대개는 아무 일 없어요. 그저 대비를 해 두자는 것뿐이에요. 그들하고 친구가 될 수도 있어요. 우리끼리 먼저 친구가 된다면." 오치가 말했다.

대상은 낮에는 네 대의 마차가 거리를 좀 두고 뿔뿔이 흩어져서 달렸다. 말 아홉 마리, 암소 두 마리, 황소 한 마리, 새끼 암소 한 마리, 어슷비슷해 보이는 닭 여러 마리도 같이 끌고 다녔다. 요리사는 킬리조이[즐거움을 빼앗는다는 뜻]라는 이름의 개를 한 마리 데리고 다녔는데, 숨을 헐떡이며 코를 킁킁대는 개였다. 엘피가 보기에

는 메이크조이(즐거움을 준다는 뜻)라고 이름을 바꿔야 할 것 같았
다. 한동안은 그 개가 사실은 정체를 숨긴 지각 있는 개라고 생각하
는 이들도 있었지만, 결국은 그런 생각을 버렸다. 엘피가 다른 이들
에게 말했다.

"하, 당신들이 **동물**한테 말을 걸어 본 것이 언제 적 일인데 그 차
이를 아직도 기억하겠어요?"

아니다, 그 개는 그저 개였다. 하지만 제일 신나서 항상 왕왕 짖
어 대거나 과도한 애정 공세를 퍼붓는 개였다. 킬리조이는 산악 지
대 종자였다. 린스터콜리의 피가 섞였든가, 렝크스테리어 피가 섞
였든가, 아니면 늑대와 혼혈일지도 모른다. 킬리조이는 코를 높이
쳐들고 다녔다. 잠시도 쉬지 않고 사냥을 했지만 별로 잡아 오는 것
은 없었다. 밤이면 마차들을 사각 대형으로 붙여서 세우고, 그 안에
요리할 불을 피워 동물들의 접근을 막았다. 마침내 짐승 우는 소리
가 들리기 시작하면, 킬리조이는 마차 밑에 숨었다.

오치는 그 소년이 개에게 자기 이름을 말해 주는 것을 들었다.

"난 리르야. 너, 내 개 하면 좋겠다."

오치는 미소를 지었다. 그 뚱뚱한 아이는 친구를 사귀는 데 영
서툴렀다. 외로운 아이에게는 개라도 있어야 했다.

켈스워터가 시야에서 벗어나 뒤로 사라졌다. 어떤 이들은 한결
안도감을 느꼈다. 시간이 갈수록 그레이트 켈스는 그들 앞에 뚜렷
이 모습을 드러내어, 이제 누런 멜론 껍질 같은 색이 되었다. 아직
도 여행길은 오른쪽으로 빈쿠스 강, 그 너머로는 산을 끼고 꾸불꾸

불 계곡을 따라 이어졌다. 오치는 걸어서 강을 건널 수 있는 곳을 여러 군데 알고 있었지만 찾기가 어려웠다. 그들이 찾고 있을 동안, 마침내 킬리조이가 그라이트를 잡았다. 킬리조이는 피를 흘리고 신음소리를 내면서 소독 치료를 받았다. 리르는 개를 품에 꼭 끌어안았다. 엘피는 그 모습을 보고 살짝 질투가 났다. 자기가 질투 같은 말도 안 되는 낡아빠진 감정을 느낄 수 있다니 재미있기까지 했다.

요리사는 킬리조이가 자기보다 다른 사람과 함께 있는 편을 더 좋아하자 화가 났다. 그는 별 가운데 요리사 수호천사의 분노를 불러일으키기라도 하려는 듯이 국자를 머리 위로 쳐들고 흔들었다. 엘피는 그가 아무런 양심의 가책도 없이 토끼들을 쏘아 죽여 먹는 모습을 보고 그를 백정 요리사로 생각했다.

"지각 있는 **토끼들**이 아닌지 어떻게 알아요?" 그녀는 고기를 입에 대지도 않았다.

"진정하시지. 그럼 저 꼬마를 요리할까?" 요리사가 대꾸했다.

엘피는 오치에게 요리사를 해고하라고 옆구리를 찔러 보았지만, 오치는 들은 척도 하지 않았다.

"이제 쿰브리시아 고갯길로 들어가게 돼요. 난 지금 다른 데 신경 쓸 겨를이 없다고요."

그들은 눈앞의 풍경을 보고 야릇한 생각으로 마음이 달뜨는 것을 억누를 수 없었다. 쿰브리시아 고갯길은 동쪽에서 접근해 들어가면 여자가 등을 대고 누워 두 다리를 활짝 벌려 맞이하는 형상으로 보였다.

경사진 비탈 위로는 소나무 가지가 해를 가리고, 야생 배나무가 레슬링이라도 하듯 서로 가지를 감아 꼰 채 엉켜 있었다. 갑작스레 느껴지는 습기와 함께 새 고장 특유의 기후가 몰려왔다. 나무껍질에서는 물기가 줄줄 흘렀고, 공기도 반쯤 빨다 만 수건 감처럼 피부에 무겁게 척척 감겨 왔다. 일단 숲 속으로 들어서자 구릉지가 여행객들의 시야에서 사라졌다. 온통 양치류와 피들그린 냄새가 코를 찔렀다. 작은 호숫가에 죽은 나무가 한 그루 서 있었다. 그 나무에는 벌들이 모여들어 군락을 이루고 윙윙대며 꿀을 찾고 있었다.

"저 벌들을 같이 데려갔으면 좋겠어요. 내가 말을 걸어 볼게요." 엘피가 말했다.

크레이지홀의 채마밭에도, 셰일샐로의 세인트글린다 수녀원에도 벌이 있었다. 엘피는 벌이라면 사족을 못 쓸 정도로 좋아했다. 그러나 리르는 겁에 질렸고, 요리사는 사람들이 황야 최고의 베샤멜 소스를 맛볼 수 없게 되어 괴로워하든 말든 사라져 버리겠다고 으름장을 놓았다. 토론이 벌어졌다. 일행 중, 한밤중에 본 환상 때문에 죽음을 맞기 위해 서쪽으로 향하는 한 노인은 꿀 약간만 있어도 맛없는 참새잎 차 맛이 확 바뀐다는 의견을 과감하게 내놓았다. 글리쿤 출신의 우편 주문 신부〔금전 거래를 통해 자신을 산 신랑을 찾아가는 신붓감〕도 동의했다. 아무도 예상치 못한 순간에 감상적인 열정에 빠지곤 하는 오치도 꿀 쪽에 한 표를 던졌다. 그래서 엘피가 나무를 기어 올라가 벌들에게 말을 걸자, 벌들은 무리를 지어 따라왔다. 그러나 대부분의 여행자들은 살갗 위를 날아가는 먼지구름 같은 벌 떼를 보자 더럭 겁이 나서 다른 마차에 머물렀다.

그들은 북과 안개를 이용하여 안내인을 구한다는 신호를 보냈다. 다른 빈쿠스 부족들의 땅을 통과하려면, 통행 허락을 받아 내고 요금을 협상할 안내인이 있어야 했다. 어느 날 저녁 여행자들은 지루하기도 하고 음산한 분위기에 마음이 동하기도 하여 쿰브릭 마녀의 전설을 놓고 이야기꽃을 피웠다. 럴라인 요정 여왕과 쿰브릭 마녀 중 누가 먼저 왔을까?

병든 노인 아이고가 「오지아드」를 인용하여 창조가 어떻게 이루어졌는지 상기시켰다. 타임 드래곤이 해와 달을 만들었다. 럴라인이 그것들을 저주하며 그들의 자손들이 제 부모를 몰라보게 될 것이라고 예언했다. 그런 다음 쿰브릭 마녀가 홍수와 전쟁을 비롯하여 온갖 악을 세상에 몰고 왔다.

오치 맹들핸드는 동의하지 않았다.

"이 어리석은 노인네야. 「오지아드」는 오래되고 조잡한 전설들을 모아서 멋 부려 꾸민 낭만적인 시일 뿐이라고요. 예술합네 하는 시인들이 제아무리 끼적거려 봤자 민중의 기억 속에 살아 있는 내용이 더 진실에 가까워요. 민간 전승에서는 항상 악이 선보다 먼저 온다고요."

"그럴 리가 있나?" 아이고가 구미가 당기는 듯 되물었다.

"아이들 동화 중에는 '옛날에 숲 속에 늙은 마녀가 살았단다.' 라거나, '어느 날 악마가 밖으로 걸어 나왔다가 한 아이를 만났단다.' 라는 식으로 시작되는 것들이 잔뜩 있다고요." 오치는 자기가 담력만 센 것이 아니라 교육도 받았음을 과시했다. "비참한 가난뱅이들한테는 악이 어디에서 생겨났나에 대한 이야기 따위는 필요 없어요. 그냥 악이 생겨난 거지. 늘 있었다고요. 마녀가 어떻게 사악한 존재가 되었는지, 그게 옳은 선택이었는지는 아무도 몰라요. 그게 옳은 선택일까? 악마가 다시 착해지려고 싸운 적은 없었을까? 만일 그랬다면 악마는 악마가 아닌 걸까? 그건 어떻게 정의를 내리느냐의 문제예요."

"분명히 쿰브릭 마녀에 관한 이야기들이 많이 있기는 하지. 다른 모든 마녀들은 그림자, 딸, 자매, 타락한 후손에 불과해. 쿰브릭 마녀는 그 위로 더 기원을 추적해 올라갈 수 없는 최초의 원형이지." 아이고가 동의했다.

엘피의 머리에 스리 퀸스의 도서관에서 오래전 어느 여름에 찾아냈던 쿰브릭 마녀의 애매모호한 그림이 떠올랐다. 반짝이는 신발을 신고 대륙 위에 다리를 벌리고 서서 동물을 돌보는지 목을 조르는지 알 수 없었던 모습.

"아무리 여기가 쿰브리시아 고갯길이라 해도 쿰브릭 마녀 같은 건 안 믿어요." 요리사가 떠벌리듯 말했다.

"당신이야 토끼도 안 믿잖아요. 문제는 쿰브릭 마녀가 당신을 믿느냐겠지요." 엘피는 갑자기 짜증이 솟아 쏘아붙였다.

"진정해요." 오치가 이렇게 말하고 노래를 부르기 시작했다.

엘피는 자리를 떴다. 어린 시절에 아버지와 네사로즈와 악이 어디에서 시작되었는가를 놓고 벌이던 토론과 너무나 비슷했다. 마치 답을 알아낼 수 있다는 듯이! 아버지는 신도들을 개종하도록 설득하는 수단으로 악에 대한 증거를 이용하곤 했다. 엘피는 시즈로 와서 여자들이 향수를 뿌리듯 남자들은 증거를 품고 다닌다는 생각을 하게 되었다. 자기 존재감을 확인하고 매력적으로 보이기 위해서. 하지만 쿰브릭 마녀가 인식할 수 있는 역사의 범위 밖에 존재하듯이, 악도 증명할 수 있는 성질의 것이 아니다.

2

깡마른 라피키가 도착했다. 그의 대머리에 전투에서 얻은 흉터가 보였다. 라피키는 여행자들에게 올해는 유나마타 족이 말썽을 부릴지도 모른다고 말했다.

"당신들이 오기 전에 에메랄드 시에서 기병대가 몇 차례 습격했었답니다. 윙키 족에 대한 일제 소탕이지요."

라피키가 계속 투덜거렸는데, 술주정뱅이가 빈쿠스 처녀를 욕보인 일로 벌어진 동네 다툼 얘기를 하는 건지, 노예무역과 재정착 수용소 이야기를 하는 건지 분간이 가지 않았다.

일행은 천막을 걷고 호수를 뒤로하고 출발했다. 반나절쯤 적막한 숲이 계속되었다. 햇살이 때때로 숲의 장막을 뚫고 들어오기도 했지만, 엷은 계란 노른자 빛깔의 햇살은 항상 옆으로 비껴가기만 하고 절대 앞길을 비춰 주지는 않았다. 마치 쿰브리시아 자신이 부르지도 않았는데 그들 옆에 숨어서 나무에서 나무로 옮겨 다니며 바위 뒤로 미끄러지기도 하고, 그늘진 깊은 숲 속에서 눈과 귀를 세우고 기다리고 있는 듯한 오싹한 느낌이었다. 병든 노인은 코맹맹이 소리로 탄식을 내뱉으면서 죽기 전에 이 신비스러운 숲에서 빠져나가게 해 달라고 기도했다. 이 숲에서 죽는다면 그의 혼백이 빠져나갈 길을 찾지 못할 것만 같았다. 소년은 계집애처럼 질질 짰다. 요리사는 닭의 목을 비틀었다.

벌들조차 윙윙대기를 멈추었다.

오밤중에 요리사가 온데간데없이 사라졌다. 엘피만 빼고 모두 대경실색했다. 엘피만 관심을 보이지 않았다. 납치당했을까, 아니면 몽유병이라도 걸렸나, 자살했나? 성난 유나마타 족이 가까이에서 주시하고 있었던 것일까? 쿰브리시아가 자기를 놓고 함부로 입을 놀린 데 복수한 것일까? 의견이 분분한 가운데 아침 식사로 나온 계란은 줄줄 흘러서 먹을 수도 없었다.

킬리조이는 요리사가 사라진 것도 눈치 채지 못했다. 개는 반쯤 잠든 상태에서 리르에게 더 꼭 붙으며 씩 웃었다.

벌들을 기쁘게 해 주려고 마련한 통나무 속에서 벌들은 동면 비슷한 기이한 상태에 들어갔다. 그라이트의 독에서 아직도 회복되지 못한 킬리조이는 하루 스물두 시간을 내리 잤다. 여행자들은 누가 엿들을세라 두려워 서로 말도 나누지 않았다.

저녁이 되면서 마침내 소나무들이 듬성듬성해지기 시작하고 숲이 수사슴뿔 같은 참나무로 바뀌면서, 넓은 가지 사이로 하늘이 좀 더 많이 보였다. 창백한 누런 하늘이지만 어쨌든 드디어 하늘이 보였다. 그 다음에는 절벽 끝이 나왔다. 미처 아무도 눈치 채지 못한 사이 어느새 높은 절벽을 다 올라온 것이다. 절벽 아래로는 너댓새를 꼬박 여행해 온 쿰브리시아 고갯길이 펼쳐져 있었다. 그 너머로 천년 대초원이 시작되었다.

아무도 하늘이 화창하지 않다든가 조금밖에 안 보인다고 불평하지 않았다. 엘피조차도 예기치 않게 가슴이 희망으로 부푸는 것을 느꼈다.

한밤중에 유나마타 족이 찾아왔다. 그들은 말린 과일을 선물로 가져와 부족의 노래를 불러 주고 춤출 사람은 일어나 춤추게 했다. 공격을 예상했던 여행자들은 이러한 환대에 외려 더 겁을 먹었다.

엘피가 생각하기에 유나마타 족은 여학생처럼 겁이 많으면서도 대담했다. 부드럽고 유순한 종족이었다. 적어도 겉보기에는 그랬다. 그들은 가만히 앉아 있는 법이 없었고 고집이 셌다. 그들을 보고 있자니 엘피는 함께 자랐던 쿼들링 사람들이 떠올랐다. 어쩌면 그들은 먼 친척뻘일지도 모른다. 긴 속눈썹과 가느다란 팔꿈치, 어린아이처럼 유연한 손목, 타원형의 머리와 가늘고 또렷한 입술, 그들의 낯선 말조차도 그녀에게 익숙하고 편안한 느낌을 주었다.

유나마타 족은 아침 식사로 나온 계란이 줄줄 흐른다고 무례하게 불평을 늘어놓으며 아침에야 떠났다. 라피키는 유나마타 족이 더 이상 말썽을 일으키지 않을 거라고 말했다. 라피키조차도 자기를 고용할 필요가 없었던 듯하여 실망한 기색이었다.

요리사에 대해서는 일언반구도 없었다. 유나마타 족은 그에 대해 전혀 모르는 것 같았다.

대상이 계속 내려가자 상쾌한 가을 하늘이 다시 나타났다. 끝없이 펼쳐져 한눈에 다 담기도 힘들 정도였다. 아래의 평원은 산에 비하면 호수처럼 평평해 보였다. 바람이 알아듣기 힘든 언어로 사물의 철자를 부르듯 평원을 스쳐 지나갔다. 이렇게 멀찍이 떨어진 거리에서는 부족들이 지핀 불은 여기저기 보여도 들짐승은 하나도 보이지 않았다. 그들은 쿰브리시아 고갯길을 거의 다 빠져나왔다.

그때 발빠르게 그들을 고갯길에서부터 뒤쫓아 온 유나마타 족 사자가 그들을 따라잡았다. 사자는 절벽 아래에서 시체가 발견되었다는 소식을 전했다. 아마도 요리사인 듯했다. 남자라고 짐작되었지만, 시체가 너무 심하게 상해 잘 알아볼 수 없었다. 누군가 분노에 찬 목소리로 말했다.

"벌이 한 짓이야."

엘피가 냉정한 목소리로 되받았다.

"오, 그럴까요? 벌들은 죽 잠들어 있었어요. 오밤중에 벌이 사람을 공격하는데 비명소리도 안 들렸겠어요? 제일 먼저 벌이 목구멍부터 쏘아서 성대를 붓게 만들었나 보죠? 그렇다면 벌도 보통이 아니군요."

"벌이라니까." 누군가 중얼거렸다. 그 말에 담긴 암시는 분명했다. 당신도 관련 있지.

"아, 인간의 상상력이 얼마나 대단한지 잊고 있었군요. 이 세상에 상상하지 못할 일은 없죠." 엘피가 야비하게 이죽거렸다.

그러나 엘피는 사실은 전혀 화나지 않았다. 킬리조이가 마침내 본래 상태로 돌아왔고, 벌들도 깨어났기 때문이다. 쿰브리시아 고갯길 꼭대기의 고도가 높은 탓에 그렇게 잠에 빠졌던 모양이다. 엘피는 다른 여행자들보다 그들과 함께 있는 편이 더 좋아졌다. 높은 곳에서 내려와 그들이 깨어나자, 엘피 자신도 정신이 더 또렷이 깨어나는 느낌이었다.

라피키는 지평선 위에 피어오르는 여러 가닥의 연기를 가리켰다. 처음에 여행자들은 폭풍이 몰아치는 줄 알았으나, 오치가 스크로 족의 큰 야영지에서 피워 올리는 저녁 모닥불이라며 그들을 다 독였다. 사냥감이라고 해봤자 토끼나 여우 정도였지만 가을 사냥철이었다.(여우의 갈색 꼬리는 황금빛 초원을 거칠게 쓸었고, 발은 하녀의 검은 스타킹을 신은 듯했다.) 킬리조이는 여우들과 만날지도 모른다는 생각에 좋아 어쩔 줄 모르고 날뛰었다. 밤에도 거의 잠을 자지 못했다. 꿈속에서도 사냥을 하는지 몸을 실룩거렸다.

여행자들은 스크로 족이 유나마타 족보다 더 두려웠다. 라피키도 별로 그들의 두려움을 가라앉혀 주려 하지 않았다. 그는 첫인상과는 달리 매우 신중했다. 신뢰할 수 없는 부족들과 협상을 하려면 그처럼 신중해야 할지도 모른다. 리르는 겨우 며칠 여행하고 나서부터 그를 신처럼 떠받들었다. 엘피는 생각했다. 어린아이들이란 참 어리석기도 하지. 귀찮기도 하고. 아이들은 수치심 또는 사랑받고 싶은 마음에 끊임없이 자신을 바꾸어 간다. 반면에 동물들은 본래 모습으로 태어나 그것을 받아들이고 그대로 살아간다. 그들은 인간보다 더 큰 평화를 누리며 산다.

엘피 자신도 스크로 족에게 접근할 생각을 하니 갑자기 유쾌한 기대에 들떴다. 그녀는 다른 많은 것들을 잊었듯이 유쾌한 기대가 어떤 것인지도 잊고 살았다. 밤이 오자 사람들은 공포와 흥분으로 더 바짝 긴장하는 듯했다. 하늘은 한밤중에도 청록색으로 일렁였다. 별빛과 별똥별 꼬리가 끝없이 펼쳐진 초원 끝으로 길게 은빛으로 빛나며 떨어졌다. 막 불어 꺼서 아직 빛나는, 예배당에 밝힌 수천 개의 촛불 같았다.

엘피는 초원에서 익사한다면 그거야말로 죽는 방법 중에서 최고일 거라고 생각했다.

3

대상이 스크로 야영지에 닿은 것은 정오께였다. 스크로 족 평의
회 의원들이 야영지 끝까지 말을 타고 나왔다. 끝으로 갈수록 모랫
빛 천막은 수가 줄어들면서 발길이 닿지 않은 잔디밭 위에 띄엄띄
엄 흩어졌다. 일고여덟쯤 되어 보이는 남녀들은 모두 말을 타고, 푸
른 리본과 상아 팔찌를 하고 있었다. 또 한눈에도 제일 윗사람으로
보이는 나이 든 여인이 짤랑거리는 부적과 북, 엷은 베일을 치렁치
렁 단 가마 같은 것에 타고 있었다. 여인은 부족 전사를 시켜 라피
키와 서로 칭찬인지 모욕인지 모를 말을 몇 마디 주고받게 했다. 잠
시 후 그녀가 웅얼거리며 지시를 내리자, 그들을 볼 수 있도록 커튼
이 올려졌다. 입술이 얼마나 큰지 거꾸로 뒤집은 주전자 주둥이처
럼 입술 하나만도 두 겹처럼 보였다. 눈가에는 먹으로 둥그렇게 테
를 그렸다. 어깨에는 까마귀 두 마리가 시무룩한 얼굴로 앉아 있었
다. 까마귀들의 발에는 금빛 고리가 채워져 있고, 사슬이 고리에서
그녀의 목걸이로 연결되어 있었다. 여인은 기다리면서 먹어 치운
과일 찌꺼기를 고리 속에 뚝뚝 떨어뜨렸다. 어깨에는 까마귀 똥이
점점이 얼룩져 있었다.

"나스토야 여왕님이십니다." 마침내 라피키가 입을 열었다.

보기 드물게 지저분하고 무식한 공주였지만 그래도 나름의 기품
이 있었다. 그래서 일행 중 가장 열렬한 민주주의자까지도 무릎을
꿇었다. 여왕은 귀에 거슬리는 소리로 웃음을 터뜨렸다. 그러더니
가마꾼들에게 덜 지루한 곳으로 가자고 명령했다.

스크로 족 야영지는 동심원 대형으로 배열되어 있었다. 중앙에
사면에 빛바랜 줄무늬가 있는 천개를 늘어뜨려 꾸민 여왕의 천막이

있었다. 비단과 모슬린으로 장식한, 바람이 잘 통하는 궁전이었다. 그녀의 고문과 남자 첩들은 바로 옆의 원에서 살고 있는 듯했다.(엘피는 남편들이 뼈가 앙상한 것으로 보아 여왕의 몸집을 더 커 보이게 하기 위해 얼마나 겁 많고 야위었나를 기준으로 남편을 고른 모양이라고 생각했다.) 여왕의 거처 바깥으로는 사백여 개의 천막이 있었다. 그러니까 도합 1,000명 정도의 사람들이 있는 셈이었다. 그들은 남녀 모두 물에 데친 연어 같은 피부색에 물기 어린 퉁방울 같은 눈(그러나 시선을 마주치지 않으려고 내리깐 모습이 예민해 보였다.)과 잘생긴 큰 코와 떡 벌어진 거대한 엉덩이를 지니고 있었다.

여행자들은 가장 가까운 천막 너머에서 끔찍한 광경이 펼쳐질지 모른다는 생각에 마차 문을 부여잡고 떨어질 줄 몰랐다. 그러나 엘피는 이렇게 온통 새로운 광경에 마음이 끌려 도저히 가만히 있을 수 없었다. 엘피가 걸어 나가자 모두 숨을 죽였고, 어른들도 수줍어하며 길을 비켜 주었다. 그러나 채 10분도 지나지 않아 예순 명의 아이들이 시끄럽게 떼 지어 그녀의 앞뒤에서 뛰어다니며 각다귀 떼처럼 난리를 피웠다.

라피키는 함부로 나다니지 말고 천막으로 돌아가라고 충고했다. 그러나 쿼들링 황무지에서 어린 시절을 보낸 덕분에, 엘파바는 대담할 뿐 아니라 호기심도 강했다. 윗사람이 정해 주는 것 말고도 살아가는 방법은 얼마든지 있다.

저녁 식사 후, 연로한 스크로 족 고관 대표단이 그래스 트레일 대상을 만나러 와서 라피키와 기나긴 교섭에 들어갔다. 다 끝나고 라피키가 메시지를 옮겨 주었다. 일행 중 소수만 스크로 족 제단에 초대되었다는 것이다. 낙타를 타고 한 시간 거리라고 했다. 엘피는 특이한 피부색 때문인지, 아니면 스크로 족 천막촌에 혼자 성큼성큼 걸어 들어갈 만큼 두둑한 배짱 덕인지 그중 한 명으로 뽑혔다. 나머지는 오치, 라피키, 경로 우대 차원에서 뽑힌 아이고, 핀치위드라는 본명인지 괴상한 별명인지 모를 이름의 돈을 벌러 온 모험가 한 사람이었다.

버드나무 횃불 빛을 따라 번쩍이는 장식 마구를 단 낙타가 비틀대며 길을 따라 무거운 걸음을 옮겼다. 계단은 올라가는 것 같으면서 동시에 내려가는 것 같기도 했다. 엘피는 낙타 등에 앉아 불빛이 깜박이는 경치가 한눈에 내다보이는 잔디밭 위를 지났다. 대양(大洋)은 신화에서 나온 생각일 뿐이지만, 그런 생각이 어디에서 비롯되었는지 알 것도 같았다. 작은 매들이 거품 속에서 뛰어오르는 물고기처럼 몸을 솟구쳐 개똥벌레를 잡아채어 다시 바다가 아니라 잔디의 파도 속으로 내려앉았다. 박쥐들이 꿀럭대기도 하고 바지직 소리를 내기도 하다가 쉭쉭 소리를 남기고 지나갔다. 평원 자체에서 밤의 빛깔이 솟아 나오는 것 같았다. 어느 때는 연보랏빛이었다가, 또 어느 때는 청동빛 도는 녹색이었다가, 붉은색과 은색이 함께 휘감긴 회갈색 같기도 했다. 달이 무자비한 언월도 같은 모습으로 유백색의 여신처럼 빛을 뿌렸다. 더 바랄 것이 없었다. 엘파바는 자신이 부드러운 빛과 안전한 장소에서 이렇게 기이한 황홀감을 느낄 수 있다는 것만으로도 만족했다. 그러나 아니다…… 계속 가야 했다.

마침내 엘피는 휑하니 탁 트인 초원에 나무들을 잘 가꾸어 놓은 숲을 발견했다. 처음에는 가문비나무 숲이 나타났다. 바람에 나무 껍질이 벗겨지고 바늘 모양의 나뭇잎이 쉭쉭 소리를 냈다. 수액에서 낯선 향기가 났다. 그 너머에는 더 큰 나무들이 있고, 그 다음에는 그보다 더 큰 나무들이 나왔다. 숲도 스크로 야영지처럼 둥글게 원을 그리는 모양으로 나무들이 늘어서 있었다. 일행은 침묵 속에서 미궁을 따라가듯이 바람결에 속삭이는 잔가지들로 이루어진 구불구불한 길을 따라 점점 더 안쪽 원으로 들어갔다. 조각한 기둥에 매단 등불이 길을 밝혀 주었다.

안쪽의 중심부에 나스토야 여왕이 있었다. 그녀는 가죽과 풀로 엮어 만든 전통 의상을 걸치고, 여행자들이나 다른 이들한테서 산 것으로 보이는 긴 자주색과 흰색 줄무늬 천으로 훨씬 더 그럴듯하게 꾸몄다. 그녀는 정신이 혼란스러운 듯 거칠게 숨을 몰아쉬며 일어서서 튼튼한 지팡이에 몸을 의지했다. 그녀 주위에는 구멍 뚫린 이빨 같은 큰 사암들이 서 있었는데, 몸집 큰 여왕이 그 사이로 빠져나갈 수 없을 것 같아서 돌로 된 우리처럼 보였다.

손님들은 주인 측과 먹고 마시며 까마귀의 머리 모양으로 조각한 대통으로 담배를 피웠다. 사암 위에 여기저기 앉은 까마귀들이 스무 마리, 서른 마리, 아니 마흔 마리는 되어 보였다. 고개를 한 바퀴 빙 돌리자 달과, 초록색의 미궁 같은 비밀 정원에서는 보이지 않던 밤의 평야가 어린아이의 팽이처럼 머리 위에서 빙 돌았다. 팽이 돌아가는 소리가 귓가에 울릴 듯했다. 스크로 족 노인들은 단조로운 저음으로 노래를 불렀다.

단조로운 저음이 잦아들 무렵, 나스토야 여왕이 머리를 들었다.

자그마한 턱밑에 늘어진 거대한 늙은 살집이 출렁였다. 그녀가 걸치고 있던 천이 땅바닥에 떨어져 내렸다. 벌거벗은 여왕은 늙었지만 강인해 보였다. 권태처럼 보였던 것이 인내, 기억, 절제였음이 드러났다. 그녀가 머리를 흔들자 머리카락이 등으로 풀어져 내려

사라졌다. 발이 돌기둥같이 육중하게 움직였다. 그녀는 팔을 앞으로 늘어뜨리고 등은 둥글게 웅크렸다. 머리는 여전히 쳐들고 있었지만, 눈이 더 밝게 반짝이고 코가 마구 커졌다. 그녀는…… 코끼리로 변했다!

코끼리 여신이었구나. 엘피는 이런 생각과 함께 공포와 기쁨으로 마음이 움츠러들었다. 그러나 나스토야 여왕이 말했다.

"아니다."

그녀는 라피키의 입을 빌려 말했다. 라피키는 술에 취해 더듬더듬 할 말을 찾았지만, 이런 모습을 보는 것이 처음이 아닌 듯했다.

여왕은 여행자들에게 한 명씩 여행하는 목적을 물었다.

"돈도 벌고 장사도 좀 하려고요."

핀치위드는 여왕의 모습에 기가 죽어 솔직하게 말했다. 돈도 벌고 장사도 하고 약탈도 하고 그럴 생각일 것이다.

"제가 쉴 수 있는 곳에서 죽으려고 왔습니다. 제 혼백이 멀리 떠날 수 있도록 말입니다." 아이고가 말했다.

"피해 입지 않고 무사히 이동하려고요." 오치가 씩씩하게 말했다. 그녀가 말하고자 하는 뜻은 분명했다. '사람을 피해서'라는 뜻이다.

라피키는 엘피도 대답하라는 뜻으로 신호를 보냈다.

엘피는 이렇게 **동물**을 마주하고 보니 무심한 척하고 있을 수 없었다. 그래서 그녀는 최선을 다해 대답했다.

"제 연인의 유족들이 안전한지만 확인한 후 세상으로부터 은둔하려 합니다. 죄책감과 책임감에서 그의 과부 사리마를 만나 본 다음, 어두워지는 세상에서 몸을 숨길 생각입니다."

코끼리는 라피키만 빼고 모두 자리를 뜨라고 말했다.

코끼리는 몸을 일으켜 코를 쿵쿵대며 바람 냄새를 맡았다. 진물이 흐르는 늙은 눈을 천천히 깜박이고 귀를 앞뒤로 흔들면서 바람의 차이를 감지하려 했다. 그녀는 눈을 굳게 감은 채 뜨끈뜨끈 김이 오르는 오줌 줄기를 위엄 있고 무심한 자세로 시원하게 내뿜었다. 그러면서도 시선은 엘파바에게서 떼지 않았다.

코끼리는 라피키를 통해 이렇게 말했다.

"용의 딸이여, 나도 주문에 걸린 몸이다. 주문을 풀 수 있는 방법을 알지만 뒤바뀐 몸으로 살기로 했다. 요즘 시대에 코끼리는 사냥당하는 존재로 전락했지. 스크로 족은 나를 인정한다. 그들은 언어가 있기 이전 시대, 역사가 시작되기 이전 시대부터 코끼리를 숭배해 왔다. 그들은 내가 여신이 아니라는 것도 알고 있지. 내가 막강한 몸집이 주는 위험스러운 자유를 버리고 인간으로서의 마술적 현현을 선택한 짐승이라는 것을 알고 있다. 위기로 가득 찬 고난의 시대에는 자신의 모습을 그대로 간직한 자들이 희생자가 되는 법이다."

엘피는 그저 쳐다만 볼 뿐 아무 말도 할 수 없었다.

"그러나 너 자신을 구하려는 선택은 그 자체로 치명적일 수도 있다." 나스토야 여왕이 말했다.

엘피는 고개를 끄덕이며 시선을 돌렸다가 다시 쳐다보았다.

"너에게 친구로 까마귀 세 마리를 주겠다. 너는 이제 마녀로 몸을 숨기는 거다. 그것이 너의 위장이다."

여왕이 까마귀들에게 뭐라고 말하자, 불결하고 험상궂게 생긴 까마귀 세 마리가 근처에 와서 기다렸다.

"마녀라고요?" 엘파바가 반문했다. 아버지가 아시면 뭐라고 하실까! "무엇으로부터 몸을 숨긴단 말이죠?"

"우리는 공동의 적을 갖고 있다. 우리 둘 다 위험에 처해 있어. 도움이 필요하면 까마귀들을 보내어라. 내가 늙은 여족장으로서든 자유로운 코끼리로서든 살아 있기만 하면 너를 도우러 가마."

"어째서죠?"

"세상으로부터 은둔한다고 네 얼굴에 쓰여 있는 것을 감출 수는 없으니까."

여왕은 더 얘기했다. 엘피가 **동물**과 대화를 나누어 본 지 10년도 넘었다. 엘피는 여왕한테 누가 그녀에게 주문을 걸었냐고 물어보았다. 그러나 나스토야 여왕은 대답하지 않았다. 그것은 자신을 보호하기 위해서이기도 했다. 주문을 건 자가 죽으면 속박 주문이 풀리는 경우가 가끔 있는데, 지금은 그녀가 저주 덕분에 안전하게 지낼 수 있는 처지였던 것이다.

"하지만 제 모습이 아닌 채로 살면서까지 목숨을 부지해야 하나요?" 엘피가 물었다.

"내면은 바뀌지 않지. 두려워할 필요는 없지만 경계해야 한다."

"전 내면이 없습니다." 엘파바가 말했다.

"**어떤** 존재가 그 벌들에게 요리사를 죽이라고 말했다."

나스토야 여왕이 눈을 반짝이며 말했다. 엘파바의 얼굴에서 핏기가 가셨다.

"전 아닙니다! 제가 그러지 않았어요, 그럴 리가 있겠습니까! 그리고 당신이 그걸 어떻게 안단 말입니까?"

"어느 정도는 네가 한 짓이지. 넌 강한 여자야. 그리고 알겠지만 난 벌들의 말을 들을 수 있단다. 내 귀는 아주 밝거든."

"저도 당신과 함께 여기 머물고 싶습니다. 사는 게 너무나 힘겨웠어요. 제가 자신의 말을 들을 수 없을 때 당신이 제 말을 들어 주실 수 있다면…… 원장 수녀님도 그 일만은 할 수 없었어요…… 제가 이 세상에 아무런 해도 끼치지 않도록 도와주실 수 있을 겁니다. 제가 원하는 건 오로지 아무런 해도 끼치지 않는 것뿐입니다."

"너는 할 일이 있다고 네 입으로 고백했다." 여왕은 코를 둥글게 말아 엘파바의 얼굴을 매만지며 얼굴 윤곽과 거기 드러난 진실을 느꼈다. "가서 네 할 일을 해라."

"당신에게 돌아와도 되겠습니까?" 엘피가 물었다.

그러나 여왕은 대답하지 않았다. 그녀는 지쳤다. 코끼리로 쳐도 상당히 고령이었다. 여왕은 코를 시계추처럼 앞뒤로 흔들었다. 그러더니 커다란 코를 손처럼 앞으로 뻗어 엘파바의 어깨에 올리고, 그녀의 목을 감았다.

"내 말을 잘 듣고 단단히 기억해 두어라. 별에는 아무것도 쓰여 있지 않다. 별에도, 다른 어느 것에도 없다. 어느 것도 네 운명을 지배하지 못한다."

엘파바는 그 접촉에 몹시 놀란 나머지 대답할 수 없었다. 물러나 나오면서도 혼이 온통 다 나가 버린 듯했다.

그러고 나서 낙타를 타고 잔디밭을 가로질러 돌아왔다. 최면에 걸린 듯 몽롱하면서도 괴로운 기분이었다.

그러나 그날 밤에는 축복이 있었다. 엘파바는 오래 축복을 잊고 살았다. 그 밖에 다른 많은 것들을 잊었듯이.

4

그들은 스크로 야영지와 나스토야 여왕을 뒤로하고 길을 떠났다. 그래스 트레일 대상은 이제 크게 호를 그리며 북쪽으로 움직였다.

아이고가 숨을 거두어 모래언덕에 묻혔다.

"그의 혼백이 마음껏 날아다니게 해 주소서." 엘피가 묘 앞에서 말했다.

나중에 라피키는 나스토야 여왕과 만나는 자리에서 원래는 손님 중 한 명을 살해하여 희생물로 바치는 것이 관례라고 털어놓았다. 전에도 그런 일이 있었다. 여왕은 자신이 처한 곤경을 잘 헤쳐 나가고 있지만 복수심을 극복하지는 못했다. 핀치위드가 선택될 가능성이 제일 높았으나 솔직하게 대답한 덕에 목숨을 구했다. 아니면 아이고가 보기보다 더 죽음이 얼마 남지 않아서 코끼리의 동정을 샀을지도 모른다.

까마귀들은 성가셨다. 그들은 벌들을 귀찮게 하고 마차 주위에 온통 똥을 싸고 킬리조이를 괴롭혔다. 글리쿤 사람 라라이네는 우물가에서 내려 남편이 될 홀아비를 만나 그래스 트레일 대상을 떠났다. 이가 다 빠진 새신랑한테는 벌써 엄마 없는 여섯 아이가 있었다. 아이들은 농장의 개를 따라다니는 엄마 없는 오리새끼들처럼 라라이네한테 달라붙었다. 이제 여행자들은 열 명밖에 남지 않았다.

"이제 아르지키 부족의 땅으로 들어갑니다." 라피키가 말했다.

며칠 후 첫 번째 아르지키 무리가 접근해 왔다. 그들은 피예로처럼 푸른색 무늬 같은 멋진 장식을 전혀 하고 있지 않았다. 그들은 유목민이며 양치기로, 그레이트 켈스의 서쪽 구릉지에서 양을 몰고 온 이들이었다. 동쪽으로 양을 팔러 가는 모양이었다. 그들의 잘생긴 얼굴만 보아도 엘피는 가슴이 천 갈래 만 갈래 찢어지는 듯했다. 그들의 야성, 독특한 개성도. 그녀는 자기가 죽는 날까지 받아야 할 벌이라고 생각했다.

이제 그래스 트레일 대상은 마차 두 대로 줄었다. 한 대에는 라피키, 오치, 리르, 사업가 핀치위드와 코프라는 이름의 길리킨 기계공이 타고 있었다. 다른 한 대에는 엘피 혼자 벌과 까마귀, 킬리조이를 데리고 탔다. 벌써부터 그녀는 마녀 취급을 받고 있는 것 같았다. 전혀 마음에 안 드는 위장은 아니었다.

키아모코까지 불과 일주일 남았다.

그래스 트레일 대상은 동쪽을 향해 가파른 그레이트 켈스의 잿빛 길을 지나갔다. 겨울이 바짝 다가와 있었다. 마지막 남은 여행자들은 눈이 오지 않는 데 감사했다. 오치는 30킬로미터 앞에 있는 아르지키 막사에서 겨울을 보낼 생각이었다. 봄이 되면 북쪽 길로 가서 우가부와 길리킨의 퍼사힐스를 지나 에메랄드 시로 돌아갈 작정이었다. 엘피는 글린다가 아직도 그곳에 있다면 편지를 보낼까도 생각했다. 하지만 아무래도 마음을 정할 수 없어서 역시 그만두기로 했다.

"내일이면 키아모코에 닿을 겁니다. 아르지키 족 지배층의 산악 요새지요. 준비됐나요, 엘피 수녀님?"

오치는 농담 삼아 한 말이었지만 엘피는 마음에 들지 않았다.

"난 이제 수녀가 아니라 마녀예요."

엘피는 오치에 대해서도 사악한 마음을 먹어 보려고 했다. 그러나 오치는 확실히 요리사보다 더 강한 사람이었다. 그저 웃기만 하고 제 갈 길로 가 버렸다.

그래스 트레일 대상이 작은 호수 옆에 멈추었다. 다른 이들은 입을 모아 호숫물이 얼음처럼 차갑기는 해도 상쾌하다고 말했다. 엘피는 그런 사정은 알지 못했고 알고 싶지도 않았다. 그러나 호수 한가운데 섬이 있었다. 침상 정도 크기의 조그만 섬에는 우산살만 남은 우산처럼 잎이 다 떨어진 나무 한 그루가 삐쭉 솟아 있었다.

엘파바가 미처 알아보기도 전에(1년 중 이맘때는 해가 일찍 졌고 산속에서는 더했다.) 킬리조이가 잔뜩 흥분해서 물 속에 뛰어들어 물장구를 치며 섬으로 헤엄쳐 갔다. 작은 움직임이라도 보았는지, 아니면 구미 당기는 냄새라도 맡았는지 정신이 확 그쪽으로 쏠린 모양이었다. 킬리조이는 사초 속을 뒤지다가 잔디 속의 조그만 짐승 머리를 살며시 물어 올렸다. 그럴 때는 확실히 늑대 같았다.

엘피는 그것이 아기처럼 생겼다는 것 외에는 알아볼 수 없었다.

오치는 비명을 질렀고 리르는 사시나무 떨듯 떨었다. 킬리조이는 물고 있던 것을 놓았으나, 더 단단히 물기 위해서였다. 문 것의 머리 위에 킬리조이의 침이 질질 흘렀다.

물을 건너갈 방법은 없다. 물을 건너려고 하다가는 죽고 말 것이다.

하지만 어느새 그녀의 발이 앞으로 나갔다. 발이 물을 세차게 치자, 물도 세차게 맞받아 쳤다. 그녀가 달리자 물이 얼음으로 변했다. 한 걸음 한 걸음 딛을 때마다 발밑에서 물이 얼음으로 변했다. 곧 은빛으로 반짝이는 얼음판이 앞으로 죽 뻗어 나가면서 섬까지 차가운 다리를 이루었다.

감히 늦지 않기를 바랄 엄두도 내지 못했지만, 킬리조이가 하마터면 진짜로 큰일을 저지를 뻔한 순간에 때맞춰 아기를 구했다. 그녀는 킬리조이의 턱을 벌려 아기를 꺼냈다. 아기는 공포와 추위로 떨고 있었다. 반짝이는 검은 눈을 놀라 크게 뜨고, 마치 멀쩡한 어른처럼 비난하든 야단치든 사랑하든 뭐든 할 준비가 된 태세였다.

다른 이들은 얼음이 어는 모습을 보았을 때 못잖게 놀라 그저 지켜보기만 했다. 어쩌면 지나가던 마법사나 마녀가 호수에 마법을 걸었는지도 모른다. 그것은 눈원숭이라고 불리는 작은 원숭이였다. 엄마와 부족에게 버림받았을까, 아니면 어쩌다가 헤어진 걸까?

원숭이는 킬리조이를 그리 좋아하지 않았지만 따스한 마차는 좋아했다.

그들은 키아모코의 깎아지른 듯한 비탈 중간쯤에 천막을 쳤다. 성은 검은 바위틈에서 날카로운 검은 각을 빛내며 우뚝 서 있었다. 엘피의 눈에 성은 날개를 접고 그들 위에 앉은 독수리처럼 보였다. 원뿔형 지붕이 얹힌 탑, 톱니꼴 벽과 망루, 내리닫이문, 화살을 쏘는 창문…… 어느 모로 보나 급수장 본부로 쓰려 했다던 본래 의도와는 맞지 않았다. 아래에는 빈쿠스 강의 지류가 굽이돌아 흘렀다.

한때 가뭄이 가장 큰 위협이었던 시절, 오즈마 섭정이 댐을 건설하여 물길을 오즈 중심부로 끌어들이려 했다던 바로 그 강이었다. 피예로의 아버지가 이 요새를 포위 공격과 폭풍으로부터 지켜내어 아르지키 왕가의 보금자리로 만들었다. 엘파바의 기억이 맞다면, 그는 외아들에게 부족의 통치권을 넘기고 죽었다.

얼마 안 되는 짐을 꾸리자 벌들이 윙윙거렸다.(한 주 한 주 날이 갈수록 그녀는 벌들의 소리가 점점 더 듣기 좋아졌다.) 킬리조이는 원숭이를 죽이지 못해 아직도 골이 나 있었다. 까마귀들은 다가올 변화를 감지하고 저녁을 거부했다. 원숭이에게는 그가 내는 소리를 따서 치스터리라고 이름을 붙였다. 치스터리는 이제 따뜻하고 안전한 곳에 있게 되자 끽끽거렸다.

일행은 조금은 섭섭한 마음으로 모닥불을 둘러싸고 작별 인사를 나누며 몇 차례 건배를 들었다. 하늘은 그 어느 때보다 더 어두웠다. 아마도 주위가 온통 눈 덮인 봉우리여서 흰색과 대조를 이룬 탓인 듯했다. 리르가 옷 보따리와 몇 가지 악기를 꺼내고 작별 인사를 했다.

"아니, 그럼 너도 여기에서 내릴 거니?" 엘피가 물었다.

"네. 아줌마랑 함께 갈래요."

"까마귀들과 원숭이와 벌들과 개와 마녀와 함께 가겠단 말이니? 나하고?"

"제가 달리 어디로 가겠어요?"

"그건 나도 모르겠구나."

"개를 돌볼게요. 아줌마를 위해서 꿀도 모아 주고요." 소년이 차분한 어조로 말했다.

"나한테는 별 의미가 없어."

"괜찮아요."

그리하여 리르는 자기 아버지의 집으로 들어갈 준비를 했다.

키아모코의
벽옥 문

"언니, 일어나. 낮잠 시간은 끝났어. 저녁 식사에 손님이 왔어.
닭을 잡아야 할지 말해 줘. 이제 몇 마리 안 남았는데. 손님한테 대
접하면 겨울 내내 달걀이 아쉬울 테고…… 어떻게 하면 좋을까?"
사리마의 자매 중 제일 어린 동생이 말했다.

아르지키 왕자의 미망인은 신음소리를 냈다.

"시시콜콜한 일, 귀찮아 죽겠네. 그런 건 좀 네가 알아서 할 수
없어?"

"알았어. 내가 결정할게. 그럼 아침에 달걀이 하나 모자랄 때는
언니가 안 먹으면 되겠네." 동생이 쏘아붙였다.

"아, 여섯째야, 내 말 마음에 두지 마. 잠이 덜 깨서 그랬을 뿐이
야. 누구라고? 그 입 냄새 고약한 족장이 또 50년 전의 사냥 얘기나
지루하게 늘어놓으려고 온 거야? 왜 우리가 그런 걸 참고 들어 줘
야 하는데?"

"그냥 여자야." 여섯째가 말했다.

"여자 손님이라니 반갑지 않군." 사리마가 일어나 앉으며 말했다. "우리는 이제 예전처럼 내숭 떨며 얼굴 붉히는 요정이 아니야, 여섯째야."

사리마는 방 건너편의 옷장 거울에 자기 모습을 비춰 보았다. 우유 푸딩처럼 창백하지만 아직도 예쁜 얼굴이 중력의 법칙에 따라 아래로 늘어진 살덩어리 속에 묻혀 있었다.

"네가 제일 어리고 아직 허리선이 있다 해서 야박하게 굴 것까지는 없잖니."

여섯째가 입을 삐죽 내밀었다.

"치, 하여간 그냥 여자라니까. 그건 그렇고 닭을 잡을 거야, 말 거야? 말을 해 줘야 넷째 언니가 목을 따고 깃털을 뽑을 거 아냐. 안 그러면 오밤중이나 되어야 먹을걸."

"과일이랑 치즈랑 빵이랑 생선이 있을 텐데. 생선 넣어 두는 우물에 생선이 남아 있지 않던가?"

맞다. 그게 있었다. 여섯째는 돌아서서 나가려다가 문득 생각이 나서 말했다.

"언니를 위해 달콤한 차를 한 잔 가져왔어. 화장대 위에 두었어."

"고맙기도 해라. 이제 빈정대지 말고 얘기 좀 해봐. 어떤 손님이야?"

"온통 초록색에 말랐고 우리보다 나이가 많아. 늙은 수녀처럼 검은 옷을 입었지만 그 정도로 늙지는 않았어. 내가 보기에는 서른이나 서른둘쯤? 자기 이름은 말을 안 해 주더라고."

"초록색이라고? 세상에, 근사해라." 사리마가 말했다.

"별로 근사한 것 같지는 않은데."

"질투로 얼굴이 파래졌다는 뜻은 아니겠지…… 진짜로 초록색이란 말이야?"

"질투 때문인지는 나도 모르지만 진짜로 초록색이야. 진짜 풀 같은 초록색이라니까."

"우아. 오늘 밤에는 그럼 흰색을 입어야겠네. 혼자 왔니?"

"어제 계곡에서 내려다보았을 때는 대상과 함께 왔어. 짐승들 몇 마리를 데리고 여기 내리던걸. 늑대개랑 벌집이랑 어린아이랑 까마귀 몇 마리랑 새끼원숭이였어."

"겨울에 산속에서 그런 짐승들을 다 끌고 뭘 하려는 걸까?"

"언니가 직접 물어봐. 난 보기만 해도 소름 끼치던걸." 여섯째가 콧잔등을 찡그렸다.

"넌 반쯤 굳은 젤라틴만 봐도 떨면서. 오늘 저녁은 언제 먹어?"

"7시 반. 그 여자를 보니까 속이 다 메스껍네."

여섯째가 구역질난다는 표정으로 나갔다. 사리마는 방광이 차올라 못 참을 때까지 침대에서 차를 마셨다. 여섯째는 불에 재를 덮어놓고 커튼을 쳐 두고 갔지만, 사리마는 커튼을 걷고 안뜰을 내려다보았다. 산의 바위에서 위로 눈에 띄게 튀어나온 거대한 원형의 지반 위에 세워진 키아모코는 망루와 탑을 자랑했다. 아르지키 족은 수도국 위원회로부터 이 건물을 빼앗은 후, 방어를 위해 날카로운 총안을 추가로 설치했다. 건물을 고쳐 지었어도 기본 구조는 여전히 단순했다. 중앙의 건물에서 두 개의 건물이 길고 좁게 앞으로 뻗어나와 가파르게 경사진 땅을 둘러싸고 U자형을 이루었다. 비가 오면 자갈 위에 빗물이 세차게 떨어지면서 참나무와 쇠로 만들고 벽옥 판을 댄 조각한 문을 타고 흘러 내려가, 성의 바깥 벽에 옹기종기 붙어 있는 빛 바랜 민가들을 지나 흘렀다. 이 시간이면 안뜰은 짙은 회색을 띠었다. 춥고 바람에 날리는 지푸라기와 낙엽들로 지저분했다. 늙은 구두 수선공의 오두막에 불이 켜지고, 이 썩어 가는 건물 어디하고나 마찬가지로 이음매가 맞지 않는 굴뚝에서 연기가 흘러나왔다. 사리마는 손님이 이 집의 본래 모습을 본 적이 없는 사람이어서 다행이라고 생각했다. 아르지키 족의 미망인 왕비로서, 그녀에게는 키아모코의 사실에 여행자를 맞이할 수 있는 특권이 있었다.

사리마는 목욕을 한 후 흰색으로 테두리를 두른 흰 드레스를 입고 아름다운 목걸이를 둘렀다. 사랑하는 남편이 사고로 떠난 지 몇 달 후 저승에서의 전갈처럼 도착한 목걸이였다. 사리마는 보석을 엮은 목걸이가 목에 착 감겨 오는 것을 느끼며 습관처럼 스스로의 모습에 감탄의 눈물을 두어 방울 떨어뜨렸다. 뜨내기손님을 맞는 차림치고 좀 과하다면, 그 위에 냅킨을 두르면 그만이었다. 그래도 목걸이는 여전히 그 자리에 있을 테니까. 그녀는 눈물이 마르기도 전에 어떤 손님일까 기대하며 콧노래를 흥얼거렸다.

사리마는 내려가기 전에 아이들을 둘러보았다. 아이들은 잔뜩 흥분한 상태였다. 낯선 사람이 오면 늘 그랬다. 열두 살과 열한 살인 이르지와 마넥은 이제 웬만큼 나이를 먹어서, 이 독기 서린 비둘기집에서 도망치고 싶어 했다. 순한 성격의 이르지는 툭하면 울었지만 마넥은 좀 괄괄했다. 사리마가 아이들을 여름 이주 철에 부족 사람들과 함께 대초원으로 내보내기라도 했다가는 둘 다 목숨을 부지하지 못할 것이다. 자기들이나 자기 아들들을 위해 통치권을 노리는 부족 사람들이 한둘이 아니었다. 그래서 사리마는 아이들을

48

한시도 곁에서 떼어 놓지 않았다.

다리가 길고 아홉 살이 되었어도 손가락을 빠는 딸 노르는 잠자러 가기 전에 아직도 무릎 위로 기어오르고 싶어 했다. 사리마는 저녁 식사를 위해 옷을 차려입은 터라 못 하게 하고 싶었지만 마음이 약해졌다. 노르는 혀짤배기소리로 빗속에서 달렸다는 말을 "비똑에서 달렸쪄."라고 했다. 아이는 희한하게도 창문 주위에 두른 갓돌 틈에서 자라난 풀잎이며 양초, 돌멩이와도 친구가 되었다. 아이는 한숨을 쉬며 목걸이에 얼굴을 대고 비볐다.

"엄마, 남자애도 있었어. 마당에서 그 애랑 놀았어."

"그 애는 어떻게 생겼니? 그 애도 초록색이니?"

"아냐. 그 애는 멀쩡해. 몸집이 엄청 커. 뚱뚱하고 힘도 세. 돌이 그 아이의 배에 맞으면 얼마나 멀리 튕겨 나가는지 보려고 마넥이 그 애한테 돌을 던졌어. 그 애가 그러라고 했어. 아주 뚱뚱한 사람은 아프지 않은가 봐?"

"글쎄다. 그 애 이름이 뭐니?"

"리르래. 이상한 이름이지?"

"외국 이름처럼 들리는구나. 그 애 엄마는?"

"그 사람 이름은 모르겠어. 그 애 엄마 같지는 않아. 그 앤 우리가 물어봤더니 대답을 안 하려 들던걸. 이르지 오빠는 그 애가 틀림없이 사생아일 거래. 리르는 자기는 아무래도 상관없다고 했어. 착한 애 같아."

아이는 오른쪽 엄지손가락을 입으로 가져갔다. 왼손으로는 목걸이 바로 밑으로 사리마의 드레스 자락을 만지작거리다가 젖꼭지를 찾아 마치 작은 애완동물이라도 되는 양 사랑스럽게 엄지손가락으로 그것을 쓰다듬었다.

"마넥은 그 애한테 고추도 초록색인지 보자고 바지를 내려 보라고 했어."

사리마는 어찌 되었건 그런 행동은 손님을 접대하는 태도가 아니라고 생각했으나 이 질문을 하지 않을 수 없었다.

"그래서, 어떻디?"

"엄마도 참." 노르는 엄마의 목에 머리를 묻었다가 사리마의 턱에 발린 분가루 때문에 재채기를 했다. "웃기게 생긴 남자 애 고추지, 뭐. 마넥이랑 이르지 오빠들 것보다도 작던데. 하지만 초록색은 아니었어. 재미없어서 잘 보지도 않았어."

"엄마도 그런 건 보지 않을 거야. 정말 무례한 행동이야."

"내가 안 그랬어. 마넥 오빠가 그랬어!"

"자, 이젠 됐다. 이제 잠자기 전에 이야기를 해 줄게. 엄마는 곧 내려가야 하니까 짧은 걸로 해 주마. 어떤 것을 듣고 싶니, 우리 아가?"

"마녀랑 새끼 여우들 이야기 해 줘."

사리마는 평소보다 이야기를 줄여서 해 주었다. 마녀가 새끼 여우 세 마리를 납치해 우리에 가두고, 치즈랑 함께 냄비에 넣을 요리 재료로 쓰려고 살을 찌웠다. 마녀는 요리를 하려고 해님한테서 불을 훔치러 갔다. 그러나 마녀가 불씨를 손에 넣어 녹초가 된 채 동굴로 돌아오자, 새끼 여우들은 꾀를 써서 마녀에게 자장가를 불러주어 그녀를 재웠다. 마녀의 팔이 바닥에 떨어지자, 해님한테서 가져온 불꽃이 우리 문을 태워 새끼 여우들을 도망치게 해 주었다. 그런 다음 새끼 여우들은 늙은 어머니인 달에게 와서 동굴 입구에 버티고 서서 문처럼 막아 달라고 애원했다. 사리마는 전통적인 버전으로 끝나지 않는 결말로 이야기를 맺었다.

"그래서 사악한 늙은 마녀는 오래오래 동굴에서 살았단다."

"그리고 그 후에 마녀가 나왔나요?" 노르가 잠에 겨운 목소리로 물었다.

"아직 못 나왔어."

사리마는 딸애한테 입을 맞추고 손목을 살짝 깨물어 주고 같이 깔깔거리며 한바탕 웃은 다음 불을 껐다.

사리마의 방에서부터 난간 없는 계단이 성 중심부의 탑으로 이어져 있었다. 계단은 벽을 따라 꾸불꾸불 돌며 길게 이어졌다. 그녀는 우아하면서도 차분한 자태로 흰 치맛자락을 파도처럼 펄럭이며 첫 번째 층을 내려왔다. 부드러운 빛깔의 귀한 금속을 엮은 목걸이가 빛났다. 그녀는 얼굴에 환영의 빛을 띠웠다.

층계참에서 작은 방의 의자에 앉아 자기를 올려다보고 있는 여행자의 모습이 보였다.

사리마는 판석을 깐 두 번째 층까지 내려왔을 때 성실한 남편이었던 피예로에 대한 기억 밑에서 꿈틀대는 냉소를 의식했다. 어느새 이를 악물고 있었다. 잃어버린 미모와 불어난 몸무게, 성가신 아이들과 뒤에서 자기 흉을 보느라 정신없는 여동생들 말고는 밑에 아무도 없는 허울 좋은 일인자라는 한심한 상황, 그리고 현재와 미래, 심지어 과거에 대한 공포조차 가려 줄 힘이 없는 겉치레에 불과한 자신의 권위를 새삼 의식했다.

"안녕하세요." 사리마가 가까스로 말했다.

"당신이 사리마로군요." 여인이 종유석 같은 턱을 썩은 순무처럼 앞으로 쑥 내밀고 일어섰다.

"맞아요!" 그녀는 목걸이를 하기를 잘했다고 생각했다. 목걸이가 그 턱에 찔리지 않도록 방패처럼 막아 줄 것 같았다. "반가워요. 그래요, 내가 키아모코의 안주인 사리마예요. 어디에서 오셨는지, 어떻게 여기를 찾아오셨나요?"

"바람의 뒤쪽에서 왔습니다. 제 이름은 이미 버린 터라 다시 끄집어내고 싶지 않습니다."

"이곳에 오신 것을 환영해요." 사리마는 될 수 있는 한 부드럽게 말했다. "하지만 달리 부를 이름이 없다면 그냥 아주머니라고 불러야겠군요. 들어가서 저녁을 같이하실까요? 곧 음식을 내오지요."

"식사를 하기 전에 꼭 드릴 말씀이 있어요. 진실을 털어놓지 않고서는 단 하룻밤도 당신의 지붕 밑에 머물 수 없어요. 차라리 호수 밑바닥에 누워 지내는 편이 낫겠어요. 사리마, 난 당신을 알고 있어요. 당신의 남편과 함께 학교에 다녔답니다. 그러니까 10여 년 전부터 당신을 알았던 셈이지요."

사리마는 그때야 비로소 무슨 얘기인지 이해되었다. 묻어 두었던 해묵은 남편의 삶이 세세한 부분까지 한꺼번에 기억 속에서 떠올랐다.

"피예로가 당신 이야기를 한 적이 있어요. 당신 여동생 얘기도요. 네사 맞지요? 네사로즈였던가? 매혹적인 글린다 얘기도 해 주었어요. 그이가 글린다한테 약간은 반하지 않았나 싶어요. 명랑한 동성애자 학생이랑 애버릭, 착실한 애늙은이 보크도! 그의 인생에서 가장 행복했던 시절인 그때는 항상 내가 비집고 들어갈 틈이라곤 없는 그이만의 것이었죠. 당신이 방문해 주어서 기뻐요. 나도 시즈에서 한두어 학기라도 보냈더라면 좋았을 텐데. 하지만 난 머리도 좋지 않았고 우리 집안은 부자도 아니었거든요. 당신 피부색을 보고 금방 기억해 냈어야 했는데. 그런 피부색을 가진 사람이 또 어디 있겠어요? 제가 말을 너무 함부로 했나요?"

"아니요. 눈에 띄는 건 사실이지요. 예의 차리며 하나 마나 한 말을 주고받기 전에 꼭 말씀드릴 것이 있어요, 사리마. 피예로의 죽음은 제 탓이에요……."

"아, 당신만 그런 게 아니에요." 사리마가 말을 가로막았다. "이곳에서는 국민 전체가 왕자의 죽음을 놓고 자기 탓을 하는 것을 오락거리로 삼다시피 해요. 틈만 나면 공개적으로 비통해하고 속죄를 하지요. 대놓고 말은 안 하지만 내가 보기에 사람들이 약간은 즐기는 것 같아요."

손님은 사리마의 의견에 자기가 비집고 들어갈 틈을 만들기라도 하려는 것처럼 손가락을 비틀었다.

"전 당신에게 경위를 말해 줄 수 있어요. 말씀드리고 싶어요……."

"내가 들을 마음이 내키면 그때 말해 주세요. 난 그 정도 특권은 누릴 자격이 있다고 생각해요. 여기는 내 집이니까, 내가 듣고 싶은 얘기를 가려 들을 수 있어요."

"들어 주어야 해요. 그래야 내가 용서받을 수 있어요." 여인이 어깨를 이리저리 돌리며 말했다. 마치 보이지 않는 멍에로 짐을 진 짐승 같았다.

사리마는 자기 집에서 기습당하고 싶지는 않았다. 이 갑작스러운 암시를 생각해 볼 시간을 충분히 갖고 싶었다. 감당할 준비가 될 때까지. 그 전에는 안 된다. 그녀는 자기가 주도권을 쥐고 있다는 사실을 새삼 떠올렸다. 그래서 여유를 갖고 친절하게 대할 수 있었다.

"내 기억이 맞다면……." 사리마의 마음속에 과거의 기억들이 무수히 떠올랐다. "피예로가 당신 얘기를 해 줬는데…… 이름이 엘파바랬지요…… 당신은 영혼을 믿지 않는 사람이라고 했어요. 거기까지는 기억나네요. 그런데 무엇을 용서받으려 하나요? 틀림없이 여행하느라 녹초가 되었을 거예요. 여기까지 오려면 누구나 죽을 고생을 겪어야 하니까요. 당신은 따뜻한 식사를 푸짐하게 하고 며칠 푹 잠을 좀 자야 해요. 그러고서 다음 주 언제 오전에 얘기하는 게 어때요?" 사리마는 엘파바의 팔을 꼈다. "하지만 원하신다면 당신 이름은 말하지 않을게요."

그녀는 엘파바를 데리고 높직하니 흰 참나무 문을 지나 식당으로 들어갔다.

"자, 여기 손님 아주머니가 오셨어요."

동생들은 배가 고파 마음이 급했지만 호기심 가득한 얼굴로 의자 옆에 서 있었다. 넷째는 수프 그릇에 국자를 넣어 휘젓고 있고 여섯째는 보기 싫은 암갈색 옷을 입고 있었다. 쌍둥이인 둘째와 셋째는 기도문을 적은 카드를 경건하게 쳐다보았다. 다섯째는 담배를 피우면서 지하 호수에서 건져 온 노란색의 눈 없는 생선 요리 접시 쪽으로 연기를 동그랗게 고리 모양으로 만들어 불었다.

"얘들아, 기뻐하렴. 피예로의 오랜 친구 분이 재미있는 옛 추억을 들려주어 우리 생활에 활기를 주려고 오셨단다. 나를 대하듯 따듯이 맞아 드려."

여동생들은 모두 사리마가 생각 없이 말한다고 경멸하는 기색을 보였다. 어쩌자고 언니는 그렇게 일찍 죽어 버릴 남자와 결혼해서 우리까지 가난과 외로움 속에서 노처녀로 살아갈 팔자로 만들었단 말인가?

엘파바는 식사 내내 한마디도 하지 않고 접시에서 얼굴도 들지 않았다. 그러나 생선과 치즈, 과일을 게걸스레 먹었다. 사리마는 그녀가 먹는 습관을 보고 식사 중에는 침묵해야 한다는 규율 밑에서 살았을 것이라고 추측했다. 그래서 나중에 수녀원에 있었다는 얘기를 들었어도 놀라지 않았다.

그들은 음악실에서 귀한 셰리 주를 한 잔씩 마셨다. 여섯째가 음정이 불안하지만 야상곡을 연주해 주었다. 손님이 하도 비참한 표정이어서 동생들은 도리어 기분이 좋아졌다. 사리마는 한숨을 쉬었다. 이 손님에 대해 자신보다 나이 들었다는 것 한 가지는 확실히 말할 수 있었다. 어쩌면 엘파바는 짧은 체류 기간 동안 그 무뚝뚝한 태도를 벗고 사리마의 삶이 얼마나 고달프고 견디기 힘든지 귀 기울여 줄지도 모른다. 가족 말고 이야기할 사람이 생긴다면 참 좋을 것이다.

2

일주일이 지나고 사리마가 셋째에게 말했다.

"손님한테 일광욕실에서 내일 오전 11시에 좀 뵙자고 전하렴."

사리마는 엘파바가 지금쯤이면 대충 사정을 파악했으리라 여겼다. 그 고뇌에 휩싸인 초록색 여인은 몸을 제대로 움직이기도 힘든 일종의 발작 상태에 빠진 것 같았다. 그녀는 경련하듯 몸을 움직이며 안뜰을 걸어 다녔고, 식사를 하러 올 때도 뒤꿈치로 바닥에 구멍이라도 뚫으려는 사람처럼 찍어 누르듯 밟았다. 팔꿈치를 항상 정확한 각도로 구부리고, 양손으로 주먹을 꼭 쥐었다 풀었다를 반복했다.

사리마는 그 어느 때보다도 강해진 기분이었다. 상태는 좋지 않을지라도 동년배의 친구가 옆에 있으니 마음이 든든했다. 동생들은 사리마의 따뜻한 대접에 불만이 많았다. 그러나 산악 지대를 지나가는 고갯길들은 겨울 동안 폐쇄되기 때문에, 이방인을 위험천만한 계곡으로 짐을 꾸려 내몰 수도 없는 일이었다. 동생들은 자기들 응접실에서 럴라인마스에 귀찮은 빈민들한테 줄 꼴도 보기 싫은 회색 냄비 장갑을 짜느라 분주히 손을 놀리면서 수다를 떨었다. 그들은 그 여자를 놓고 병이 있다느니 굼뜨다느니 세련된 맛이 없다느니 (우리보다 훨씬 더하다는 말을 입 밖에 내지는 않았지만, 생각만으로도 상당히 만족스러웠다.) 저주를 받은 여자라느니 입방아를 찧었다. 게다가 그 풍선같이 살찐 소년은 아들일까, 꼬마 노예일까, 아니면 그저 아는 아이일까? 동생들은 사리마의 등뒤에서 그 오두막에 사는 손님을 마녀 아줌마라고 불렀다. 그 호칭은 오즈 어느 지역보다 켈스에 더 사악하고 끈질긴 존재로 남아 있는 쿰브리시아의 옛 전설을 연상시켰다.

사리마의 둘째인 마넥이 제일 호기심이 많았다. 어느 날 아침 소년들이 모두 나란히 서서 오줌 줄기를 누가 더 멀리 보내나 시합을 하던 중(노르는 이 놀이에 억지로 관심 없는 척했다.) 마넥이 물었다.

"우리가 아줌마한테 오줌을 누면 어떻게 될까? 비명을 지를까?"

"그랬다간 너를 두꺼비로 만들어 버릴 거야." 리르가 말했다.

"아니, 내 말은 아줌마가 어떻게 될 것 같냐고. 물 한 방울이라도 몸에 닿을세라 벌벌 떨잖아. 마시기는 할까? 물을 마시면 속이 아플까?"

특별히 관찰력이 날카롭지는 않은 아이인 리르가 말했다.

"안 마실 것 같은데. 가끔 물건을 닦을 때가 있지만 막대기와 솔을 쓰잖아. 아줌마한테 오줌 싸지 않는 편이 좋을걸."

"그리고 그 벌들이랑 원숭이는 왜 데리고 다닐까? 그것들이 마법이라도 부리냐?"

"그래." 리르가 대답했다.

"어떤 마법인데?"

"나도 몰라."

그들이 오줌 방울을 똑똑 떨어뜨리고 뒤로 물러서자 노르가 달려왔다.

"나 마법 밀짚 가져왔다. 마녀의 빗자루에서 뽑았어." 노르는 갈색 지푸라기 하나를 쳐들었다.

"그 빗자루 마술 빗자루니?" 마넥이 리르에게 물었다.

"그래. 마루를 진짜 빨리 쓸 수 있어."

"말도 해? 마법에 걸린 빗자루야? 뭐라고 그래?"

그들이 관심을 보이자 리르는 얼굴이 발갛게 달아올랐다.

"말할 수 없어. 그건 비밀이야."

"우리가 너를 탑에서 밀어 버려도 말 안 할래?"

"무슨 소리야?" 리르가 멈칫했다.

"말해 주지 않으면 그렇게 할 거야."

"바보들 같으니라고, 나를 탑에서 밀어 버리면 안 돼."

"그 빗자루가 마법의 빗자루라면 날아와서 너를 구해 주겠지. 아니면 넌 아주 뚱보니까 다시 튀어 오를지도 몰라."

이르지와 노르는 자기들도 모르게 웃음을 터뜨렸다. 상상만 해도 우습기 짝이 없었다. 마넥이 씩 웃으며 말했다.

"우린 그 빗자루가 너한테 무슨 비밀 얘기를 해 주었는지만 알면 돼. 그러니까 말해 봐. 안 그러면 밀어 버리겠어."

"그건 나쁜 짓이야. 리르는 친구잖아. 그만둬. 식품 저장실에 가서 생쥐나 찾아서 갖고 놀자." 노르가 말했다.

"잠깐만 있어 봐. 우선 리르를 지붕에서 확 밀어 버리고."

"안 돼." 노르가 울음을 터뜨렸다. "오빠들 너무 못됐어. 진짜 그 빗자루 마법 빗자루야, 리르?"

그러나 리르는 이제 더 이상 말하고 싶지 않았다.

마넥이 조약돌 한 개를 창문으로 던지자 한참이 지나서야 바닥에 떨어지는 소리가 들렸다.

리르의 눈 밑이 시커멓게 움푹 팼다. 그는 군사 법정에 선 반역자처럼 옆구리에 손을 축 늘어뜨렸다. 리르가 겨우 말을 꺼냈다.

"마녀를 화나게 하면 마녀의 미움을 살 거야."

"글쎄, 그럴까." 마넥이 앞으로 한 발짝 나오며 말했다. "마녀는 눈도 깜짝 안 할걸. 그 여잔 너보다 원숭이를 더 좋아해. 네가 죽어 없어져도 모를 거야."

리르는 숨을 가쁘게 몰아쉬었다. 지금 막 오줌을 눈 후인 데도 헐렁한 바지 앞섶이 축축이 젖어 들었다. 마넥이 형을 불렀다.

"형, 저 녀석 살아 있어 봤자 별 쓸모도 없잖아? 죽어 없어져도 그만인 놈이라고. 자, 리르, 얘기해 봐. 저 망할 빗자루가 너한테

뭐랬어?"

리르의 상반신이 풀무처럼 올라갔다 내려갔다 했다. 그가 기어 들어가는 목소리로 말했다.

"빗자루가 나한테…… 그러니까…… 저기…… 너희들 다 죽을 거래!"

"뭐야, 그게 다야? 그걸 누가 몰라. 사람은 누구나 다 죽어. 진작부터 알고 있던 건데." 마넥이 말했다.

"알고 있었다고?" 리르가 말했다.

"이리 와. 식품 저장실에 가서 쥐나 찾아보자. 꼬리를 자르고 노르의 마법 밀짚으로 눈을 찔러 주자고." 이르지가 말했다.

"안 돼!"

노르가 외쳤지만 이르지가 노르의 손에서 밀짚을 낚아챘다. 마넥과 이르지는 마리오네트처럼 사지를 축 늘어뜨리고 요란하게 깔깔대면서 난간을 따라 계단을 내려갔다. 리르는 괴로운 한숨을 크게 내쉬고는 마음을 가라앉히고 옷을 추슬렀다. 그런 다음 에메랄드 광산에서 노역하도록 선고받은 난장이 노동자 같은 몰골로 그들 뒤를 따라갔다. 뒤에 남은 노르는 낙담하여 불만스럽게 팔짱을 끼고 턱을 실룩거렸다. 그러고 있다가 마루에 침을 뱉고 나니 기분이 좀 나아져서 소년들 뒤를 쫓아갔다.

아침나절, 여섯째가 손님을 일광욕실로 안내했다. 여섯째는 손님의 등 뒤에서 억지웃음을 지으며 돌처럼 딱딱한 비스킷 접시를 누렇게 낡아 무늬도 지워진 융단 테이블보 위에 놓았다. 사리마는 매일 하는 목욕재계를 마친 뒤였으므로 마음의 준비가 되었다.

사리마는 여섯째에게 커피를 따르게 하고 내보냈다.

"이곳에 오신 지 일주일이 되었군요. 더 오래된 것 같은 기분인데. 이제 북쪽 고갯길은 눈에 덮였지요. 이곳과 평원 사이에는 안전한 피난처가 없어요. 산속의 겨울은 힘들어요. 저장해 놓은 것으로 버티며 우리끼리 의지해 지낼 수 있다 해도 변화가 있으면 반갑지요. 우유 넣으시겠어요? 당신의 의도가 무엇인지 정확히 모르겠어요. 이제 좀 저희들 분위기에 적응이 되셨다면 말씀해 주시지요."

엘파바가 사리마한테 하는 말이라기보다는 거의 혼잣말처럼 중얼거렸다.

"이 켈스 지역에 동굴이 있다고들 하더군요. 저는 에메랄드 시 외곽의 셰일샐로에 있는 성 글린다 수도원에서 몇 년을 지냈답니다. 고관 나리들이 방문하곤 했지요. 저희는 대개 침묵의 서약 아래서 지냈어요. 그래도 사람들은 자기들이 알고 있는 것을 얘기해 주곤 했답니다. 수도원의 작은 방에서요. 전 여기에 오면 동굴에 들어가야겠다고 생각했어요. 그리고……."

"살림을 차리고요." 사리마는 마치 동굴에 들어가는 것이 결혼을 하고 아기를 키우는 것만큼이나 범상한 일이라는 투로 말했다. "그렇게 하는 사람들도 있죠. 나도 알아요. 인근의 산봉우리인 브로큰 보틀의 서쪽 언덕에 늙은 은자가 있답니다. 원시 상태로 돌아가 살고 있죠. 그 자신의 본성에 따라서요."

"말하지 않고 사는 거죠." 엘피는 커피를 들여다보기만 할 뿐 마시지는 않았다.

"사람들 말로 그 은자는 위생 따위는 잊고 산다더군요. 아이들이 한두 주만 씻지 않고 지내도 얼마나 지독한 냄새가 나는지 생각하면, 들짐승이 습격해 오지 못하도록 방어하는 수단도 되겠다 싶기는 해요." 사리마가 말했다.

"여기에 오래 머물 생각은 아니었어요."

엘피가 앵무새처럼 목 위의 머리만 틀어 기묘한 눈빛으로 사리마를 쳐다보며 말했다. 아, 조심해야지. 사리마는 신중하게 생각했다. 이 손님이 좋아지려 했지만, 이야기의 방향은 자기가 주도하기 위해서는 정신을 바짝 차려야 했다. 당신 뜻대로는 되지 않을 거야. 그러나 손님이 말을 이었다.

"하루이틀 밤, 기껏해야 사흘 밤쯤 머물다가 어디 은신할 곳을 찾아 겨울을 날 생각이었어요. 하지만 일정을 잘못 계산했어요. 시즈와 에메랄드 시에 겨울이 언제, 어떻게 오는지만 생각했어요. 그런데 이곳에서는 겨울이 여섯 주나 먼저 오더군요."

"겨울이 빨리 오고 늦게 가지요." 사리마는 본론으로 들어간다는 표시로 발받침 쿠션에서 발을 들어 바닥에 사뿐히 내려놓았다. "자, 이제 당신에게 할 얘기가 좀 있어요."

"저도 할 말이 있습니다."

엘피가 말했다. 그러나 사리마는 말을 계속했다.

"당신은 나를 세련미가 없는 사람이라고 생각하실 거예요. 당신 생각이 맞아요. 내가 어릴 적 신부로 간택되었을 때, 훌륭한 가정교사가 길리킨에서 불려 와 나와 내 동생들에게 동사와 대명사와 샐러드 포크 쓰는 법을 가르쳤답니다. 그리고 최근에 나는 읽기를 떼었어요. 하지만 내가 배운 예의범절은 대부분 피예로가 교육을 마치고 돌아와 가르쳐 준 것이랍니다. 틀림없이 내가 본의 아니게 결례를 좀 범했을 거예요. 내 등 뒤에서 웃으셔도 좋아요."

"전 그런 사람이 아니에요."

"뭐, 그렇다면 됐고요. 하지만 저에게도 나름의 견해가 있고, 학교는 다니지 않았지만 관찰력은 있어요. 아시다시피 일곱 살 때 결혼한 이후로 줄곧 울 안에서 살아왔지만요. 나는 내 직감을 믿고 남의 말에 잘 휘둘리지 않는답니다. 하던 얘기를 마저 하게 해 줘요."

사리마는 엘파바가 다시 말을 끊으려 하자 이렇게 말했다.

"시간이야 얼마든지 있고 여기는 햇볕도 이렇게 잘 들잖아요. 그렇지 않은가요? 제 작은 은신처랍니다. …… 내가 보기에 당신이 여기 온 이유는…… 뭐랄까…… 어떤 슬픈 일로부터 놓여나기 위해서인 것 같아요. 당신 얼굴에 그렇게 쓰여 있어요. 놀라지는 마요. 마음의 짐을 진 사람은 표정으로 알 수 있답니다. 나는 날이면 날마다 여동생들이 하는 말에 귀를 기울인다는 점 잊지 마세요. 동생들은 친절하게도 나를 어떤 식으로, 왜 미워하는지 다 얘기해 주거든요."

사리마는 스스로의 재치에 기분이 좋아져서 미소를 지었다.

"당신은 짐을 내려놓고 싶어 해요. 내 발밑에 던지든가, 아니면 내 어깨 위에 올려놓으려고 하지요. 아마 조금 눈물을 흘리고 작별 인사를 한 다음 홀쩍 떠나 버리겠죠. 여기를 떠나 세상 밖으로 곧장 걸어 나가 버릴 거예요."

"그런 짓은 하지 않아요." 엘피가 말했다.

"당신은 그런 짓을 하는지도 모르면서 그렇게 할 거예요. 당신은 세상에 전혀 매이지 않은 몸이에요. 하지만 난 내 한계를 알아요. 그리고 당신이 무엇 때문에 여기 왔는지도 알고요. 당신이 말했잖아요. 홀에서 당신은 피예로의 죽음에 책임이 있다고 했죠……."

"난……."

"말하지 마세요. 안 돼요. 여기는 내 집이에요. 난 이름뿐인 미망
인 왕비이기는 하지만, 이야기를 들을 권리와 듣지 않을 권리가 있
어요. 여행자의 마음을 편하게 해 줄 권리도 있고요."

"난……."

"안 돼요."

"하지만 당신에게 짐을 지울 생각은 없어요, 사리마. 진실을 말
해서 당신 짐을 덜어 주려는 거예요. 제 얘기를 들어 준다면 당신
마음이 더 넓어지고 더 가벼워질 거예요. 용서는 받는 쪽뿐 아니라
주는 쪽에게도 축복이니까요."

"내 마음이 더 넓어진다는 말은 못 들은 것으로 하겠어요. 하지
만 어쨌든 내겐 선택할 권리가 있어요. 당신은 내가 잘못되기를 바
라고 있어요. 잘못되기를 바라면서도 그 사실을 알지도 못해요. 당
신은 어떤 이유로 나를 벌주려 해요. 피예로에게 좋은 아내가 못 되
었다는 이유일지도 모르겠군요. 당신은 내가 잘못되기를 바라면서
도 이게 일종의 치유라고 자기 자신마저 속이고 있어요."

"최소한 남편이 어떻게 죽었는지는 알고 있나요?"

"끔찍한 사고가 있었다고 들었어요. 시체도 발견되지 않았다더
군요. 조그만 밀회 장소에서 일어난 일이라고 했어요." 사리마는
잠시 결심한 것을 잊고 말했다. "그게 정확히 누구였는지 알고 싶
지 않아요. 하지만 내가 듣기로는 비열한 처프리 경이……."

"처프리 경이라고!"

"말하지 말라고 했죠. 그만하라고 했어요. 이제 당신에게 제안을

하나 하겠어요. 당신이 받아들인다면 말이지만. 좋으시다면 그 소년을 데리고 남동쪽 탑으로 옮기세요. 천장이 높고 채광이 좋은 큰 둥근 방이 두어 개 있어요. 외풍이 센 그 오두막에서 나오셔야 해요. 탑 쪽이 더 따듯할 거예요. 본관으로 드나들 수 있는 계단도 따로 있어요. 그러면 동생들하고 부딪칠 일도 없겠죠. 겨울 내내 그 오두막에 머물 수는 없어요. 아이가 안색이 창백하더군요. 늘 추위에 시달렸을 거예요. 미안하지만 이 문제에 대해서는 내 굳은 뜻을 받아들여 주는 조건으로 그곳에 묵으세요. 남편이나 그이의 죽음을 놓고 당신과 얘기하고 싶지 않아요."

엘파바는 충격을 받았으나 포기한 듯한 얼굴이었다.

"당신 말대로 따르는 수밖에 없겠군요. 적어도 당분간은 말이죠. 하지만 분명히 말씀드리는데, 당신과 흉금을 털어놓을 수 있을 만큼 친구가 되어 당신의 마음을 바꾸어 놓겠어요. 당신이 사정을 듣고, 그에 관해 얘기해야 한다고 생각해요. 하여간 황야로 떠날 수는 없겠군요. 당신의 엄숙한 약속을 받아들여……."

"됐어요! 문지기를 불러 당신 짐을 탑으로 옮기게 하겠어요. 이리 오세요. 보여 드릴게요. 커피에는 손도 안 댔군요."

사리마가 일어섰다. 잠시 어색한 순간이 흐르면서 카펫 위에 존경과 의심이 햇살 속의 먼지처럼 똑같은 비중으로 떠다녔다. 사리마가 좀 더 부드럽게 말했다.

"오세요. 적어도 따듯하게는 지내야지요. 우리 같은 키아모코의 시골 쥐들에 대해 좋게 얘기해 주실 수 있으려면요."

3

엘파바로 말하자면, 그 방은 마녀의 방이었다. 엘파바는 그 안에 틀어박혀 지냈다. 아이들의 동화에 나오는 모든 착한 마녀의 방이 그렇듯, 탑의 형태를 따라 벽이 둥그렇게 생긴 방이었다. 방에는 널찍한 창이 하나 있었는데, 바람 불어오는 방향을 피해 동쪽으로 뚫려 있었다. 덕분에 창을 활짝 열어 놓아도 사람이나 물건이 눈 덮인 계곡으로 날려 갈 걱정이 없었다. 게다가 그레이트 켈스가 보초병처럼 서 있어서, 겨울 해가 떠오를 때는 자줏빛 도는 어둠에 잠겼다가 해가 머리 위로 떠오르면서 푸르스름한 커튼 같은 햇살을 퍼뜨려 주었고, 늦은 오후면 금빛과 붉은빛으로 바뀌었다. 가끔씩 얼음과 바위 무너지는 소리가 울려 오기도 했다.

겨울이 온 집안을 휩쓸었다. 엘파바는 곧 다른 방에 더 따듯하게 불이 피워져 있지 않는 한, 그대로 자기 방에 틀어박혀 있는 편이 낫다는 것을 알게 되었다. 사리마를 제외하고는 집안의 다른 사람들은 신경 쓰지 않았다. 사리마는 아들 이르지와 마넥, 딸 노르와 함께 서쪽 건물에 살았다. 사리마의 다섯 여동생들은 동쪽 건물에 살았다. 그들은 둘째부터 여섯째까지 숫자로만 불렸다. 예전에는 다른 이름이 있었을지 몰라도, 오래 쓰지 않은 탓에 있으나 마나 하게 되어 버렸다. 일광욕실은 사리마가 썼지만, 동생들은 시집 갈 수 없는 신세가 되었다는 것을 내세워 제일 좋은 방을 차지했다. 엘파바는 리르가 어느 구석에 처박혀 자는지도 몰랐다. 그러나 리르는 아침이면 다시 나타나 까마귀들의 횃대 바닥에 깐 헝겊을 갈아 주고 엘파바에게도 코코아를 가져다주었다.

럴라인마스가 다가오자, 식구들은 금박이 다 벗겨진 낡은 장식들을 꺼냈다. 아이들은 온종일 아치형 입구에 장식과 장난감들을 매달았다. 어른들은 지나가다 매단 것에 머리를 부딪히고 욕을 퍼부었다. 마넥과 이르지는 톱을 들고 허락도 없이 성벽 밖으로 나가 호랑가시나무 가지를 잘라 왔다. 노르는 뒤에 남아 리르와 함께 마녀 아줌마의 방에서 찾아낸 종이에 성 안에서의 행복한 생활을 그렸다. 리르는 그림을 그릴 줄 모른다고 말하고 어디론가 사라졌다. 아마도 마넥과 이르지한테서 떨어져 있으려는 심산인 듯했다. 적막하던 집 안이 갑자기 부엌에서 구리 냄비를 던지는 소동이 벌어지면서 시끄러워졌다. 노르가 구경하러 달려왔다. 리르도 어딘가 구석에 숨어 있다가 나타났다.

치스터리였다. 원숭이가 소동을 부리고 있었다. 생강빵을 굽던 여동생들은 반죽 덩어리를 던져 요리 도구를 시끄럽게 쟁그랑거리며 조리대 위에 걸어 놓은 고리에 매달린 원숭이를 떨어뜨리려고 했다.

"원숭이가 여기에는 어떻게 들어왔지?" 노르가 물었다.

"원숭이를 내쫓아, 리르, 불러 봐!" 둘째가 외쳤다.

그러나 원숭이에게는 리르의 말도 먹히지 않았다. 원숭이는 찬장 위로 팔짝 뛰어 올라갔다가, 그 다음에는 커다란 건조식품 상자 위로 올라가 서랍을 뽑아 열었다. 그러고는 그 안에서 귀한 건포도를 발견하고는 입에 털어 넣었다. 여섯째가 말했다.

"너희 둘, 가서 사다리를 가져와."

그러나 그들이 나가자 치스터리는 다시 고리 위로 돌아와 그것을 카니발의 회전목마처럼 덜거덕거리며 돌렸다.

넷째는 그릇에 으깬 멜론 덩어리를 넣었다. 다섯째와 셋째는 앞치마를 벗어 들고 원숭이가 내려오면 덤벼들 태세를 취했다. 치스터리가 과일에서 눈을 떼지 못하고 있는데, 갑자기 문이 홱 열려 벽에 쾅 부딪히면서 엘파바가 뛰어들었다.

"이게 다 무슨 소동이야, 정신 사납게?" 엘파바의 눈에 갑자기 죄지은 듯이 불쌍한 척하는 치스터리와 밀가루투성이 앞치마로 원숭이를 사로잡으려고 자세를 취한 동생들의 모습이 들어왔다. "이게 대체 무슨 일이야?"

"그렇게 소리 지를 필요 없잖아요." 둘째가 부루퉁하게 대꾸했지만, 그들은 앞치마를 내렸다.

"그러니까, 무슨 일이냐고? 여기에서 뭐 하고 있었던 거지? 너희들 모두 피에 굶주린 얼굴을 한 킬리조이 같아! 이 불쌍한 짐승한테 화가 나서 하얗게 질려서는!"

"하얗게 된 건 화가 나서가 아니라 밀가루 때문이에요."

다섯째의 말에 동생들은 킬킬대고 웃었다.

"이 더러운 야만인들 같으니라고. 치스터리, 이리 내려와. 지금 당장. 너희들 같은 건 시집 못 가도 싸. 그래야 세상에 꼬물거리는 야만스러운 어린것들을 내놓지 못하지. 이 원숭이한테 손대지 말랬지? 그리고 어떻게 원숭이가 내 방에서 나왔지? 난 너희 언니와 일광욕실에 있었는데."

"아 참, 아줌마, 죄송해요. 저희 잘못이에요." 노르가 문득 생각나서 말했다.

"저희라고?"

엘파바는 몸을 돌려 노르를 처음 보는 아이인 양 쳐다보았다. 노르는 그 눈빛이 싫었다. 노르는 차가운 저장실 문 쪽으로 주춤주춤

물러섰다.

"어째서 내 방에 살금살금 숨어 들어왔지?"

노르는 될 대로 되라는 자포자기의 심정에 빠져 기어드는 목소리로 말했다.

"종이 때문에요. 그림을 좀 그렸어요. 보고 싶으시면 이쪽으로 오세요."

엘파바는 치스터리를 팔에 안고 그들을 따라 외풍이 센 홀로 왔다. 대문 밑으로 불어 들어온 바람에 종이가 날려 조각한 돌에 붙었다. 동생들도 뒤에 멀찍이 떨어져서 따라왔다.

엘피는 차분하게 착 가라앉았다.

"이건 내 종이야. 너한테 써도 좋다고 한 적 없어. 봐. 뒤에 글씨를 써 놓았잖아. 무슨 글씨인지 아니?"

"알고말고요. 제가 바보인 줄 아세요?" 노르가 새침하게 대꾸했다.

"내 종이에 손대지 마."

엘파바가 말했다. 그녀는 치스터리를 데리고 계단을 올라가 그들을 뒤로한 채 탑의 문을 쾅 소리가 나도록 세게 닫았다.

"생강빵 미는 거 도와줄 사람?" 둘째가 머리가 터지도록 싸우는 상황까지는 가지 않았다는 데 안도하여 말했다. "이 홀 정말 예쁘구나. 프리넬라와 럴라인 님이 오늘 밤 무척 좋아하실 거야."

아이들은 부엌으로 돌아가서 생강빵으로 사람, 까마귀, 원숭이, 개를 만들었지만 벌은 너무 작아서 만들 수 없었다. 이르지와 마넥도 들어와서 바닥에 눈 덮인 초록 가지를 부려 놓고 생강빵 만들기를 도왔다. 그러나 그들은 어린아이들한테는 보여 주면 안 될 짓궂은 모양을 만들고 익히지도 않은 반죽을 게걸스레 입에 쑤셔 넣으면서 미친 듯이 웃어 대어 이모들을 참을 수 없게 만들었다.

아침에 일어나자 아이들은 럴라인과 프리넬라가 왔다 갔는지 확인하려고 계단을 달려 내려갔다. 과연 초록색과 금색의 리본을 위에 단 갈색 고리버들 바구니가 있었다.(사리마의 아이들이 벌써 여러 해 동안 죽 보아 온 눈에 익은 바구니와 리본이었다.) 그 안에는 색색의 작은 상자 세 개가 들어 있었고, 상자마다 속에 오렌지와 인형, 작은 공깃돌 주머니, 생강빵으로 만든 생쥐가 들어 있었다.

"내 것은 어디 있어?" 리르가 물었다.

"네 이름이 쓰인 건 안 보이는데. 봐. 이르지, 마넥, 노르라고 쓰여 있잖아. 프리넬라가 네가 전에 살던 집에 놓고 갔을지도 몰라. 전에는 어디에 살았어?"

"나도 몰라." 리르는 울음을 터뜨렸다.

"여기, 내 생쥐 꼬리 줄게. 꼬리만이야." 노르가 친절하게 말했다. "먼저 이렇게 말해. 네 생쥐 꼬리 내가 가져도 되겠니?"

"네 생쥐 꼬리 내가 가져도 되겠니?" 리르는 울먹이느라 알아듣기 힘든 목소리로 말했다. "그리고 네 말대로 다하겠다고 약속할게." 리르가 웅얼거렸다.

마침내 거래가 끝났다. 리르는 창피해서 자기 선물은 빠졌다는 말을 하지 않았다. 사리마와 동생들은 전혀 눈치 채지 못했다.

엘파바는 온종일 얼굴을 비치지 않았다. 럴라인마스 이브와 럴라인마스가 되면 늘 몸이 좋지 않다고 했다. 혼자 며칠 쉬면서 보내

겠으니 밥도 먹을 필요 없고, 아무도 방에 들이지 말고, 조용히만
해 달라는 전갈을 보냈다.

그래서 사리마가 이 성스러운 날 개인 예배실로 물러가 남편을
추억하며 보낼 동안, 동생들과 아이들은 고래고래 찬송가를 불러
댔다.

4

일주일 후, 아이들은 눈싸움을 하고 사리마는 부엌에서 약으로
쓸 토디를 만들고 있을 때, 엘피가 드디어 방에서 나와 살그머니 계
단을 내려가 동생들의 거실 문을 두드렸다.

동생들은 내키지 않았지만 어쩔 수 없이 그녀를 맞아 주었다. 길
리킨의 딕시 하우스에서 당나귀 등에 실려 온 귀한 크리스털, 독한
술병, 바닥에 깔린 선명한 붉은색의 예쁜 토산 카펫, 방 양쪽에서 기
운 차게 불이 타오르는 벽난로…… 엘파바가 등장할 줄 알더라면
조신하게 있었을 텐데. 실은 넷째가 큰 소리로 잘생긴 구혼자들 무
리에 에워싸인 가난한 처녀의 짜릿한 이야기를 읽어 주던 중이었다.
넷째는 소파 밑에 읽고 있던 가죽 장정의 책을 숨겼다. 그 책은 피예
로가 동생들한테 보내 준 가장 좋은 선물이자 유일한 선물이었다.

"레몬 넣은 보리차라도 좀 드실래요?" 여섯째가 나섰다. 운이 좋
아 자매들이 더 빨리 죽지 않는 한 죽는 날까지 언니들 뒤치다꺼리
신세를 면치 못할 막내였다.

"네, 좋아요." 엘파바가 대답했다.

"여기 앉으세요. 이 자리가 제일 편할 거예요."

엘피는 편히 있고 싶은 마음은 없어 보였지만, 어쨌든 퀼트로 만든 의자에 딱딱하게 굳은 자세로 부자연스럽게 앉았다. 그녀는 살충제가 아닌가 의심하는 사람처럼 음료에 입 끝만 살짝 댔다.

"치스터리 때문에 소란 피운 일을 사과해야 할 것 같아서요. 난 키아모코에서 여러분의 손님이잖아요. 잠깐 자제심을 잃었어요."

"아, 정말 그랬지요."

다섯째가 말문을 열었지만 나머지 동생들이 말을 막았다.

"아유, 별일도 아닌 걸로 그러세요. 누구나 그런 날이 있죠, 뭐. 사실 우리도 가끔 그렇게 소란을 피운답니다. 오랫동안 이런 식으로 지내다 보면……."

엘피가 간신히 어렵게 말을 짜냈다.

"정말 힘들어요. 저는 오랜 세월을 침묵의 서약을 지키며 지냈답니다. 어디까지 시끄럽게 해도 괜찮은지 잘 모르고 지냈어요. 게다가 여기는 이방의 문화권이잖아요."

"우리 아르지키 사람들은 항상 오즈의 다른 어떤 시민하고도 거리낌 없이 대화를 나눌 수 있다는 것을 자랑으로 삼고 살아왔답니다. 우리는 동쪽으로 에메랄드 시의 엘리트 계층이든 남쪽으로 떠돌아다니는 방랑자들인 스크로 족이든 똑같이 마음 편히 대하지요."

둘째가 말했다. 그들이 빈쿠스 밖으로 나간 적은 한 번도 없었으니까.

"좀 드시겠어요?" 셋째가 마지팬 과일 과자 깡통을 내밀었다.

"괜찮아요. 그런데 언니가 겪은 가슴 아픈 일에 대해 좀 얘기해 줄 수 있을까요?"

그들은 흥미가 당기는 한편으로 의심스러운 듯 엉거주춤한 모습이었다.

"일광욕실에서 언니와 대화를 나눈답니다. 하지만 사별한 남편 얘기만 나오면…… 알겠지만 나와도 알던 사이죠…… 그 일에 대해서는 입을 닫아 버려요."

"아, 정말 슬픈 일이었지요." 둘째가 말했다.

"비극이지." 셋째의 말이었다.

"언니한테는 그렇지." 넷째가 말했다.

"우리한테도 비극이야." 다섯째가 한마디 거들었다.

"자, 우선 레몬 보리차에 오렌지술을 좀 섞어 드릴게요. 레서 켈스의 상쾌한 언덕에서 가져온 거예요. 이거야말로 진짜 아무나 못 누릴 호사지요." 여섯째가 말했다.

"그럼 조금만 넣어 줘요."

그러나 엘피는 입도 대지 않았다. 그녀는 팔꿈치를 무릎 위에 올리고 몸을 앞으로 숙였다.

"피예로의 죽음에 대해 언니가 어떻게 알고 있는지 좀 얘기해 줘요."

침묵이 흘렀다. 동생들은 공연히 치맛주름을 매만지며 서로 눈길을 피했다. 잠시 후, 둘째가 입을 열었다.

"슬픈 날이었지요. 아직도 그 아픔이 기억에 생생한걸요."

다른 동생들은 앉음새를 바로잡고 둘째 쪽으로 약간씩 몸을 돌렸다. 엘파바는 자기 까마귀들처럼 눈을 두 번 깜박였다.

둘째가 흥분하거나 과장하지 않고 덤덤하게 이야기를 풀어 놓았다. 피예로의 사업상 동료 중 한 명인 아르지키 족 상인이 봄에 눈이 녹자마자 스카크를 타고 산을 넘어왔다. 그는 사리마를 보자고 청하고, 동생들한테도 애통한 소식을 전하겠으니 옆에서 언니를 부축해 달라고 했다. 그는 럴라인마스에 한 클럽에서 피예로가 살해되었다는 익명의 전갈을 받았다는 이야기를 해 주었다. 주소는 점 잖은 동네는 아니었다. 주거 지역조차도 아니었다. 그 상인은 사람을 몇 고용해 창고 문을 때려 부쉈다. 위층에 작은 방이 숨겨져 있었는데 밀회 장소가 틀림없었다. (아마도 권력투쟁에서 비롯된 살인 사건이 아닐까 싶다는 말을 주저하지 않고 전했다.) 격렬한 싸움이 벌어진 흔적과 엄청난 핏자국이 있었다. 피가 군데군데 얼마나 두껍게 들러붙었는지 아직도 끈끈했다. 시체는 보이지 않았고 찾지도 못했다.

엘파바는 이 이야기에 어두운 얼굴로 고개만 끄덕였다.

둘째가 이야기를 계속했다.

"1년 동안 언니는 넋이 나가다시피 해서 형부가 진짜로 죽었다는 사실을 믿지 않으려 했어요. 몸값을 요구하는 편지가 날아왔어도 우린 놀라지 않았을 거예요. 그러나 다음 럴라인마스가 될 때까지도 아무 소식이 없자 우리는 부정할 수 없는 현실을 받아들여야 했죠. 게다가 부족은 임시 집단 지배 체제로 버틸 수 있는 데까지 간신히 지탱해 오던 상황이었지요. 그들은 단일 지도자를 요구했고, 한 명이 추대되어 잘해 오고 있어요. 이르지가 성년이 되면 선조의 권리를 주장할 수 있겠지요. 그 애가 그 정도로 대담무쌍하다면 말이지만. 아직은 그 정도로 배짱을 키우지 못했어요. 마넥이 후보로는 더 유력하지만, 그 애는 둘째이니까요."

"그럼 사리마는 무슨 일이 있었다고 믿고 있나요? 그리고 당신은요? 당신들은 모두 어떻게 생각해요?" 엘피가 물었다.

이야기 중에서도 가장 하기 힘든 대목이 끝났으므로, 다른 동생들은 이제 말을 해도 좋겠다고 느꼈다. 몇 년 동안 사리마는 피예로가 길리킨 출신의 전설적인 미녀라는 글린다라는 옛 대학 동창과 불륜을 저질렀다고 의심해 왔다는 사실이 드러났다.

"전설적이라고?" 엘피가 물었다.

"형부는 우리한테도 그 여자 얘기를 해 줬거든요. 얼마나 매력적이고 겸손하고, 얼마나 우아하고 반짝이며 광채가 나는지……."

"불륜 상대에 대해 그렇게 신나게 떠들어 댈 리야 있겠어요?"

둘째가 그렇게 의심하는 이유를 설명했다.

"다 아는 사실이지만, 남자들은 잔인하고 교활한 데가 있지요. 자기가 그녀를 숭배한다고 열을 올리며 거듭 인정하는 것보다 더 좋은 술책이 또 있겠어요? 큰언니는 형부가 교활하고 기만적이라고 비난할 근거가 아무것도 없었어요. 형부는 언니한테 늘 관심을 쏟아 주었고……."

"차갑고 떨떠름하고 서먹하고 부루퉁했지만." 셋째가 불쑥 끼어들었다.

"세상일이 소설에 나오는 것 같지는 않은 법이잖아." 넷째의 말이었다.

"소설을 읽어야 말이지." 다섯째가 말했다.

"우리는 소설 같은 건 안 읽어." 여섯째가 마지팬의 배를 베어 물며 말했다.

"그래서 언니는 남편이 그 누구랑…… 하고 바람을 피웠다고 믿고 있어요."

"그 미녀랑 말이지. 아줌마도 그 여자랑 아는 사이겠지요? 시즈에 다녔다고 하지 않았어요?" 둘째가 물었다.

"좀 알죠." 엘피는 벌린 입을 다물지 못했다. 그녀는 여럿이 한꺼번에 떠드는 통에 그들의 말을 놓치지 않으려고 애를 먹었다. "본 지는 꽤 오래됐어요."

"큰언니가 속으로 무슨 생각을 하는지야 뻔하죠. 글린다는 처프리 경이라는 부유한 노신사랑 결혼했다더군요. 남편이 뭔가 의심가는 것이 있어 아내의 뒤를 밟았다가 모든 것을 알아차렸겠지요. 그래서 악한들을 고용해서 상대를 죽여 버린 거예요. 불쌍한 형부 말이에요. 그럴싸하지 않나요?"

"꽤 그럴듯하군요. 하지만 증거가 있어요?" 엘피가 천천히 말했다.

"증거는 없어요. 있다면 가문의 명예를 위해 처프리 경을 보복 살해해야겠지요. 하지만 그는 아직도 멀쩡히 잘살고 있을걸요. 그러니까 그냥 추측일 뿐이에요. 하지만 큰언니는 그렇게 믿고 있어요." 넷째가 대답했다.

"거기 집착하고 있지." 여섯째가 말했다.

"그럴 만도 하지, 뭐." 다섯째가 말했다.

"그거야 큰언니의 특권이지." 셋째의 말이었다.

"뭐든지 다 큰언니의 특권이지." 둘째가 서글프게 말했다.

"게다가, 생각해 보세요. 남편이 살해당했다면, 죽어도 쌀 만한 짓을 했을 거라는 쪽으로 생각하는 편이 조금이라도 견디기 쉽지 않겠어요?"

"아뇨, 난 그렇게 생각하지 않아요." 엘피가 말했다.

"실은 우리도 그렇게는 생각지 않아요." 둘째가 인정했다. "하지만 어쨌거나 큰언니 생각은 그런가 봐요."

"그럼 당신들은요? 당신들 생각은 어때요?"

엘피가 카펫에 새겨진 핏빛의 붉은 마름모꼴과 가시처럼 뾰족뾰족한 테두리, 짐승들과 아칸서스 잎과 장미 원형 장식 무늬를 찬찬히 들여다보며 물었다.

"우리가 의견 일치를 보리라고는 기대 안 하시겠지요." 둘째는 이렇게 말했지만 어쨌든 이야기를 계속했다. "우리한테는 알리지 않았지만, 형부는 에메랄드 시에서 모종의 정치적 음모에 연루되었던 것 같아요."

"한 달 머문다던 것이 네 달로 늘어났어요." 넷째가 덧붙였다.

"그가 정치적으로…… 민감했나요?" 엘파바가 물었다.

"형부는 아르지키 족의 왕자였잖아." 다섯째가 모두에게 상기시켰다.

"우리로서는 추측만 할 따름이지만, 형부는 사람들과 관계를 맺기도 하고, 책임질 것도 있고, 충성을 바치는 상대도 있었어요. 우리는 알면 안 될 일들에 대해 자기 견해를 가질 의무가 있었어요."

"그는 마법사를 지지하는 쪽이었나요?" 엘피가 물었다.

"형부가 그런 움직임에 참여했느냐고 물어보시는 건가요? 그러니까…… 대학살 말이죠? 처음에는 쿼들링 사람들을 죽이고, 그 다음에는 **동물**들을 몰살시킨 일 말예요?" 셋째가 물었다. "우리가 그런 일을 알고 있다니까 놀라시는군요. 우리가 오즈 나머지 지역과 완전히 등지고 사는 줄 아셨어요?"

"우리가 외딴 곳에 사는 건 맞아요. 하지만 우리도 귀가 있어요. 우리는 여행자들이 들르면 식사 대접하기를 즐긴답니다. 그곳에서 벌어지는 타락상에 대해 여행자들로부터 들어서 알고 있어요." 둘째가 말했다.

"마법사는 폭군이야."

넷째가 말하는 동시에 다섯째도 입을 열었다.

"우리한테 집은 우리의 성이나 마찬가지예요. 그런 곳으로부터 좀 떨어져 있는 편이 안전해요. 더럽혀지지 않은 채로 도덕성을 지킬 수 있으니까요."

그들은 동시에 억지웃음을 지었다.

"하지만 피예로가 마법사에 대해서도 어떤 견해를 갖고 있었다고 생각하나요?" 엘파바는 절박한 심정으로 재차 물었다.

둘째가 쏘아붙였다.

"형부도 다 나름대로 생각이 있었겠죠. 제발 좀 알아주셨으면 좋겠는데, 형부는 왕자이고 어엿한 한 남자였다고요! 우리는 형부보다 어리고 형부한테 얹혀사는 처제들에 불과했고요! 형부가 우리한테 미주알고주알 다 털어놓았을 것 같아요? 어쩌면 형부는 마법사의 고위 측근이었을 수도 있죠! 당연히 궁정과도 접촉이 있었을 거고요. 왕자니까요. 작은 부족이기는 하지만. 그런 접촉으로 형부가 뭘 했는지 우리가 어떻게 알겠어요? 하지만 우리는 형부가 질투심에 눈먼 남편 손에 죽었을 거라고는 생각지 않아요. 우리가 이런 곳에 처박혀 사는 신세이기는 하지만, 그렇게 생각하지는 않는다고요. 형부는 어떤 분파 투쟁의 집중 공격에 휘말렸을 거예요. 아니면 어떤 과격파 집단의 배신 탓에 정체가 발각되었든가. 형부는 미남이었지요. 우리 모두 부정하지 않겠어요. 그때나 지금이나. 하지만 격정적인 성격이면서도 비밀이 많았어요. 바람을 피울 정도로 해이해졌을 것 같지는 않아요."

둘째는 뱃살을 집어넣고 어깨를 쫙 펴는 아주 가벼운 몸짓으로 은연중에 자신의 생각에 대한 근거를 드러냈다. 자기 처제들의 유혹도 뿌리친 사람이 글린다의 매력에 굴복했을 리 있겠는가?

엘피가 작은 목소리로 물었다.

"하지만 정말로 그가 누군가의 첩자였다고 생각해요?"

"왜 형부의 시체가 발견되지 않았겠어요? 질투심에 불타서 일어난 일이라면 굳이 시체를 치울 필요는 없었겠지요. 어쩌면 그때는 아직 죽지 않은 상태였을지도 몰라요. 고문하려고 데려갔을 수도 있겠죠. 우리가 세상 경험은 별로 없지만, 연애보다는 정치적 노선의 반역 행위와 관련 있다는 냄새가 나요."

"난……." 엘파바가 입을 떼었다.

"저런, 얼굴이 창백하군요. 여섯째야, 물 좀 한 잔……."

"아니에요. 그냥…… 당시에는 그런 생각을 전혀 못 했어요. 내가 그 일에 대해 좀 알고 있는 대로 말해도 될까요? 당신들이 사리마에게 전해 주어도 좋아요." 그녀는 이야기를 시작하려 했다. "내가 피예로를 만났는데……."

그러나 예상치 못했던 바로 그 순간에 가족 간의 유대가 가로막았다. 둘째가 근엄하게 말했다.

"미안하지만, 우리는 언니한테서 당신이 형부나 형부의 죽음을 둘러싼 슬픈 정황에 대해 얘기하지 못하게 하라는 엄한 명령을 받았어요."

둘째가 이 말을 얼마나 힘들게 하는지 한눈에 보였다. 그녀는 엘파바가 하려는 얘기를 듣고 싶어 죽을 지경이었다. 먹음직한 고기를 눈앞에 두고 회가 동하는 기분이었다. 그러나 지킬 것은 지켜야 한다고 여겼거나 사리마한테 들켰을 경우 뒷감당이 두려웠던 모양이다. 둘째가 재차 말했다.

"안 돼요. 하지 마세요. 우리가 지나친 관심을 보이면 안 돼요. 우리는 듣지도 않을 것이고 듣는다 해도 큰언니한테 전하지도 않을 거예요."

결국 엘파바는 기운을 잃고 축 처져 자리를 떴다.

"다음 기회에 하죠. 여러분이 들을 준비가 되고 사리마가 그럴 마음이 생기면. 알겠지만 꼭 들어야 하는 얘기예요. 사리마를 많은 슬픔으로부터 놓여나게 해 줄 수 있을 것이고, 스스로 그 슬픔을 극복할 수 있게 해 줄 거예요."

"어쨌든 지금은 잘 가세요."

엘피의 등 뒤로 문이 닫혔다. 두 개의 벽난로에서 불꽃이 앞뒤로 반사하듯 방 양쪽에서 타올랐다. 그들은 큰언니의 명령에 따르느라고 이야기를 듣지 못한 데 실망한 나머지 큰언니를 저주했다.

5

지붕을 덮은 눈이 얼면서 타일들이 어긋나고 방, 음악실, 탑으로 지저분하게 녹은 물이 뚝뚝 떨어졌다. 엘파바는 언제 머리 위로 얼음 녹은 물이 떨어질지 몰라 실내에서도 모자를 쓰고 다녔다. 까마귀들의 부리 주위에 곰팡이가 피었고 발톱 사이에는 녹조가 끼었다. 동생들은 소설을 다 읽자 일제히 탄식을 내뱉었다. 산다는 게 뭐람! 그러고는 8년 동안 해 온 고대로 다시 읽기 시작했다. 골짜기에서부터 세차게 불어오는 상승 기류 때문에 눈은 종종 떨어지는 게 아니라 위로 솟구치는 것처럼 보였다. 아이들은 그 광경을 넋을 잃고 보았다.

어느 우울한 오후, 사리마는 지루한 나머지 붉은색 모직 외투를 걸치고 쓰지 않아서 곰팡내 나는 방들을 돌아다녔다. 그러다가 마름모꼴의 기울어진 통로에서 계단을 발견했다. 아마도 이 높직한 곳에 있는 작은 방은 보이지 않는 박공벽 한쪽에 맞대어 있는 모양이었다. 사리마는 건축 구조를 삼차원으로 그려 보는 데에는 영 서툴렀다. 그녀는 계단을 올라갔다. 맨 위에 올라가니 조잡한 격자창 너머 허옇게 빛나는 어스름 속에 누군가의 모습이 보였다. 사리마는 상대가 놀라지 않도록 헛기침을 했다.

엘파바가 목수의 작업대에 큼직한 2절판 책을 펼쳐 놓고 몸을 구부리고 있었다. 그녀는 돌아보고 놀랐으나 그리 크게 놀라지는 않았다.

"우리는 취향이 비슷한가 보군요. 신기하기도 해라."

"책을 찾아냈군요. 까맣게 잊고 있던 것인데." 사리마가 말했다. 그녀는 이제 읽을 줄은 알았지만 썩 잘 읽지는 못해서 책을 보면 주눅이 들었다. "책 내용에 관해서는 말씀드릴 수가 없겠네요. 글자가 아주 빽빽해요. 세상이 그렇게까지 샅샅이 파고들어 따져 볼 만한 가치가 있는지 모르겠어요."

엘피가 설명해 주었다.

"이쪽은 고대 지리학이군요. 아르지키의 여러 가문들 간의 토지 사용권 계약에 관한 기록도 있고. 틀림없이 이걸 보면 아주 좋아할 지도자들도 있겠는데요. 시효가 끝나지 않았다면 말이지만. 피예로가 시즈에서 썼던 교과서들도 있군요. 뭔지 알겠어요, 생명과학 과목이에요."

"그리고 이 큼지막한 책은…… 자주색 종이들에 은빛 잉크들로 썼네. 정말 굉장해요."

"이 옷장 바닥에서 찾았어요. 『그리머리』 같아요." 엘피는 습기로 부드럽게 처지는 책장을 손으로 훑어 내렸다. 그녀의 손은 송아지 피지와 대조를 이루어 유난히 눈에 확 띄었다.

"아름다운 것 빼고, 이 책의 정체가 뭐죠?"

"제가 이해한 바로는 초자연적인 것, 영적 세계, 보이는 것과 보이지 않는 것, 과거와 미래에 관한 일종의 백과사전이네요. 간간이 한 줄씩만 무슨 말인지 알겠어요. 들여다보면 글자들이 스스로 뒤엉키는 것 좀 보세요."

엘피가 필기체로 쓰인 본문 한 단락을 짚었다. 사리마도 넘겨다보았다. 사리마는 가까스로 글을 읽는 수준이었지만 눈앞의 광경에 입을 딱 벌렸다. 글자들이 둥둥 떠올라 마치 살아 있는 듯이 책장 위에서 자기들끼리 위치를 뒤바꾸고 있었다. 그들이 들여다볼 때마다 책장이 내용을 바꾸었다. 글자들은 커다란 검은 소용돌이를 일으키며 개미들의 산처럼 서로 뒤엉켰다. 엘파바가 책장을 넘겼다.

"여기 이 부분은 짐승들에 관한 내용이에요." 핏빛과 금빛 잎사귀에 공중에 떠 있는 천사의 앞뒤 모습이 우아하고 희미하게 그려져 있었다. 또 성스러움의 공기역학에 관해 잔글씨로 적혀 있었다. 천사는 거룩한 미소를 짓고 날개를 아래위로 퍼덕였다. "이 책장에는 요리법이 있군요. '껍질이 검고 속은 흰 사과. 탐욕으로 배를 가득 채워 죽음에 이르게 한다.'"

사리마가 기억을 더듬으며 말했다.

"이제야 이 책이 기억나는군요. 여기에 어떻게 오게 되었는지 생각나요. 내가 직접 여기 두고도 잊고 있었네. 책이란 건 참 옆으로 밀어 두고 잊기 십상이죠."

엘피는 고개를 들었다. 돌멩이처럼 반들반들한 이마 아래 눈을 그녀에게 맞추었다.

"얘기해 줘요, 사리마."

키아모코의 미망인 왕비는 어쩔 줄 몰라했다. 그녀는 작은 창으로 가서 창문을 열려고 했으나, 얼음이 두껍게 얼어붙어 열리지 않았다. 사리마는 창문을 포기하고 포장 상자 위에 털썩 앉아 엘파바에게 이야기를 들려주었다. 정확히 언제였는지는 기억할 수 없지만, 아주 오래전, 모두가 젊고 날씬하던 시절의 일이었다. 사랑하는 피예로가 아직 살아 있을 때였지만, 대초원에 부족과 함께 출타 중이었다. 그녀는 두통 때문에 혼자 성에 남았다. 도개교에서 종이 울리기에 누굴까 하고 나가 보았다.

"마담 모리블이겠지요. 아니면 쿰브릭 마녀였든가." 엘파바가 말했다.

"아뇨, 여자가 아니었어요. 튜닉을 입고 각반을 두르고, 양재사가 손을 좀 보아야 할 것 같은 망토를 걸친 노인이었어요. 그는 자기가 마법사라고 했죠. 하지만 어쩌면 그저 미친 사람이었을지도 모르지요. 노인은 식사를 하고 목욕을 할 수 있게 해 달라고 부탁했어요. 그런 다음 나한테 보답으로 이 책을 주고 싶다고 했어요. 나는 성의 살림을 돌보느라 바빠서 한가하게 책 따위를 읽고 있을 시간이 없다고 했지요. 그래도 그는 상관없다고 했어요." 사리마가 옷자락을 그러모으자, 옆에 있던 법령집 서가에서 차가운 먼지가 날려 옷자락을 따라 무늬를 이루었다. "노인은 나한테 믿어지지 않는 이야기를 해 주면서 이 책을 받으라고 설득했어요. 노인은 이 책이 지식의 책이라고 했어요. 다른 세상의 책이지만, 그곳에서는 안전하지 않다는 거예요. 그래서 여기로 가져왔다더군요. 피해를 입지 않도록 숨겨 놓으려고요."

"시시한 얘기네요. 다른 세상에서 온 것이라면 내가 한 줄도 읽지 못해야 하잖아요. 그런데 약간은 이해할 수 있는걸요."

"노인이 말한 것만큼이나 마법 같다고 해도요? 하지만 난 그 노인을 믿었답니다. 노인은 사람들이 보통 생각하는 것보다 더 많은 접촉이 각각의 세계 사이에서 이루어지고 있다고 했어요. 우리 세계에도 노인이 사는 세계의 속성이 있고, 그의 세계에도 우리가 사는 세계의 속성이 있대요. 서로 다른 세계로 새어 나오면서 빚어내는 효과랄까, 아니면 일종의 감염 같은 거겠죠. 노인은 허여스름한 잿빛 수염을 길게 길렀어요. 매우 친절했지만 온 정신을 딴 데 팔고 있는 듯했어요. 또 마늘과 시큼한 크림 냄새를 풍겼답니다."

"그거야말로 다른 세계에서 왔다는 확실한 증거로군요……."

"놀리지 마요." 사리마가 부드럽게 말했다. "당신이 물어보니까 얘기하는 거예요. 노인은 그 책의 힘이 너무 강해서 파괴할 수 없지만, 본래 있던 다른 세상에 너무 위협적이라 거기 보관해 둘 수 없다고 했어요. 그래서 마법 여행인가, 뭔가로 여기로 왔대요."

"키아모코가 그를 불렀고 그는 그 매력에 저항할 수 없었던 거로군요……."

"노인은 여기가 고립된 요새라고 했어요. 그야 맞는 말이죠! 책한 권쯤 더 갖는다고 해서 나한테야 뭐 대수롭겠어요? 그냥 여기에 나머지 책들이랑 두면 되는데. 그 얘기를 누구한테 했는지도 기억이 안 나요. 노인은 나를 축복해 주고 떠났죠. 참나무 지팡이를 짚고 로클라임 고갯길을 넘어 걸어갔답니다."

"정말로 이 책을 여기 가져온 남자가 마법사라고 생각했어요? 이 책이 다른 세계에서 왔다고 확신해요? 다른 세계를 믿기는 해요?" 엘피가 질문을 던졌다.

"이 세상을 믿는 것만도 힘에 부쳐요. 하지만 세상은 여기 존재하는 것 같군요. 그러니 왜 내가 굳이 다른 세계의 존재를 의심해야 하죠? 당신은 믿지 않나요?"

"어릴 적에는 믿어 보려고 했어요. 노력은 해봤죠. 구원의 세계에서 떠오르는 좀먹고 아둔하고 흐릿한 해돋이, 저승이랄까. 하지만 잘되지 않았어요. 정신을 집중할 수 없었어요. 지금은 우리 삶도 우리가 볼 수 없는 곳에 숨겨져 있다는 생각이 드는걸요. 거울 속에 비친 내 모습부터가 수수께끼예요. 그것만으로도 충격이고 이해할 수 없어요."

"그 노인은 아주 훌륭한 마법사거나 미친 사람이겠죠."

"어쩌면 오즈마 섭정에게 충성을 바치는 첩자였을지도 몰라요. 여기에 고대 럴라인교의 책을 은닉해 둔 거죠. 그는 궁정 쿠데타가 일어나 왕정이 부활하기를 바라는 사람인데, 유괴되어 마법에 걸려 잠에 빠진 오즈마 티페타리우스를 걱정하면서 이 문서를 멀리 숨기러 온 거죠. 하지만 아직도 되찾지 못하고……." 엘피가 열을 올리며 얘기했다.

"당신은 음모론에 푹 빠졌군요. 내 그럴 줄 알았어요. 그 사람은 노인이었어요. 아주 나이가 많았다고요. 이국적인 억양이 심했고요. 틀림없이 다른 곳에서 온 떠돌이 마법사였어요. 그리고 그의 말이 옳지 않았나요? 그 책은 여기에 잊힌 채 10년이나 있었으니까요."

"제가 좀 가져가서 봐도 될까요?"

"좋을 대로 하세요. 읽지 말라고는 안 했으니까. 그때는 내가 전혀 글을 읽을 줄 몰랐던 때라…… 잊어버렸어요. 하지만 저기 저 아름다운 천사를 좀 봐요! 정말로 다른 세계를 믿지 않는단 말이에요? 저승을?"

"우리에게 필요한 것은 눈물의 골짜기를 지나 또 끝없이 이어지는 눈물의 골짜기들이지요." 엘파바는 코웃음을 치며 책을 집어 들었다.

6

어느 날 아침, 여섯째가 아이들을 좀 가르쳐 보려다 포기하고 난 후, 이르지가 집 안에서 술래잡기를 하자고 제안했다. 지푸라기로 술래를 뽑은 결과 노르가 뽑혔다. 그래서 노르는 눈을 감고 숫자를 셌다. 기다리느라 지루해지자 그냥 "백!" 하고 외치고는 찾아 나섰다.

제일 먼저 리르를 찾았다. 리르는 몇 시간씩이나 홀로 사라지기를 좋아하면서도 정작 숨어야 할 때는 제대로 숨지 못했다. 그래서 둘은 오빠들을 함께 찾아다녔다. 사리마의 일광욕실에서 이르지를 찾아냈다. 이르지는 박제한 그리핀이 앉은 횃대에 매달아 놓은 벨벳 주름 장식 뒤에 웅크리고 있었다.

그러나 제일 잘 숨는 마넥은 찾을 수 없었다. 부엌에도 음악실에도 탑에도 없었다. 더는 찾아볼 만한 곳도 없어 아이들은 퀴퀴한 냄새가 나는 지하실까지 내려가 보았다.

"여기에서 지옥까지 닿는 굴이 있어." 이르지가 말했다.

"어디에? 왜?" 노르가 물었고, 리르도 따라했다.

"그건 숨겨져 있어. 나도 어디 있는지는 몰라. 하지만 다들 그렇게 말하더라. 여섯째 이모한테 물어봐. 내 생각에는 여기가 옛날에는 급수장 본부였기 때문인 것 같아. 지옥불이 너무 뜨거워서 물이 필요했던 거지. 그래서 악마들이 여기까지 굴을 판 거야."

"봐, 리르, 여기 물고기들을 넣어 두는 우물이 있단다." 노르가 말했다.

돌벽에 습기가 방울방울 맺힌 나지막한 둥근 천장이 있는 방 한가운데 나무 뚜껑을 덮은 나지막한 우물이 있었다. 뚜껑을 옆으로 옮길 수 있도록 사슬과 돌로 된 간단한 도구가 있었다. 아이들은 장난 삼아 덮개를 벗겼다.

"저 아래 우리가 먹는 물고기들이 있어. 저 아래는 온통 호수인지, 끝없이 깊은지, 아니면 지옥까지 내려갈 수 있는지 아무도 몰라." 이르지가 골풀 양초를 움직이자 동그란 검은 물 위로 반사된 빛이 둥그렇게 원을 그리며 싸늘하도록 희게 빛났다.

"여섯째 이모 말로는 저기에 금빛 잉어가 있대. 한 번 본 적이 있다더라. 오래 살아서 엄청 크대. 처음에는 물 위에 놋쇠 주전자가 떠서 까딱거리는 줄 알았는데 고개를 들어 이모를 쳐다보더라지 뭐야." 노르가 말했다.

"어쩌면 **진짜** 놋쇠 주전자였을지도 모르지." 리르가 말했다.

"주전자에 눈이 있을 리 없잖아." 노르가 대꾸했다.

"어쨌거나 마넥은 여기 없어. 있나?" 이르지가 불러 보았다. "마넥, 있어?" 이르지의 목소리가 메아리쳐 울리며 습한 어둠 속으로 잦아들었다.

"어쩌면 마넥은 그 굴로 지옥까지 내려갔는지도 몰라." 리르가 말했다.

이르지가 우물 위의 뚜껑을 도로 덮었다.

"하지만 네가 술래야, 노르. 난 더는 여기에서 내려다보지 않을래."

그들은 섬뜩한 기분이 들어 위층으로 달려 올라갔다. 넷째가 너무 시끄럽다고 아이들에게 고함을 질렀다.

노르는 마침내 마넥을 손님 아줌마의 문으로 가는 밖의 계단에서 찾아냈다.

"쉬잇."

마넥은 그들이 가까이 다가오자 조용히 하라고 했다. 노르는 어쨌거나 마넥을 탁 쳤다.

"오빠 잡혔어."

"쉬잇." 마넥은 다시 더 급하게 말했다.

그들은 차례대로 비바람에 상한 문짝 나뭇결에 난 금 사이로 방을 엿보았다.

아줌마가 책을 손가락으로 짚으며 뭔가 중얼거리고 있었다. 그들에게는 뭐라고 하는지 잘 들리지 않았다. 아줌마 옆의 옷장 위에는 치스터리가 불안한 듯 얌전히 입을 다물고 웅크리고 있었다.

"무슨 일이야?" 노르가 물었다.

"아줌마가 원숭이한테 말하는 법을 가르치고 있어." 마넥이 말했다.

"나도 좀 보자." 리르가 말했다.

아줌마의 다정한 목소리가 들려왔다.

"영혼이라고 말해 봐. 자, 영혼. 영혼. 영혼."

치스터리는 생각해 보는 것처럼 입을 외로 꼬았다.

"아무 차이가 없네." 아줌마가 스스로에게 하는 말인지 치스터리에게 하는 말인지 중얼거렸다.

"같은 타래에서 풀려 나온 같은 실이야. 바위도 기억을 할 수 있어. 물도 기억이 있고. 공기는 설명할 수 있는 과거를 갖고 있어. 불꽃은 불사조처럼 스스로 재생하지. 동물도 바위와 물과 불과 에테르로 만들어졌잖아! 말하는 법을 기억해 봐, 치스터리. 넌 동물이야. 하지만 **동물**하고도 친족뻘이라고. 젠장, 영혼이라고 말해 봐."

치스터리는 가슴팍에서 서캐를 잡아먹었다.

"영혼. 영혼이 있다는 거 알아. 영혼!" 아줌마가 말했다.

"영오." 치스터리가 그 비슷한 말을 내뱉었다.

이르지가 마넥을 옆으로 밀쳤다. 아이들은 아줌마가 웃고 춤추고 노래하는 모습을 보려다가 하마터면 문을 쓰러뜨릴 뻔했다. 그녀는 치스터리를 안아 올려 품에 꼭 안았다.

"영혼, 그렇지, 영혼이야, 치스터리! 영혼이 있어! 영혼이라고 해봐!"

"영오, 영오, 영오. 영오."

정작 치스터리는 별 감흥 없이 되풀이했다. 그러나 킬리조이는 낯선 목소리에 졸다가 깨어났다.

"영혼." 아줌마가 말했다.

"영어." 치스터리는 끈기 있게 되풀이했다. "영으. 영아. 영우 영우 영우. 영허 영허 영오, 영하 영허 영허."

"영혼이라고. 오, 치스터리, 우리 힘으로 딜라몬드 박사님이 하셨던 연구와 연결점을 찾아내고 말 거야! 우리 모두의 기본 구도는 다 일맥상통해. 우리가 좀 더 깊이 들여다볼 수만 있다면!"

"영호." 치스터리가 계속 말했다.

아이들은 웃음이 터져 나오는 것을 참을 수가 없었다. 아이들은 우당탕탕 계단을 달려 내려가 자기들 방으로 뛰어 들어가서 이부자리에 얼굴을 묻고 킬킬댔다.

아이들은 자기들이 본 것을 엄마나 이모들에게 한마디도 하지 않았다. 아줌마가 그만둘까 봐 걱정되었던 것이다. 아이들 모두 치스터리가 말을 배워서 자기들과 놀 수 있게 되었으면 좋겠다고 생각했다.

어느 바람 한 점 없는 날, 키아모코에서 나가든가 어떻게든 지루함을 좀 달래야 할 것 같아서 사리마는 근처의 연못으로 스케이트를 타러 가자는 묘안을 냈다. 동생들도 모두 좋아라 찬성하고 피예로가 에메랄드 시에서 가져왔던 녹슨 스케이트를 끄집어냈다. 동생들은 캐러멜 사탕과자를 굽고 코코아 보온병을 준비했다. 심지어 두 번째 럴라인마스라도 맞이하는 양 몸을 초록색과 금색 리본으로 치장까지 했다. 사리마는 모피 목도리가 달린 갈색 벨벳 드레스를 차려입었고, 아이들은 여벌 바지와 외투를 껴입었다. 엘파바까지도 자주색 문직으로 지은 두꺼운 외투를 입고 묵직한 아르지키 염소 가죽 장화를 신고 털장갑을 끼고 빗자루를 들고 따라왔다. 치스터리는 말린 살구 바구니에 함께 넣어서 데려갔다. 동생들은 실용적인 남자용 부족 외투를 입고, 허리띠를 매고 뒤에서 줄지어 갔다.

마을 사람들이 연못 가운데의 눈을 치워 놓았다. 마치 은빛 판을 바닥에 깐 무도회장의 무대 같았다. 무수히 많은 아라베스크 무늬가 화려하게 새겨져 있고, 눈더미가 베개나 받침처럼 둥그렇게 쌓여 있어 스케이트를 타다가 제동을 걸거나 회전하는 법을 잊어버리더라도 안전하게 멈출 수 있도록 해 주었다. 거침없이 내리쬐는 햇살 때문에 산이 푸른 하늘을 배경으로 날카롭게 치솟은 면도날처럼 보였다. 하늘 높이 눈처럼 흰 커다란 백로와 얼음 그리핀이 선회했다. 얼음판은 소리를 질러 대는 아이들과 비틀거리는 어른들(기회만 있으면 바닥에 굴러서 서로 야릇한 자세로 겹쳐 뒹굴려고 했다.)로 벌써부터 시끌벅적했다. 노인들은 줄지어 얼음판 위를 천천히 빙글빙글 돌았다. 키아모코 사람들이 다가가자 주민들은 잠잠해졌지만, 아이들은 역시 아이들인지라 침묵은 오래가지 못했다.

사리마는 용기를 내어 얼음판 위로 나아갔다. 동생들은 팔에 팔을 끼고 언니 주위를 고리처럼 둘러쌌다. 사리마는 몸집이 많이 불어서 넘어질까 봐 잔뜩 긴장했다. 발목도 그리 튼튼하지 못했다. 그러나 오래지 않아 그녀는 스케이트 타는 법을 기억해 냈다. 이쪽 발을 내밀고, 그 다음에는 저쪽 발, 느릿느릿 한쪽씩 발을 내밀며 길게 지쳤다. 다른 계층 사람들과의 어색한 만남도 그럭저럭 해냈다. 엘파바는 자기 까마귀들 중 하나처럼 보였다. 무릎을 내밀고 팔꿈치를 도리깨처럼 휘두르며 장갑 낀 손을 양옆으로 휘저어 균형을 잡았다.

어른들이 실컷 즐기고 난 후(그러나 아이들은 아직도 준비 운동이 끝나지 않았다.) 사리마와 동생들과 엘피는 사람들이 그들을 위해 펴 놓은 곰가죽 위에 쓰러졌다.

사리마가 먼저 말했다.

"여름이면 커다란 모닥불을 피우고 돼지를 몇 마리 잡는답니다. 남자들이 평원으로 내려오고, 소년들은 양과 염소를 망보려고 언덕으로 올라가기 전에요. 다들 성으로 와서 돼지고기를 먹고 맥주를 실컷 마시죠. 물론 산사자나 곰이 나타날 때도 있어요. 그러면 그 짐승을 죽이든가 성 중심부 탑에 가둬 두었다가 다른 데에 풀어 주지요."

그 무렵에는 마을 사람들이 성에서 온 사람들을 무시했지만, 사리마는 간단하게나마 높은 사람으로서 의무를 다한다는 자긍심에 찬 미소를 지었다.

"그 옷을 입고 빗자루까지 들고 있으니 정말 볼 만하네요."

"리르가 그러는데 마법의 빗자루래."

노르가 알갱이 같은 눈가루를 한 줌 움켜쥐어 엄마의 얼굴에 뿌렸다. 엘파바는 고개를 잽싸게 돌리고 눈가루를 피해 옷깃을 바짝 올렸다. 노르는 목관악기처럼 아름다운 소리로 깔깔 웃고는 도망가 버렸다.

"그럼 당신 빗자루가 어떻게 마법을 부리는지 말해 줘요." 사리마가 말했다.

"마법의 빗자루라고 말한 적 없어요. 야클이라는 늙은 수녀한테서 받았답니다. 정신이 맑을 때 나를 품에 안고 이것을 주었지요.

길잡이로요. 그렇게 불러 줘요."

"길잡이라." 사리마가 말했다.

"그 늙은 수녀는 이 빗자루가 나를 내 운명과 연결해 줄 거랬어요. 아마도 내 운명이 가사일이라는 뜻으로 한 말이었나 봐요. 마법이 아니라."

"다른 여자들과 힘을 합쳐 잘 지내라는 뜻이었나 보지요." 사리마가 하품을 했다.

"야클이 완전히 돌았는지, 아니면 앞을 내다볼 줄 아는 할머니였는지는 나도 모르겠어요."

엘피는 이렇게 말했지만 다른 사람들은 듣고 있지 않았다. 그래서 그녀도 침묵 속으로 빠졌다. 잠시 후 노르가 다시 엄마의 무릎 위에 몸을 던졌다.

"얘기 하나 해 줘, 엄마. 남자 애들이랑 놀기 싫어."

"남자 아이들이란 참 짜증나지. 가끔씩은 말이다." 엄마가 맞장구를 치고 말했다. "네가 태어났을 때 이야기해 줄까?"

"아니, 그거 말고." 노르가 하품했다.

"진짜 이야기. 마법사랑 아기 여우들 이야기 또 해 줘."

사리마는 아이들이 손님을 마녀로 생각하고 있다는 사실을 잘 알고 있었으므로 해 주지 않으려 했다. 그러나 노르가 고집을 꺾지 않자 사리마도 어쩔 수 없이 이야기를 시작했다. 엘파바도 귀를 기울였다. 엘파바의 아버지는 그녀에게 도덕적 교훈을 가르쳤고 책임에 대해 설교했다. 유모는 뜬소문을 주워 날랐다. 네사로즈는 징징거리기만 했다. 그러나 그녀가 어릴 적에 이야기를 들려준 사람은 아무도 없었다. 그녀는 시끄러운 사람들의 소음 너머로 이야기를 들을 수 있도록 몸을 앞으로 약간 내밀었다.

사리마는 밋밋하게 이야기했지만, 엘파바는 이야기의 결론을 들으면서 가슴을 찌르는 듯한 아픔을 느꼈다.

"그래서 사악한 늙은 마녀는 아주 오래오래 동굴에서 살았단다."

"그리고 그 후에 마녀가 밖으로 나왔어요?" 노르가 의식처럼 같은 문답을 되풀이하는 재미에 들려 눈을 반짝이며 물었다.

"아직 못 나왔어."

사리마가 대답하고는 몸을 앞으로 내밀며 노르의 목을 물어뜯는 시늉을 했다. 노르는 비명을 지르며 몸을 빼고 뛰어가 남자 아이들과 어울렸다.

"그게 그저 이야기에 지나지 않는다 해도, 악에 대하여 저승을 들먹이다니 부끄러운 일이군요. 저승이라는 관념은 어떻게 말해도 조작이고 사람을 꼬드기려는 수작일 뿐이에요. 유일교도들과 이교도들이 다 같이 지옥을 들먹이며 위협하고 보상으로 환상적인 저승 얘기를 늘어놓는 건 수치스러운 일이에요." 엘파바가 말했다.

그러자 사리마도 지지 않고 대꾸했다.

"그만해요. 누가 뭐라 해도, 바로 그곳에서 피예로가 나를 기다리고 있어요. 당신도 알잖아요."

엘파바가 턱을 떨어뜨렸다. 사리마는 항상 엘파바가 전혀 예상치 못한 순간에 기습 공격을 날리는 것 같았다.

"저승에서 말인가요?" 엘파바가 물었다.

"아, 당신이 반감을 갖는 곳 말이에요. 당신을 맞이하여 환영해 주어야 할 저세상 사람들이 안됐군요. 당신은 정말 항상 남들과 잘 섞이지 못한다니까요."

7

"그 여자는 미쳤어. 동물한테 말하는 법을 가르친다니 말이 되냐고." 마넥이 아는 척 말했다.

아이들은 버려진 여름 마구간에 모여 다락에서 뛰어내리는 놀이를 하고 있었다. 뛰어내릴 때마다 새어 들어오는 빛줄기에 밀짚과 눈이 구름처럼 풀풀 날렸다.

"저, 그럼 지금 치스터리하고는 무슨 짓을 하고 있는 거야? 네가 하도 자신 있게 말하니까 물어보는 건데, 그럼 지금 치스터리랑 하는 짓은 대체 뭐냐고?" 이르지가 물었다.

"앵무새처럼 흉내 내는 법을 가르치는 거지." 마넥이 대꾸했다.

"내 생각에는 마법을 거는 것 같아." 노르가 말했다.

"넌 뭐든지 다 마법이라고 생각하냐, 멍청한 계집애." 마넥이 쏘아붙였다.

"치, 진짜 그런걸." 노르는 아이들의 의심에 비판적인 자세를 취하듯 멀찍이 떨어져 착지했다.

"정말로 그 여자가 마법을 부린다고 생각해?" 마넥이 리르에게 물었다. "넌 우리보다 그 여자에 대해 더 잘 알 거 아냐. 네 엄마니까."

"엄마가 아니라 아줌만데?" 리르가 자신 없게 대답했다.

"우리한테는 아줌마지만, 너한테는 엄마지."

"난 알아." 이르지가 또 뛰어내리는 걸 피하려고 화제에 열중하는 척 말했다. "리르는 치스터리의 형제야. 리르는 말을 배우기 전에는 치스터리하고 똑같은 모습이었어. 그러니까 넌 원숭이야, 리르."

"난 원숭이가 아니야. 마법에 걸리지도 않았어." 리르가 항변했다.

"흥, 그럼 치스터리한테 가서 물어보자. 오늘이 아줌마가 엄마랑 커피를 마시는 날이잖아? 치스터리가 질문에 대답할 만큼 말을 배웠는지 한번 가서 확인해 보자." 마넥이 말했다.

아이들은 마녀 아줌마의 방으로 가는 나선형 돌계단을 뛰어 올라갔다.

정말로 엘파바는 방에 없었다. 치스터리는 땅콩을 먹고 있었고 킬리조이는 잠결에 그르렁대며 불 주변에서 꾸벅꾸벅 졸고 있었다. 벌들은 쉬지 않고 윙윙거렸다. 아이들은 벌을 별로 좋아하지 않았고 킬리조이한테도 관심 없었다. 리르마저도 아이들과 함께 놀게 된 후로는 개한테 흥미를 잃었다. 그러나 치스터리는 다들 좋아했다.

"귀여운 것, 요 작은 아기. 요 꼬마야, 노르 이모한테 오렴." 노르가 말했다.

원숭이는 의아한 듯 쳐다보았으나, 구부린 손가락을 바닥에 대고 잽싼 발로 마루를 휘저으며 다가와 노르의 팔에 안겼다. 원숭이는 그녀의 귀를 샅샅이 살펴보고 어깨 너머로 남자 아이들을 엿보았다.

"얘기해 봐, 치스터리, 마녀 아줌마가 진짜 마법을 부리니? 마녀 아줌마 얘기 좀 다 해 줘." 노르가 말했다.

"미녀 마녀." 치스터리가 손가락으로 장난치며 말했다. "모녀 무녀 미녀?"

아이들은 원숭이가 이마를 눈썹처럼 찌푸리는 모습으로 보아 틀림없이 질문일 거라고 확신했다.

"넌 주문에 걸려 있는 거니?" 마넥이 물었다.

"지문 조문 주문." 치스터리가 대답했다.

"어떻게 하면 우리가 주문을 깰 수 있어? 어떻게 해야 너를 다시 우리 같은 아이로 되돌릴 수 있니? 특별한 방법이라도 있어?" 이르지가 물었다. 제일 나이가 많은 형이었지만 동생들처럼 엉뚱한 상상에 푹 빠졌다.

"바버 방법? 버버 바보 바부. 바버?"

"어떻게 하면 좋을지 말해 줘." 노르가 원숭이를 토닥이며 말했다.

"주, 죽어." 치스터리가 말했다.

"멋지군. 그러니까 네가 걸린 주문을 우리 힘으로는 풀 수 없다는 거네?" 이르지가 말했다.

"아유, 그 앤 그저 옹알이하는 거야." 문간에서 엘파바의 목소리가 들려왔다. "초대하지도 않은 불청객들이 왔군."

"안녕하세요, 아줌마." 아이들이 인사했다. 아이들도 거기 오면 안 된다는 것을 알고 있었다.

"원숭이가 말을 해요. 조금이지만. 마법에 걸렸나 봐요."

"네가 하는 말을 따라하는 것뿐이야." 엘파바가 가까이 오면서 말했다. "그러니까 그냥 놔두렴. 너희들은 여기 오면 안 돼."

"죄송해요."

아이들은 방을 나왔다. 남자 아이들의 방으로 돌아와서 침대 위에 쓰러져 눈물이 날 때까지 배꼽을 쥐고 웃어 댔다. 뭐가 그렇게 우스운지 자기들도 몰랐다. 아무 짓도 하지 않았어도 그저 마녀의 방에서 무사히 빠져나온 데 마음이 놓여서였을까? 아이들은 더 이상 마녀 아줌마를 무서워하지 않아도 되겠다고 생각했다.

8

아이들은 집 안에 틀어박혀 있는 데 싫증이 났다. 마침내 눈 대신 비가 내리고 있었다. 빨리 날이 개어 밖에 나가 놀 수 있게 되기만 기다리며 술래잡기를 했다.

어느 날 아침에는 노르가 술래였다. 노르는 마넥을 금세 찾아냈다. 리르가 항상 마넥 옆에 숨어 마넥까지 들키게 만들었기 때문이다. 마넥은 더 이상 못 참고 소리쳤다.

"네가 지지리도 못 숨으니까 나까지 만날 잡히잖아. 잘 좀 숨을 수 없어?"

"그렇다고 우물 속에 숨을 수는 없잖아." 리르가 말귀를 잘못 알아듣고 말했다.

"아, 그것도 괜찮겠다." 마넥은 반색하며 말했다.

다음 판이 시작되자, 마넥은 리르를 데리고 지하실 계단을 내려갔다. 지하실은 주춧돌 틈으로 새어 나온 지하수 때문에 평소보다 훨씬 더 습했다. 우물 뚜껑을 밀어 여니 우물물이 올라와 있었다. 그래도 수면까지 삼사 미터는 족히 되어 보였다.

"여기면 숨기에 안성맞춤이야. 자, 이 고리에 밧줄을 감고 물통에 타면 돼. 그런 다음 내가 크랭크를 풀면 물통이 우물 벽을 따라 천천히 미끄러져 내려갈 거야. 물에 닿기 전에 멈출 테니까 걱정하지 마. 그 다음에 뚜껑을 덮으면 노르가 이리저리 찾으러 다니겠지! 하지만 죽어도 너를 못 찾을 거야."

"거미가 있으면 어떻게 해?" 리르는 축축한 우물 속을 들여다보았다.

"거미는 물을 싫어해. 거미 걱정 따위는 말라고." 마넥이 자신

있게 대답했다.

"그럼 네가 내려가면 되잖아?"

"넌 힘이 없어서 나를 내려 주지 못하잖아. 그러니까 그렇지."
마넥이 끈기 있게 설득했다.

"그럼 너무 멀리 숨지는 마. 날 너무 많이 내리면 안 돼. 뚜껑을
다 닫지도 말고. 어두우면 싫단 말이야."

"넌 허구한 날 불평만 하냐. 그러니까 우리가 너를 싫어하지."
마넥이 리르에게 손을 내밀며 말했다.

"치, 다들 나한테 너무해."

"이제 쭈그리고 들어가. 양손으로 밧줄을 꼭 잡아. 물통이 우물
벽에 긁히거든 몸을 좀 밀어내. 천천히 내려 줄게."

"넌 어디에 숨을 건데? 이 방에는 달리 숨을 곳이 없잖아."

"난 계단 밑에 숨을 거야. 그늘에 있으면 노르가 절대 못 찾아.
그 앤 거미라면 질색하거든."

"거미 없다며!"

"노르는 있는 줄 알아. 하나 둘 셋. 이건 진짜 멋진 생각이야, 리
르. 넌 진짜 용감해."

마넥은 힘을 쓰느라 불퉁거리는 목소리로 변했다. 리르가 물통
에 들어가니 생각했던 것보다 더 무거웠고, 밧줄은 너무 빨리 풀려
나갔다. 밧줄이 권양기와 버팀목 사이 이음매에 끼어 양동이가 멈
추면서 벽에 부딪혀 쿵 하는 소리가 울려 퍼졌다.

"너무 빨랐잖아." 리르의 목소리가 어둠 속에서 음산하게 울렸다.

"어유, 그만 좀 징징거려. 이젠 조용히 해. 뚜껑을 반만 덮어 줄
게. 그래도 노르는 눈치 못 챌 거야. 소리 내면 안 돼."

"여기 물고기가 있나 봐."

"그야 물고기를 넣어 두는 우물이니까 당연하지."

"나 물에 너무 가까이 있는데. 물고기가 뛰어오를까?"

"물론 뛰어오르지. 이빨도 얼마나 날카롭다고, 이 얼간아. 게다가 뚱뚱한 남자 애들이라면 환장하지. 뛰어오르긴 뭐가 뛰어올라. 정말 그렇다면 내가 너를 그렇게 위험한 데 밀어 넣을 것 같아? 솔직히 말해서 너, 나 하나도 안 믿지?"

마넥은 말뿐이 아니라 정말 실망한 듯 한숨을 내쉬었다. 마넥은 뚜껑을 반만 닫지 않고 완전히 닫았다. 리르한테서 더 이상 불평이 들려오지 않았지만 마넥은 리르가 너무 마음이 상해서 그러려니 하고 대수롭지 않게 여겼다.

마넥은 계단 밑에 잠시 숨어 있었다. 노르가 내려오지 않자 그는 오래된 퀴퀴한 예배실의 제단 덮개 뒤가 더 숨기에 낫겠다고 판단했다.

"이제 올라와, 리르."

마넥이 속삭였지만 대답이 없었다. 마넥은 리르가 아직도 꽁한 마음이 풀리지 않았나 보다고 생각했다.

사리마는 간만에 부엌에 와서 저장실에서 꺼내 온 시들시들한 채소로 스튜를 만들었다. 동생들은 위층 음악실에서 자기들끼리 춤판을 벌이고 있었다.

"누가 들으면 코끼리 떼라도 지나가는 줄 알겠어요." 사리마는 엘파바가 뭔가 주전부리할 거리를 찾아 들어오자 이렇게 말했다.

"당신을 여기에서 마주치다니 뜻밖이군요. 당신 아이들에 대해서 좀 불만이 있어요." 엘파바가 말했다.

"귀여운 꼬마 야만인들이지요. 그 애들이 또 침대보에 거미라도 집어넣었나요?" 사리마가 국을 휘저으며 말했다.

"거미는 상관없어요. 까마귀들이 먹을 수 있으니까. 사리마, 아이들이 내 물건을 뒤지고 치스터리를 사정없이 괴롭혀요. 내가 말해 봤자 애들은 들은 척도 안 할걸요. 당신이 어떻게 해 주면 안 되겠어요?"

"어떻게 하면 좋을까요? 자, 이 순무 맛 좀 봐요. 개밥으로나 줘야 하려나?"

"이런 건 킬리조이도 안 먹을걸요. 당근을 좀 넣는 편이 낫겠어요. 내가 보기에는 아이들이 너무 버릇이 없어요, 사리마. 학교에 보내야 하지 않겠어요?"

"아, 그래요. 형편이 더 나았으면 그랬겠지요. 하지만 어쩌겠어요?" 사리마가 차분하게 말했다. "이미 말했듯이 아르지키 부족의 야심가들이 아이들을 노리고 있어요. 여름에 키아모코 부근의 산비탈에서 뛰어놀게 하는 것조차 꺼려져요. 언제 아이들이 돼지처럼 피를 흘리며 꽁꽁 묶인 모습으로 발견되어 죽은 시체로 집에 도착할지 몰라요. 그게 다 과부로 살아가면서 짊어져야 할 운명이랍니다. 할 수 있는 데까지는 최선을 다해야죠."

엘피가 물러서지 않고 말했다.

"난 착한 아이였어요. 끔찍한 기형으로 태어난 여동생을 돌보았죠. 난 아버지와 어머니 말씀은 어기지 않았어요. 선교사의 아이로 떠돌아다니면서 마음속 깊은 곳에는 믿음이 없으면서도 이름 없는 신을 증거하는 역할을 했죠. 난 순종해야 한다고 믿었어요. 그리고 그게 나한테 해가 됐다고는 생각지 않아요."

"그럼 뭐가 해가 됐나요?" 사리마가 농담처럼 받아넘겼다.

"내 말을 듣지 않는군요. 그럼 나도 말하지 않을래요. 하지만 이유야 어찌 되었건, 당신 아이들은 너무 제멋대로예요. 당신은 아이들을 너무 관대하게 키워요."

"하지만 심성은 착한 애들이에요." 사리마는 당근을 문지르는 데만 온 정신을 팔면서 말했다. "걔들은 순진무구하고 활달해요. 아이들이 이런저런 놀이를 하느라 집 안을 뛰어다니는 모습을 보면 나도 얼마나 기운이 솟는지 몰라요. 그런 소중한 나날들은 눈 깜짝할 사이 지나가 버린답니다. 그러면 이 집이 아이들의 웃음소리로 떠들썩했던 시절을 회상하게 되겠지요."

"악마 같은 웃음소리겠죠."

"아이들한테는 본래부터 선한 면이 있어요." 사리마는 얘기하다 보니 흥분하여 단호하게 말했다. "당신도 그 어린 오즈마를 알고 있겠죠? 마법사에게 오래전 지위를 빼앗긴 오즈마 말이에요. 오즈마는 어딘지 모르지만 동굴 속에(어쩌면 켈스일지도 모르죠.) 얼어붙어 있다가 어린 시절의 순수함을 간직한 채 살아 올 거예요. 마법사도 그녀를 죽일 용기는 없으니까. 언젠가 그녀가 돌아와 오즈를 통치할 것이고, 역사상 가장 훌륭하고 현명한 군주가 될 거예요. 어린 시절의 지혜를 그대로 지니고 있을 테니까요."

"난 어린이 구세주 따위는 믿지 않아요. 내 의견을 말하자면, 구원받아야 할 대상은 바로 아이들이죠."

"당신은 아이들이 원기왕성하다는 이유로 싫어하는군요."

"당신 아이들은 악귀 같다고요." 엘피도 흥분해서 맞받아쳤다.

"우리 아이들은 악귀가 아니에요. 동생들이나 나도 못된 아이들이 아니었고."

"하여튼 착하지는 않아요."

"그럼 당신이 보기에 리르는 어떤데요?"

"아, 리르 말이죠."

엘피는 혀를 차고 손을 쳐들며 파 하는 소리를 냈다. 사리마가 전부터 줄곧 궁금하게 여겨 왔던 이 화제를 더 파고들려는데 셋째가 부엌으로 뛰어 들어왔다.

"저 아래 고갯길이 평소보다 더 빨리 녹았나 봐. 로클라임 고갯길을 따라 북쪽에서 대상이 힘겹게 길을 헤치고 오는 모습을 보았다니까! 내일이면 여기 도착할 거야!"

"어머나, 좋아라. 그런데 성이 이렇게 엉망진창이니 어쩌면 좋지! 늘 이렇다니까. 왜 좀 고치지 못할까? 서둘러. 아이들을 불러오렴. 때를 닦아 내고 광 낼 준비를 해야겠다. 엘파바, 높은 분이 오실지도 몰라요. 당신도 준비를 해야 해요."

마넥과 노르와 이르지가 놀이를 하다 말고 뛰어왔다. 셋째가 그 소식을 전하자, 아이들은 즉시 제일 높은 탑으로 뛰어 올라가 가늘어진 빗줄기 사이로 내다보며 앞치마와 손수건을 흔들었다. 정말 대상이었다. 스카크 대여섯 마리와 작은 마차가 눈과 진흙을 헤치며 시내를 힘겹게 건너와서, 잠시 멈추어 갈라진 바퀴를 고치고 스카크를 먹이고 있었다! 정말 신나는 일이었다. 아이들은 저녁 식사로 나온 야채수프를 먹으며 내내 대상과 함께 오는 손님들 가운데 어떤 놀랄 만한 이들이 있을지 얘기꽃을 피웠다.

사리마가 엘파바에게 소리 죽여 말했다.

"저 애들은 아버지가 돌아올 거라는 생각을 한시도 잊어 본 적이 없답니다. 이렇게 흥분하는 것도 아버지가 돌아올지 모른다는 희망 때문이지요. 자기들은 기억도 못 하면서."

이때 넷째가 갑자기 말했다.

"리르는 어디 있지? 제때 나타나지 않으면 맛있는 수프를 버릴 텐데. 나중에 나한테 와서 징징거려도 국물도 없어. 애들아, 리르는 어디 있니?"

"아까 우리랑 놀았는데. 잠들었나 봐요." 이르지가 말했다.

"모닥불을 피우고 연기를 올려 여행객들에게 환영 인사를 해야겠어요." 마넥이 이렇게 말하고 식탁에서 뛰어나갔다.

9

점심 무렵이 되자, 스카크와 마차가 마침내 성의 내리닫이문과 벽옥과 참나무로 된 문으로 이어지는 비탈길을 오르기 시작했다. 마을 사람들은 오두막에서 나와 마차를 몸으로 밀어 진흙과 얼음을 헤치고 지나가게 도와주었다. 마침내 마차는 진창을 빠져나와 도개교를 건넜다. 엘파바도 다른 사람들처럼 호기심에 차서 아르지키의 미망인 왕비와 동생들과 함께 조잡하게 조각한 정문 위의 흉벽에 나와 섰다. 아이들은 리르만 빼고 모두 아래의 자갈을 깐 마당에서 기다렸다.

대장은 회색 머리의 젊은이였는데, 사리마에게 하는 둥 마는 둥 산사람 식으로 인사했다. 스카크들은 자갈밭에 지저분하게 오물을 질질 흘렸다. 스카크의 똥을 처음 보는 아이들은 그저 즐거워했다. 그런 다음 대장은 마차로 가서 문을 열고 안으로 들어갔다. 귀가 어두운 사람한테 말하듯 목청껏 말하는 그의 목소리가 들려왔다.

그들은 기다렸다. 하늘은 눈이 아프도록 푸르렀다. 정말로 거의 봄 하늘 색깔이었다. 처마에는 고드름이 위험스러운 단검처럼 매달려 미친 듯이 녹아내렸다. 동생들은 배를 집어넣느라 숨을 잔뜩 들이쉬고는, 남은 생강빵을 다 먹어 치우고 커피에 크림을 넣었던 일을 후회하며 앞으로는 더 잘하겠다고 다짐했다. 제발, 자비로운 럴라인 님, 남자를 보내 주소서. 대장이 다시 밖으로 나와 손을 내밀어 마차에서 누군가가 내리도록 도와주었다. 우중충한 치마에 촌사람들 눈으로 보아도 한참 구식인 보닛을 쓰고 힘겹게 움직이는 노인네였다.

그러나 엘파바는 날카로운 턱과 도끼 같은 콧날로 바람을 가를 듯이 몸을 앞으로 내밀고 짐승처럼 숨을 헐떡였다. 마차의 손님이 몸을 돌리자 햇빛에 얼굴이 드러났다. 엘피가 외쳤다.

"맙소사, 유모야!" 그녀는 흉벽을 뛰어 내려가 늙은 여인을 얼싸안았다.

"저런 모습을 보게 될 줄이야. 저이가 저렇게 인간적인 감정을 느낄 수 있을 줄은 몰랐는걸." 넷째가 코웃음을 치며 말했다.

엘파바는 너무 기뻐 말도 못 하고 흐느끼고 있었다.

대상의 대장은 식사도 안 하고 떠났지만, 유모는 여행 가방을 들고 온 것으로 보아 더 멀리 갈 의사가 없음이 분명했다. 유모는 엘파바의 방 바로 아래 작고 퀴퀴한 방에 짐을 풀고, 노인들이 그렇듯이 한참 동안이나 몸단장을 했다. 유모가 사람들을 만날 준비가 다 되었을 때쯤 저녁이 차려졌다. 살보다는 힘줄뿐인 늙고 냄새 나는 암탉에 후추 소스를 엷게 뿌려 좋은 접시를 골라 그 위에 차려 놓았다. 아이들은 제일 좋은 옷을 차려입고, 이번 한 번만은 식당에서 저녁을 먹도록 허락받았다. 유모는 엘파바와 팔짱을 끼고 와서 그녀의 오른편에 앉았다. 유모는 엘피의 손님이었기 때문에 동생들은 친절하게 엘피의 냅킨 고리를 식탁 끝의 사리마 반대편에 놓아 주었다. 관례상 죽은 피예로를 기념하여 비워 두는 자리였다. 동생들은 엘파바가 이렇게 한 번 승격된 지위를 절대 포기하지 않으리라는 것을 곧 알아차리고 큰 실수를 했다는 것을 깨달았다. 그러나 어쨌든 지금은 모두 만면에 미소를 띠고 환대를 베풀었다. 손님이 신붓감을 찾는 결혼 적령기의 젊은 왕자님이 아니라는 사실 말고도 약간 짜증 나는 일이 있다면, 리르가 뭐에 골이 났는지 아직도 나타나지 않고 시위를 하고 있다는 점이었다. 아이들도 리르가 어디 있는지 몰랐다.

유모는 피로에 찌든 늙은 여인이었다. 피부는 마른 비누처럼 갈라지고, 가느다란 머리카락은 노르께한 백발이었다. 손에는 질 좋은 아르지키 염소 치즈처럼 힘줄이 툭툭 불거져 있었다. 유모는 여러 차례 숨을 쉬느라 말을 끊고 색색거리면서 이야기를 늘어놓았다. 유모는 에메랄드 시에서 크롭이라는 이를 통해 엘파바가 에메랄드 시 외곽의 세인트 글린다 수도원에서 티벳이 죽기 전 돌보아 주었다는 이야기를 들었다. 가족들 중 누구도 엘파바의 소식을 듣지 못한 지 벌써 여러 해였다. 유모는 직접 엘파바를 찾아 나서기로 결심했다. 수녀들은 처음에 입을 열지 않으려 했으나, 유모는 끈질기게 매달리면서 새로운 대상이 떠날 준비를 할 때까지 기다렸다. 수녀들은 엘파바가 키아모코에 볼일이 있어 갔다는 이야기를 해 주었고, 유모는 이듬해 봄 출발 편을 예약했다. 그리하여 여기까지 오게 된 것이다.

"바깥세상은 어떤가요?" 둘째가 눈을 반짝이며 물었다. 집안 소식은 자기들끼리 따로 시간을 갖고 나누라지.

"무슨 소리우?" 유모가 물었다.

"정치, 과학, 유행, 예술, 요즘 최신 경향이 어떻냐고요!" 둘째가 말했다.

"아, 우리의 가공할 마법사님은 스스로 황제 자리에 오르셨답니다. 몰랐우?" 유모가 말했다.

그들로서는 금시초문이었다.

"누구의 권위로요? 게다가 무엇을 지배하는 황제라는 거예요?" 다섯째가 비웃음을 날렸다.

유모는 차분하게 대답했다.

"마법사님보다 더 권위 있는 사람은 아무도 없다우. 그분 말로는요. 누가 그 말에 토를 달겠어? 사실 마법사님은 해마다 영예를 나눠 주느라 바쁜데, 뭐. 스스로 하나 더 직위를 추가한 것뿐이지. 무엇을 지배하는 황제냐고 묻는다면, 나는 대답할 말이 없네요. 영토를 확장하겠다는 뜻이 숨겨져 있다고 수군대는 사람들도 있어요. 하지만 마법사님이 어디로 영토를 넓힐 수 있을지는 미지수지. 정말 난 모르겠어. 사막으로? 그 너머 퀵스나 익스나 플리안 같은 곳으로?"

"아니면 빈쿠스처럼 느슨하게 통치하던 영토를 더 바짝 죄겠다는 뜻일까?" 엘파바가 말했다. 그녀는 가슴뼈 아래 깊이 팬 옛 상처가 되살아나듯 오싹하는 한기를 느꼈다.

"딱히 기뻐하는 사람은 아무도 없우. 지금 강제 징병을 하고 있어요. 비밀경찰은 궁정군의 수를 능가하는 판이고. 내부에 권력 투쟁이 일어날 가능성이야 아무도 모르지. 마법사님은 혹시 있을지도 모를 왕위 탈취 시도에 맞설 준비를 하고 있어요. 이런 일을 놓고 가타부타할 수 있는 사람이 누가 있겠우? 더군다나 우리처럼 늙은 여자들이?"

유모는 그들 모두를 싸잡아 넣는 의미의 미소를 지었다. 동생들과 사리마는 최대한 유모에게 맞서 젊음을 뽐내었다.

10

다음 날은 비 때문에 날씨가 너무 흐려서 거의 동이 트지도 않았다. 동생들과 사리마는 응접실에서 유모가 나타나 자기들을 즐겁게 해 주기를 기다리며, 손님 아줌마에 대해 새롭게 안 사실들을 놓고 얘기꽃을 피웠다.

둘째가 생각에 잠겨 말했다.

"엘파바라…… 꽤 예쁜 이름이야. 어디에서 유래했을까?"

"나는 알아." 다섯째가 말했다. 다섯째는 결혼할 가능성이 점점 희박해지고 있다는 것을 깨닫고 한때 미약하나마 종교에 빠진 적이 있었다. "예전에 성인 열전을 읽었거든. 폭포의 성 에이엘파바야. 육칠백 년쯤 전 먼치킨랜드 출신의 신비주의자이지. 기억 안 나?

107

기도를 드리며 살고 싶었지만 미모가 지나치게 빼어나서 동네 남자들이 그녀의 관심을 끌려고 계속 귀찮게 굴었대."

그들은 모두 일제히 한숨을 쉬었다.

"그녀는 순결을 지키기 위해 성서와 포도 한 다발만 가지고 황야로 들어갔어. 맹수들이 그녀를 위협했고 거친 남자들이 그녀를 잡으러 쫓아왔어. 이루 말할 수 없이 고통을 겪었지. 그러다가 절벽에서 떨어지는 커다란 폭포를 발견했어. 그녀는 이렇게 말했어. '여기가 내 동굴이야.' 그러고는 옷을 죄다 벗어 버리고 떨어지는 폭포수를 뚫고 곧장 걸어 들어갔대. 폭포수 너머에는 물이 튀어 팬 동굴이 있었다고 해. 그녀는 거기에 앉아서 물의 벽을 뚫고 들어오는 빛으로 성서를 읽고 영적인 문제들에 대해 묵상했다지. 가끔가다 포도도 한 알씩 먹고 말이지. 마침내 포도를 다 먹었을 때 동굴에서 나왔대. 그랬더니 수백 년이 지나 있더라는 거야. 시냇가 언덕에는 마을이 섰고 근처에는 물방아용 연못까지 있더래. 마을 사람들은 공포에 질려 뒤로 물러섰대. 그들도 어릴 때 폭포수 뒤에 있는 동굴에서 놀았거든. 연인들은 거기에서 밀회를 했고 살인과 온갖 더러운 짓이 바로 거기에서 저질러졌어. 보물을 묻어 두기도 했고. 그런데도 아무도 그곳에서 벌거벗은 성 에이엘파바를 본 적이 없었다지 뭐야. 하지만 그 성녀는 입을 열어 옛 말투로 말했대. 사람들은 다 그녀가 누구인지 알아차리고 그녀를 기리기 위해 예배당을 지었어. 그녀는 아이들과 노인들을 축복하고 중년들의 고해를 들어 주고, 병자를 치료하고, 굶주린 자들을 먹인 다음 또 포도 한 다발을 갖고 다시 폭포수 뒤로 사라졌대. 아마 이번에는 더 큼직한 포도 다발이었나 봐. 그 후로는 아무도 그녀를 다시 본 사람이 없다니까."

"그러면 사람이 모습을 감춘 채 죽지 않고 살아 있을 수도 있겠네." 사리마가 조금은 꿈꾸듯이 창문 밖 빗줄기를 바라보며 말했다.

"성인이라면 그렇겠지." 둘째가 정곡을 찔렀다.

"그 얘기를 믿기나 해요?" 엘파바는 이야기가 끝나 갈 때쯤 응접실에 들어와 있었다. "다시 나타난 성 에이엘파바는 잘 속는 농부들을 한번 호되게 골려 주려고 옆 마을에서 온 닳고닳은 여자였을지도 몰라요."

그러자 사리마가 무시하는 투로 쏘아붙였다.

"그런 의심을 하다니 당신답네요. 무엇에서건 희망을 싹 쓸어내 버린다니까. 내가 정말 못살아. 정말 너무해요."

"당신을 엘파바라고 부르면 좋겠어요. 정말 근사한 이야기잖아요. 유모의 입에서 당신의 본명을 들어서 기뻐요." 여섯째가 말했다.

"그만둬요. 유모야 어쩔 수 없다 쳐도 그냥 부르던 대로 해요. 유모는 나이 먹어서 바뀌기 힘들어요. 하지만 당신들은 아니잖아요."

여섯째가 맞받아치려는 듯 입을 쑥 내밀었다. 바로 그때 노르와 이르지가 계단을 쿵쾅대며 요란하게 뛰어 내려와 방으로 들어왔다.

"리르를 찾았어요! 좀 보세요. 죽은 것 같아요! 우물에 빠져 있었어요!"

그들은 모두 지하실로 급히 내려갔다. 리르를 찾은 것은 치스터리였다. 원숭이는 아이들과 함께 우물 곁을 지나치다가 코를 찡그리고 킹킹대며 무거운 뚜껑을 잡아당겼다. 노르와 이르지는 원숭이를 물통에 넣어 아래로 내려 보자는 생각을 했다. 그러나 뚜껑을 밀어 젖히고 보니 창백한 사람의 살에서 반사되는 섬뜩한 빛에 기겁했다.

마넥은 우물 앞에서 어머니와 다른 사람들이 시끄럽게 외치는 소리를 듣고 달려왔다. 그들은 리르를 끌어올렸다. 눈이 계속 녹고 비도 더 온 탓에 수위가 올라와 있었다. 리르는 물에 퉁퉁 불어 시체 같았다.

"우아, 리르가 여기 있었네. 전부터 우물 속에 한번 내려가 보고 싶다고 하더니." 마넥이 재미있다는 듯 말했다.

사리마가 야단쳤다.

"얘들아, 저리 비켜. 너희들은 이런 거 보면 안 돼. 위층으로 올라가. 자, 지금 당장, 얌전하게 굴어야지. 너희들은 위층에 있어."

아이들은 자기들이 보고 있는 것이 무엇인지도 모르면서 너무 자세히 보일까 봐 두려워했다.

"믿을 수 없어. 너무 끔찍해요." 마넥이 흥분한 목소리로 외쳤다.

엘파바는 그를 밉살스럽다는 듯이 날카롭게 쏘아보며 꾸짖었다.

"엄마 말 들어."

마넥은 인상을 썼지만 이르지, 노르와 함께 위층으로 쿵쿵대며 올라가서 맨 위의 열린 문틈에 몸을 숨기고 살짝 귀를 기울이며 엿보았다.

"아, 누구 치료할 줄 아는 사람 없나, 아줌마, 어떻게 좀 할 줄 알아요? 서둘러야 해요. 아직은 시간이 있을 거예요. 당신은 생명과학을 공부했으니 손쓸 줄 알겠지요! 무엇을 할 수 있죠?" 사리마가 물었다.

"이르지, 가서 유모를 데려와. 급한 일이라고 말해." 엘피가 외쳤다.

"애를 부엌으로 옮겨요. 부드럽게 해야 해요. 아뇨, 사리마, 난 잘 몰라요."

"당신 주문을 써 봐요, 마법을 부려 보라고요!" 다섯째가 외쳤다.

"의식이 돌아오게 해 줘요."

여섯째가 재촉하자 셋째도 덧붙였다.

"할 수 있잖아요. 지금은 뒤로 빼고 숨을 때가 아니라고요!"

"난 이 애를 살펴 낼 수 없어. 못 한다고! 난 마법에는 전혀 소질이 없단 말예요! 전에도 그랬고! 그건 다 마담 모리블의 어리석은 선전에 불과했고, 난 그걸 거부했어!"

여섯 자매는 그녀를 미심쩍은 눈으로 바라보았다.

이르지가 유모를 부엌으로 데려왔다. 노르는 빗자루를, 마넥은 『그리머리』를 가져왔다. 동생들과 사리마는 잔뜩 불어 물을 뚝뚝 흘리는 리르의 몸을 옮겨다가 조리대 위에 놓았다.

"아이고, 이게 누구여."

유모는 잠시 지켜보다가 이내 팔다리를 아래위로 움직이면서 사리마에게 배를 눌러 주라고 시켰다.

엘파바는 얼굴을 잔뜩 찌푸리고 관자놀이를 주먹으로 쿡쿡 찌르면서 『그리머리』를 훌훌 넘기더니 큰소리로 외쳤다.

"하지만 난 영혼에 대해서는 개인적으로 어떤 경험도 해본 적이 없어요. 영혼이 어떻게 보이는지도 모르는데 어떻게 그의 영혼을 찾아낼 수 있겠어요?"

"리르가 평소보다 훨씬 더 뚱뚱해졌어요." 이르지가 말했다.

"마법 빗자루에서 뽑아낸 마법의 지푸라기로 눈을 찌르면 영혼이 되돌아올지도 몰라요." 마넥이 말했다.

"우물에는 왜 들어갔나 몰라. 나 같으면 절대 그런 짓은 안 할 텐데." 노르가 말했다.

"아이고 맙소사! 하느님, 굽어 살피소서!"

사리마는 눈물을 흘렸고, 동생들은 이름 없는 신에게 떠나간 영혼을 위해 빌면서 죽은 자를 위한 성가를 웅얼웅얼 읊기 시작했다.

"유모만 있으면 장땡인 줄 알아? 아가씨, 좀 도와요! 위기만 닥치면 꼭 제 엄마 같다니까! 아이 입에 입을 대고 폐에 공기를 불어넣어요! 어서!" 유모가 야단쳤다.

엘파바는 리르의 핏기 잃은 입술에서 소맷자락으로 물기를 닦아냈다. 얼굴은 돌려진 그대로 있었다. 그녀는 얼굴을 잔뜩 찌푸리고 거의 토하다시피 양동이에 뭔가를 뱉어냈다. 그런 다음 다시 아이의 입에 자기 입을 대고 자신의 냄새 나는 숨결을 아이의 냄새 나는 입을 통해 불어넣었다. 그녀의 손가락이 마치 오르가슴을 앞두고 잔뜩 긴장한 상태처럼 조리대 옆을 꽉 쥐었다. 치스터리도 그녀를 따라 숨을 들이쉬고 내쉬었다.

"리르한테서 생선 비린내가 나." 노르가 숨죽여 속삭였다.

"익사한 사람이 저런 꼴이라면, 난 차라리 불에 타 죽는 쪽을 택할래." 이르지가 말했다.

"난 죽지 않을 거야. 아무도 날 죽일 수 없어." 마넥이 말했다.

리르의 몸이 꿈틀대기 시작했다. 그들은 처음에는 엘파바의 입에서 나온 숨이 들어갔다가 다시 새어 나오면서 일어나는 반응인 줄 알았지만 누런 것이 약간 입에서 뿜어져 나왔다. 리르의 눈꺼풀이 움직이더니 그의 손이 저절로 움찔거렸다.

"세상에. 기적이야. 럴라인 님 감사합니다!" 사리마가 중얼거렸다.

"아직 위기를 다 넘긴 것은 아니에요. 아직도 생명이 위험해. 서

둘러서 옷을 벗겨요." 유모가 말했다.

아이들은 다 큰 여자들이 멍청한 리르의 바지와 겉옷을 채신머리없이 마구 찢어발기는 모습을 보았다. 그들은 리르의 온몸을 돼지기름으로 문질러 주었다. 아이들은 그 모습을 보고 킬킬대며 웃었다. 이르지는 평생 처음으로 바지 속에서 정말 이상한 느낌이 들었다. 그런 다음 여자들은 리르의 몸을 모직 담요로 감싸고 침대로 옮길 준비를 했다.

"이 애가 자는 곳이 어디지요?" 사리마가 물었다.

다들 서로 얼굴만 쳐다보았다. 동생들은 엘파바를, 엘파바는 아이들을 쳐다보았다.

"아, 우리 방바닥에서 잘 때도 있고 노르 방바닥에서 잘 때도 있어요." 마넥이 말했다.

"내 침대에서 자고 싶어 하지만 내가 못 올라오게 해요. 리르는 너무 뚱뚱해서 나랑 내 인형들이 잘 자리가 없어진단 말이에요." 노르가 말했다.

"그럼 침대도 없단 말예요?" 사리마가 엘피에게 차갑게 물었다.

"그걸 나한테 물어보면 어떡해요? 여긴 당신 집이잖아요." 엘피가 대꾸했다.

그때 리르가 몸을 부르르 떨면서 말했다.

"물고기가 나한테 얘기했어요. 나도 물고기한테 얘기했어요. 금붕어가 나한테 얘기했어요. 금붕어 말이……."

"쉬잇, 조용히 하렴. 나중에 얘기해." 유모가 말했다. 유모는 부엌의 여자들과 아이들을 휘 둘러보았다. "아이한테 마땅한 잠자리를 찾아 주느라 유모까지 나설 필요는 없겠지만, 달리 잘 곳이 없다면 내 방을 줘요. 내가 마룻바닥에서 잘 테니!"

"무슨 말씀이세요. 말도 안 돼요." 사리마가 수선을 떨었다.

"당신들 모두, 야만인들이야!" 유모가 쏘아붙였다.

키아모코 사람들은 그 일로 절대 유모를 용서하지 않게 되었다.

사리마는 리르한테 벌어진 일을 놓고 손님 아줌마를 호되게 나무랐다.

"아이들끼리 좀 장난치면서 위험한 놀이를 한 거예요." 엘파바는 자기가 그런 것도 아니고 자기 잘못도 아니라고 항변했다.

한바탕 비난을 퍼붓고 나서, 그들은 남자 아이들과 여자 아이들의 차이에 대해 논하기 시작했다.

사리마는 손님 아줌마에게 부족 남자 아이들의 성인식에 대해 아는 대로 이야기해 주었다.

"허리에 걸치는 옷과 악기 하나만 주고 맨몸으로 초원에 내보낸답니다. 아이들은 한밤중에 정령들과 동물들을 불러내어 그들과 대화를 나누며 가르침을 얻고, 그들이 위로를 필요로 하면 위로해 주고, 싸우려 하면 싸워야 해요. 밤에 죽는 아이들은 그들이 싸우려 하는지, 위로를 받으려 하는지 판단할 분별력이 모자라서예요. 그러니까 그런 아이들은 차라리 일찍 죽어서 부족에 짐이 되지 않는 편이 낫지요."

"아이들은 자기들한테 다가오는 정령들한테 무슨 말을 하나요?" 손님 아줌마가 물었다.

"아이들은 좀처럼 얘기해 주지 않는답니다. 특히 정령의 세계에 대해서는요. 그렇더라도 어쨌든 자기가 배워야 할 것을 배우게 되지요. 정령들 중에는 아주 끈질긴 것도 있고 사람 진을 빼는 것도 있고 고집 센 것도 있나 봐요. 소문에 의하면 갈등과 반목, 싸움이 일어난대요. 하지만 정령과 접촉할 때 아이들한테 필요한 것은 차가운 분노 아닐까 싶어요."

"차가운 분노라고?"

"그래요. 그 차이를 모르나요? 부족의 어머니들은 늘 자기 아이들에게 분노에는 뜨거운 것과 차가운 것 두 종류가 있다고 일러 준답니다. 남자 아이들이나 여자 아이들이나 둘 다 경험하지만, 자라면서 성별에 따라 분노가 갈려요. 남자 아이들은 살아남으려면 뜨거운 분노가 있어야 해요. 남자 아이들은 싸움을 걸 줄 알아야 하고 남의 몸에 칼을 박을 기백도 있어야 해요. 격분을 터뜨리는 힘도 있어야 하고. 사냥을 하든 방어를 하든 자존심을 지키든 그게 다 필요하죠. 아마 성행위를 하는 데도 필요할 거예요."

"그렇군요, 알겠어요." 엘파바는 기억을 되살렸다.

사리마는 얼굴을 붉히며 슬픈 표정으로 말을 이어 나갔다.

"그리고 여자 애들한테는 차가운 분노가 있어야 해요. 여자 아이들은 싸늘하지만 부글부글 끓어오르는 마음, 사그라지지 않는 원한, 용서하지 않는 재능과 협상을 회피하는 자세를 가져야 해요. 무슨 얘기를 할 때는 죽는 한이 있어도 절대 물러서지 않으리라는 것을 알아야 하지요. 그건 세상에서 더 제한된 범위 내에서 살아야 하는 데 대한 보상이에요. 남자에게 맞서 싸움을 해 이기면 자기 방식대로 계속 가는 거고…… 그렇지 않으면 죽는 거죠. 여자한테 맞서면 온 우주가 다시 한번 다 바뀌어요. 왜냐하면 차가운 분노는 멸시와 모욕에 관한 한 어떤 문제에서든 언제까지나 정신을 바짝 차리고 경계를 풀지 않는 법이니까요." 사리마는 피예로에 대해, 리르에 대해 입 밖에 내지 않은 비난을 던지며 엘파바를 쏘아보았다.

엘파바는 이를 곰곰이 생각해 보았다. 뜨거운 분노와 차가운 분노에 대해 생각해 보고, 성별에 따라 나눈다면 자기가 어느 쪽을 느끼는지 생각해 보았다. 요절한 어머니와 망상에 사로잡힌 아버지를 생각했다. 딜라몬드 박사가 품었던 분노, 그러니까 연구와 조사를 하도록 그를 몰고 갔던 분노에 대해 생각했다. 마담 모리블이 여대생들을 비밀리에 독재자를 위해 일하도록 유혹하려고 가까스로 숨겼던 분노에 대해 생각했다.

엘파바는 다음 날 아침 경사진 기와지붕 위에 쌓인 눈 위로 점점 더 밝게 내리쬐는 햇살을 보면서 생각했다. 햇볕에 녹아 고드름에서 얼음물이 뚝뚝 흐르는 모습을 보았다. 고드름을 만들려면 따듯함과 차가움이 어우러져야 한다. 맞서 싸워야 할 낡은 것들에 맞설 무기가 될 만큼 가치 있는 격렬한 분노를 품으려면, 따듯한 분노와 차가운 분노가 함께 어우러져야 한다.

확인할 길은 물론 없지만, 그녀는 어떤 면에서는 늘 여느 남자 못잖게 뜨거운 분노를 가질 수 있다고 느껴 왔다. 그러나 성공적인 결과를 얻으려면 두 가지 분노를 다 일으켜야 한다…….

리르는 살아남았지만 마넥은 살아남지 못했다. 엘파바가 악폐에 맞서 싸우기 위해 필요한 무기에 대해 생각하면서 뚫어지게 응시했던 바로 그 고드름이 처마에서 창처럼 부러져 쉿 소리를 내며 떨어졌다. 고드름은 리르를 괴롭힐 새로운 방법을 찾아내려고 밖으로 나왔던 마넥의 머리통에 꽂혔다.

반란

"사람들이 아가씨를 마녀라고 부르던데, 알고 있었우? 대체 왜 그런대요?" 유모가 물었다.

"어리석고 멍청해서 그렇지." 엘파바가 대꾸했다. "여기 처음 왔을 때는 수녀원에서 몇 년을 지내며 성 에이엘파바 자매로 불렸던 후라 내 이름이 내 이름 같지가 않았어. 엘파바라는 이름은 오래전 다른 누군가가 썼던 이름 같더라고. 그래서 나를 아줌마라고 부르라고 했지요. 아무한테도 아줌마 같은 감정을 느껴 본 적이 없고 그게 어떤 느낌인지도 모르지만. 난 아줌마도 삼촌도 없었잖아요."

"흠. 아가씨가 마녀 같다고는 생각지 않는데. 어머니가 아셨으면 펄펄 뛰셨을 거유. 아버님도 마찬가지고."

그들은 사과 과수원을 걸었다. 꽃이 활짝 피어 온통 향기가 그윽했다. 마녀의 벌들은 모처럼 바깥으로 나와 윙윙거렸다. 킬리조이는 성벽 근처에 세워진 마넥의 묘비 그늘에 앉아 꼬리를 흔들고 있었다. 까마귀들은 머리 위로 줄지어 날아갔다. 독수리만 빼고 다른 새들이 모두 겁을 먹고 멀찍이 피했다. 이르지와 노르와 리르는 유모의 주장에 따라 마을의 공부방에 갔다. 키아모코는 정오까지는 조용했다.

유모는 일흔여덟 살이었다. 지팡이를 짚고 걸었다. 그녀는 평생 아름다워지려는 사소한 노력들을 포기해 본 적이 없었다. 그러나 이제는 그것이 품위를 높여 주기보다는 오히려 천박해 보였다. 분을 너무 두껍게 발랐고, 입술연지는 뭉개져서 가운데가 지워졌다. 나풀대는 레이스 숄은 골짜기에서 불어오는 바람에 무용지물이었다. 그러나 유모 편에서는 엘파바가 초라해 보인다고 생각했다. 속에서부터 곰팡이가 올라오는 듯한 몰골에 핏기 하나 없이 창백했다. 부서질 듯 약해 보였다. 엘파바는 아름다운 머릿결도 전혀 신경 쓰지 않는 듯, 늘 질끈 묶어 그 우스꽝스러운 모자 밑에 보이지 않게 감추어 두었다. 검은 옷도 좀 빨아서 바람을 쐴 필요가 있었다.

그들은 한쪽으로 기운 벽 앞에서 발걸음을 멈추고 벽에 기대어 섰다. 동생들은 좀 떨어진 곳에서 꽃을 따 모으고 있었고, 사리마도 그 옆에서 돌아다녔다. 검은 상복을 입고 있어서 양잠대에서 떨어진 위험스럽도록 커다란 고치같이 보였다. 거짓 웃음일지라도 다시 그녀의 웃음소리가 들려와서 좋았다. 햇볕은 모두를, 엘파바까지도 묘하게 기분 좋아지도록 만들었다.

유모는 엘피에게 가족들의 소식을 들려주었다. 트롭 영주가 마침내 숨을 거두었다. 엘파바가 자취를 감추었고 아마도 죽었다고 생각되었으므로, 영주의 자리는 네사로즈에게 돌아갔다. 이제 여동생은 콜웬 그라운즈에 자리를 잡고 믿음과 죄에 관한 독단적인 성명을 발표하며 지냈다. 프렉스도 딸과 함께 그곳에 있었지만 목사로서의 경력은 거의 끝났다. 그가 노력을 포기하자 맑은 정신이 되돌아왔다. 셸? 그는 왔다 갔다 한다. 오즈로부터 먼치킨랜드의 분리 독립을 주장하는 운동에 선동가로 나섰다는 소문이 파다하다. 유모의 눈에 셸은 잘생기고 멋진 청년으로 자랐다. 미끈한 팔다리에 피부도 깨끗하고 언변도 좋고 대담무쌍하다는 것이다. 그는 이제 20대 초반이었다.

"그럼 네사로즈는 분리 독립에 대해 어떻게 생각한대요? 이제 그 애가 트롭 영주라면 그 애 의견이 중요할 텐데." 엘피가 물었다.

유모는 네사로즈가 그 누구도 예상치 못했을 만큼 현명하게 자랐다고 말했다. 자기 패는 품속 깊이 꽁꽁 숨겨 두고, 혁명의 명분에 대해 듣는 이에 따라 여러 갈래로 해석될 소지가 있는 애매모호한 성명만 발표한다는 것이다. 유모는 네사로즈가 먼치킨랜드를 통치하는 법에 자신의 엄격한 유일교 해석을 결합해 일종의 신권 정치 체제를 세우려 한다고 생각했다.

"신성한 아가씨의 아버님인 프렉스 님도 그게 좋은 일이 될지 나쁜 일이 될지 몰라서 그 문제에 대해서는 침묵하고 있답니다. 아버님은 정치에는 문외한이잖아. 신비스러운 영역 쪽을 더 좋아하지."

유모의 말로는 네사로즈의 계획을 지지하는 지방 세력도 있다고 했다. 그러나 네사로즈는 할 말 안 할 말을 잘 가려서 했기 때문에, 그 지역에 주둔해 있는 마법사의 무장 병력도 그녀를 체포할 구실을 찾지 못했다.

"네사로즈 아가씨는 그런 일에는 고수예요." 유모가 인정했다.

"시즈에서 아주 제대로 배웠지 뭐유. 이제는 제 두 발로 선다니까."

고수라는 말에 엘피는 등골이 서늘했다. 네사로즈는 지금도 마담 모리블이 오래전 크레이지홀의 응접실에서 그녀에게 걸었던 주문에 따라 움직이고 있는 것일까? 사실은 마법사나 마담 모리블에게 사로잡힌 고수는 아닐까? 자기가 한 행동의 이유를 알고나 있을까? 그 문제에 대해서라면 엘파바 자신도 단지 더 높은 사악한 힘에 놀아나는 장기판의 말에 불과한 것은 아닐까?

마담 모리블이 자신과 네사로즈, 글린다에게 했던 제안이 기억나면서, 뒤이어 지난겨울 물에 잠겨 있다가 익사할 뻔한 위기에서 리르가 회복되었던 일이 떠올랐다. 마침내 의식을 회복한 리르는 어떻게 우물에 들어갔느냐는 질문을 받자 이런 말만 했다.

"물고기가 나한테 말을 걸었어요. 나보고 내려오라고 했어요."

엘피는 마음속 깊은 곳에서 악마 같은 마넥의 짓이라는 것을 알고 있었다. 마넥은 겨울 내내 리르를 대놓고 무자비하게 괴롭혔다. 아무리 피예로의 귀한 아들이라 해도, 엘피는 마넥의 죽음이 전혀 슬프지 않았다. 고문자는 고드름 창을 맞아도 싸다. 그러나 리르가 다음과 같이 말하자 숨이 턱 막히는 듯했다.

"물고기가 자기는 마법의 물고기라고 했어요. 물고기가 그러는데, 내 아버지는 피예로래요. 이르지랑 마넥이랑 노르는 내 형제자매들이고요."

"얘야, 금붕어는 말을 못해! 네가 상상한 거야. 너무 오래 우물 속에 있어서 머릿속까지 흠뻑 젖었나 보다." 사리마가 말했다.

엘파바는 리르에게 마음이 끌렸다. 낯설고 서글픈 충동이었다. 그녀의 삶에 들어와 살고 있는 이 소년은 누구일까? 아, 소년이 어디에서 왔는지는 대강 알지만 그의 정체는 알지 못했다. 처음으로 그녀의 삶에 중대한 변화가 일어난 것 같았다. 그녀는 손을 뻗어 소년의 어깨 위에 올렸다. 소년은 몸을 비틀어 손을 뿌리쳤다. 그런 손길에 익숙하지 않았다. 엘파바는 퇴짜를 맞은 기분이었다.

"내가 키우는 생쥐 보여 줄까, 리르?" 노르가 물었다. 노르는 리르가 회복될 동안 그에게 따듯이 대해 주었다.

리르는 어른들의 질문 공세에 시달리느니 친구들과 함께 있는 편을 택했다. 아무리 해도 리르가 겪은 호된 시련에 대해 더 이상의 정보를 알아낼 수 없었다. 리르는 마넥이 죽고서 더 기운 차고 자유롭게 키아모코를 뛰어다니게 되었다는 점만 빼면 별로 달라진 것 같지 않았다.

사리마는 엘파바에게 눈길을 던졌다. 엘파바는 이제 진실을 털어놓고 자신의 짐을 내려놓을 시간이 닥쳤다고 생각했다. 사리마가 마침내 이렇게 말했던 것이다.

"저 아이는 참 어리석기도 하지요. 저렇게 헛된 망상에 빠져 있다니. 피예로가 자기 아버지라는 생각을 어떻게 했을까? 피예로는 몸에 군살이라고는 하나도 없었는데, 저 아이 좀 보세요."

엘파바는 약속한 바가 있으니 차마 사리마에게 달리 생각해 보라는 말은 못 하고, 그녀가 진실을 받아들이기를 바라는 심정으로 안주인을 쳐다보기만 했다. 그러나 사리마는 그럴 마음이 전혀 없어 보였다.

"게다가 그러면 엄마는 대체 누구란 말이에요?" 사리마가 치맛단을 부드럽게 매만지면서 무심하게 질문을 던졌다. "말도 안 되는 일이야."

엘피는 처음으로 리르가 적어도 피부에 엷게라도 초록색이 돌았

더라면 좋았을걸 싶었다. 사리마는 남편과 둘째 아들을 추모하려고
예배당으로 가 버렸다.

엘피가 본의 아닌 배신자, 추방당한 수녀, 불행한 어머니, 실패
한 반역자, 변장한 마녀로 있어야 하는 유폐의 기한은 변함없이 그
대로였다.

리르에게 금붕어나 잉어가 우물 속에서 그런 이야기를 해 주었
다니 과연 있을 법한 얘기인가? 아니면 마담 모리블이 금붕어로 둔
갑하여 추운 어둠 속에 살면서 엘피가 무슨 짓을 하는지 지켜보는
것일까? 리르는 그런 얘기를 꾸며 낼 상상력 따위는 없는 아이였
다. 스스로 그런 일을 생각해 냈을 리 만무했다.

엘파바는 밤이나 낮이나 가리지 않고 몇 번이나 우물 속을 들여
다보았지만 잉어는 눈에 띄지 않았다.

"네사로즈가 자기 두 발로 서다니 기뻐요."

엘파바가 깊은 생각에서 깨어나 과수원으로 정신이 돌아오면서
드디어 이렇게 말했다. 유모는 사탕을 깨물어 먹고 있었다.

"말 그대로지. 이제는 누가 몸을 받쳐 줄 필요도 없어요. 비유적
인 의미가 아니라 진짜 그 말 그대로라우. 제 발로 설 수 있다니까.
서기도 하고 앉기도 하고."

"팔도 없이 그게 가능하단 말이에요? 믿을 수가 없는데." 마녀가
말했다.

"정말이라니까. 프렉스 님이 네사로즈 아가씨한테 주었던 신발
기억나요?"

물론 엘파바가 잊었을 리 없다. 그 아름다운 구두! 둘째 딸에 대
한 아버지의 헌신적인 애정의 표시이자, 딸의 아름다움을 더욱 돋

보이게 만들어 불구의 몸에서 사람들의 주의를 딴 곳으로 돌리고
싶은 마음이 담긴 구두.

"저, 아르두에나의 글린다 기억해요? 처프리 경한테 시집갔잖아
요. 미안한 말이지만 이제는 한물갔더구먼. 글린다 아씨가 몇 년 전
콜웰 그라운즈에 왔다우. 네사로즈 아가씨랑 대학 시절을 추억하며
어찌나 즐거워하던지. 글린다 아씨가 바로 그 신발에 무슨 마법을
걸었다우. 나도 잘 모르니까 물어보지는 마요. 마법 쪽으로는 내가
뭐 아는 게 있어야지. 신발 덕분에 네사로즈 아가씨가 남의 도움 없
이도 앉고 서고 걸을 수 있게 되었답니다. 신발 없이는 어림도 없는
일이지. 네사로즈는 신발이 자기한테 도덕적인 미덕도 주었다고 주
장하지만, 그건 그 전에도 필요 이상으로 많이 갖고 있었는걸. 먼치
킨랜드 사람들이 요즘 얼마나 미신에 빠졌는지 아가씨가 보면 깜짝
놀랄 거유." 유모는 한숨을 쉬었다. "덕분에 내가 이렇게 자유의 몸
이 되어 아가씨를 찾으러 오게 된 거라오. 마법의 구두 때문에 이제
난 쓸모없는 존재가 되었어. 유모는 일자리를 잃었다우."

"유모는 이제 일할 나이가 아니에요. 앉아서 햇볕이나 즐겨요. 여
기 머물고 싶은 만큼 머물러도 좋아요." 엘파바가 다정하게 말했다.

"아가씨는 꼭 이 집이 자기 집인 양 말하는구려. 그렇게 초대할
권리가 있다는 듯이 말이지."

"내가 떠날 수 있게 될 때까지는 여기가 내 집이에요. 나도 어쩔
수 없어요."

유모는 눈 위를 손으로 가려 햇빛을 막고 정오의 햇빛에 비쳐 광
을 낸 뿔처럼 보이는 산을 바라보았다.

"아가씨가 마녀라니! 동생이 살아 있는 성인 행세를 하고 있는

마당에. 쿼들링 황무지에서 보냈던 우중충한 세월을 돌이켜 보면, 누가 이런 날이 올 줄 상상이나 했겠어요? 아가씨가 뭐라 하든 난 아가씨가 마녀라고는 생각 안 해. 하지만 한 가지는 좀 알아야겠우. 리르가 아가씨 아들 맞지요?"

엘파바는 차가운 가슴속 깊이 심장이 뜨거운 기운으로 미친 듯이 날뛰고 있었지만 몸서리를 쳤다.

"그 질문에는 대답해 줄 수 없어요." 엘파바는 서글프게 말했다.

"나한테는 아무것도 숨길 필요가 없어요, 아가씨. 생각해 봐요. 이 유모는 아가씨 엄마도 키워 줬다오. 그렇게 활달하고 색을 밝히는 여자는 아직까지 만나 본 적이 없지. 관습 따위는 아씨를 묶어 놓지 못했어요. 처녀 시절에나 결혼한 후에나."

"그런 얘기는 별로 듣고 싶지 않은데."

"그럼 리르 얘기를 합시다. 그렇게 간단한 질문에 대답을 할 수 없다니 그게 말이나 되우? 아가씨가 그 애를 배어 낳았든가, 아니든가 둘 중의 하나지. 내가 아는 한 다른 답은 나올 수 없어요."

"내가 그 일에 대해 할 수 있는 얘기는 이것뿐이에요. 처음에 수도원에 와서 친절한 야클 수녀의 보살핌을 받았을 때, 나한테 무슨 일이 일어나고 있는지 알 만한 상태가 아니었어요. 난 1년쯤 죽은 듯이 잠에 빠져 보냈어요. 아마 그때 만삭이 되어 아기를 낳았을 거예요. 회복되는 데 1년이 꼬박 더 걸렸어요. 그런 다음 수녀원에서 내가 한 일은 병자들과 죽어 가는 사람들, 버려진 아이들을 돌보는 것이었죠. 난 리르를 다른 여러 꼬마들과 똑같이 대했어요. 수도원을 떠나 여기로 올 때, 리르를 함께 데려가야 한다는 조건이 붙었어요. 난 그 명령에 의문을 제기하지 않았어요. 상급자들의 명령에 의

124

문을 제기하는 사람은 없으니까. 난 그 애한테 모성애를 느끼지 않아요." 엘파바는 이 말이 더 이상 사실이 아닐지도 몰랐으므로 숨이 막히는 듯했다. "내가 아이를 낳는 경험을 했다는 것도 실감이 나지 않아. 정말로, 단순히 무지와 맹목 탓이었을지도 모르지만, 그래도 내가 그런 일을 할 수 있었다는 것이 믿기지 않아. 하지만 내가 할 수 있는 얘기는 이게 다예요. 더는 말하지 않겠어. 유모도 아무 말 마요."

"어찌된 영문인지는 모른다 해도, 그 애한테 엄마로서 의무감이 느껴지지 않아요?"

"내가 맡은 의무는 나 스스로 짊어진 다른 의무 한 가지뿐이야. 유모, 사정이 그렇다니까."

"아가씨는 당최 너무 매몰차. 아가씨로서도 이런 상황이 괴롭기는 하겠구려. 하지만 행여나 내가 여기 왔으니 트롭 가 자손을 또 키워 줄 거란 기대일랑 아예 접어요. 유모는 이제 늙었어요. 다행이지."

그러나 엘파바는 그 후로 유모가 노르나 이르지보다 리르의 요구를 더 정성껏 들어주기 시작했음을 눈치 챘다. 엘파바는 왠지 모를 부끄러움을 느꼈다. 그녀의 눈에도 리르가 유모의 관심에 얼마나 좋아하는지 확연히 보였던 것이다.

유모는 셸의 대담무쌍한 모험담을 전하면서 마법사의 군사 행동에 대해서도 자세히 전했다. 얘기하는 유모의 가슴뼈 아래에서 늙은 심장이 격하게 뛰는 것이 보일 지경이었다. 엘파바는 유모의 이야기에 격분했다. 그녀는 사악한 인간들이 하는 짓거리에 관심을 끊고 싶은 마음이 간절했으나 실상은 그러지 못했다.

유모는 마법사가 새로운 소년 캠프인 '황제의 정원'을 세웠다는 이야기를 전했다. 듣기 좋게 돌려서 지은 이름이었다. 네 살에서 열 살까지의 먼치킨랜드 어린이들은 여름에 한 달간 그곳에서 생활해야 했다. 아이들은 비밀을 지킬 것을 맹세했다. 당연히 아이들에게는 멋진 놀이였다. 유모는 욕구불만에 시달리는 깐깐한 아르지키 노처녀들을 앞에 놓고 저녁 밥상에서 할 얘기라기보다는 난롯가에서 이빨 빠진 노파들한테나 해 주면 어울릴 이야기를 장황하게 늘어놓았다. 셸이 감자 배달꾼으로 변장하여 문을 통과한 이야기였다. 아, 그렇게 흥미진진한 모험담이 또 있을까! 캠프 대장의 혼기가 찬 딸이 단정치 못한 옷차림으로 셸과 희롱하며 그의 알리바이를 만들어 주어 가까스로 위기를 모면했다. 간통 현장에서는 하마터면 아이들 때문에 발각될 뻔했다. 얼마나 재미있는지! 유모는 점잔 빼고 있어도 여전히 속은 수다스러운 늙은 시골 아낙네였다. 엘파바는 혼자 생각했다. 유모는 지금 자기가 하는 얘기가 세뇌와 배신, 어린이 강제 징용에 관한 얘기라는 것도 미처 모르고 있다. 엘피는 최근 들어 자신의 삶 언저리에서 배회하다가 가끔씩 그녀의 일상 속으로 발을 헛디디기도 하는 리르의 존재를 새롭게 발견하면서, 세뇌당한 아이들의 이야기가 끔찍하고 불쾌하게 느껴졌다.

엘피는 『그리머리』를 꺼내 황금 걸쇠와 핀으로 장식하고 은빛 잎사귀 무늬를 새긴 묵직한 책 표지를 열고, 사람들이 어째서 그토록 권위와 힘에 목말라하는지 알아내기 위해 책을 파고들었다. 인간의 내면에 동물로서 인간이 지닌 야수적인 속성이 있기 때문일까?

그녀는 체제를 전복할 방법을 찾아보았다. 권력이나 피해를 입

히는 법에 대해서는 많이 나와 있었지만 전략에 대한 얘기는 거의
없었다.

『그리머리』에는 술잔 가장자리에 독을 바르는 법, 층계의 계단을
뒤트는 주문, 군주가 가장 아끼는 애완견을 부추겨 치명적으로 물
게 하는 법에 대한 설명이 나와 있었다. 특히 고통스럽게 죽이고 싶
으면 한밤중에 아무 데나 적당한 구멍을 통해 반은 촌충이고 반은
불붙은 도화선 같은 실 등 무시무시한 발명품을 몸에 집어넣는 방
법도 제시했다. 엘파바가 보기에는 모두 수선스러운 눈속임일 뿐이
었다. 책을 읽어 나가면서 더 그녀의 흥미를 끌었던 것은 "악의 명
세서"라고 표기된 부분 옆에 실린 작은 그림이었다. 그 그림은 순
진한 사리마의 말대로 어딘가 다른 세계의 것이라고 믿는다면 얼굴
이 너부데데한 여자 악마를 정교하게 그린 것이었다. 끝으로 갈수
록 점점 가늘어지는 우아한 세리프의 각진 서체로 "으르렁거리는
야칼"이라는 글씨가 삽화 주의를 빙 둘러져 있었다. 엘파바는 재차
들여다보았다. 반은 여자이고 반은 초원의 자칼 같은 괴물이 턱을
벌리고 거미줄을 찢어발겨 심장을 끄집어내려고 앞발을 쳐들고 있
는 모습이었다. 그 괴물은 수도원의 야클 수녀를 연상시켰다.

사리마가 말했듯이 음모 이론이 그녀의 정신을 온통 혼란에 빠
뜨린 모양이었다. 그녀는 책장을 넘겼다.

『그리머리』에 폭군을 퇴위시키는 법에 관해 쓸 만한 내용은 아무
것도 실려 있지 않았다. 성스러운 천사들의 군대는 그녀에게 아무
소용도 없었다. 여자와 남자들이 어째서 흉측스럽게 변하는가에 대
한 설명도 없었다. 아니면 거의 찾아보기 힘든 일이지만, 어째서 훌
륭하게 변하는지에 대해서도.

2

가족들은 마넥의 죽음으로 큰 타격을 입었다. 입 밖으로 말하지는 않아도, 다들 마넥의 생명을 대가로 리르가 살아났다고 생각했다. 마넥이 성인으로 자란 모습을 보지 못하게 되었다는 것은 동생들에게 최악의 손실이었다. 동생들은 마넥이 피예로 같은, 어쩌면 그보다도 더 나은 인물이 되리라는 기대 하나로 그간 자기들의 서글픈 운명을 버텨 왔던 것이다. 그들은 그동안 마넥이 몰락한 키아모코를 다시 일으켜세워 주리라는 기대를 품고 있었음을 이제야 깨달았다.

무능한 이르지는 운명에 대해 아무 생각 없기로는 초원의 개보다도 더 나을 것이 없었다. 노르는 여자 애였고, 점점 더 부산하고 산만해졌다. 그리하여 사리마는 기쁨, 슬픔, 신비를 비롯해 삶의 모든 것을 종교적 황홀경 속에서 받아들이는 자세를 취하고 점점 더 초연해졌다. 그녀는 동생들을 멀리 하고 일광욕실에서 혼자 밥을 먹기 시작했다.

고집불통 심술쟁이 마넥에게 맞서 때때로 손을 잡았던 이르지와 노르는 이제 서로 잘 뭉치지 않게 되었다. 이르지는 낡은 유일교 예배당에 틀어박혀 곰팡내 나는 성가집과 기도서를 뒤적이며 읽기를 독학하기 시작했다. 노르는 예배당을 싫어했다. 수의에 싸인 마넥의 시체를 마지막으로 본 장소가 바로 그곳이었던 탓에, 거기에 마넥의 유령이 떠돈다고 생각했다. 그래서 마녀 아줌마의 비위를 맞추려고도 해보았지만 아무 소용 없었다.

"치스터리한테 못된 장난 칠 생각 말고 나가." 엘피가 야단을 쳤다. "난 할 일이 있어. 가서 다른 사람이나 귀찮게 하렴."

128

엘피는 노르를 발로 걸어차는 시늉을 했다. 노르는 급소를 차인 사람처럼 비명을 지르면서 겁에 질려 홀쩍거리며 나갔다.

이제 여름이 다가오고 있었으므로, 노르는 아래에 시내가 흐르는 높은 계곡이며 양 떼가 1년 중 제일 좋은 풀을 뜯어먹고 있는 반대편까지 헤매고 다니기 시작했다. 이전 같으면 오빠들과 함께가 아니면 절대 혼자 나가지 못하던 곳이었다. 올해는 아무도 그녀에게 주의를 기울이는 사람이 없었다. 못 나가게 했더라도 상관하지 않았을 것이다. 매를 맞는다 해도 하고 싶은 대로 했을 것이다. 노르는 외로웠다.

어느 날 튼튼한 다리의 힘과 지구력을 즐기며 계곡 멀리 아래까지 내려갔다. 노르는 아직 열 살밖에 안 되었지만 나이에 비해 덩치가 크고 성숙했다. 노르는 햇살이 너무 뜨거워서 초록색 치마를 허리춤까지 끌어올리고 블라우스는 벗어서 스카프처럼 머리에 묶었다. 노르는 아직 양들을 놀랠 만큼 가슴이 봉긋 솟아오르지 않았다. 근방에서 양치기를 볼 수 있었으면 좋겠다고 기대했다.

노르는 어째서 자신이 오즈에서도 하고많은 곳 중 하필 여기에 있게 되었을까 하릴없이 생각에 잠겼다. 여기는 바람과 양과 잔디 말고는 아무것도 없는 산속이다. 잔디는 선녹색의 럴라인마스 장식처럼 초록색과 금색으로 빛난다. 아래에서부터 바람이 불어오면 비단결처럼 나부끼고, 위에서부터 바람이 쓸고 가면 거칠거칠해 보인다. 나와 태양과 바람뿐이다. 그런데 그때 바위 뒤에서 한 떼의 군인들이 나왔다.

노르는 잔디에 등을 대고 미끄러져 내려가 숨어서 블라우스를 제대로 입고 팔꿈치를 짚어 몸을 일으켰다.

노르가 처음 보는 군인들이었다. 의식을 치를 때 쓰는 놋쇠 장식에 투구를 쓰고 창과 방패를 든 아르지키 사람들이 아니었다. 이 군인들은 갈색 군복을 입고 모자를 쓰고 소총인지 뭔지 모를 것을 어깨에 둘러멨다. 언덕을 걷기에는 적당치 않은 다소 높은 장화를 신고 있었다. 그들 중 한 명이 발걸음을 멈추고 못인지 돌인지 장화 속에 들어간 것을 찾느라 손을 넣자 장화 속으로 팔꿈치까지 들어갔다.

군복 앞판에는 초록색 줄무늬가 있고, 그 줄무늬를 가로질러 선 하나가 그어져 있었다. 노르는 낯선 기대감에 한기를 느꼈다. 동시에 그들 앞에 자기 모습을 드러내고 싶었다. 마넥이라면 어떻게 했을까? 노르는 스스로에게 물어보았다. 이르지라면 도망갈 것이고, 리르라면 어쩔 줄 몰라 부들부들 떨 것이다. 하지만 마넥이라면? 마넥은 그들에게 곧장 씩씩하게 다가가서 어떻게 된 일인지 알아볼 것이다.

그렇다면, 자기도 그렇게 하기로 했다. 노르는 다시 한 번 단추를 잘 잠갔는지 확인한 다음, 그들을 향해 성큼성큼 비탈을 걸어 내려갔다. 군인들의 주의가 일제히 노르에게로 쏠렸다. 장화를 벗은 남자도 다시 그것을 꿰어 신었다. 노르는 과연 잘하는 짓인지 마음 한구석이 켕기기 시작했다. 그러나 이제 도망가자니 너무 늦었다.

"안녕하세요." 노르는 격식을 차려 아르지키 방언이 아니라 동쪽 지방의 말로 인사를 건넸다. "저는 아르지키 족의 공주입니다. 당신들이 큼직한 검은 장화를 신고 행진하는 이곳은 내 골짜기예요."

노르가 키아모코의 성으로 그들을 데려온 것은 해가 중천에 떴을 즈음이었다. 동생들은 빨래하는 마당에서 손수 카펫을 두들겨 먼지를 털고 있었다. 마을의 잡역부들이 자기들한테 충분히 예를 갖추어 대할지 믿을 수 없었기 때문이다. 자갈길에 울리는 군홧발 소리에 동생들은 모두 먼지투성이에 얼굴은 붉게 상기되고 머리는 면 스카프로 동여맨 몰골로 문으로 달려갔다. 엘파바도 소리를 듣고 창문을 열고 밖을 내다보며 소리쳤다.

"내가 내려갈 때까지 한 치도 움직이지 마. 그랬다가는 당신들 모두 쥐새끼로 바꿔 버리겠어. 노르, 그 사람들한테서 떨어져. 다들 물러서요."

"괜찮으시다면 미망인 왕비님을 모셔올게요." 둘째가 말했다.

그러나 사리마가 낮잠을 자다 일어나 잠이 덜 깬 채로 나와 보니, 엘파바가 내려와 빗자루를 어깨에 메고 눈을 잔뜩 치켜뜨고 서 있었다.

"당신들은 여기에 초대받지 않았어." 엘피가 말했다. 그녀는 수녀 같은 치마를 입고 있어서 그 어느 때보다도 마녀처럼 보였다. "그러니 환영받으리라는 기대 따위는 접으시지. 누가 책임자죠? 당신인가? 누가 이 작전을 이끄는 상관이냐고? 당신이에요?"

그중 서른쯤 되어 보이는 건장한 길리킨 사람이 말했다.

"부인, 내가 지휘관이오. 이름은 체리스톤입니다. 우리는 퀠스 지역에 주둔할 동안 우리 부대가 묵을 만한 규모의 집을 징발하라는 황제 폐하의 명령을 받고 왔소. 우리는 천년 대초원으로 가는 통행로들을 조사하는 중입니다." 그는 품속에서 땀에 전 문서를 끄집어냈다.

"내가 이 사람들을 발견했어요, 마녀 아줌마." 노르가 자랑스럽게 말했다.

"가. 안으로 들어가." 엘파바가 소녀에게 말했다. "당신들은 여기에서 환영받지 못하는 존재예요. 저 아이한테는 당신들을 초대할 권리가 없어요. 발길을 돌려 당장 저 도개교를 건너 돌아가요."

노르의 얼굴이 시무룩해졌다.

"이건 부탁이 아니라 명령이오." 체리스톤이 변명조로 말했다.

"이건 제안이 아니라 경고예요. 떠나지 않으면 그 후의 일은 책임질 수 없어요." 엘파바도 지지 않고 맞섰다.

그때 사리마가 사태를 파악하고 앞으로 나섰다. 동생들은 두근대는 가슴을 누르고 언니 주위에 옹기종기 모였다. 사리마가 말했다.

"아줌마, 산의 법도를 잊었군요. 당신을 이곳에 묵게 해 주고, 당신을 쫓아온 유모를 받아 준 것도 다 그런 법도에 따른 거예요. 우리는 방문객을 내치지 않아요. 자, 여러분, 우리 친구가 좀 다혈질이라서 그러니 용서하세요. 우리도 용서해 주시고요. 제복 입은 군인을 참 오랜만에 보는군요."

동생들은 재빨리 그 말의 의미를 눈치 채고 최대한 매무새를 가다듬었다.

"이건 안 돼요, 사리마. 당신은 이곳에서 나가 본 적이 없어서 이 사람들이 누구인지, 무슨 짓을 할지 모른다고요! 난 받아들일 수 없어요. 내 말 알아듣겠어요?" 엘파바가 따졌다.

"이 친구는 아주 활달하고 과단성이 있어서 같이 있으면 정말 재미있답니다." 사리마는 엘파바와의 교제를 진심으로 좋아하는 편이었지만, 그녀가 자신의 권위에 도전하는 것은 싫었기에 약간 짓

132

궂게 말했다. "여러분, 이쪽으로 오세요. 몸을 씻을 곳을 보여 드리지요."

 이르지는 군인들을 어떻게 생각하면 좋을지 갈피를 잡을 수 없어서 아예 가까이 가지 않으려 했다. 징용당할까 봐 무서운지 마법에 걸릴까 봐 무서운지는 자기도 알 수 없었다. 날씨가 따듯해졌기 때문에 그는 담요를 예배당으로 끌고 가서 거기에서 잠을 잤다. 유모는 이르지가 좀 이상해지고 있다고 보았다.
 "내 말이 맞다니까요. 난 아가씨 어머니의 독실한 남편 프렉스 님을 돌보고, 그 다음에는 아가씨 동생을 돌보느라 평생을 보냈잖아요. 종교에 빠진 미치광이는 척 보면 안다고요. 저 애는 군인들한테서 남자다움을 좀 배워야겠어요. 군인들이 여기에서 무슨 짓을 할지는 모르겠지만." 유모가 엘파바에게 열변을 토했다.
 반면에 리르는 천국에라도 온 기분이었다. 리르는 자기를 밀쳐 내지만 않으면 체리스톤 사령관의 주위를 졸졸 따라다녔다. 지나치게 낭만적인 환상에 빠졌음을 숨기지 못하고 군인들에게 물을 가져다주거나 군화를 닦아 주었다. 군인들은 이리저리 돌아다니며 그 지역의 계곡들을 정찰하고, 강을 건널 수 있는 얕은 곳의 지도를 만들고, 감시탑을 설치할 장소를 찾았다. 리르도 덩달아 그 어느 때보다 많은 운동을 하고 신선한 공기를 마셨다. 하프의 호처럼 휠 것만 같았던 그의 등뼈도 곧게 펴졌다. 군인들은 리르에게 무관심했으나, 드러내 놓고 냉대하지는 않았다. 리르는 이것을 자기를 받아 주고 좋아해 주는 표시로 해석했다.

동생들은 어떤 계급의 남자들이 군대에 들어갈지 따져 보고서야 어느 정도 분별을 되찾았다. 그러나 쉽지는 않았다.

사리마만이 일상생활이 흐트러진 와중에도 여전히 냉정을 잃지 않는 듯했다. 그녀는 마을 사람들에게 군인들을 먹일 수 있도록 도움을 청했다. 마을 사람들은 분개하면서도 겁에 질려 우유와 달걀, 치즈, 채소 등을 가져왔다. 거의 매일 저녁마다 물고기를 넣어 두는 우물에서 스타우치나 가못을 내왔다. 물론 메추라기나 피닉스, 어린 로크 등 남자들이 힘들이지 않고 잡아 올 수 있는 여름 사냥감들도 식탁에 올랐다. 유모는 정찰 부대가 와서 사리마가 슬픔을 극복하는 데 도움이 되었다고 생각했다. 최소한 그녀가 다시 가족들과 함께 식탁에 앉게 되었으니까.

그러나 엘파바는 펄펄 뛰며 분노를 터뜨렸다. 사령관과는 매일같이 설전을 펼쳤다. 엘피는 그에게 리르가 꽁무니를 따라다니지 못하게 하라고 했고, 리르에게도 그러지 못하게 금지시켰으나 쇠 귀에 경 읽기였다. 그녀가 처음으로 느낀 모성애는 무력하기만 했고, 한 줌 값어치도 없는 듯 무시당했다. 그녀는 어떻게 인류가 한 세대라도 이어 갈 수 있었는지 도대체 이해되지 않았다. 그럴듯한 말로 구슬리는 아버지 상으로부터 리르를 구해 낼 수만 있다면 그의 목이라도 조르고 싶었다.

엘피가 체리스톤 사령관의 임무가 무엇인지 캐고 들수록, 그는 매번 농담으로 비켜 나가면서 점점 더 차갑고 공손한 태도를 취했다. 엘피가 아무리 해도 제대로 해낼 수 없는 것이 있다면 바로 응접실의 예의범절이었는데, 이 군인은 그 누구보다도 이 방면의 대가였다. 그녀는 크레이지홀의 상류사회 여학생들 틈에 끼어 있을 때 느꼈던 기분을 다시 느끼곤 했다.

"군인들한테는 마음 쓰지 마요. 어차피 언젠가는 떠날 사람들인데, 뭘." 유모가 말했다. 유모는 살 만큼 살아서 이제는 세상 모든 일을 최후의 치명적인 위기가 아니면 다 가볍게 넘겨 버려도 좋은 문제로 받아들였다.

"사리마는 빈쿠스에서 마법사의 군대를 거의 본 적이 없다고 했어요. 여긴 생명이 없는 불모의 땅이었기 때문에 북쪽과 동쪽 오즈의 농부들과 상인들의 관심을 끌지 못했어요. 부족들은 여기에서 수십 년, 수백 년 동안 살았지만, 고작해야 지도 제작자들이 가끔씩 왔다가 금세 가 버릴 뿐이었죠. 이번 일은 이 지역에서 뭔가 군사 작전이 벌어질 징조라고 생각지 않아요? 그렇지 않으면 그게 뭘 뜻하겠어요?"

"저 젊은이들이 육로 여행으로 얼마나 피로에 찌들었는지 봐요. 이건 틀림없이 자기들 말마따나 그저 정찰 임무일 뿐일 게야. 저이들은 정보를 모으면 떠날 거예요. 게다가 이 망할 땅은 연중 3분의 2는 눈이든 진흙이든 뭔가로 덮여 있다잖아요. 아가씨는 쌈닭이야. 항상 그랬지. 우리가 개종시켰던 쿼들링 사람들한테 하던 식으로 누구든 꽉 쥐고 흔들려고 한다니까. 마치 사람들이 아가씨 마음대로 해도 좋은 인형들이라도 되는 양! 쿼들링 사람들이 강제 이전되거나 하면 얼마나 따지고 덤볐어요! 아가씨는 엄마한테도 말도 못하게 골칫거리였다오."

"쿼들링 사람들을 전멸시키는 중이었다고 문서에도 기록되어 있잖아요. **우린 목격자**였고. 유모도 보았잖아요." 엘파바가 딱딱하게 말했다.

"난 내 새끼들이나 돌보지, 세상을 다 돌볼 수는 없다우." 유모는 차를 단숨에 들이켜고 킬리조이의 코를 닦아 주었다. "난 리르를 돌봐 주지만, 아가씨는 그만큼도 못 하잖아."

엘파바는 노인네를 붙잡고 야단 쳐 봐야 기운만 아깝다고 생각했다. 그녀는 다시 『그리머리』를 뒤적이며 군인들이 들어오지 못하도록 성문을 굳게 닫을 수 있는 결박 주문이라도 없을까 찾아보았다. 학창 시절에 하다못해 그레일링 양의 수업이라도 들을걸 그랬다는 후회가 들었다.

"물론 아가씨의 어머니는 아가씨 걱정을 했지요. 항상 그랬다오. 아가씨는 참 어릴 때부터 별났거든. 불쌍한 아씨가 얼마나 마음고생을 했는지! 아가씨를 보면 아씨 생각이 나요. 아가씨는 아씨보다 더 엄격하기는 하지만. 아씨는 그래도 가끔은 느긋해질 줄도 알았지. 아가씨도 알겠지만, 아씨는 아가씨가 딸이라는 것을 알고 얼마나 절망했는지 몰라요. 틀림없이 아들인 줄 알았거든. 나를 에메랄드 시에 보내어 묘약을 찾아오게 했지……." 그러나 유모는 말끝을 흐리며 얘기를 멈추었다. "아니면 다음 아기는 초록색으로 태어나지 않게 예방하는 약이었던가? 맞아, 그랬지."

"왜 어머니는 내가 아들이기를 바라셨어요? 내가 그 문제를 뜻대로 할 수 있었다면 어머니를 기쁘게 해 드렸을 텐데. 내가 어머니를 그렇게 일찍부터 실망시켰다니 기분이 아주 좋지 않네. 외모는 말할 것도 없고."

"아유, 어머니한테 달리 나쁜 뜻이 있었다는 생각은 마요." 유모는 신발을 편하게 벗고 지팡이로 발등을 문질렀다. "멜레나 아씨는 콜웬 그라운즈에서의 생활을 지독히 싫어했지. 그래서 프렉스 님과

136

사랑에 빠져 그곳을 벗어날 계획을 꾸몄던 거라우. 할아버지인 트롭 영주님은 아씨가 작위를 이어받도록 분명히 해 두셨지요. 먼치킨랜드의 작위는 딸이 있으면 여자들한테로 상속되죠. 집안의 지위와 거기 따르는 모든 의무는 할아버님으로부터 파트라 부인, 멜레나 아씨, 그 다음에는 아씨가 낳은 장녀한테로 상속되는 거라오. 아씨는 그 지위를 피하고 싶었기에 아들을 간절히 바랐어요."

"어머니가 그 작위를 늘 얼마나 소중하게 말씀하셨는데!" 엘파바가 놀라워했다.

"아, 뭐든 제 손을 떠난 다음에는 근사해 보이는 법. 하지만 그 모든 부와 책임에 익숙한 젊은이한테는 그렇지 않아요. 아씨는 그것을 끔찍이도 싫어했어요. 그래서 일찍부터 아무하고나 몸을 섞고, 프렉스 님하고 도망치다시피 하는 식으로 반항했지. 프렉스 님은 아씨가 만난 구혼자들 중에서 맨 처음으로 아씨의 지위나 유산과 관계없이 아씨를 있는 그대로 사랑한 사람이었거든. 아씨는 자기 딸도 똑같이 못 견더할 거라고 생각했기 때문에 아들을 원한 거예요."

"하지만 이해가 안 되는걸. 어머니한테 딸은 없고 아들만 있다면, 그때는 맏아들이 상속받는 거잖아요. 내가 아들로 태어났다 해도 여동생이 없다면 똑같은 문제가 생겼을 텐데."

"꼭 그렇지는 않답니다. 어머니한테는 언니가 한 명 있었거든요. 불치의 신경과민증을 갖고 태어났지요. 아마 뇌 한쪽에 이상이 있었나 봐요. 그래서 영지 밖에 나가 살았다오. 하지만 아이를 낳을 만큼 나이를 먹었고 몸도 건강했으니까 딸 하나쯤은 충분히 낳을 만했지. 만약 언니가 먼저 딸을 낳았더라면 그 딸이 영주 작위와 거기 따르는 영지며 재산을 이어받았겠지요."

"그러니까 나한테 미친 이모가 있었다는 거로군. 광기도 유전인가 봐. 지금은 어디에 있어요?" 마녀가 물었다.

"아가씨가 아직 젖먹이였을 때 감기로 죽었우. 후사도 남기지 못했고. 그래서 아씨의 희망도 물거품이 되었지. 하지만 젊은 혈기에 들떠 좌충우돌하던 시절에나 품었던 생각이지요."

엘파바는 어머니에 대한 기억이 거의 없었다. 몇 안 되는 기억들은 따듯하면서도 때로는 가슴을 저미는 듯했다.

"하지만 네사로즈가 초록색으로 태어나지 않게 하려고 어머니가 약을 먹었다는 얘기는 뭐예요?"

"에메랄드 시에서 어떤 집시 여인한테서 약을 좀 구해다 주었지요. 그 여자한테 무슨 일이 있었는지 설명해 주었다우. 아가씨가 끔찍한 색깔로 태어난 데다 이빨도 이상하다는 얘기를 했지. 그래도 영구치는 사람답게 났으니 천만다행이지! 그 집시 여인은 두 자매가 오즈 역사에 중요한 역할을 할 거라느니 실없는 소리를 예언이랍시고 늘어놓지 않겠우. 나한테 약효가 확실한 약이라면서 알약을 몇 개 줍디다. 늘 그 약 때문에 네사로즈 아가씨의 몸이 그 모양이 된 게 아닌가 하는 의구심을 떨칠 수 없었어요. 그 이후로 집시의 약 따위에는 손대지 않았다우. 정말이에요." 유모는 모든 일에서 자신의 죄를 스스로 용서한 지 이미 오래였으므로, 미소를 지었다.

"네사로즈의 불행이라……." 엘파바는 생각에 잠겼다. "어머니가 집시의 처방을 받고 팔이 없는 둘째 딸을 낳았단 말이죠? 피부가 초록색이든가 아니면 팔이 없다니. 엄마가 딸들 복은 참 없네."

"하지만 셸 도련님은 보기만 해도 눈이 즐겁잖소." 유모가 밝게 말했다. "또 다 아씨 어머니의 잘못이라고 할 수도 없지. 첫째로는 누가 네사로즈 아가씨의 진짜 아빠인지도 확실치 않고, 또 그 야클이라는 노파한테서 받은 약도 그렇고, 아가씨의 아버지도 성격이 좀 이상하고……"

"야클이라고? 무슨 소리예요?" 엘파바가 화들짝 놀랐다. "그리고 아빠가 네사로즈의 생부가 아니라면 대체 누구란 말이에요?"

"아이고. 차 한 잔 더 따라 주면 내 다 얘기해 주리다. 아가씨도 이제 나이를 먹을 만큼 먹었고, 멜레나 아씨는 이미 오래전에 저세상 사람이 되었으니까."

유모는 터틀 하트라는 이름의 퀴들링 출신 유리 세공인이며, 멜레나 자신도 네사로즈가 그의 아이인지 프렉스의 아이인지 확실히 몰랐다는 얘기, 지금은 이름밖에 기억나지 않는 야클이라는 노파를 찾아가 약을 받고 예언을 들었던 얘기를 두서없이 늘어놓았다. 유모는 엘파바가 태어났을 때 멜레나가 얼마나 상심했는지는 얘기하지 않았다. 굳이 할 필요 없는 얘기였다.

엘피는 짜증스레 조바심을 내며 모든 이야기를 들었다. 한편으로는 창밖으로 그런 얘기를 몽땅 던져 버리고 싶기도 했다. 과거는 중요하지 않았다. 그러나 한편으로는 이제야 모든 것이 약간 다른 순서로 맞춰지는 듯했다. 야클이라니! 그 이름은 단순히 우연의 일치일까? 그녀는 유모에게 『그리머리』에 나온 으르렁대는 야클 그림을 보여 주고 싶은 충동을 꾹 참았다. 노인네를 공연히 놀래켜서 밤에 공포에 떨게 할 필요는 없다고 생각했다.

그래서 두 여자는 서로에게 차를 따라 주고 과거에 대한 고통스러운 생각들을 억눌렀다. 그러나 엘파바는 네사로즈 때문에 심란해지기 시작했다. 어쩌면 네시는 영주의 자리를 원하지 않았으나 언니가 여기 갇혀 있듯 네시도 그곳에 유폐되어 있는지도 모른다는 생각이 들었다. 어쩌면 엘파바는 동생 덕분에 자유를 얻었는지도 모른다. 하지만 다른 사람들에게 정말로 어디까지 신세를 질 수 있는 것일까? 끝이 없을까?

3

노르는 정신을 차릴 수 없었다. 짧은 시간에 그녀의 삶 전체가 완전히 뒤바뀌어 버렸다. 세상은 그 어느 때보다도 마법에 걸린 듯했지만, 이제는 외부가 아니라 그녀의 내부에 마법이 숨어 있는 듯했다. 그녀의 몸은 막 불꽃처럼 타올라 꽃을 피우려고 기다리는 참이었지만, 아무도 신경 쓰거나 눈치 챈 것 같지 않았다.

리르는 정찰대의 잔심부름을 도맡아 하게 되었다. 이르지는 럴라이나를 기리는 길고 경건한 가극 대본을 쓰면서 시간을 보냈다. 동생들은 집에 머무는 남자들을 확실히 믿을 수 없었으므로 방에 틀어박혀 나오지 않았으나, 뭔가 변화가 생길지도 모른다는 기대감에 동요했다. 관습대로라면 사리마가 재혼해서 그들이 자유롭게 구애할 수 있게 되지 않는 한 아무런 변화도 생길 수 없었다. 그러나 체리스톤 사령관과 사리마가 우연히 마주칠 기회를 마련해 주려는 그들의 작전은 아무런 성과도 거두지 못했다. 동생들은 배로 노력했다. 셋째는 마녀 아줌마한테 접근하여 그 마법 사전에서 사랑의 묘약을 좀 찾아 달라고 부탁하기까지 했다.

"하, 말도 안 되는 소리를!" 엘파바가 대꾸했다. 그 한마디가 고작이었다.

같이 놀 친구가 없어진 노르는 남자들의 숙소 주위를 맴돌며 리르한테 맡기지 않은 일, 남자들은 그리 관심 두지 않는 잡일들을 하려고 했다. 노르는 군인들의 외투를 햇볕에 널고 단추를 반짝거리도록 닦았다. 언덕에서 꺾은 꽃을 가져다주었다. 특히 자신이 직접 접대하면 군인들이 좋아할 것 같은 여름 과일과 치즈 쟁반을 준비했다. 한 젊고 거무스름한 피부에 머리가 벗겨진 군인은 노르가 오렌지 조각을 자기 입 속에 넣어 주는 것을 좋아했다. 그는 노르의 손가락에 묻은 과즙을 빨아먹어 다른 군인들을 즐겁게 해 주는 동시에 질투를 샀다.

"내 무릎에 앉아 봐. 내가 너한테 먹여 줄게."

그는 노르에게 딸기를 주었지만, 그 애는 그의 무릎에는 앉지 않았다. 노르는 거절하는 것이 즐거웠다.

어느 날 노르는 군인들을 위해 방을 대청소해 주기로 마음먹었다. 그들은 언덕 아래에 있는 포도원들을 조사하러 나가서 하루 종일 방을 비울 예정이었다. 노르는 걸레를 챙기고 양동이를 들었다. 마녀 아줌마가 유모와 사리마 얘기에 정신을 파는 틈을 타, 마녀의 빗자루도 슬쩍해 왔다. 그 빗자루가 솔도 더 두껍고 자루도 길었다. 노르는 병사들의 숙소를 향해 갔다.

노르는 글씨를 잘 읽을 줄 몰랐기 때문에, 의자 등받이 위에 아무렇게나 걸쳐 둔 가죽 가방에서 떨어져 흩어진 문서며 지도 따위는 무시했다. 그녀는 가방들을 정돈하고 바닥을 쓸었다. 먼지를 치우다 보니 몸이 후끈 더워졌다.

노르는 블라우스를 벗고 햇볕에 그을린 어깨에 남자들의 거친 망토를 하나 집어 둘렀다. 옷에 바람을 쐰 후인데도 숨이 막히도록 짙게 풍겨 오는 남자 냄새에 기절할 것 같았다. 누군가의 잠자리 위에 펄썩 드러눕자 망토 자락이 살짝 벌어졌다. 노르는 상상의 나래를 폈다. 잠에 빠지면 남자들이 돌아왔다가 자기의 갓 부풀어 오른 싱그러운 가슴 사이로 팬 아름다운 골을 보겠지. 잠든 척해 볼까도 생각했다. 그러나 차마 그럴 수는 없었다. 노르는 못내 아쉬운 마음에 시무룩해져 일어나 앉았다. 골이 나서 뭐든 한 대 쳐 주고 싶은 마음에 손을 뻗어 잡히는 대로 쥐고 보니 빗자루였다.

빗자루는 손이 닿지 않는 곳에 있었으나, 노르 쪽으로 약간 튀어 왔다. 빗자루가 저절로 마루를 가로질러 온 것이다. 노르는 두 눈으로 똑똑히 보았다. 그 빗자루는 정말로 마법의 빗자루였다!

노르는 겁에 질려 마치 빗자루가 자기 의지를 갖고 있는 생물인 양 조심스럽게 빗자루를 잡았다. 보기에는 보통 빗자루와 전혀 다르지 않았다. 마치 보이지 않는 유령의 손에 이끌린 것처럼 움직였을 따름이다.

"너는 대체 무슨 나무를 깎아서 만들었니? 어떤 들에서 베어서 만들었어?"

노르는 부드럽게 물었지만, 대답을 얻으리라 기대하지는 않았다. 실제로 아무런 대답도 얻지 못했다. 빗자루는 부르르 떨더니 누군가를 기다리듯이 바닥에서 약간 떠올랐다.

노르는 망토에 붙은 모자를 머리에 뒤집어썼다. 그런 다음 치마를 무릎까지 걷어 올리고, 어린아이들이 목마를 타듯 빗자루에 한 다리를 걸치고 올라탔다.

빗자루가 주춤주춤 위로 올라갔고, 노르는 발가락으로 마루를 끌며 균형을 잡았다. 빗자루의 무게 중심이 너무 높고 폭은 너무 좁았다. 자루 끝이 약간 더 위쪽으로 들리는 바람에 노르는 빗자루 끝까지 미끄러져 내려갔다가 솔에 걸려 말안장처럼 그 위에 걸터앉았다. 노르는 빗자루를 단단히 쥐고 버텼다. 다리, 특히 위쪽 허벅지가 사이에 자루를 더 꽉 끼려고 부풀어 오르는 느낌이었다. 방 끝의 커다란 창이 환기와 채광을 위해 열려 있었다. 빗자루는 바닥을 몇 십 센티미터쯤 움직여 창턱에 닿았다.

그러더니 빗자루가 몇 십 센티미터 더 높이 올라가 창문 밖으로 노르를 실어 갔다. 노르는 뱃속이 뒤집히는 듯했다. 발꿈치를 빗자루 솔 밑동에 꼭 맞붙였다. 성의 안뜰로 날아갔으면 금세 남의 눈에 띄었을 테지만 다행히 반대편으로 날았다. 그쪽은 바닥에서 그리 높지 않았다. 노르는 신기하기도 하고 모험에 흥분되기도 하여 가볍게 탄성을 내질렀다. 망토가 펄럭이면서 가슴이 드러났다. 블라우스를 입지 않은 모습을 남이 보아 주었으면 좋겠다는 생각을 어떻게 할 수 있었을까?

"꺄악, 안 돼!"

노르는 빗자루한테 하는 말인지 수호 정령한테 하는 말인지 자기도 모르게 비명을 질렀다. 노르는 부끄럽기고 하고 놀라기도 해서 몸을 부들부들 떨었다. 빗자루는 점점 더 높이 올라가 마침내 마녀의 탑에 있는 맨 꼭대기 창문까지 올라갔다.

마녀와 유모는 찻잔을 입으로 가져가다 말고 입을 떡 벌린 채 쳐다보았다.

"당장 거기에서 내려와." 마녀가 명령했다.

노르는 자기한테 하는 말인지, 빗자루한테 하는 말인지 알 수 없었다. 당길 고삐도 없고 빗자루를 다룰 마법의 주문도 알지 못했다. 어쨌거나 빗자루는 분명히 야단맞은 듯 돌아서서 내려가 다소 서툴게 남자들의 숙소 바닥에 내려앉았다. 노르는 눈물을 질질 흘리고 부들부들 떨면서 빗자루에서 내려 옷을 제대로 입었다. 다시는 빗자루에 손도 대기 싫었지만, 빗자루를 집어 들자 그때는 빗자루에서 생명이 빠져나간 듯했다. 노르는 빗자루를 들고 눈물이 쏙 빠지도록 혼날 것을 예상하며 마녀의 방으로 갔다.

"내 빗자루로 무슨 짓을 한 거냐?" 마녀가 다그쳤다.

"군인들의 방을 청소하고 있었어요. 하도 방이 어지러워서요. 서류가 온통 여기저기 널려 있고, 옷가지에, 지도에……." 노르가 잽싸게 떠들어 댔다.

"내 물건에 손대지 마. 서류라니 무슨 서류?" 마녀가 말했다.

"평면도랑, 지도랑, 편지 같은 건데 저도 잘 모르겠어요." 노르는 용기를 되찾고 이렇게 대답했다. "가서 직접 찾아보세요. 전 별로 관심 없었거든요."

마녀는 빗자루를 집어 들고 그것으로 노르를 때려 줄까 생각하는 듯했다.

"어리석은 짓 하지 마라, 노르. 그 남자들을 멀리해. 그들 곁에 가면 안 돼!" 마녀가 차갑게 말했다. 그녀는 빗자루를 곤봉처럼 쳐들었다. "그들은 너를 모욕하고 해칠 거야. 분명히 말해 두는데, 그들한테서 떨어져 있어. 그리고 나한테서도 떨어져!"

엘파바는 빗자루를 야클 수녀한테서 받았던 기억을 되살렸다.

그녀는 그 늙은 수녀를 불구에 성가신 늙은이 정도로밖에 보지 않았으나, 이제 생각하니 단지 겉으로 보이는 이상의 뭔가가 있지 않았나 싶었다. 야클 수녀가 쿰브릭 마녀의 본능이 남긴 흔적이나마 간직하고 있어서 저 빗자루에 마법을 걸었나? 아니면 노르가 자기 안에 의식 없는 빗자루에서 생명을 끌어낼 힘을 갖고 있었던 것일까? 노르는 확실히 마법을 열렬히 믿기는 했다. 어쩌면 빗자루는 누군가 자기를 믿어 주기를 기다리고 있었을지도 모른다. 빗자루가 엘파바를 위해서도 날아 줄까?

어느 날 밤, 모두가 잠든 시각에 엘파바는 안뜰로 빗자루를 들고 나왔다. 좀 바보 같다는 생각이 들었지만 목마를 타는 아이처럼 빗자루 위에 웅크리고 앉았다.

"자, 날아 봐, 이 멍청한 것아."

빗자루는 그녀의 허벅지 안쪽에 자국이 생길 만큼 짓궂게 몸을 앞뒤로 흔들었다.

"내가 내숭쟁이 여학생인 줄 알아? 쓸데없는 짓 그만둬."

그러자 빗자루는 50센티미터 정도 떠오르더니 엘피를 뒤로 떨어뜨렸다.

"너를 불속에 집어넣어 없애 버릴 테다. 난 이런 모욕을 참아 줄 나이가 아니라고." 엘파바는 분통이 터졌다.

대엿새 밤을 애쓴 끝에 그녀는 겨우 빗자루를 타고 땅에서 2미터쯤 떠오를 수 있게 되었다. 그녀는 마법에는 젬병이었다. 어떤 일에도 재주를 타고나지 못한 것일까? 그러나 엘파바는 마침내 신나게 날아 외양간 올빼미와 박쥐들을 혼비백산하게 만들 수 있게 되었다. 멀리까지 나갈 수 있게 되니 좋았다. 그녀는 좀 더 자신이 붙자, 계곡 아래 오즈마 섭정이 댐을 짓다 만 곳까지 비틀거리며 날아 갔다. 그곳에서 한숨 돌렸다. 걸어서 돌아가야 하는 사태는 없어야 할 텐데. 과연 그럴 필요는 없었다. 빗자루는 그녀의 뜻대로 하지 않으려고 반항했지만, 불로 위협하면 잘 먹혔다.

엘피는 밤의 천사가 된 기분이었다.

한여름에 한 아르지키 상인이 항아리와 숟가락, 실패 따위를 갖고 왔다. 상인은 북쪽 멀리에서 편지도 좀 가져왔다. 그중에는 프렉스가 보낸 편지도 있었다. 유모가 엘파바를 찾으러 가겠다는 뜻을 그에게 밝혔기 때문에, 그가 수도원에 편지를 보냈던 것이다. 수도 원에서는 그 편지를 빈쿠스의 키아모코로 보냈다. 프렉스는 네사로 즈가 반란을 획책했으며, 먼치킨랜드는 오즈에서 분리되어 독립 국가가 되었다고 전했다. .

네사로즈는 트롭 영주로서 국가의 정치적 수장이 되었다. 프렉스는 이것이 엘파바의 생득권이며, 그녀가 콜웬 그라운즈로 와서 동생에게 도전해야 한다고 생각하고 있음이 분명했다. 아버지는 이렇게 적었다. "그 애는 이런 일에 적합지 않은 것 같구나." 엘파바는 아버지가 염려하는 것이 놀라웠다. 네사로즈는 엘피가 죽었다 다시 태어나도 따를 수 없는 열렬한 광신자 딸이 아니었던가?

엘파바는 권력에는 전혀 흥미가 없었고, 어떤 식으로든 네사로 즈에게 도전하고 싶지도 않았다. 하지만 빗자루 덕에 장거리를 이동할 수 있게 되었으므로, 밤에 콜웬 그라운즈까지 날아가서 오랜만에 아빠와 네사, 셸을 며칠 만나 보고 와도 좋겠다는 생각이 들었다. 시즈에서 아마 클러치의 장례를 치르고 술에 취해 울고불고했던 날 이후로 근 십여 년 동안 네사를 보지 못했다.

먼치킨랜드가 마법사의 철권통치로부터 자유로워지다니! 그것만으로도 여행할 가치는 충분할 것이다. 엘피는 마법사에게 느꼈던 과거의 경멸감이 되살아나는 것을 느끼며 혼자 슬며시 웃었다. 어쩌면 이것이야말로 과거의 상처에서 회복되었다는 뜻일지도 모른다.

엘파바는 신중을 기하느라 어느 오후 군인들의 빈 방에 몰래 숨어 들어가서 그들의 서류를 뒤졌다. 서류들은 모두 지도 작성과 지리 조사에 관련된 내용이었다. 그 밖에는 아무것도 없었다. 아르지키 족이나 다른 빈쿠스 부족들을 위협할 숨은 계획 따위는 없어 보였다.

더 일찍 갈수록 더 빨리 돌아올 수 있을 것이다. 아무도 모른다면 더 좋다. 그래서 그녀는 모두에게 잠시 탑에서 혼자 시간을 보내겠으니 당분간 음식도 필요 없고 아무도 방에 들어오지 말라고 말했다. 한밤중에 그녀는 이제 막강한 권력을 쥔 여동생의 집이 된 콜웬 그라운즈를 향해 출발했다.

4

엘파바는 낮에는 헛간 그늘이나 처마 밑, 굴뚝 아래에서 잠을 잤다. 밤에만 여행했다. 어둠 속에서 오즈가 발아래 펼쳐졌다. 어림잡아 25미터 상공을 날았다. 시골 풍경이 두루마리에 말아 돌리는 희가극 배경막처럼 삭삭 바뀌었다. 가장 어려운 길은 그레이트 켈스의 가파른 고개였다. 그러나 일단 산악 지대를 벗어나자, 길리킨 강의 비옥한 충적토 평야 지대가 평탄하게 펼쳐졌다.

엘파바는 수로를 따라 무역선과 섬들 위를 날아서 오즈의 최대 호수인 레스트워터로 이어지는 지점까지 이르렀다. 남쪽 경계선을 따라 꼬박 하룻밤을 새워 호수를 건넜다. 호수의 검고 매끄러운 비단 같은 파도가 끝없이 사초와 늪으로 철썩철썩 밀려들었다. 먼치킨랜드 강어귀를 찾느라 .애를 먹었다. 강은 동쪽 방향에서 레스트워터로 흘러들었다. 그러나 일단 그 위치를 찾아내자, 노란 벽돌길을 찾기는 식은 죽 먹기였다. 그 너머의 농지는 훨씬 더 비옥했다. 어린 시절 그렇게도 혹독했던 가뭄의 흔적은 완전히 사라졌다. 낙농장과 작은 마을들은 어린아이의 장난감 마을처럼 행복한 모습으로 경작하기 좋은 토양과 온화한 기후를 지닌 땅에 아늑하게 자리잡고 번영을 누리는 듯했다.

그러나 동쪽으로 갈수록 도로는 엉망진창으로 망가져 있었다. 쇠지렛대로 벽돌을 파내고 나무들을 베어 내고 잔가지로 벽을 쌓아 놓았다. 작은 다리 몇 개는 폭파된 것 같았다. 마법사의 보복을 막기 위한 예방책인가?

키아모코의 방을 떠난 지 이레째 되는 날, 엘파바는 콜웬 그라운즈의 어느 작은 마을로 날아 들어가 월계수 밑에서 잠을 잤다. 깨어나 한 장사꾼에게 영주의 저택으로 가는 길을 묻자 그는 악마라도 본 것처럼 사시나무 떨듯 떨면서 길을 가르쳐 주었다. 그래서 그녀는 초록색 피부가 먼치킨랜드 사람들에게는 여전히 혐오감을 준다는 사실을 알았다. 남은 몇 킬로미터를 걸어 아침식사 시간이 약간 지난 때에 엘파바는 콜웬 그라운즈의 대문에 도착했다.

그녀는 발이 푹푹 빠지는 쿼들링의 늪지 속을 방수 장화를 신고

걷던 어린 시절, 어머니가 아쉬움과 원한이 뒤섞인 목소리로 콜웬 그라운즈에 대해 얘기하는 것을 들은 적이 있었다. 엘피는 그동안 고풍스러운 시즈와 화려한 에메랄드 시를 충분히 보아 온 터라, 웬만큼 위풍당당한 저택을 보아도 놀라지 않을 줄 알았다. 그러나 웅장한 콜웬 그라운즈를 보고는 놀란 정도가 아니라 충격을 받았다.

문에는 금박이 입혀 있고, 앞뜰은 잔디나 배설물 하나 없이 깨끗하게 치워져 있었다. 으리으리한 정문 위의 발코니에는 성인상 모양으로 가지를 다듬은 나무들을 심은 테라코타 화분이 줄지어 놓여 있었다. 자유 국가 먼치킨랜드의 새로운 지위를 상징하는 리본을 단 고관들이 몇 명씩 무리 지어 한쪽에 서 있었다. 손에 커피 잔을 든 관리들은 이른 오전의 비밀회의를 마치고 나온 모양이었다. 문 안쪽에서 군인들이 나와 그녀를 제지했다. 그녀는 항의했으나 위험 인물에 미치광이로 낙인 찍혀 그 자리에서 쫓겨나려는 찰나, 한 사람이 건물 모퉁이를 돌아 나오다가 그 모습을 보고 군인들에게 멈추라고 외쳤다.

"파발라!" 그 노인이 불렀다.

"예, 아버지, 저예요." 엘피가 어린아이처럼 공손하게 대답하며 몸을 돌렸다.

고관들은 주고받던 대화를 멈추었으나, 이 재회를 엿듣는다면 큰 무례가 되겠다고 깨달은 듯 다시 토론을 계속했다. 경비대는 프렉스가 다가오자 뒤로 물러섰다. 프렉스는 적은 머리숱을 길게 길러 늘 그랬듯이 가죽 끈으로 묶었다. 그의 허연 턱수염은 길게 자라 허리까지 닿았다.

"이분은 동쪽 나라 영주의 언니이니라." 프렉스가 이번에는 엘파바를 바라보며 말했다. "또한 내 맏딸이기도 하다. 이분을 안으로 모셔라. 언제든지 들어올 수 있는 분이다."

프렉스는 손을 뻗어 그녀의 손을 잡고 한쪽 눈으로 보는 새처럼 그녀 쪽으로 머리를 돌렸다. 그녀는 다른 쪽 눈은 보이지 않는다는 것을 알아챘다.

"이리 오너라. 사람들 없는 곳에서 얘기하자꾸나. 파발라, 오랜만에 보니 정말 네 엄마를 쏙 빼닮았구나!"

프렉스는 딸의 팔을 끼고 옆문을 통해 건물 안으로 들어서 노란색 비단과 진보라색 벨벳 쿠션으로 장식한 작은 응접실로 갔다. 프렉스는 문을 닫고 소파에 앉아 자기 옆의 쿠션을 톡톡 쳤다. 엘피는 피로를 느끼며 조심스럽게 앉았다. 아버지를 보니 북받쳐 오르는 감정에 자기 자신도 놀랐다. 그녀는 아버지의 애정에 목말라 있었다. 그러나 자신은 다 자란 어엿한 성인이라고 다시금 마음을 다독였다.

"편지를 쓰면 네가 올 줄 알았다. 파발라, 늘 그렇게 생각하고 있었어." 아버지는 딸을 딱딱하게 품에 안았다. "눈물이 날 것 같구나."

프렉스는 눈물을 훔친 다음 그녀에게 어디로 사라졌었는지, 무엇을 하고 지냈는지, 왜 돌아오지 않았는지 물었다.

"저한테 돌아올 곳이나 있었는지 잘 모르겠어요." 엘피는 무심코 대답했지만 그 말이 진실임을 새삼 깨달았다. "아버지는 마을을 개종시키는 일을 그만두시고 새로운 곳으로 옮겨 가셨죠. 아버지의 집은 영혼들의 목장이었어요. 게다가 전 나름대로 할 일이 있었고요." 그녀는 잠시 있다가 나지막이 덧붙였다. "적어도 그렇게 생각했어요."

엘피는 에메랄드 시에 몇 년 있었다는 말을 했지만, 이유는 말하지 않았다.

"그럼 유모 말이 맞았던 거냐? 네가 수녀가 되었어? 너를 그렇게 굴종하는 아이로 키우지는 않았는데…… 놀랍구나, 그렇게 순순히 복종을 택하다니."

"전 유일교도였던 적이 한 번도 없었듯이 절대 수녀였던 적도 없어요." 그녀가 부드럽게 아버지를 나무랐다. "수녀들과 함께 살긴 했어요. 믿음의 대상에 문제가 있을지언정 수녀들이 하는 일은 선한 것이었어요. 저로서는 힘든 사건에서 회복되는 기간이었고요. 그런 다음, 작년에 빈쿠스로 갔어요. 언제까지가 될지는 저도 모르지만, 거기에 일단 정착했다고 해야겠죠."

"그럼 무슨 일을 하고 있냐? 결혼은 했냐?"

"전 마녀예요."

그녀의 대답에 아버지는 흠칫 물러서더니, 한쪽 눈으로 딸이 농담을 하는 것인지 기색을 살폈다.

"네사를 만나기 전에 그 애 얘기 좀 해 주세요. 셸에 대해서도요. 아버지 편지를 보니 아버지는 그 애가 도움이 필요하다고 생각하시는 것 같더군요. 제가 잠시나마 여기 있을 동안 할 수 있는 일이 있으면 할게요."

아버지는 엘파바에게 동생이 영주의 자리에 올라 지난봄에 분리 독립을 선언했다는 얘기를 해 주었다.

"네네, 알아요. 하지만 그 이유를 모르겠어요."

그러자 아버지는 반대 집회가 열렸던 농장이 불태워졌고, 드래곤 컴보드 부근에 주둔해 있던 마법사의 군대가 무도회를 연 후에 먼치킨랜드 처녀 두엇이 강간당했다는 보고가 있었다고 설명했다. 또한 파애플루에서 학살이 있었고, 농작물에 과중한 세금이 부과되었다.

"어쨌거나 네사는 마법사의 병사들이 시골 예배당들을 마구잡이로 빼앗기까지 하니까 정말로 더 이상 못 참게 되었지."

"그게 그렇게까지 못 참을 일 같지는 않은데. 굳이 예배당이 아니고 탄갱 휴게실이라도 신성한 기도 장소가 될 수 있지 않나요? 교리에 따르자면?"

"흠, 교리야 그렇지." 프렉스는 어깨를 으쓱했다. 이제 그는 굳이 그런 구분을 하지 않으려 했다. "네사는 격분해서 자신의 분노를 널리 알렸단다. 자기도 모르는 사이에 불씨를 던져 부싯깃에 불을 붙인 셈이었지. 그 애는 마법사 황제에게 분노에 찬 편지를 보냈어. 위험하고 선동적인 행동이었지. 일주일이 지나지 않아서 혁명의 열기가 그 애를 중심으로 모여들었다. 바로 여기, 콜웬 그라운즈의 앞뜰에서 일어난 일이었어. 그야말로 장관이었지. 네사는 반역을 도모할 준비를 충분히 해 두었던 모양이야. 그 애는 멀고 가깝고를 막론하고 농촌 공동체의 원로들을 부르고, 자기의 종교적 계획은 현명하게도 눌러 두었단다. 그래서 지지를 호소하는 그 애의 부름에 앞 다투어 응답이 왔지. 다들 한목소리로 분리를 찬성했다."

아버지도 나이를 먹으니 현실적이 되셨구나. 엘파바는 다소 놀라움을 느끼며 관찰했다.

"그런데 어떻게 국경 수비대의 눈을 피했느냐? 사람들 말로는 분위기가 아주 험악하다던데."

"밤에 날아다니는 작은 검은 새처럼 통과했죠." 엘파바는 아버지의 손을 잡고 미소를 지으며 대답했다. 아버지의 손은 삶은 가재처럼 분홍색 반점이 얼룩덜룩했고 반들반들 윤이 났다. "하지만 아버지, 저를 왜 여기에 부르셨는지 모르겠어요. 제가 어떻게 해 주기를 바라시나요?"

"네가 동생과 함께 권좌에 앉으면 좋겠구나." 아버지는 오랫동안 헤어져 지냈던 온 가족이 다시 모였으면 좋겠다는 소박한 희망을 품고 말했다. "난 네가 어떤 아이인지 안다, 파발라. 오랜 세월이 지났지만 넌 많이 변하지는 않았을 거야. 넌 영리하고 신념도 있는 아이지. 네사는 자신의 종교에 따라 움직이는 아이야. 그 애는 아차 하면 저항의 중심인물이 됨으로써 지금 자기가 돕고 있는 가공할 혁명 운동을 망쳐 놓을 수도 있어. 그런 일이 생긴다면 그 애한테도 좋지 않을 거다."

그러니까 제가 대신 매를 맞을 아이가 되라는 거군요. 총알받이가 되라는 말씀이군요. 엘파바는 생각했다. 기쁨은 한순간에 날아가 버렸다.

"또 열성적인 지지자들한테도 좋지 않을 거야."

프렉스는 먼치킨랜드 사람들 대다수를 가리키는 뜻으로 손을 흔들었다. 아버지의 얼굴은 침울했다. 간신히 미소를 짓고 있다고 엘파바는 냉정하게 생각했다. 어깨도 축 처져 있었다.

"그들은 영광스러운 마법사의 온건한 독재 밑에서 한 세대 이상을 보냈어. 아, 깜박했구나. 이제 우리는 자유 국가 먼치킨랜드에 살고 있지. 이 농부들은 최후에 닥쳐올 보복의 규모를 과소평가하고 있어. 사실 셸이 믿을 만한 소식통으로부터 알아낸 사실인데, 에메랄드 시에는 엄청난 양의 곡물이 비축되어 있다더구나. 그러니 우린 적어도 당분간은 침략을 받지 않고 있을 수 있겠지. 지금까지는 군인들 부대가 국경선을 넘어 왔다 갔다 하거나 주정뱅이 건달들을 잡아 넣는 정도였지. 우리는 안전하다는 잘못된 환상에 빠져 있어. 네사도 역시 속고 있다는 말이다. 항상 넌 사태를 더 명확히 파악했지. 너라면 그 애가 준비하도록 도와줄 수 있을 게다. 균형을 잡아 주면서 지원해 줄 수 있을 게야."

"전 항상 그 일을 했어요, 아버지. 어릴 때도 그랬고 대학 때에도요. 이제 그 앤 혼자 힘으로 설 수 있다던데요."

"내 귀중한 구두 얘기를 들은 게로구나. 난 그 구두를 어떤 노파한테 사서 예전에 터틀 하트한테서 배웠던 유리와 금속 세공 기술을 이용해 내 손으로 직접 네사를 위해 고쳐 만들었다. 그 구두가 그 애를 아름답게 만들어 주기를 바랐지. 다른 누군가가 마법을 걸어 주기를 바란 적은 없다. 유감으로 여기지는 않아. 하지만 네사는 지금 자기가 일어서는 데에나 통치를 하는 데에나 누구의 도움도 필요치 않다고 생각하고 있어. 이렇게까지 남의 말에 귀를 닫았던 적이 없다. 어쩌면 그 구두가 위험한 물건이 아닌가 싶구나."

"저한테도 구두를 만들어 주시기를 바랐어요, 아버지." 그녀는 차분한 목소리로 말했다.

"너한테는 구두가 필요 없었잖니. 넌 네 목소리를 낼 수 있고, 격렬한 성격에 강철 같은 잔인성도 지니고 있으니까."

"잔인성이라고요!" 그녀가 반문했다.

"오, 넌 어릴 때부터 악마 같은 데가 있었지. 하지만 아이들이란 다 그런 때를 한 번씩 거치면서 크는 법이지. 네가 처음 다른 아이들과 섞였을 때 넌 공포의 대상이었다. 우리가 여행을 시작하고 네가 아기를 돌보게 되면서 그제야 진정이 되었지. 너도 알겠지만, 너를 길들인 건 네사로즈다. 넌 그 애한테 감사해야 해. 그 애는 날 때부터 성스럽고 축복받은 아이였어. 아기였을 때조차도 네사는 자기 필요에 따라 네 난폭함을 가라앉혔으니 말이다. 너는 기억하지 못하겠지만."

엘피는 기억할 수 없었다. 그 모든 일을 생각할 수도 없었다. 잔인했다는 생각 자체가 기억에서 사라졌다. 대신, 다시 한번 사랑하는 가없은 네사로즈를 도와 부관 노릇을 하도록 억지로 불려 왔다는 사실에 극도의 피로감을 느끼면서도, 아버지에게 애정을 느껴 보려고 노력했다. 먼치킨랜드 주민들에 대한 아버지의 걱정만 생각하기로 했다. 목사로서의 아버지의 감성에도. 아버지의 신학은 받아들일 수 없다 해도, 아버지의 헌신만큼은 높이 평가했다.

그녀는 가벼운 목소리로 말했다.

"언젠가 터틀 하트에 대해서도 더 얘기해 주세요. 하지만 지금은 동생을 만나러 가야겠어요. 아버지가 하신 말씀에 대해서도 생각해 볼게요. 제가 아버지와 네사로즈와 함께 국정을 이끄는 삼두마차의 한 축이 된다든가, 셸도 참여시켜 위원회를 만들고 그 일원이 된다는 건 상상도 할 수 없어요. 하지만 당분간은 판단을 보류할게요. 그런데 셸은 어떻게 지내요?"

"들리는 말로는 적진에 침투해 있다고 하더구나."

프렉스의 대답을 들으며 그녀는 자리에서 일어섰다.

"그 녀석은 무모해서 사태가 심각해지면 첫 번째 희생자가 될 놈이야. 어떤 면에서는 너를 닮았지."

"셸도 초록색이 되었어요?" 그녀가 농담을 던졌다.

"죄의 얼룩처럼 고집불통이지." 아버지가 대답했다.

　네사로즈는 위층의 응접실에 홀로 틀어박혀 오전 명상을 하는 중이었다. 프렉스는 엘파바가 집과 장원을 마음껏 돌아다닐 수 있는 허가를 받게 해 주었다. 누가 뭐라 해도 상황이 달랐더라면 엘파바가 동쪽나라의 트롭 영주이자 자유 국가 먼치킨랜드의 수장이 되었을 것이다.(어쩌면 아직도 늦지 않았다.) 프렉스는 초록색 딸이 잡역부처럼 빗자루를 질질 끌면서 오르믈루(금박을 입힌 장식품), 다마스크 비단, 신선한 꽃, 제복 입은 하인들, 초상화 등을 바라보며 천천히 대리석 복도를 걸어가는 모습을 지켜보았다. 그는 딸을 키우면서 자기도 다 알지 못하지만 못 할 짓을 많이 했다는 생각에 언제나처럼 가슴 저미는 아픔을 느꼈다. 그래도 마침내 딸이 이곳에 와서 기뻤다.

　엘파바는 번쩍번쩍 윤이 나는 마호가니 홀 끝에서 개인 예배실로 들어갔다. 고풍스럽다기보다는 바로크 풍으로 새단장을 하는 중이었다. 네사로즈가 프레스코 화에 회칠을 해서 덮어 버리라고 명령했음이 분명했다. 아마도 흥미진진한 그림들이 사람의 마음을 산란하게 하여 명상을 방해한다고 생각한 모양이다. 엘피는 회반죽과 붓과 사다리가 나뒹구는 한쪽 옆에 놓인 긴 의자에 앉았다. 이 모든 것이 대단히 어색하게 느껴졌지만, 기도하는 척하지는 않았다. 그녀는 정신을 집중하고자 아직도 완전히 지워지지 않은 거대한 그림에 시선을 맞추었다. 제법 큰 날개의 도움으로 공중에 뜬 통통한 천사 여러 명이 그려져 있었다. 천사들의 옷을 교묘하게 그려 해부학적인 결함을 가렸음을 알 수 있었다. 천사들은 다소 뚱뚱한 여자들이었으나, 날개는 동맥이 팽팽하게 부풀어 올라 있지도 않고, 실핏줄이 보이지도 않았다. 화가는 저렇게 풍만한 여인들을 공중에 띄우는 데 저 정도 길이와 폭의 날개면 될 거라고 생각했나 보다. 몸집에 맞추어 날개를 팔 길이의 세 배 정도로 잡은 모양이었다. 날개를 달고 저승으로 날아갈 수 있다면, 빗자루도 되지 않으려나? 그러다가 문득 자신이 너무 피곤한 모양이라는 생각이 들었다. 평상시 같으면 내세니 저세상이니 저승이니 하는 유일교도들의 헛소리는 아예 생각할 가치도 없는 것으로 치부했을 것이다.

생명과학 수업에서 배운 내용을 기억해야지. 딜라몬드 박사님이 넘기 바로 직전까지 갔던 모든 지식의 엄청난 경계선들을. 난 그중 일부는 거의 이해했어. 치스터리한테 날개를 달아 줄 수도 있어. 치스터리도 나와 함께 날 수 있겠지. 그럼 얼마나 신날까.

그녀는 일어나서 동생을 찾으러 갔다.

네사로즈는 언니를 보고도 엘피가 예상했던 만큼 놀라지 않았다. 엘피는 어쩌면 네사가 늘 이목을 끄는 중심인물이었기 때문인지도 모른다고 생각했다. 그리고 다시 그녀는 언제나 그랬듯이 화제의 중심에 있었다.

"언니."

동생은 다른 사람한테 책장을 넘겨 달라고 부탁하지 않고서도 네 쪽을 계속 읽을 수 있도록 시종이 나란히 펼쳐 놓은 똑같은 책

두 권에서 고개를 들고 언니를 불렀다.

"키스해 줘."

"오, 그래." 엘피는 그렇게 했다. "어떻게 지냈니, 네사? 좋아 보이는구나."

네사로즈는 그 아름다운 구두를 신고 환히 웃으며 일어났다.

"이름 없는 신의 은총으로 난 그 어느 때보다도 힘이 넘쳐."

그러나 엘파바는 짜증을 내지 않았다.

"너 일어섰구나. 네 발 얘기만이 아니야. 역사는 너에게 중요한 역할을 맡기기로 했고, 너는 그것을 받아들였어. 네가 자랑스럽구나."

"자랑스러워할 것까지야. 하지만 고마워, 언니. 언니가 올 줄 알았어. 아버지가 나를 돌봐 주라고 언니를 여기로 끌고 오셨어?"

"아무도 나를 여기로 끌고 오지 않았어. 하지만 아빠가 편지를 보내셨지."

"그렇게 오랫동안 얼굴도 내비치지 않고 혼자 어느 구석에 박혀 있더니, 정치적 격동이 몰아치니까 마침내 나왔군. 어디 있었어?"

"여기저기 떠돌아다녔지."

"우린 언니가 죽은 줄 알았어. 그 숄 좀 내 어깨에 둘러서 핀으로 고정시켜 줘. 그럼 하녀를 부를 필요 없잖아? 언니가 시즈에 나만 남겨 두고 가 버렸을 때는 정말 말할 수 없이 끔찍했어. 언니한테 아직도 화가 안 풀렸는데. 이제야 기억났네."

그녀는 귀엽게 입술을 비틀었다. 엘파바는 동생이 유머 감각을 완전히 잃지 않아서 기뻤다.

"우린 그때 어렸지. 내가 잘못했나 봐. 하지만 어쨌든 너한테 그

타격이 오래가지는 않았잖니. 적어도 그렇게 보이지는 않는데."

"난 혼자서 2년을 더 마담 모리블을 참아야 했단 말이야. 한동안
은 글린다 언니가 힘이 되어 주었지만 졸업하고 떠나 버렸지. 유모
가 내 구세주였지만, 유모는 그때도 이미 늙었어. 얼마 전에 언니한
테로 갔지? 흠, 그때 정말 비참하게 혼자가 된 기분이었어. 오로지
신앙의 힘에 의지해 간신히 버텼지."

"아, 신앙이 그런 역할을 할 수 있을 테지. 신앙을 갖고 있다면
말이야."

"언니는 아직도 의심으로 가득 찬 회색 지대에 살고 있는 사람처
럼 말하는군."

"실은 내 영혼의 상태나 영적 빈곤 따위보다 더 중요한 할 얘기
가 있을 것 같은데. '네 손으로' 혁명을 일으켰다더구나…… 미안
해, 너한텐 손이 없는데…… 그리고 넌 총사령관이고. 축하한다."

"아, 어지럽고 성가신 세상 잡사일 뿐이야. 정원에 나가 보면 얼
마나 아름다운지 몰라. 우리 산책하면서 바람 좀 쐬어. 언니 안색이
안 좋아 보여……."

"괜찮아. 그럴 만한 이유가 있으니까……."

"외교 문제를 논할 시간은 얼마든지 있어. 난 좀 있다가 회의를
해야 해. 하지만 잠깐 산책할 시간은 돼. 언니도 이곳을 익혀 두어
야지. 내가 구경시켜 줄게."

5

엘파바는 네사로즈의 관심을 그리 오래 붙잡아 둘 수 없었다. 네

사로즈는 지도자로서 요구되는 임무를 멸시하는 척하면서도 자기 일정을 환히 꿰고 있었고 회의 준비에 많은 시간을 할애했다.

자매는 처음에는 가족들 간의 추억, 학창 시절 등 가벼운 얘기로 시작했다. 엘피는 당장 문제의 핵심으로 들어가고 싶어서 마음이 급했다. 그러나 네사로즈는 서둘지 않았다. 가끔씩 그녀는 주민들과 접견하는 자리에 엘피도 배석시켰다. 엘피는 눈앞에서 벌어지는 일이 그다지 마음에 들지 않았다.

어느 날 오후 콘배스킷의 작은 마을에서 한 노파가 왔다. 노파는 보기 역겨울 정도로 아부하는 자세로 인사했다. 네사로즈도 자랑스러운 듯 환한 미소로 답했다. 노파는 자기 하녀가 나무꾼과 사랑에 빠져 자기 밑을 떠나 결혼하고 싶어 한다고 불만을 토했다. 그러나 노파는 벌써 나라를 지키기 위해 새로 창설한 지방 의용군에 아들을 셋이나 보낸 터라, 농작물을 거둘 일손이라고는 하녀 하나뿐이라고 했다. 만약 하녀가 나무꾼과 함께 떠나 버리면 농작물은 다 썩을 것이고 노파는 망할 것이다.

"그게 다 자유를 위해 치러야 할 대가라니까요." 노파는 비통하게 말을 끝맺었다.

"그러면 내가 어떻게 해 주었으면 좋겠느냐?" 동쪽의 영주가 물었다.

"양 두 마리와 소 한 마리를 드리겠습니다."

"가축은 있는데……"

네사로즈는 이렇게 대꾸했지만, 엘파바가 끼어들었다.

"지금 양이라고 했소? 소라고? **동물** 말인가?"

"바로 제 **동물**입니다요." 노파는 자랑스럽게 대답했다.

"어떻게 **동물**을 갖게 되었지요? 먼치킨랜드에서도 이제 **동물**이 노예 신세로 전락했단 말인가?" 엘파바가 이를 악물고 물었다.

"언니, 그만해." 네사로즈가 조용히 타일렀다.

"어떻게 하면 그들을 해방시켜 주겠어요?" 엘피가 열이 올라 다그쳤다.

"벌써 말씀드렸잖아요. 나무꾼을 좀 어떻게 해 달라니까요."

"생각해 둔 방책이라도 있나?" 네사로즈가 끼어들었다. 그녀는 언니가 재판관으로서 자신의 권위에 도전하자 기분이 상했다.

"나무꾼의 도끼를 가져왔습니다. 여기에 마법을 걸어서 그를 죽여 주셨으면 좋겠어요."

"나 원." 엘파바로서는 어이가 없었지만 네사로즈는 이렇게 말했다.

"글쎄, 그건 썩 좋은 생각 같지는 않군."

"썩 좋지 않다고? 두말하면 잔소리지, 네사."

"이 자리에서 법적인 판단을 내려 주실 분은 영주님이시죠. 어떤 해결책을 주시렵니까?" 노파가 고집스레 말했다.

네사로즈는 신중하게 대답했다.

"도끼에 마법을 걸어서 그의 손에서 미끄러지게 해 주지. 그의 팔이 잘릴 정도로만 말이야. 경험상 한쪽 팔이 없는 사람은 양쪽 팔을 다 가진 사람에 비해 이성에게 매력이 없어."

"그 정도면 되겠습니다. 하지만 일이 제대로 안 되면 다시 와서 같은 값으로 더 조치를 취해 주시기를 부탁드리겠습니다. 아시겠지만, 양과 소면 이 근방에서는 값이 적잖이 나갑니다."

"네사로즈, 넌 **마녀**가 아니잖아. 안 돼. 믿을 수 없어. 무엇보다 넌 주문을 쓸 줄도 모르잖아!"

"정의로운 사람은 이름 없는 신의 가호로 기적을 일으킬 수 있는 법이야." 네사로즈가 침착하게 대꾸했다.

"도끼를 가져왔으면 나한테 보여 다오."

노파가 나무꾼의 도끼를 내밀자, 네사로즈는 기도하듯 그 옆에 무릎을 꿇었다. 팔 없는 여윈 몸을 남의 도움 없이도 균형을 잃지 않고 앞으로 숙여 주문을 왼 다음 다시 제자리로 돌리는 모습은 기이하다 못해 소름이 끼쳤다. 저 구두 제법인걸. 엘피는 씁쓸하게 생각했다. 글린다는 사교계를 주름잡는 미녀에 그치지 않고 어떤 힘도 가지고 있었던 것이다. 아니면 네사를 위한 아버지의 애정에서 나온 힘일지도 모른다. 그도 아니면 두 가지가 결합된 것이거나. 네사로즈가 이 노파의 눈을 속이고 있는 것이 아니라면, 자신을 무슨 이름으로 불러 달라 하는 그녀 역시 마법사가 된 것이다.

"넌 마녀가 되었구나." 자신도 모르게 튀어나온 말이었다.

노파가 네사로즈에게 감사를 표한 것으로 보아, 어쩌면 잘못 말한 것일지도 모른다.

"돌아가서 외양간에서 동물들을 데려오겠습니다. 읍내에 매어 놓았답니다."

"동물들을! 매어 놓았다고!" 엘피가 흥분했다.

"감사합니다. 동쪽 나라의 영주님. 아니, 동쪽 나라의 마녀라고 불러 드릴깝쇼?" 노파는 이를 드러내고 씨익 웃더니 건장한 청년이 하는 식으로 마법에 걸린 도끼를 어깨 위에 둘러메고 문을 나섰다.

다시 단둘이 있을 기회가 좀처럼 나지 않았다. 엘파바는 외양간과 헛간 주위를 배회하다가 마침내 한 시종으로부터 양과 소가 있는 곳을 알아냈다. 그들은 깨끗한 밀짚이 깔린 우리 안에서 제각기 구석을 바라보고 앉아 멍하니 되새김질을 하고 있었다.

"당신들이 그 복수심에 찬 늙은 악마의 손에 끌려 여기 온 새 동물들이군요."

엘파바가 말했다. 소는 누가 자기한테 말을 거는 것이 익숙하지 않은 듯 물끄러미 바라보았다. 양은 전혀 알아들은 기미가 없었다.

"무슨 불만 있소?" 소가 썰렁한 농담을 던졌다.

"난 빈쿠스에 살았어요. 거기에는 **동물**이 별로 없었지요. 난 한때는 **동물**의 권리를 위해 뛰는 운동가였어요. 지금 먼치킨랜드 **동물**들이 어떤 상황인지 잘 몰라요. 좀 얘기해 줄래요?"

"당신한테 해 줄 말은 이것뿐이군요. 당신 앞가림이나 잘하시오." 소가 말했다.

"저 양들은요?"

"이 양들은 아무 얘기도 해 줄 수 없어요. 벙어리가 되었으니까."

"그럼 그냥 양들인가요? 그렇게 될 수도 있나요?"

"사람이 식물인간이 되었다느니 하는 말을 흔히들 쓰지만, 말 그대로 진짜 식물이 되었다는 뜻은 아니죠. 마찬가지로 양이 보통 양이 되지는 않아요. 벙어리 양이 될 따름이지. 어쨌거나 저들이 듣지 못하는 양 면전에서 저이들을 놓고 이러쿵저러쿵 할 건 없겠지요."

"물론 그렇겠지요. 미안해요." 엘피는 처량하게 눈만 껌벅이는 양에게 말했다. 그러고는 소에게 덧붙였다. "당신을 이름으로 부르고 싶은데요."

"난 남들 앞에서는 내 이름을 쓰지 않기로 했답니다. 나만의 이름을 가질 수 있는 개인으로서의 권리를 빼앗겼으니까요. 나 혼자서만 쓰지요."

"알겠어요. 동감해요. 나도 이제는 마녀일 뿐이니까."

"당신이 바로 영주인가요?" 소의 턱에서 끈적끈적한 침이 줄처럼 길게 늘어졌다. "기쁘군요. 당신이 스스로 마녀라고 부르는 줄은 몰랐어요. 그저 악의적으로 등뒤에서 수군대는 별명인 줄만 알았는데. 동쪽나라의 마녀라고."

"아, 아뇨. 난 언니예요. 서쪽나라의 마녀라고나 할까." 그녀는 씩 웃었다. "실은 사람들이 동생을 그렇게들 싫어하는지 몰랐어요."

소는 당황했다.

"당신 가족을 모욕할 뜻은 아니었어요. 입 다물고 되새김질이나 해야겠군요. 사실 난 좀 충격을 받았답니다. 마녀의 주문을 얻는 대가로 팔리다니! 그 나무꾼한테는 아무 잘못도 없는데. 아, 나도 귀는 있답니다. 사람들은 곧잘 잊어버리지만. 닉 차퍼같이 좀 모자라기는 해도 인정 많은 이가 마녀의 주문에 해를 입게 되다니. 게다가 나는 그 대가로 물물교환되고. 아, 살면서 어디까지 나락으로 떨어질 수 있는지 정말 끝을 알 수 없다니까요."

"당신을 자유롭게 해 주려고 왔어요." 엘피가 말했다.

"누구의 권위로요?" 소가 의심스럽다는 듯이 콧방귀를 뀌었다.

"말했잖아요, 난 트롭 영주, 동쪽나라 영주의 언니라니까." 그녀는 말을 고쳤다. "동쪽나라의 마녀 말이에요. 여기에서는 나한테도 그 정도 권리는 있어요."

"자유를 얻어 어디로 가란 말인가요? 뭘 하라고요? 우리는 여기에서 로어 머크슬롭으로 갔다가 다시 잡혔어요. 마법사 밑에서는 노예가 되고 트롭 영주 밑에서는 교리문답에 시달리고! 우리는 소름 끼치는 땅꼬마 먼치킨랜드 사람들이랑 어울려 살 수가 없어요."

"기분이 좀 안 좋군요." 엘파바가 말했다.

"미친 소라고 들어 봤어요? 이봐요, 매일같이 잡아당기는 통에 젖통이 막 쑤신다고요. 아침저녁으로 나한테서 젖을 짜 가요. 그 정도면 말도 안 하지…… 아, 그만두지요. 하지만 더 끔찍한 일은 우유를 짜낸다고 내 자식들을 살찌우고 고기를 얻으려고 도살했다는 거예요. 난 도살장에서 들려오는 아이들의 비명소리까지 들었어요. 사람들은 나를 소리가 들리지 않는 곳으로 데려가는 정도의 배려도 하지 않았다니까요!"

소는 고개를 벽 쪽으로 돌렸다. 양들이 양쪽으로 와서 따스한 책 버팀대처럼 소의 아랫배를 양쪽에서 지그시 눌러 주었다.

"너무 미안하고 부끄러워서 고개를 들 수 없을 정도네요. 난 딜라몬드 박사님과 함께 일한 적이 있어요. 그분에 대해 들어 보셨어요? 오래전 시즈에 있을 때였죠. 마법사한테 가서 항의하기도 했어요……."

"오, 마법사는 우리 같은 것들한테는 모습을 드러내지 않죠." 소가 냉정을 회복하고 이렇게 말했다. "더 이상 얘기하고 싶지 않아요. 사람들은 원하는 것이 있을 때는 한편이 되어 줘요. 네사로즈 영주는 아마도 종교 의식에 쓰려고 우리를 데려왔을 거예요. 내 보드라운 옆구리를 화환 따위로 꾸며 놓았어요. 우리 모두 다음에는 어떻게 될지 알고 있어요."

"이제 그 생각이 잘못되었다는 것을 알게 될 거예요. 내가 막을 테니까. 네사로즈는 엄격한 유일교도예요. 그런 짓은 하지 않아요. 희생 제물을……."

"시대가 바뀌었다니까요. 네사로즈는 무식하고 다혈질인 국민들을 어떻게든 달래 주어야 해요. 자, 도살 의식보다 더 나은 게 뭐가 있는지 한번 말해 봐요."

"하지만 당신이 하는 말이 진실이라면 도대체 어떻게 해서 이런 일이 일어난 거죠? 여기는 농업 국가예요. 여기라면 당신들은 자리 잡고 살기가 더 쉬울 텐데."

"우리에 갇혀 있다 보면 **동물**들은 이론을 개발할 시간이 충분하죠. 현명한 **동물**들은 시계태엽 장치의 부상과 전통적인 **동물** 노동의 쇠퇴를 연관 짓더군요. 우리는 짐을 나르는 짐승은 아니지만, 신뢰할 만한 양질의 노동력이었어요. 우리가 잉여 노동력이 된다면 사회적으로도 잉여 존재가 되는 것은 시간 문제일 뿐이지요. 하여간 그건 하나의 이론일 뿐이에요. 내 생각에 악은 온 세상에 만연해 있어요. 마법사가 제일 먼저 악의 기치를 들었고, 온 사회가 양 떼처럼 그쪽으로 우르르 몰려가고 있어요. 비하하는 표현을 써서 미안해요." 소는 우리의 친구에게 고개를 까딱했다. "말이 헛 나왔어요."

엘파바는 우리의 문을 활짝 열어젖혔다.

"나와요. 당신들은 자유예요. 자유의 몸이 되어 무슨 일을 할지는 당신들이 알아서 할 일이에요. 거부한다면 그것도 당신들 책임이고요."

"우리가 걸어 나간다면 그것도 우리 책임이죠. 도끼에 마법을 걸

166

어 사람의 팔을 절단 내는 마녀가 양 두 마리하고 성가신 늙은 소한테 눈 깜짝이라도 할 것 같아요?"

"하지만 이게 당신들한테는 유일한 기회일지도 몰라요!" 엘파바가 소리쳤다.

소가 밖으로 나오자 양들도 뒤따랐다.

"우린 돌아올 거예요. 당신에게 가르침을 주려고 나가는 거지, 우리 자신을 위해 떠나는 게 아니에요. 내 말 잘 들어요. 올해가 가기 전에 당신의 최고급 딕시 하우스 도기 접시에 내 엉덩잇살이 오를 테니까." 소는 마지막 말을 내뱉었다. "살코기가 당신 목에 콱 걸렸으면 좋겠군요." 그러고는 꼬리를 흔들어 파리를 쫓으며 어슬렁어슬렁 걸어 나갔다.

6

"글리쿠스에서 사절이 왔어, 언니." 네사로즈는 엘파바가 면담을 청하자 이렇게 말했다. "정말로 물리칠 수가 없어. 그 여자 사절은 글리쿠스가 우리 다음으로 분리 독립을 선언할 경우 상호 방위 조약을 논의하러 왔어. 그녀 말로는 첩자들이 자기 가족의 뒤를 밟고 있는 것 같대. 그래서 오늘 밤 돌아가야 한대. 하지만 저녁을 함께 하면 어떨까? 예전에 그랬던 것처럼 언니랑, 나랑, 내 시중 들어 줄 사람이랑."

엘파바는 다음 오후를 기약하는 수밖에 없었다. 그녀는 프렉스를 찾아 연못과 잔디밭 너머로 산책하러 가자고 설득했다. 그곳에는 숲이 콜웬 그라운즈 뒤쪽 변두리까지 펼쳐져 있었다. 그는 아주 뻣뻣한 자세로 느릿느릿 걸었다. 걷는 것이 상당히 힘들어 보였다. 그녀는 성큼성큼 활보하는 걸 좋아했지만 꾹 참았다.

"세월이 이렇게 지나고 나서 동생을 보니 어떻더냐? 많이 변했지?" 아버지가 그녀에게 물었다.

"그 애는 항상 나름대로 확신에 차 있었지요." 엘피가 조심스럽게 대답했다.

"난 한 번도 그렇게 생각하지 않았다. 지금도 마찬가지고. 하지만 어쨌든 잘되었다고 생각한다. 더 좋아졌어."

"정말로 제 도움이 필요해서 저를 부르신 건가요, 아버지? 전 시간이 없어요. 솔직하게 말씀해 주세요."

"넌 네사보다 더 영리한 영주가 될 게야. 또 그건 네가 태어날 때부터의 권리이기도 하고. 그래, 네 엄마가 작위 상속권에 관한 엄격한 규칙을 그리 중요하게 여기지 않았다는 건 나도 안다. 단지 난 네가 지도자가 되면 먼치킨랜드 사람들이 더 잘살 수 있으리라 생각한다. 네사는 지나치게 신앙심이 두터워. 신앙심이 너무 지나치면 공인으로서는 부적격이란다."

"제가 상속받은 지위에 아무 관심이 없다는 단 한 가지 점에서만큼은 어머니를 닮았을지도 몰라요. 제가 합법적으로 영주라는 점도 저한테 아무런 의미가 없고요. 이미 오래전에 가족 내에서 제 지위를 버렸어요. 네사로즈도 자기 직위를 포기할 권리가 있어요. 그러면 셸이 대신 그 자리를 받을 수 있겠지요. 아니면 어리석은 관습은 다 폐지하고 먼치킨랜드 사람들이 죽을 때까지 스스로 통치하도록 하는 편이 나을지도 몰라요."

"지도자는 희생양이기도 하고 비천한 종복이기도 하지. 어느 쪽이든 될 수 있어. 하지만 난 지금 지위나 특권이 아니라 지도력 얘기를 하는 거다. 우리가 살고 있는 시대의 본질과 해야 할 일에 대해 얘기하고 있는 거야. 파발라, 넌 항상 형제들 중에서 제일 뛰어났어. 셸은 무모한 개구쟁이에 불과해. 요즘은 비밀 요원 놀이에 빠졌나 보더라. 네사는 상처 입은 어린 소녀고……."

"오, 제발 그만하세요. 이제 그런 상처쯤은 극복할 때도 되지 않았나요?"

그녀가 넌더리를 내자 아버지는 마음이 상한 듯 이렇게 대꾸했다.

"그 애는 극복하지 못했어. 그 애가 연인의 팔에 안긴 모습을 본 적 있냐? 자기 아이를 낳아서 제대로 한번 남들 사는 것처럼 살아 볼 수 있겠니? 테러리스트가 자신의 이상을 방패로 뒤에 숨는 것처럼 그 애는 자기의 신앙심 뒤에 숨어 있는 게야……."

프렉스는 이 말에 엘파바가 움찔하는 모습을 보고 말을 멈추었다. 그녀가 차분한 목소리로 말했다.

"테러리스트도 사랑은 할 수 있어요. 훌륭한 수녀들은 결혼도 못하고 자식이 없어도 불쌍한 이들을 위해 자선을 베풀고요."

"네사가 이름 없는 신 외에 다른 사람과 성숙한 유대 관계를 갖는 것을 본 적이 있니?"

"아버지가 그런 말씀을 하시다니 뜻밖이네요. 아버지는 처자식이 있으면서도 개종시켜야 할 쿼들링 사람들을 더 중요하게 여기셨잖아요."

"난 해야 할 일을 했을 뿐이다. 딸한테서 설교를 듣고 싶지는 않구나." 아버지가 딱딱하게 말했다.

"저도 아버지한테서 네사에게 끝없이 의무를 다하라는 설교는 듣고 싶지 않아요. 전 그 애를 위해 어린 시절을 다 희생했어요. 그 애를 시즈에도 데려갔고요. 그 애는 원하는 대로 자기 인생을 살았고, 지금도 여전히 자기 의지로 자유롭게 선택할 수 있어요. 그 애의 백성들도 마찬가지예요. 그 애의 기도가 자기들한테 방해가 된다면 그 애를 퇴위시켜서 목을 벨 수도 있겠지요."

"그 애는 강한 여자야." 프렉스가 서글프게 말했다.

엘피는 아버지를 곁눈질해 보았다. 처음으로 아버지가 무능한 남자로 보였다. 이르지가 살아남아 무사히 나이를 먹고 늙는다면 저런 모습이 될 것 같았다. 언제나 사건의 언저리에서 어색하게 쭈뼛거리기만 하고, 행동을 취하기보다는 반응하는 데 급급하고, 현재를 움직이는 대신 과거를 슬퍼하고 미래를 위해 기도하는 인물.

"그 애가 어떻게 그렇게 강해졌겠어요? 좋은 부모님을 둔 덕이죠." 엘피는 되도록 부드럽게 말하려 애썼다.

아버지는 아무 대답도 하지 않았고 그들은 계속 걸어서 옥수수밭 가를 따라 숲 밖으로 나왔다. 농군 두엇이 울타리를 고치고 허수아비를 세우고 있었다.

"안녕하십니까, 프렉스파 신부님."

그들이 모자를 벗고 인사했다. 그들은 엘파바를 곁눈으로 흘겨보았다. 목소리가 들리지 않을 거리까지 왔을 때 그녀가 말했다.

"겉옷 위에 작은 부적 같은 것을 걸고 있더군요. 보셨어요? 작은 밀짚 인형 비슷하게 생겼던데."

그가 한숨을 내쉬었다.

"오 그래, 밀짚 인형이란다. 이교 관습은 거의 지하로 들어갔지만 대가뭄 때 되살아났다. 무식한 농부들은 가뭄이나 까마귀 떼, 해충, 부패병 따위로 곡식이 해를 입지 말라고 부적 삼아 밀짚 인형을 걸고 다녀. 예전에는 사람을 제물로 바치는 전통이 있었지." 아버지는 발걸음을 멈추고 숨을 고르며 얼굴을 훔쳤다. "우리 가족의 친구였던 쿼들링 사람 터틀 하트, 그가 바로 여기 콜웬 그라운즈에서 네사로즈가 태어나던 날 살해당했지. 떠돌아다니는 난쟁이랑 거대한 시계태엽 장치가 그해에 순회 여행을 다니면서 추악하기 짝이 없는 인간 본성에 분출구를 제공했어. 우리가 여기 막 도착하자마자 터틀 하트가 잡혀갔다. 무슨 일이 일어날지 까맣게 몰랐던 나 자신을 결코 용서할 수 없구나. 하지만 네 어머니는 산고를 겪던 중이었고, 우리는 읍내에서 도망쳐 나온 참이었거든. 주변 상황을 맑은 정신으로 충분히 살필 여유가 없었다."

엘파바는 전에도 이 이야기를 들은 적이 있었다. 그녀는 말을 꺼내기 더 쉽게 만들려고 이렇게 말했다.

"아버지는 그를 무척 좋아하셨죠."

"우리 둘 다 그랬지. 우린 그를 공유했다. 네 어머니와 난 그랬어. 아주 오래전의 일이고, 이젠 왜 그랬는지 나도 모르겠다. 그때도 이유를 알았던 것 같지는 않아. 네 어머니가 죽은 이후로는 아무도 사랑한 적이 없단다. 물론 너희들은 빼고 말이다."

"희생 제물을 바친 그런 야만스러운 역사가 있었다니. 어떤 소랑 얘기했는데 자기가 피의 제물이 될 거라고 생각하고 있더라고요. 그럴 수도 있을까요?"

"인간이 문명화될수록 점점 더 끔찍한 오락거리를 즐기는 것 같다."

"그런 현상은 절대 바뀌지 않겠지요? 학장이었던 마담 모리블의 강의에서 오즈라는 단어의 어원을 들었던 기억이 나요. 학장 말로는 학자들이 그 단어의 어원을 길리킨 어 중 'oos'에서 찾는 경향이 있대요. '성장', '발전', '힘', '생식' 등의 의미가 있다지요. 바이러스와 약간 관계가 있는 단어인 'ooze'도 같은 어족에 속하는 것으로 보이고요. 나이를 먹어 갈수록 이런 파생론이 점점 더 정확해 보여요."

"하지만 「오지아드」를 쓴 시인은 오즈를 '푸름으로 넘치는 땅, 끝없는 녹음이 우거진 땅'이라고 불렀어."

"시인들은 돈에 팔리는 여느 삼류 작가들이나 마찬가지로 제국 건설에 일조할 뿐이에요."

"가끔은 이곳에서 떠날 수만 있다면 무슨 짓이라도 할 수 있을 것 같은 기분이 든다. 하지만 지옥 같은 사막을 건너갈 생각을 하면 두려워."

"그건 전설일 뿐이에요. 아버지, 사막도 이 들판과 다르지 않다고 저에게 가르쳐 주신 분이 바로 아버지셨잖아요. 아버지 말씀을 들으니 다른 이론도 기억나요. 오즈는 '오아시스'라는 단어하고도 연관 있어요. 북쪽 지방의 유목민들은 오즈를 처음 발견하여 정착했을 때 길리킨을 오아시스로 생각했대요. 지금은 보세요, 아버지. 멀리 갈 것까지도 없어요. 빈쿠스는 다른 나라나 마찬가지인걸요. 저랑 같이 가시면 어때요?"

"나도 그러고 싶은 마음이야 간절하다. 하지만 내가 네사로즈를 어떻게 두고 가겠니? 난 못 해."

"네사가 아버지 딸이 아니라 터틀 하트의 딸이라도요?" 엘피는 정곡을 찌르는 한마디를 날카롭게 던졌다.

"그렇다면 더욱 못 떠나지." 아버지가 대답했다.

아버지는 네사로즈가 자기 딸인지 터틀 하트의 딸인지 확실히 알 수 없다는 점 때문에, 어찌 보면 좀 이해할 수 없는 식이지만 네사를 두 사람 모두의 딸이라 생각하기로 한 것이다. 네사로즈는 그들의 짧은 결합의 증거였다. 멜레나와의 결합은 물론이고 프렉스와의 결합이기도 했다. 네사로즈가 불구라도 상관없었다. 그녀는 언제나 엘파바 이상의 존재일 것이다. 언제까지나. 늘 그 이상의 의미일 것이다.

엘파바와 네사로즈는 네사의 침실에 마주 앉았다. 시녀가 소의 위장으로 만든 수프를 내왔다. 엘피는 비위가 튼튼한 편이었지만 그 수프는 먹을 수 없었다. 시녀는 수프를 수저로 조금씩 떠서 네사의 입에 넣어 주었다.

네사로즈가 먼저 입을 열었다.

"본론으로 바로 들어갈게. 언니가 이곳에서 나랑 힘을 합쳐 내 고문들을 이끌어 주고, 내가 여행을 가야 할 때는 빈자리를 메워 주었으면 좋겠어."

"난 먼치킨랜드에 전혀 애정이 없어. 내가 지금껏 보아 온 바로는 전혀 애정을 느낄 수가 없어. 주민들은 잔인하고 뻔한 속임수에 쉽게 속아 넘어가. 그들은 이 저택의 화려함에 짓눌려 있을 뿐이야. 넌 언제 터질지 모를 화약통 위에 앉아 있는 거야."

"그러니까 더더욱 언니가 여기 머물러서 나를 도와주어야지. 우

리는 봉사하는 삶을 살도록 배우면서 자라지 않았어?" 네사로즈가
말했다.

"넌 구두 덕분에 강해졌어. 구두가 그런 일을 할 수 있을 줄은 몰
랐다. 너한테는 내가 필요치 않아. 그 구두를 잘 간수하렴." 그녀는
속으로 생각했다. 구두는 너에게 부자연스러운 균형을 주었어. 네
모습은 꼬리로 버티고 선 뱀 같아.

"전에도 이 구두 본 기억 나지?"

"그럼. 하지만 글린다가 마법의 주문이라나 뭘로 구두에 힘을 불
어넣어 주었다고 들었어."

"아, 글린다 언니 말이군! 정말 제때 잘 도와주었지." 네사는 수
프를 넘기며 미소를 지었다. "이 구두, 내가 죽으면 언니가 가져도
좋아. 유서를 고쳐 써서 언니한테 주도록 할게. 구두가 언니한테는
별 도움이 안 되겠지만, 난 구두 없이는 못살 정도야. 구두 덕에 새
팔이 자라지는 않았어. 아마 구두가 언니의 피부색을 바꾸어 주지
는 못하겠지만, 피부색 따위는 문제 되지 않을 만큼 언니를 매력적
으로 만들어 줄 거야."

"다 늙어서 매력이 무슨 소용이니."

"무슨 소리야, 언니는 아직도 한창때라고. 나도 마찬가지고!" 네
사가 깔깔대고 웃었다.

"빈쿠스의 그 뭐라고 부르더라, 그 천막에 숨겨 둔 멋진 애인 얘
기나 좀 해봐."

"오늘 아침 네가 그 주문을 거는 것을 보고 나서부터 죽 궁금했
던 것이 있어. 도끼에 건 주문 말이야."

"아, 그랬지. 감자 작은 것으로 줘. 저것으로."

"혹시 시즈에 있을 때 마담 모리블이 우리한테 주문을 걸었다고 했던 일 기억하니? 우리가 그 일에 대해 서로 이야기할 수 없도록 말이야."

"계속해 봐. 기억날 것도 같아. 정말 소름 끼치는 여자였지. 안 그래? 폭군 같으니라고."

"그녀가 우리, 그러니까 나랑 너랑 글린다를 고수로 골랐다고 말했잖아. 누군지 아주 높은 사람의 앞잡이가 되도록 말이야. 마법사가 되라는 둥 비밀 공모자가 되라는 둥의 말을 했었지. 우리가 아주 높은 자리에 올라가 힘을 갖게 될 거라고도 약속했어. 그리고 우리가 서로 그 문제를 놓고 의논할 수 없게 만들었고."

"오 그래, 맞아. 기억난다. 진짜 지독한 마녀였어."

"저, 그 말이 조금이라도 진실이었다고 생각해? 학장에게 우리를 침묵하도록 묶어 놓을 힘이 있었던 것 같아? 우리를 막강한 마술사로 만들 힘이 있었을까?"

"우리를 겁에 질려 정신 나가게 할 정도의 힘은 있었지. 하지만 우리는 어렸고 아주 멍청했어."

"그때 학장이 마법사와 공모해서 그 태엽장치한테…… 그로메틱이었지, 지금 막 이름이 떠올랐어. 희한한 일이네…… 그 장치한테 딜라몬드 박사를 살해하라는 명령을 내렸다는 느낌이 들었어."

"언니는 항상 의자만 보면 뒤에 칼 든 악마가 있다는 식이더라. 늘 그랬어. 마담 모리블한테 진짜로 힘이 있었다고는 보지 않아. 교활한 여자였지만, 한정된 범위 안에서만 힘을 쓸 뿐이었어. 순진한 우리 눈에 악당으로 보였던 거지. 제 잘난 맛에 사는 여자였을 뿐이라고."

175

"난 모르겠어. 나중에 그 일에 대해 생각해 보려고 했어. 우리 모두 엄청 혼란스러워하지 않았어?"

"언니, 우리가 너무 순진해 빠져서 암시에 재깍 걸려들었던 거라니까."

"그러면 글린다가 마담 모리블이 말한 대로 돈 많은 남자한테 시집 간 건 어떻게 생각해? 처프리 경은 아직도 살아 있지?"

"그건 언니 말대로지. 글린다 언니가 마술사라는 점도 의문의 여지가 없고. 하지만 마담 모리블은 우리한테 그저 예언을 해 주었을 뿐이야. 우리의 재능을 알아본 거지. 교육자이니 그 정도야 할 수 있었겠지. 우리한테 재능을 어떻게 하면 최대한 활용할지 충고해 주었던 거야. 그게 뭐 놀랄 일인가?"

"그녀는 정체불명의 주인을 위해 비밀리에 봉사하도록 우리를 유혹하려 했어. 내가 꾸며 낸 이야기가 아니야, 네사."

"언니가 음모 이론을 좋아하니까 그런 식으로 얘기하면 언니한테 잘 먹힐 줄 알았던 거지. 그런 현란한 헛소리 따위는 기억도 안 나."

엘파바는 입을 다물었다. 어쩌면 네사의 말이 옳을지도 모른다. 그러나 그들은 십여 년이 흘러 이른바 두 마녀가 되어 이 자리에 있다. 그리고 글린다는 공익을 위해 일하는 마술사가 되었다. 엘피는 키아모코로 돌아가 『그리머리』를 불태우고 빗자루도 같이 불태워 버리고 싶어졌다.

"글린다 언니는 학장만 보면 늘 잉어가 떠오른다고 했지. 이렇게 오랜 세월이 흐른 후인데, 물고기 따위를 정말로 무서워할 수 있어?" 네사로즈가 말했다.

"어떤 책에서 호수 괴물 비슷한 것을 본 적이 있어. 바다가 진짜 있다면 바다 괴물일지도 모르지. 괴물이 진짜 있는지는 나도 모르겠지만, 진짜 괴물의 존재를 보고 믿게 되느니 평생 의심하면서 사는 편이 나아." 엘피가 말했다.

"언니는 전에 이름 없는 신을 놓고도 비슷한 소리를 했지." 네사로즈가 조용히 대꾸했다.

"아유, 그 얘기는 제발 지금 꺼내지 말아 다오."

"영혼은 그렇게 간단히 무시해 버릴 주제가 아니야, 언니."

"나한테 영혼이 없는 편이 좋겠다. 그러면 이런 성가신 분란도 없을 거 아냐."

"언니한테는 영혼이 있어. 누구한테나 다 있어."

"네가 오늘 맞바꾼 소하고 양은 어때?"

"난 저급한 것들에 대해서는 말 않겠어."

"그런 식으로 말하다니 기분 나쁘구나, 네사. 난 오늘 그 동물들을 풀어 주었어."

네사로즈는 어깨를 으쓱했다.

"콜웬 그라운즈에서 언니한테 그 정도 권리야 있지. 언니가 아끼는 동물들한테 좋은 일 좀 하려는 것까지 막지는 않겠어."

"그들은 동물들이 이곳에서 어떤 대접을 받고 있는지에 대해 끔찍한 이야기들을 들려주었어. 에메랄드 시나 길리킨에서만 벌어지는 일인 줄 알았는데. 먼치킨랜드는 더 시골이니까 좀 더 상식이 통할 줄 알았어."

네사는 하녀에게 냅킨으로 입을 닦아 달라는 시늉을 하고는 이렇게 말했다.

"예전에 기도 봉사를 하러 다니다가 어떤 군인을 만난 적이 있어. 그는 쿼들링의 소요를 진압하는 전투에서 팔을 잃었어. 아침마다 팔이 잘려 나간 자리를 찰싹찰싹 때렸대. 피가 흐를 정도로 때리고 났더니, 잠시 후 따끔따끔 쑤시는 느낌이 들면서 환지(幻肢)가 생겨났다지 뭐야. 한 번에 생겨난 건 아니었고, 실제 팔이 나온 것도 아니었대. 그가 되찾은 것은 마치 팔이 있는 것 같은 느낌이었어. 환지는 팔꿈치까지 자랐다가, 그의 육체가 간직한 팔의 기억에 따라 삼차원적으로 쭉쭉 늘어나 결국은 손가락까지 온전하게 다 생겨났대. 정신적으로 일단 환지가 제자리를 잡자, 불구자로서 현실을 대면할 수 있게 되었대. 그뿐 아니라 신체의 균형도 더 잘 잡게 되었다는 거야."

엘파바는 점점 더 진짜 마녀가 된 기분으로 동생을 바라보며 다음에 나올 말을 기다렸다.

"나도 한동안 시도해 보았어. 실은 몇 달간이나 그랬지. 유모한테 내 팔이 나오려다 만 뭉툭한 자리를 주물러 달라고 했어. 불쌍한 유모로서는 꽤 힘겨운 일이었을 거야. 그런 다음부터 팔이 있는 것 같은 느낌이 아주 조금씩 들기 시작했지. 그리 오래가지는 않았어. 글린다 언니가 이 구두에 마법을 걸어 줄 때까지 그랬지. 내 발로 한 시간쯤 서 있으면 환지가 생겨나. 왜 그런지 이유는 모르겠어. 구두가 너무 꼭 끼어서 피가 잘 안 돌아 그럴지도 모르지. 내 평생 처음 있는 일이야. 아직 손가락의 느낌까지 온전하게 살아나지는 않지만."

"환지라. 어쨌거나 너한테는 잘된 일이구나."

"언니도 한번 스스로를 쳐 봐. 영적으로 말이야. 환상의 영혼이라든가, 뭐 그 비슷한 것이라도 생겨날지 모르잖아. 영혼은 훌륭한 내적 안내자가 되어 주지. 언니가 그것이 환상이 아니라 진짜라는 것을 깨닫는 날이 올지도 모르지."

"이제 그만하자, 네사. 너하고 내 영적 시련에 대해 토론할 마음은 없구나."

"여기 나랑 같이 머물면서 내 보좌진이 되어 줘. 우리가 언니한테 세례를 베풀어 줄 수도 있을 거야." 네사로즈가 따듯하게 말했다.

"난 물이 조금이라도 닿으면 못 견딘다는 것을 알면서 그러니. 이제 다시 이 얘기는 하지 말자. 신이건 뭐건 이름 없는 것에 대고 충성을 맹세할 수는 없어. 그건 사기야."

"언니는 스스로에게 슬픔으로 가득 찬 삶을 운명 지우고 있어." 네사로즈가 말했다.

"흠, 그런 삶이라면 이미 익숙해. 그러니까 적어도 뭔가 펄쩍 뛰어나와서 나를 놀랠 일은 없지." 엘피는 냅킨을 내던졌다. "네사, 난 여기 머무를 수 없어. 너를 도와줄 수도 없고. 빈쿠스에 내가 책임져야 할 것들이 있어. 너는 그게 무엇인지 관심 보이지도 않았지만. 오, 좋아. 혁명이 일어났고 너는 새로운 수장이 되었어. 네가 정신없을 만도 하지. 지도자로서의 짐을 받아들이느냐, 거부하느냐 둘 중 하나지만, 어느 쪽이든 네 선택이라는 점만은 확실히 해 두렴. 역사의 우연이라거나 자의와 관계없이 순교자가 되어서는 안 돼. 네가 걱정되지만, 여기 남아서 네 뒤치다꺼리나 할 수는 없어."

"속을 다 털어놓다니 내가 서툴렀군. 이렇게 짧은 만남으로 내가 우애 좋은 자매로 지내는 법을 기억해 낼 거라고 기대하지는 마."

"최근 들어서는 셸을 이용해 먹고 있더구나." 엘파바가 엄한 투로 말했다.

"그냥 이렇게 일어나서 가 버릴 거야?" 네사로즈도 몸을 뒤틀어 꿈틀대며 일어섰다. "12년이나 떨어져 지냈는데 고작 사나흘 함께 보내고 또 이렇게 헤어지는 거야?"

"몸조심하렴." 엘피는 동생의 양 볼에 입 맞췄다. "넌 마음만 먹으면 틀림없이 훌륭한 영주가 될 거야."

"언니의 영혼을 위해 기도할게." 네사로즈가 약속했다.

"네 구두를 받게 되기를 기다리고 있으마." 엘피가 대꾸했다.

엘피는 나가는 길에 아버지에게 들러 작별 인사를 할까 생각했다가 그만두었다. 아버지에게 할 수 있는 말은 이미 다 했다. 그들은 가족 간의 애정을 내세워 그녀를 가두려 했다. 이제 그런 건 더 이상 원하지 않았다.

7

엘파바는 마들렌 산지로 가는 북쪽 길로 접어들면서 초지 호수 위를 지나고 있다는 것을 알아차렸다. 집까지 반쯤 왔지만 잠시 발길을 멈추고 커프리스인더파인스를 찾아 호숫가를 걸었다. 젊은 시절 방문한 이후로 우후죽순처럼 많은 별장들이 솟아나 있어 그 집을 찾아낼 수 없었다.

그러나 엘파바가 실제로 보고 있는 것은 눈앞의 경치가 아니었다. 세상 그 자체였다. 세상이 드러내는 특징, 세상이 스스로를 보여 주는 방식이었다. 네사로즈는 어떻게 이름 없는 신을 믿을 수 있을까? 세상 어느 구석이든지 한 꺼풀 뒤집어 보면 또 다른 세상이 나타나는데. 어떤 의미에서는 딜라몬드 박사가 생각했던 것도 그런 것이 아니었을까? 박사는 세상의 진짜 기초는 다른 것이고, 증거와 실험으로 그것을 뒷받침할 수 있다고 생각했다. 그는 그 기초의 위치를 찾는 법을 알아냈다. 그러나 엘파바는 몽상가가 아니었다. 흰색과 푸른색으로 대리석 무늬를 아로새긴 듯한 호수 뒤, 물결무늬의 하늘 뒤에서 더 깊은 이면은 전혀 볼 수 없었다.

천사의 날개의 근육 구조, 날카롭게 시선을 모으는 데 필요한 모세관 작용 등 생명을 이루는 원재료에 관한 얘기가 아니다. 고급 천 따위의 감상적인 주제에 관한 얘기도 아니다. 이름 없는 신이 선이라면 말이지만, 선에 관한 얘기가 아니다. 그렇다고 악에 관한 얘기도 아니다.

정말로 누가 누구에게 예속되어 있는 것인가? 그것을 알 수나 있을까? 추위와 태양이 한데 어우러져 치명적인 얼음 송곳 같은 고드름을 빚어내듯, 공모하고 반목하는 각 개체들…… 마법사는 돌팔이, 사기꾼, 인간의 권력과 실패를 다 갖춘 폭군일까? 그가 고수들, 그러니까 네사로즈와 글린다, 그리고 엘피 자신은 당연히 아닐 테니까 정체불명의 제삼자를 조종하고 있을까? 아니면 마법사가 뚜렷이 드러나는 본래 모습을 감추고 권력을 위장하고픈 욕심에 그렇게 했다고 마담 모리블이 그에게 뒤집어씌운 데 불과한가?

마담 모리블은? 야클은? 관련이 있을까? 그들은 동일 인물일까? 무자비한 신, 어둠의 권력의 화신인가, 쿰브릭 마녀의 사악한 몸에서 뻗어 나온 일부인가? 그것도 아니면 각 개인으로 또는 하나로 뭉쳐서 늙은 쿰브리시아 본인이거나, 신화 속의 영웅시대로부터 이 비정하고 답답한 현대에 되살아난 존재일까? 그들이 마법사를 꼭 두각시 부리듯 마음대로 움직이고 있을까?

누가 누구에게 사로잡혀 있는가?

그것을 알게 될 때를 기다릴 동안, 서로 대립하는 힘들이 빚어낸 치명적인 고드름이 떨어져 연약한 살 속에 그 차가운 발톱을 깊이 박을지도 모른다.

그녀는 좌절감에 가득 차 소나무가 우거진 초지 호숫가를 떠났다. 정치나 신학상의 위계질서 문제를 결정할 자신은 없었으므로, 딜라몬드 박사가 살해된 후 그의 연구실에서 모아 온 낡은 공책을 파 봐야겠다고 느꼈다. 뭔가 구체적인 것이 손끝에 닿을락 말락 하는 기분이었다. 확대경, 외과용 칼, 살균한 탐침. 어쩌면 그녀도 이만큼 나이를 먹었으니 딜라몬드 박사가 발견한 것을 이해할 수 있을지도 모른다. 박사는 유일교 근본주의자였다. 그녀는 얼치기 무신론자였다. 그러나 아직도 그의 연구에서 얻을 것이 있을 것이다.

엘파바는 바람을 타고 그레이트 켈스의 낮은 비탈까지 날아갔다. 그 다음부터는 길을 찾으랴, 자세를 잡으랴 무진 고생을 했다. 몇 번이나 내려와서 걸어가야 했다. 다행히도 날씨가 그리 춥지 않았고 보호용 두건을 쓴 유목민 소집단을 만나 길을 잃지 않고 제대로 갈 수 있었다. 그러나 빗자루의 힘을 빌렸는데도 돌아가는 데 보름이나 걸렸다.

겨울치고는 아직도 해가 높이 떠서 따가운 햇살이 내리쬐는 늦은 오후, 그녀는 힘겹게 마지막 산비탈을 넘었다. 드디어 키아모코가 그녀 위로 좁다랗고 어두운 윤곽을 드리웠다. 그녀는 키다리 신사의 정장용 모자를 올려다보는 아이 같은 기분이었다. 떠들썩한 인사치레를 피하고 싶어 마을을 피해서 갔다. 빗자루가 없었더라면 이런 식으로 접근하기란 거의 불가능했을 것이다. 사실 빗자루가 있어도 보통 일이 아니었다. 그녀는 과수원에 내려 뒷문으로 갔다. 문이 열려 있는 것으로 보아 여동생들이 꽃을 꺾으러 나갔든지 뭔가 볼일을 보러 나간 모양이었다.

집 안은 고요했다. 그녀는 찬장에서 가무스름해져 가는 사과 한 알을 집어 들고, 누구와도 마주치지 않고 자기 방을 향해 탑의 계단을 터덜터덜 걸어 올라갔다. 유모의 방 앞에서 문고리를 달그락거리며 유모를 불러 보았다.

"유모?"

작은 외침소리가 들렸다.

"아이고, 간 떨어질 뻔했네!"

"들어가도 돼요?"

"잠깐만요." 문에서 가구를 끌어 치우는 소리가 들렸다.

"여기는 아수라장이라우, 아가씨! 우리가 잠자리에서 죽든 말든 내버려 두고 가 버리다니!"

"무슨 소리예요? 나 좀 들어가게 해 줘요."

"아가씨는 말도 마요. 우리를 그렇게 걱정돼서 미칠 지경으로 만들어 놓곤……."

마지막 가구가 바닥에 끌리는 소리가 들려오고, 유모가 문을 활짝 열어젖혔다.

"이 배은망덕하고 못된 것 같으니라고!" 유모는 엘파바의 팔 안에 몸을 던지고 울음보를 터뜨렸다.

"자자, 눈물 바람하고 수선 떠는 건 이제 진절머리가 난다고요. 무슨 일이에요?"

유모가 진정하는 데 시간이 좀 걸렸다. 유모는 냄새로 정신 차리게 하는 약을 찾느라 가방 속을 뒤져 약방을 차려도 될 만큼 많은 작은 병과 작은 주머니들을 끄집어냈다. 푸른색 유리병, 투명한 약 상자, 가루약과 알약을 담은 뱀가죽 주머니, "기적의 영……"이라고 쓴 낡아 너덜너덜해진 꼬리표가 붙은 아름다운 초록색 유리병이 있었다.

유모는 손수 진정제를 조제했다. 호흡이 다시 정상으로 돌아오자, 그제야 입을 열었다.

"아가씨, 모두 사라진 거 알았어요?"

엘파바는 무슨 소리인지 영문을 알 수 없어 낯을 찌푸렸다. 갑자기 더럭 겁이 났다. 유모는 심호흡을 했다.

"이제 유모한테 화내지 마요. 유모 잘못 아니니까. 그 군인들이 갑자기 연습을 끝내기로 했다우. 어떻게 된 일인지는 모르겠어요. 아마 노르가 군인들한테 아가씨가 사라졌다는 말을 했나 보우. 그 애가 우리한테도 말해 주었거든. 아가씨 빗자루를 찾으려고 아가씨 방에 살짝 숨어 들어갔는데 아가씨가 없더라지 뭐예요. 그래서 군인들한테 그 얘기를 한 모양이에요. 군인들이 노르한테 얼마나 친절히 대해 주고 얼마나 예뻐해 주었우. 그런데 그들이 대문으로 와서 사리랑 여동생들이랑 노르랑 이르지까지, 가족 모두를 어딘지 모르지만 자기네 기지로 데려가겠다고 합디다. 나한테는 가자고 하지 않더군요. 나한테도 그런 요구를 한다면 너무 무례한 짓이라나. 내가 그이들한테 그 정도는 가르쳐 줬지. 사리마가 이유를 물었더니, 체리스톤 사령관이 그들을 보호하려고 그런다는 거예요. 전투 부대가 지나갈 경우에 지도자들 가족이 여기 그대로 있다가 행여 피해를 입거나 사고라도 당할지 모른다고요."

"전투 부대가 지나간다고? 언제?" 엘피는 손바닥으로 창틀을 내리쳤다.

"지금 말하려고 하잖아요. 곧 올 거랬우. 아직까지는 그저 진군 계획일 뿐이랬어요. 군인들이 집요하기도 하더구려. 마을의 농부들도 쫓아 버렸다니까. 사람을 죽이지는 않은 것 같아요. 사슬로 묶었다는 점만 빼면 모두 아주 점잖게 굴었답니다. 나만 뒤에 남겨졌지. 너무 늙어서 산을 행군할 수 없고, 아무 관계도 없는 사람이라고 말이우. 리르도 남겨 놓았어요. 그 애는 아무 위협도 되지 않고, 그 애한테 정도 들었던 것 같소. 하지만 며칠 후 리르도 자취를 감추었다오. 그들이 너무 그리워서 군인들 막사로 따라간 게야."

"아무도 저항하지 않았단 말예요?" 엘피가 날카롭게 추궁했다.

"나한테 소리 지르지 말래도 그러네. 당연히 저항했다마다. 사리마는 정신을 잃고 죽은 듯이 쓰러져서 이르지와 노르가 그녀를 돌보았어요. 하지만 그 말주변 좋은 여동생들이 식당에 장애물을 쌓아 놓고 예배당에 불을 질러 사람들을 불러 모으려고 했다우. 셋째는 체리스톤 사령관의 손을 날카로운 돌로 찍었지 뭐요. 틀림없이 손목뼈가 으스러졌을걸. 다섯째와 여섯째는 종을 쳤지만 양치기들은 너무 먼 곳에 있었고, 손쓸 새도 없이 모든 일이 순식간에 벌어졌어요. 둘째는 전갈을 써서 아가씨 까마귀 발에 묶으려고 했답니다. 하지만 그놈의 까마귀들은 풀어 주어도 날아갈 생각을 않고 다시 창틀에 앉지 뭐겠우. 천하에 쓸모없는 것들 같으니라고. 넷째는 기름을 끓이자는 멋진 묘안을 짜냈지만 불을 충분히 피울 수가 없었어요. 아이고, 하루이틀은 이곳에서 법석을 떨었지만 당연히 군인들이 이겼지. 항상 남자들이 이기는 법이지, 뭐." 유모는 급하게 계속 떠들었다. "우리 모두 군인들이 아가씨를 제거하기 위해 먼저 매복했다 기습한 거라고 생각했어요. 다 아는 사실이지만 여기에서 힘을 쓸 만한 사람은 아가씨뿐이니까. 다들 아가씨를 마녀라고 생각해요. 마을 사람들이 나더러 아가씨가 돌아오면 둑 아래 레드 윈드밀 마을에 연락을 넣어 보라고 했우. 아가씨가 자기네 왕족을 구해 줄 거라고 생각하나 봐요. 그래서 내가 번지수를 잘못 짚었다, 아가씨는 관심 없을 거다, 그렇게 말해 줬지. 하지만 아가씨한테 전해는 주겠다고 약속했어요. 그래서 이렇게 된 거유."

엘파바는 방을 왔다 갔다 했다. 그녀는 머리를 묶은 끈을 풀어 마치 자기가 듣고 있는 이야기를 털어내려는 듯 머리채를 흔들었다. 마침내 그녀가 물었다.

"그럼 치스터리는?"

"음악실의 피아노 뒤에 웅크리고 숨어 있지요."

"흠, 이거 골치 아프게 되었군." 그녀는 성큼성큼 걸어가 자리에 앉았다. 턱을 쓰다듬더니 유모의 요강을 발로 차서 깨뜨렸다. 그녀가 중얼거렸다. "내가 가진 게 뭐가 있더라. 빗자루가 있지. 벌 떼도 있고. 원숭이랑. 킬리조이…… 군인들이 킬리조이를 해치지는 않았죠? 킬리조이가 있고. 까마귀들이랑. 유모랑. 해를 입지 않았다면 마을 사람들이 있고. 수상쩍은 『그리머리』도 있고. 많지는 않

186

군."

"맞아. 많지 않아요. 망했어요, 망했어." 유모가 한숨을 내쉬었다.

"그들을 되찾아올 수 있어. 그렇게 하고 말 거야." 엘피가 말했다.

"이 유모도 끼워 주구려. 그 여동생들은 당최 정이 안 갔지만."

엘피는 주먹을 움켜쥐고 자기 자신을 치지 않으려고 꾹 참았다.

"리르도 없어졌단 말이지. 사리마에게 사죄하려고 여기 온 거였는데, 리르까지 잃어버리다니. 난 도대체 아무 짝에도 쓸모 없는 인간인가?"

키아모코는 유모가 흔들의자에서 선잠을 자면서 힘겹게 울리는 숨소리만 제외하면 쥐 죽은 듯이 고요했다. 킬리조이는 여주인을 만나자 좋아서 꼬리로 바닥을 탁탁 쳤다. 창밖으로는 광활한 하늘이 펼쳐져 있었다. 엘파바는 몹시 피곤했지만 잠을 이룰 수 없었다. 가끔씩 물고기 우물 벽에 물이 철썩거리며 부딪는 소리가 들려오는 환청 탓이었다. 마치 전설 속의 지하 호수가 우물 속으로 차 올라와 그들 모두를 익사시킬 것처럼.

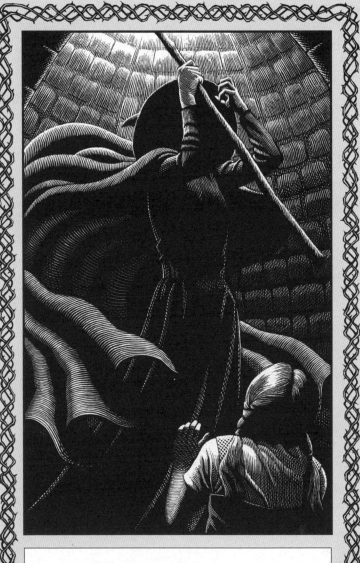

마녀의 죽음 그리고…

훗날 사람들이 그 일을 어떻게 받아들였는가를 놓고 의견이 분분했다. 그 소음은 갑자기 온 하늘에서 들려오는 듯했다고 했다.

사전과 묵시록으로 무장한 기자들은 어떻게든 이 사건을 해명해 보려고 허둥댔으나 결국 실패했다. "미친 듯이 몰아치는 공기로 이루어진 엄청난 소용돌이"라거나 "눈에 보이지 않는, 불가해한 것들로 이루어진 화산" 등등.

태엽장치에 애착을 지닌 쾌락 신앙의 교부들에게는 시계태엽 장치가 무시무시한 속도로 용수철이 풀리면서 떨어져 내리는 소리로 들렸다. 복수의 힘이 분출한 것이다.

근본주의자들에게는 세상이 갑자기 생명으로 포화 상태가 되어 더 버틸 수 없게 된 나머지 세포들이 수십억 개로 분열하고, 분자는 연결이 풀려 사멸하고, 원자는 껍질 안에서 덜덜 떨다가 불가항력의 힘에 버티지 못하고 무너지는 듯했다.

미신에 빠진 자들에게는 시간의 붕괴를 의미했다. 세상의 온갖 악이 황혼기의 근육 속으로 스며 나와, 이번 한 번만은 무슨 일이 있어도 세계의 핵심까지 꿰뚫어 보려고 기를 쓰는 것이다.

전통적인 종교 신자들은 복수의 천사들의 군대가 들이닥친 것으로 생각했다. 마침내 이름 없는 신의 무시무시한 이름으로 들이닥쳐 자비를 구할 모든 희망을 날려 버린 것이나 진배없었다.

공격 훈련을 받은 하늘을 나는 드래곤 부대가 머리 위로 날아와 세 부분으로 이루어진 날개로 세차게 쳐서 하늘을 무너뜨렸다고 생각한 이들도 있었다.

그 사태가 일으킨 파괴의 여파 때문에, 제아무리 오만하거나 용감한 자라도 감히 나서서 그 무시무시한 사건이 실제로는 소용돌이치는 끈 모양으로 뒤틀린 바람이었다고 주장할 엄두를 내지 못했다.

한마디로 말해서 그것은 엄청난 회오리바람이었다.

많은 먼치킨랜드 사람들이 목숨을 잃었다. 수백 년간 땅을 일구어 오면서 쌓인 표토도 몇 십만 평에 걸쳐 날아가 버렸다. 동쪽 사막에서 날려 온 모래에 덮여 마을 몇 개가 흔적도 없이 사라졌다. 얼마나 끔찍한 참사였는지 전해 줄 생존자 한 명 남지 않았다. 소용돌이는 악몽처럼 스톤스파 엔드에서 북쪽으로 50킬로미터 떨어진 오즈 지역을 바람의 깔때기 속으로 빨아들이고 콜웬 그라운즈를 장미 꽃잎 하나, 가시 하나 다치지 않고 아슬아슬하게 비껴갔다.

콘배스킷을 가르고 분리 독립한 나라의 경제 기초를 뒤흔들어 놓은 회오리바람은 마치 의도적으로 그런 것처럼 거의 무용지물이 된 노란 벽돌길의 동쪽 종점이기도 한 센터먼치 마을의 예배당 밖, 네사로즈가 종교 교육 수업에 개근한 신도들에게 상을 주고 있던 바로 그 장소에서 잦아들었다. 폭풍은 그녀의 머리 위에 집 한 채를 떨어뜨렸다.

아이들은 모두 살아남아 장례식에서 네사로즈의 영혼을 위해 기도했다. 이보다 더 완벽한 개근이 있을 수가 없었다.

그 사고를 놓고 갖은 농담이 난무했다. "운명으로부터 숨을 수는 없어. 그 집에는 그녀의 이름이 적혀 있었으니까." "네사로즈가 종교 수업에 관해 한 연설이 어찌나 훌륭했던지, 심지어 집까지 들으러 왔다!" "사람들이 자라서 성인이 되면 집을 떠나야 할 때도 있지. 하지만 집이 그것을 마음에 안 들어할 때도 있는 법." "별똥별과 떨어지는 집은 뭐가 다를까?" "길조는 멋진 소원을 이루어 주고, 흉조는 마녀를 짓뭉개 버린다."

이런 엄청난 소용돌이는 오즈에 일찍이 유례가 없었다. 수많은 테러리스트 집단들이 저마다 자기들 짓이라고 주장하고 나섰다. 특히 정치적 입장에 따라 트롭 영주라고도 하고 동쪽나라의 사악한 마녀라고도 하는 인물이 죽었다는 소식이 퍼진 후로는 더욱 그러했다.

처음에는 그 집에 사람이 타고 있었다는 사실은 널리 알려지지 않았다. 행사에 초청된 명사들을 위해 세운 연단 위에 거의 멀쩡한 상태로 내려앉은 기묘하게 생긴 집의 존재만으로도 별의별 구구한 억측과 뜬소문이 퍼지기에 충분했다. 이런 추락을 겪고도 집 안의 사람이 살아남았다면, 믿을 수 없는 얘기거나 이름 없는 신의 손이 개입했다는 뚜렷한 증거일 것이다. 새삼스러울 것도 없이 장님 몇이 뜬금없이 "앞이 보인다!" 하고 소리 지르고, 절름발이 돼지가 벌떡 일어나 춤을 추다가 끌려 나갔다느니 하는 얘기가 나돌았다. 자기 이름이 도로시라고 한 그 외계에서 온 소녀는 살아남았다는 이유로 살아 있는 성인처럼 떠받들어졌다. 그 개는 그저 성가신 존재일 따름이었다.

2

전서구가 네사로즈가 요절했다는 소식을 키아모코에 전했을 때, 마녀는 흰 벼슬을 가진 수컷 로크의 날개를 최근에 얻은 눈원숭이 중 한 마리의 등 근육에 꿰매어 붙이는 수술에 몰두하고 있었다. 그녀는 수년간 고통 받는 실험 대상들을 안락사시켜 주는 것만이 유일하게 자비로운 조치일 만큼 서툰 솜씨로 끔찍한 실패를 거듭한 끝에 어느 정도 처치법을 완성했다. 피예로가 예전에 니키딕 박사 수업에서 썼던 생명과학 교과서에서 어느 정도 실마리를 얻었다. 그녀가 제대로 읽어 냈다면, 『그리머리』도 도움이 되었다. 그녀는 축 신경이 땅 쪽이 아니라 하늘을 향하도록 하는 주문을 찾아냈다. 제대로 날개를 달아 주는 데 성공하자, 날개 달린 원숭이들도 날개를 얻은 데 만족하는 듯했다. 실험 대상 중 암컷 원숭이가 날개 달린 새끼를 낳는지 여부까지는 아직 확인하지 못했으나 그렇게 되기를 바라고 있었다.

물론 그들은 말을 하는 것보다 하늘을 나는 쪽을 더 잘했다. 치스터리는 이제 성의 원숭이 집단을 이끄는 가장이 되었지만 한 음절짜리 단어를 더듬거리는 수준에서 더 나아가지 못했다. 아직도 자기가 하는 말을 확실히 이해하지 못하는 것 같았다.

사실 비둘기가 가져온 편지를 엘파바의 수술실로 가져다준 것이 바로 치스터리였다. 마녀는 치스터리에게 수술칼을 들고 있으라 하고 편지를 펼쳤다. 셸의 짤막한 편지는 회오리바람 이야기와 장례식에 관한 내용이었다. 장례식은 그녀가 이 편지를 늦지 않게 받을지도 모른다는 희망에서 몇 주 뒤로 잡혔다.

엘파바는 편지를 내려놓고 슬픔과 회한은 접어 두고 다시 하던 일로 되돌아갔다. 날개를 붙이는 수술은 까다로운 작업이었고, 이 원숭이에게 투여한 진정제는 오전이 지나면 약효가 풀릴 터였다.

"치스터리, 유모가 계단을 내려오도록 도와주고, 리르를 찾아서 점심 때 내가 할 얘기가 있다고 전해 주렴."

그녀는 이를 악물고 이렇게 말하면서 근육들을 앞뒤로 올바른 순서로 잇고 있는지 확인하느라 도표를 다시 곁눈질했다.

유모는 이제 하루에 한 번 식당까지 내려오는 것이 고작이었다.

"그게 내 일이지. 그거랑 잠자는 거. 유모가 그 두 가지는 아주 잘해."

유모는 정오가 되어 계단을 내려오느라 꺼진 배를 안고 도착하면 꼭 이 말을 했다. 리르는 치즈와 빵을 꺼내고 가끔씩 차가운 고깃덩이도 내놓았다. 세 사람은 음식을 잘라 대개 썰렁한 분위기에서 먹고 각자 오후 할 일을 하러 가 버리곤 했다.

리르는 열네 살이 되었다. 리르가 자기도 마녀를 따라 콜웬 그라운즈에 가겠다고 고집을 부렸다.

"전 군인들하고 지냈을 때를 빼고는 아무 데도 가 본 적이 없단 말이에요. 저한테 아무것도 하지 못하게 하잖아요." 리르가 불평을 늘어놓았다.

"여기 남아서 유모를 돌봐 줄 사람이 있어야 해. 이제 생떼 써 봤자 소용없어."

"치스터리가 하면 되잖아요."

"치스터리는 못 해. 저 애는 건망증이 심하잖아. 유모랑 둘만 놔두었다가는 둘이 이 집을 흔적도 없이 홀랑 다 태워 먹고 말걸. 안 돼, 이걸로 얘기는 끝났어, 리르. 넌 못 가. 게다가 난 그곳에 제시간에 닿으려면 빗자루를 타고 여행해야 할 거야."

"나한테는 아무것도 못 하게 하고."

"빨래하면 되잖아."

"무슨 말인지 알면서 그래요."

"저 애가 지금 뭐라는 거유, 아가씨?" 유모가 큰 소리로 물었다.

"아무것도 아니에요." 마녀가 대꾸했다.

"뭐라고 했우?"

"아무 일도 아니라니까."

"유모한테는 말해 주지 않을 거예요? 유모가 네사로즈를 키웠다면서요?" 리르가 물었다.

"유모는 너무 늙었어. 굳이 알 필요 없지. 벌써 여든다섯이야. 괜히 마음만 심란해질 거야."

"유모, 네사 아줌마가 죽었대요." 리르가 소리쳤다.

"조용히 해, 이 쓸모없는 것아. 발로 네 불알을 차 주기 전에."

"네사가 어쨌다고?" 유모가 진물이 진득거리는 눈으로 그들을 쳐다보며 날카롭게 외쳤다.

196

"죽어 죽은 죽으." 치스터리가 노래하듯 되풀이했다.

"뭐라고?"

"네사가 죽었다고요." 리르가 말했다.

유모는 그 말을 미처 되새길 틈도 없이 눈물을 짜기 시작했다.

"그게 정말이우, 아가씨? 동생이 죽었다고?"

"리르, 네가 책임져." 마녀가 말했다. "그래요, 유모. 거짓말을 할 수는 없겠군. 폭풍우가 몰아쳐서 건물이 무너졌대요. 네사는 아주 평화롭게 갔대요."

"럴라이나의 품으로 곧장 갔을 게야. 럴라이나의 황금 마차가 아가씨를 집으로 데려가 주었겠지."

유모는 흐느껴 울었다. 그녀는 이유도 없이 자기 접시의 치즈를 톡톡 두드렸다. 그러더니 냅킨에 버터를 발라 한 입 깨물었다.

"언제 장례식에 참석하러 떠날 거유?"

"유모는 너무 늙어서 여행할 수 없어요.. 며칠 후 내가 갈 거예요. 리르가 남아서 유모를 돌봐 줄 거예요."

"싫어요." 리르가 불퉁거렸다.

"리르는 착한 아이지. 하지만 네사로즈만은 못해. 아이고, 이렇게 슬픈 날이 또 있을까! 리르야, 난 내 방으로 차를 갖고 가야겠다. 여기 앉아서 아무 일도 없었던 것처럼 얘기하고 있을 수가 없어."

유모는 무거운 몸을 일으켜 치스터리의 머리를 짚었다. 치스터리는 유모에게 헌신적이었다.

"아가씨도 알겠지만, 저 애가 내가 필요한 것을 돌봐 줄 만큼 나이를 먹었다고는 생각지 않아요. 성이 또 공격이라도 받으면 어쩌겠우? 지난번에 아가씨가 집을 비웠을 때 무슨 일이 있었는지 잊지 않았겠지요." 유모는 비난하듯 약간 뾰로통한 얼굴로 말했다.

"유모, 아르지키 민병대가 이곳을 밤낮으로 지키고 있어요. 마법사의 군대는 저 아래 레드 윈드밀 마을에서 꼼짝 않고 있고. 그들도 그렇게 안전한 은신처에서 나와 이 산악 통로에서 몰살당할 위험을 무릅쓸 생각이 전혀 없어. 더군다나 그런 짓을 한 뒤인데. 그때만 군사 행동에 나서서 잠깐 사소한 충돌을 벌였던 거예요. 지금은 감시만 하고 있다고요. 산악 지대의 부족들로부터 공격받거나 문제가 생길 기미가 보이면 보고하려고 군대를 주둔시켜 둔 거예요. 알면서 그래. 겁낼 필요 없어요."

"나 같은 노인네야 불쌍한 사리마네 식구들처럼 쇠사슬에 묶어 끌고 가지도 않는다우. 게다가 아가씨가 그이들도 도로 데려오지 못했는데, 나는 무슨 수로 구하겠어?" 유모가 말했다.

"나도 지금 노력 중이라고요." 마녀는 유모의 왼쪽 귀에 대고 말했다.

"7년이 지났어요. 아가씨 고집도 알아줘야 해. 7년이나 되었으니, 그이들은 전부 한 무덤 속에 들어가 썩고 있을걸. 리르, 너도 그들 속에 끼지 않은 것을 럴라이나 님에게 감사드려야 한다."

"저도 그들을 구하려고 애썼어요."

리르가 무뚝뚝하게 대꾸했다. 그는 마음속에서 자신을 더 영웅으로 만든 모험담을 다시 썼다. 그는 이제 군인들과 친구가 되고 싶지 않다고 스스로에게 속삭였다. 그보다는 가족을 구하기 위해 용감하게 나서는 거다! 사실 체리스톤 사령관은 친절을 베풀어 리르가 다른 이들과 함께 끌려가지 않도록 그를 꽁꽁 묶어 부대에 넣어 누군가의 헛간에 남겨 두었다. 사령관은 리르가 피예로의 사생아인 줄은 몰랐다. 리르 본인도 알지 못하는 사실이었으니까.

"그래그래, 착한 아이지." 유모는 이제 슬픈 소식 때문에 제정신이 아니었다. 더 마음속 깊이 간직한 비극으로 생각이 흘러갔다. "물론 난 힘닿는 데까지 할 수 있는 건 다했어. 하지만 유모는 그때도 늙은이였는걸. 아가씨, 그들이 죽었을까요?"

마녀는 수없이 했던 대답을 다시 되풀이했다.

"나도 전혀 아는 바가 없어요. 그들이 에메랄드 시로 끌려갔는지, 아니면 살해당했는지조차 몰라요. 유모도 알잖아. 난 사람들에게 뇌물도 주어 봤고 염탐도 해봤어요. 첩자를 고용해 단서라는 단서는 모조리 추적하게도 해봤어요. 스크로 족의 나스토야 여왕에게 편지를 띄워 조언을 구하기도 했고. 쓸모없는 단서들을 좇는 데 꼬박 1년을 허비했어요. 유모도 알면서 그래. 내가 실패한 일들을 끄집어내서 나를 괴롭히지 마요."

"내 잘못이지." 유모가 차분하게 말했다. 그들 모두 유모가 실제로는 꿈에도 그렇게 생각지 않는 줄 잘 알고 있었다. "내가 좀 더 젊고 기운 찼더라면 좋았을걸. 체리스톤 사령관에게 거침없이 잔소리라도 퍼부어 줄걸 그랬지! 이제 사리마는 없어요. 동생들도 없고. 사실 누구의 잘못도 아니야." 유모는 마녀를 언짢은 얼굴로 노려보며 그다지 진심같이 들리지 않는 투로 말을 끝맺었다. "갈 곳이 있댔으니 가 봐요. 아가씨한테 누가 뭐라겠우?"

그러나 사슬에 묶인 사리마, 시체가 되어 썩어 가는 사리마, 피예로의 죽음에 대해 아직도 여전히 마녀를 용서하지 않는 사리마의 모습이 떠올라 마녀를 물처럼 괴롭혔다.

"집어치워요, 늙어 빠진 할망구 같으니라고. 같은 식구끼리 그렇게 꼭 듣기 싫은 소리를 해야겠어? 가서 차나 마셔요."

마녀는 앉아서 네사로즈와 앞으로 닥칠 일을 생각했다. 마녀는 정치 세계의 일에 연루되지 않으려고 애써 왔으나, 먼치킨랜드에서 지도자에게 닥친 변화로 말미암아 균형이 흐트러질지도 모른다는 것을 알고 있었다. 어쩌면 긍정적인 효과가 있을 수도 있었다. 그녀는 동생의 죽음에 오히려 마음이 가벼워지자 죄책감을 느꼈다.

엘파바는 장례식에 가져갈 물건들을 생각했다. 제일 먼저 『그리머리』 한 장을 챙겼다. 자기 방에서 곰팡내 나는 큼직한 책을 앞에 놓고 곰곰이 생각하던 끝에 유난히 해독하기 힘든 페이지를 한 장 뜯어 냈다. 그 페이지의 문자들은 그녀의 시선 아래에서 끊임없이 뒤틀리면서 들여다볼 때마다 엉켰다 풀어졌다 했다. 마치 개미들의 군집으로 형성된 글자 같았다. 그녀가 책을 들여다볼 때면 그 전날에는 해독할 수 없었던 의미가 책장에서 떠오르는 때도 있었다. 그러다가 그녀가 다시 쳐다보면 의미가 사라지기도 했다. 아버지에게 물어봐야겠다고 생각했다. 아버지라면 성스러운 눈으로 진실을 더 잘 볼 것이다.

3

콜웬 그라운즈에는 검은색 화환과 자주색 조기가 드리워져 있었다. 마녀가 도착하자 한 명뿐인 환영 위원회가 맞아 주었다. 그는 닙이라는 이름의 수염을 길게 기른 먼치킨랜드 사람으로, 수위이자 문지기, 임시 수상까지 겸하고 있는 듯했다.

"당신은 더 이상 가문의 권리에 따라 먼치킨랜드에서 특별한 권리를 누리시지 못합니다. 네사로즈 님의 죽음과 더불어 영주라는 존칭은 폐지되었습니다."

마녀는 이러나저러나 별 관심 없었지만, 반박 한마디 못 하고 일방적인 선언을 고스란히 듣고 싶지는 않았다. 그녀는 이렇게 대꾸했다.

"내가 폐지된다는 사실을 받아들여야 비로소 폐지되는 거지."

최근 들어 그 존칭은 많이 쓰이지 않았다. 프렉스로부터 간간이 오던 두서없는 편지에 따르면, 네사로즈는 "동쪽나라의 사악한 마녀"라는 중상을 재미있어하기 시작했다. 도덕적으로 고매한 인물로서 감내해야 할 고행 정도로 여겼다. 심지어 스스로를 그 이름으로 부르기까지 했다.

닙은 그녀가 쓸 방을 보여 주었다.

"별로 필요한 건 없어요." '서쪽나라의 사악한 마녀'가 말했다. (엘파바는 네사로즈와 대조적으로 적어도 이 먼치킨랜드의 벼락 출세자들이 자신을 그런 이름으로 부르도록 놔두었다.) "며칠 묵을 잠자리 정도면 돼. 아버지를 뵙고 시중을 들어 드리고 싶군요. 몇 가지 가져와야겠으니 곧 나가겠어요. 저, 내 동생 셸도 여기 있을 건가요?"

"셸 님은 다시 모습을 감추셨습니다. 안부를 전해 달라 하셨습니다. 글리쿠스에서 수행하실 임무가 있는데, 기다릴 수가 없으셨어요. 독재자가 죽었으니 이곳 정부에 어떤 변화가 일어날지 염려되어 도망치셨다고 생각하는 자들도 있습니다." 그가 쌀쌀맞게 덧붙였다. "새 수건 필요하십니까?"

"수건은 쓰지 않아요. 됐어요. 이제 가 봐요." 그녀는 너무 지쳤

201

고 슬펐다.

예순세 살이 된 프렉스는 지난번 마지막으로 보았을 때보다 훨씬 많이 머리가 벗겨지고 수염도 하얗게 세었다. 어깨는 굽다 못해 서로 맞닿을 지경이었다. 머리는 등뼈와 목이 굽는 바람에 자연히 생긴 구멍 속으로 가라앉다시피 했다. 그는 담요를 두르고 베란다에 앉아 있었다.

"누구냐?"

프렉스는 마녀가 들어와 자기 옆에 앉자 이렇게 말했다. 그녀는 아버지가 거의 시력을 다 잃었다는 사실을 알아차렸다.

"아빠의 또 다른 딸이에요. 하나 남은 딸이지요."

"파발라, 우리 예쁜이 네사로즈 없이 내가 무엇을 할 수 있겠냐? 우리 귀염둥이 없이 어떻게 살겠니?"

엘파바는 아버지가 잠들 때까지 손을 꼭 잡고, 그의 눈물이 자기 피부에 닿는 걸 감수하면서 얼굴을 닦아 주었다.

해방된 먼치킨랜드 사람들은 저택을 파괴하고 있었다. 마녀는 화려한 대저택 따위야 어찌 되든 상관없었지만, 이런 식으로 건물을 못 쓰게 만들어 버리다니 유감이었다. 그들의 파괴 행위는 한 치 앞도 제대로 내다보지 못한 행동이었다. 콜웬 그라운즈가 자기들의 의회 건물이 될 수도 있다는 생각은 안 해봤을까?

엘파바는 아버지와 함께 시간을 보냈지만, 대화는 별로 하지 않았다. 어느 날 아침, 프렉스는 평소보다 더 정신이 맑고 기운이 나서 딸에게 진짜 마녀냐고 물어보았다.

"아유, 마녀가 뭐예요? 이 집안에서 누가 그런 말을 믿은 적 있나요? 아빠, 저를 위해서 뭐 좀 봐 주실래요? 어떻게 보이는지 좀 말씀해 주실 수 있나요?"

그녀는 안주머니에서 『그리머리』 한 장을 꺼내어 아버지의 무릎 위에 큰 냅킨처럼 펼쳐 놓았다. 그는 마치 손끝으로 의미를 읽어 내기라도 하듯 책장 위로 손을 움직이더니, 종이를 눈에 바짝 대고 눈을 가늘게 뜨고 들여다보았다.

"뭐가 보이세요? 이 글의 뜻을 저한테 말씀해 주실 수 있으세요? 좋은 건가요, 불길한 건가요?"

"기호가 이 정도면 또렷하고 큼직하구나. 알아볼 수 있겠다." 아버지는 그것을 거꾸로 뒤집어 보았다.

"하지만 파발라야, 이 문자는 못 읽겠구나. 외국어로 쓰였는데. 넌 읽을 수 있니?"

"가끔은 읽을 수 있을 것도 같지만, 금세 또 뭐가 뭔지 모르겠어요. 장난을 치는 것이 제 눈인지 글자인지 모르겠어요."

"넌 눈은 항상 좋았잖니. 아장아장 걷는 아기 때부터 다른 사람들은 아무도 보지 못하는 것을 보곤 했지."

"하, 무슨 말씀이신지 모르겠네요."

"친절한 터틀 하트가 너에게 거울을 만들어 준 적이 있었단다. 너는 마치 다른 시대의 다른 세상이 그 속에서 보이기라도 하는 것처럼 유리를 들여다보았어."

"제 모습을 보고 있었나 보죠."

그러나 둘 다 그럴 리 없다는 사실을 잘 알고 있었다. 프렉스가 말했다.

"넌 네 모습을 보고 있지 않았어. 넌 자기 얼굴을 보는 것을 끔찍이도 싫어했지. 네 피부색이며 날카로운 이목구비, 이상한 눈을 증오하다시피 했지."

"제가 어디에서 그런 증오를 배웠을까요?"

"넌 태어날 때부터 알고 있었어. 저주였지. 넌 내 삶에 저주를 내리기 위해 태어난 거야." 아버지는 마치 그 말이 별 뜻은 없다는 듯이 다정하게 딸의 손을 토닥였다. "네 기묘한 유치가 빠지고 영구치가 제대로 나오자, 우리 모두 한시름 놓았다. 하지만 네사로즈가 태어나기 전까지 몇 년간은 넌 어린 야수 같았어. 성스러운 네사로즈가 너보다 훨씬 더 불구인 몸으로 우리에게 왔을 때 비로소 넌 보통 아이들처럼 안정을 찾았다."

"왜 저는 저주를 받고 남들과 다르게 태어났을까요? 아버지는 성직자시잖아요. 그러니 알고 계실 테죠."

"내 잘못이야." 말은 그렇게 하면서도, 그는 자기 자신이 아니라 딸에게 책임을 돌리고 있었다. 하지만 그녀는 아직도 어쩌다 이렇게 되었는지 알 수 없었다. "넌 내가 실패한 일에 대해 나를 괴롭히려고 태어난 거다. 하지만 이제는 그 일로 마음 쓰지 마." 잠시 후 한마디 덧붙였다. "아주 오래전 일이니까."

"그럼 네사로즈는요? 그 애는 어째서 그런 수치와 죄를 겪어야 했나요?"

"그 애는 네 어머니의 느슨한 도덕을 보여 주는 초상이다." 프렉스가 차분한 어조로 말했다.

"그래서 아버지가 그 애를 그토록 사랑하실 수 있었던 거군요. 어머니의 인간적인 나약함이 아버지의 과오는 아니니까." 마녀가 말했다.

"그렇게 앞서가지 마라. 넌 항상 성급하더라. 그리고 이제 그 애도 죽은 마당에 그게 뭐가 그리 중요하겠니?"

"전 아직도 살아 있어요."

"하지만 난 이제 살 날이 얼마 안 남았다."

아버지는 슬프게 대꾸했다. 그래서 그녀는 아버지의 무릎 위에 그의 손을 놓고 부드럽게 키스했다. 『그리머리』의 책장은 접어서 주머니 속에 다시 넣었다. 그런 다음 몸을 돌려 잔디밭을 가로질러 그들 쪽으로 다가오는 사람을 맞았다. 차를 가져온 사람이겠거니 했다. (프렉스는 나이도 있고 온화한 성격인 데다, 그녀가 짐작하기로는 목사였다는 점 때문에 어느 정도 대접을 받고 있었다.) 그러나 다가오는 사람의 정체를 알아보자 벌떡 일어서서 수수한 검정 치마 앞자락을 꽉 그러쥐었다.

"아르두에나의 글린다." 심장이 거세게 뛰었다.

"아, 왔구나. 올 줄 알았어. 엘파바, 사람들이야 뭐라 하건, 마지막 진짜 트롭 영주님!"

글린다는 나이 탓인지 수줍음 탓인지 천천히 다가왔다. 아니면 그녀가 입은 우스꽝스러운 드레스가 너무 무거워서 마음만큼 빨리 움직일 수 없어서일지도 모른다. 그녀는 커다란 글린다베리 덤불처럼 보였다. 마녀가 그 순간 할 수 있는 생각이라곤 고작 그뿐이었다. 치마 밑으로는 세인트 플로릭스 성당의 원형 지붕과 맞먹는 엄청난 허리받이가 들어 있는 게 틀림없다. 금속편 장식과 주름 장식도 화려했다. 예닐곱 개의 계란형 천에 트라푼토[여러 장의 천을 볼록하게 홈질하는 수예 기법]로 오즈의 역사 비슷한 것을 좍 둘러 박은 것 같았다. 그러나 분을 바르고 눈가와 입가에 주름이 졌어도 그녀의 얼굴만은 퍼사힐스 출신의 수줍은 여학생의 표정 그대로였다.

"넌 어쩌면 조금도 안 변했니. 이분이 네 아버님이셔?" 글린다가 말했다.

마녀는 고개를 끄덕였지만 입을 열지는 않았다. 프렉스는 다시 잠들었다.

"이리 와, 정원에 산책이나 하러 가자꾸나. 불의를 뿌리 뽑겠다고 들고 일어난 자들이 장미를 다 뽑아 버리기 전에 말이야." 마녀는 글린다의 팔을 잡아 끌었다. "글린다, 네 꼬락서니 정말이지 못 봐주겠다. 이제 너도 조금은 패션 감각이 나아졌을 줄 알았는데."

"시골에 있을 때는 좀 튀어 보이게 입는 수밖에 없어. 그리 보기 흉한 몰골이라고 생각지는 않았는데. 어깨에 매단 공단 벨이 좀 심했나?"

"심하다마다." 마녀가 동의했다. "가위가 없는 게 한이다. 정말 꼴불견이야."

그들은 깔깔대고 웃었다.

"애, 사람들이 이 웅장한 저택에 무슨 짓을 했는지 한번 봐. 저 박공들은 조각을 새긴 항아리들을 받치게 되어 있었어. 그런데 이제는 혁명 구호들이 정교하게 꾸민 망루를 온통 뒤덮고 있잖아. 네가 어떻게 좀 해봐, 엘피. 수도 밖에서는 저만 한 망루가 없다고." 글린다가 말했다.

"난 너하고 달리 건축물에는 도통 애착이 없었잖아, 글린다. 나야 구호만 읽어 보지. '그녀는 우리를 깔아뭉갰다.' 왜 네사의 망루 전체를 페인트로 뒤덮어 버리지 않을까? 정말로 그 애가 자기들을 깔아뭉갰다면 말이야?"

"독재자들은 왔다 가지만 망루는 영원해. 네가 부탁만 하면 최고의 복원 기술자들을 추천해 줄게."

"네사로즈가 죽었을 때, 너도 제일 먼저 현장에 달려온 사람들 중 하나였다고 들었어. 어떻게 된 거니?"

"내 남편인 처프리 경이 돼지고기에 선물 투자를 하고 있단다. 알다시피 먼치킨랜드는 길리킨 은행과 에메랄드 시 곡물 거래소에 끌려 다니지 않기 위해 경제 기반을 다변화하려고 했잖아. 먼치킨 랜드와 오즈 나머지 지역의 관계가 어떻게 변할지 아무도 모르니, 미리 준비를 해 두는 편이 제일 좋겠지. 그래서 남편이 사업을 벌이는 곳에서 나도 좀 돕고 있지. 천상에서 맺어진 공동 경영이랄까. 난 평생 써도 다 못 쓸 만큼 돈을 모았단다." 글린다는 킬킬대고 웃으며 마녀의 팔을 꼭 잡았다. "공공 자선 사업이 이렇게 수지맞을 줄이야 생각도 못했지 뭐야."

"그래서 여기 먼치킨랜드에 온 거야?"

"맞아. 모스미어 해안에 있는 고아원에 들렀지. 재미 삼아 야생 동물 보호 구역이나 한번 가 보려고 했지. 지금 거기에 용이 있다잖아. 난 용을 한 번도 본 적이 없거든. 그래서 막 길을 나선 참인데 폭풍우가 몰아닥친 거야. 난 좀 떨어진 곳에 있었는데도 바람이 정말 무시무시했어. 센터먼치에서 어떻게 식을 진행할 수 있었는지 모르겠다니까. 모스미어에서는 나무가 쓰러져서 동물들이 달아날까 봐 방문객들에게 보호 구역 전 지역을 폐쇄했는데……."

"앗, 그러니까 그곳을 야생동물 보호 구역이라고 한단 말이지?" 마녀가 물었다.

"너도 한번 꼭 가 봐, 재미있어. 말했듯이 그 집은 불시에 날아왔어. 말 그대로야. 큰 폭풍우가 몰아닥치는 줄 알았더라면 당연히 행사를 취소하고 몸을 피할 곳을 찾았겠지. 어쨌든 먼치킨랜드 일부 지역에는 이제 통신 체계가 상당히 발전해 있거든. 네사로즈가 직접 나서서 봉화와 시계태엽 부호 시스템을 감독했어. 마법사가 침입하거나 서쪽 초소에서 문제가 발생하면 곧 알 수 있도록 말이야. 그래서 눈 깜짝할 새 소식이 사방으로 퍼져 나갔어. 난 피닉스를 한 마리 징발해서 나를 센터먼치로 데려다 달라고 했지. 그래서 그곳 사람들이 상황 파악을 하기 전에 거기 도착했어."

"나한테 얘기 좀 해 줘." 마녀가 재촉했다.

"핏자국은 전혀 없었어. 너도 다행으로 여길 거야. 추측컨대 내상은 엄청났겠지만 피를 흘린 흔적은 전혀 없었어. 물론 몇 안 남은 네사로즈의 최후의 독실한 추종자들은 그녀의 영혼이 거의 고통을 겪지 않고 온전한 상태로 하늘로 올라갔다는 뜻으로 여겼지. 내 생각에도 머리에 그렇게 큰 타격을 받은 것 말고 별 고통은 느끼지 않았을 것 같아. 네사로즈의 불쌍한 백성들 중에는 럴라이나가 익살을 부려 자기들을 네사로즈의 원리주의적 굴레에서 해방시켜 주었다고 생각하는 자들이 다수이기는 하지. 내가 도착했을 때는 그 집에 살고 있었던 듯한 이상하게 생긴 소녀와 강아지를 축하하느라 시끌벅적했어."

"소녀라니, 그건 또 누구지?" 마녀가 물었다. 이 대목은 금시초문이었다.

"글쎄, 먼치킨랜드 사람들이 민주주의적 성향 어쩌고 해도 사실은 비굴한 데가 있다는 거 알잖아. 내가 도착하자마자 나에게 경의를 표하면서 나를 마녀로 소개하더라고. 마술사가 더 맞는 표현이라고 고쳐 주고 싶었지만 이러나저러나, 뭐. 내 옷차림에 잔뜩 겁을 먹은 게 틀림없었어. 난 그날 연어 같은 분홍색의 멋진 드레스를 입고 있었는데, 나한테 정말로 잘 어울렸거든."

"계속해 봐." 서쪽 나라 마녀가 말했다. 옷 얘기는 예나 지금이나 관심 밖이었다.

"그 여자 아이는 자기를 캔자스 출신의 도로시라고 소개했어. 거기가 어딘지 모르니 할 말도 별로 없었지, 뭐. 그 애는 벌어진 사건에 우리 못잖게 놀란 모습이더라. 발치에는 사납게 짖어 대는 고약한 강아지가 한 마리 있었지. 이름이 타타랬던가 토토랬던가. 토토였나 보다. 도로시라는 여자 애는 상당히 충격을 받은 상태였어. 패션 감각이라고는 거의 없는 촌스러운 애더라. 하지만 남들보다 좀 늦게 감각이 생기는 경우도 있으니까." 글린다는 마녀를 살짝 곁눈질로 보았다. "많이 늦는 경우도 있고."

그들은 같이 낄낄대고 웃었다.

"도로시는 집으로 돌아가야 한댔어. 하지만 그 애는 오즈에 대해 학교에서 전혀 배운 기억이 없다 하고, 나도 캔자스라는 이름을 들어 본 적이 없으니, 다른 곳에 도움을 청해야겠다고 판단했지. 경박한 먼치킨랜드 사람들은 당장이라도 그 소녀를 네사의 후계자로 추대할 태세였어. 하지만 그랬다가는 네사로즈가 죽을 기미만 보이면 당장 그 자리를 차지하려고 평생 노심초사한 콜웬 그라운즈의 모든 대신들과 넵이 가만있지 않겠지. 게다가 다른 계획이 진행 중이었을 수도 있어. 그러니 도로시가 방해가 되었을지도 모르지."

"정치 문제로 보자면, 별로 놀라운 일도 아니군." 그러나 마녀는 사실 퍽 즐거워하고 있었다. "네가 거기 어딘가에 있을 줄 알았어, 글린다."

"어쨌든, 내전이 일어나서 이곳이 지금보다 더 심하게 갈가리 찢겨지기 전에 도로시를 먼치킨랜드에서 내보내는 편이 낫겠다고 생각했지. 너도 알겠지만, 먼치킨랜드가 오즈에 다시 합병하기를 고대하는 파벌들도 있거든. 반목하는 이해 집단들의 십자포화에 휘말린다면 그 소녀도 좋지 않을 테고."

"아, 그럼 그 소녀는 여기에 없겠구나. 한번 만나 봐야겠다고 생각했는데." 마녀가 말했다.

"도로시 말이니? 그 애한테 반감을 가지면 안 돼. 알았지? 그 앤 정말 어린아이야. 물론 먼치킨랜드 사람들의 표준 신장은 되지만, 그래 봤자 꼬마라고. 그 애는 아무 죄도 없어, 엘피. 네 번쩍이는 눈빛을 보니 다시 옛날의 편집증적 성향이 돌아온 것 같구나. 그 애는 그 집 안에 갇힌 채 온 것이지, 그 집을 '조종'한 건 아니야. 힘들겠지만 그냥 놔두는 편이 너한테도 좋을 거야."

마녀가 한숨을 쉬었다.

"네 말이 옳을지도 몰라. 아침에 근육이 뻣뻣이 굳은 채 일어나는 데 이젠 익숙해지고 있어. 가끔씩 복수심도 습관 들이기 나름이라는 생각이 들어. 항상 태도가 경직되어 있는 셈이랄까. 나는 마법사가 내 생전에 몰락하는 꼴을 보고 싶다는 희망을 버리지 않고 있어. 이런 생각을 품고 있는 한 행복해지기는 어려운 것 같아. 그런 판국에 그다지 썩 우애 좋게 지내지도 않았던 동생의 죽음에 복수하러 나선다니 웃기는 얘기지."

"더군다나 사고로 인한 죽음이라면 말이지." 글린다가 말했다.

"글린다, 피예로 기억하겠지? 너도 피예로가 죽었다는 소식을 들었을 거야. 15년 전에 말이야."

"물론이지. 그의 죽음에 좀 석연치 않은 구석이 있었다던데."

"난 그의 처와 알고 지냈어. 처제들하고도. 그들은 네가 에메랄드 시에서 피예로하고 은밀한 관계였을지도 모른다는 얘기를 하더라."

글린다의 얼굴이 발갛게 물들었다.

"얘, 난 피예로를 좋아했어. 그 애는 좋은 애였지. 훌륭한 정치가였고. 하지만 다른 건 차치하고라도, 그 애가 피부색이 거무스름했다는 거 너도 알잖니. 내가 설혹 누군가와 바람을 피웠다 해도, 어떻게 피예로하고 그랬을 거라고 의심할 수 있니! 어떻게 그런 생각을!"

마녀는 물론 이 말이 사실이라는 것을 침울하게 깨달았다. 글린다는 중년이 되어 꼴사나운 속물 근성이 되살아난 것이다.

그러나 글린다 쪽에서는 마녀 자신이 피예로와 내연 관계였다는 암시를 전혀 눈치 채지 못했다. 글린다는 너무 당황한 나머지 그렇게 찬찬히 주의를 기울이지 못했다. 마녀 때문에 사실 좀 놀라기도 했다. 엘피를 다시 만나 놀라기도 했지만, 글린다를 항상 주눅 들게 했던 마녀의 기이한 카리스마 때문이기도 했다. 또한 뭔지 근원을 알 수 없는 오싹함 때문에 움츠러들었다. 그래서 자기도 모르게 사춘기 소녀처럼 고음의 가성으로 속사포처럼 말을 내뱉었다. 이렇게 눈 깜짝할 새에 온통 불확실한 것투성이였던 젊은 시절로 되돌아갈 수 있다니!

글린다는 젊은 시절의 일을 기억해 내려고 해봐도, 용감하게 마법사를 만났던 일에 관해서는 거의 떠오르는 것이 없었다. 에메랄드 시로 가는 길에 엘피와 한 침대를 썼던 일만 기억에 훨씬 더 또렷이 남아 있었다. 그때 얼마나 용기가 샘솟는 한편 자신이 약한 존재라는 기분이 들었는지.

그들은 입을 다물고 불안스레 침묵하며 걸었다. 마녀가 잠시 있다가 말했다.

"이제 사정이 조금씩 나아질지도 몰라. 먼치킨랜드 사람들은 한동안 혼란을 겪겠지. 폭군은 끔찍하지만 적어도 무엇을 할지 명령을 내려 주거든. 폭군이 물러난 후의 무정부 상태는 이전의 그 어느 때보다 더 피비린내가 진동할 거야. 하지만 모든 것이 차차 정상을 되찾아 갈 수도 있을 거야. 아버지는 항상 먼치킨랜드 사람들은 그들끼리 가만히 내버려 두기만 하면 꽤 분별 있게 군다고 말씀하셨지. 네사는 실제로는 외국인이나 다름없었으니까. 쿼들링에서 자랐으니 반은 쿼들링 사람인 셈이지. 그 애는 작위를 물려받았다고는 해도 이 땅에서는 이방인 여왕이었어. 이제 네사가 죽었으니, 먼치킨랜드 사람들은 자기들끼리 알아서 잘해 나갈 거야."

"네사의 영혼이 편히 잠들기를. 넌 아직도 영혼을 안 믿니?" 글린다가 물었다.

"남의 영혼에 대해 왈가왈부하고 싶지 않아." 마녀가 대꾸했다.

그들은 조금 더 걸었다. 마녀는 이전과 마찬가지로 토템 밀짚 인형이 밭 구석마다 세워져 있는 것을 보았다.

"저것들 좀 소름 끼친단 말이야. 너한테 묻고 싶은 것이 하나 더 있어. 언젠가 네사에게도 이 질문을 했지. 마담 모리블이 우리를 응접실에 불러다 놓고 세 명의 고수, 오즈의 세 마녀가 되라고 제안했던 일 기억나니? 일종의 각 지역 비밀 여사제 같은 거였지. 막후에서 공공정책을 꾸미고, 이름 없는 더 높은 권력자가 요구하는 대로 오즈에 안정인지 불안인지 조성하는 데 기여하라고 했던 거?"

"아, 그 광대극이라 해야 할지 멜로드라마라 해야 할지, 내가 어떻게 그 일을 잊겠니?"

"그때 우리가 마법에 걸렸었는지 궁금하지 않아? 그녀가 우리한테 그 일에 대해 얘기할 수 없게 될 거라고 했고, 정말로 못 했던 일도 기억나?"

"지금은 그 얘기를 하고 있잖아. 그러니까 그 말이 사실이었다 해도 지금은 효력이 다 사라진 게 틀림없어."

"하지만 그 후 우리한테 어떤 일이 일어났는지 생각해 봐. 네사로즈는 동쪽나라의 사악한 마녀가 되었어. 사람들이 그 애를 어떻게 불렀는지 너도 다 알면서 그렇게 충격 받은 척할 것 없어. 난 서쪽나라에 요새가 있고. 아르지키 족이 자기네 왕가가 없다 보니 내 주위로 자꾸 모여드는 것 같아. 넌 네 은행 구좌와 전설적인 마술의 재능을 배경으로 북쪽에 버티고 있잖아."

"전설은 무슨…… 나야 그저 상류층에서 좀 명성을 얻은 정도지. 이제 나도 기억난다. 마담 모리블이 나한테는 길리킨의 고수, 너는 먼치킨랜드의 고수, 네사한테는 쿼들링의 고수가 되라고 제안했지. 빈쿠스는 신경 쓸 가치도 없다고 했고. 그녀가 미래를 예언했다면, 예측이 빗나갔네. 너하고 네사 얘기는 완전히 헛짚었잖아."

"세부는 중요하지 않아. 내 말은, 글린다, 우리가 성인이 되어서도 평생을 누군가의 주문에 걸린 채로 살 수 있을까? 누군가의 비밀스러운 놀이의 장기짝인지 아닌지 어떻게 알 수 있을까? 알아, 안다고, 네 얼굴만 봐도 무슨 말을 하고 싶은지 알아. '엘피, 넌 또 음모론을 들먹이고 있구나.' 하지만 '너'도 그 자리에 있었잖아. 내가 들은 것을 너도 들었고. 실은 네 삶이 어떤 사악한 마법의 실로 조종당한 것인지 누가 알아?"

"흠, 난 기도를 많이 해. 솔직히 인정하자면 온 마음을 다해 진심으로 하는 것까지는 아니어도 노력은 한다고. 내가 어쩌다 주문에 걸려들었을지라도, 이름 없는 신이 자비를 베풀어 주었을 거야. 내가 의심을 품게 해서 나를 주문에서 풀어 주었을 거라고. 너는 그렇지 않니? 아니면 아직도 여전히 무신론자야?"

"난 항상 장기판의 말 같은 기분을 느꼈어. 난 저주받은 피부색을 지니고 태어났고, 선교사 부모 덕에 냉정하면서도 격정적인 성격이 되었어. 학창 시절에 **동물**에게 저질러진 정치적 범죄를 목격했지. 연애는 비참하게 끝났고 애인은 죽었어. 내 평생을 걸 만한 일이 있다 해도 아직 찾아내지 못했어. **동물**을 보살피는 일 빼고. 그 일을 그렇게 말할 수 있다면 말이지."

"난 장기판의 말이 아니야. 난 어리석은 짓을 저질러도 남 탓으로 돌리지도 않아. 말도 안 돼, 사는 게 다 주문 같기야 하지. 너도 알면서 그러니. 그래도 자기가 선택을 하잖아."

"글쎄, 과연 그럴까?" 마녀는 여전히 심난했다.

그들은 계속 걸었다. 동상의 대좌 옆면에 낙서가 휘갈겨져 있었다. "이제 구두는 다른 이의 발에 신겨져 있다." 글린다가 쯧쯧 혀를 찼다.

214

"동물을 돌본다고?"

그들은 작은 다리를 건넜다. 파랑새들이 그들의 머리 위에서 감상적인 노래를 부르듯 지저귀었다. 글린다가 먼저 입을 열었다.

"난 도로시라는 소녀를 에메랄드 시로 보냈어. 그 애한테 난 마법사를 한 번도 만난 적이 없다고 했어. 거짓말을 할 수밖에 없었어. 나를 그런 눈으로 쳐다보지 마. 마법사에 대해 진실을 말해 준다면 절대 여기를 떠나지 않으려고 했을걸. 그 애한테 마법사에게 집에 보내 달라고 부탁해 보라고 했어. 마법사는 밀정들을 오즈 전역에 깔아 놓았으니, 캔자스에 대해서도 틀림없이 들어 봤겠지. 마법사 외에는 알 만한 사람이 아무도 없잖아."

"잔인한 짓을 했구나." 마녀가 퉁명스럽게 말했다.

"그 애는 벌레 하나 죽이지 못할 어린애야. 아무도 그 애를 심각하게 받아들이지 않을걸." 글린다는 가볍게 넘겼다. "먼치킨랜드 사람들이 그 애 주위로 모여들기 시작한다면, 재통합은 우리 모두가 바라는 것보다 훨씬 더 끔찍한 유혈 사태가 될지도 몰라."

"그럼 너도 재통합을 원하니? 너도 재통합을 지지해?"

마녀는 정나미가 떨어져 더듬거렸지만 글린다는 쾌활하게 말을 이었다.

"그뿐 아니라 내 이 밀어 올린 가슴속 어딘가에 숨어 있던 모성 본능이 발동했나 봐. 그 애한테 네사의 구두를 주었단다. 위험에서 몸을 지키는 데 도움이 되도록."

"뭐라고?" 마녀가 몸을 홱 돌려 글린다를 마주 보았다. 그녀는 잠시 분노로 말을 잃었지만 이내 정신을 차리고 퍼부어 댔다. "하늘에서 쿵 하고 떨어져 볼썽사나운 큰 집으로 내 동생을 깔아뭉갠

것도 모자라 구두까지 가져갔다고? 글린다, 그 구두는 네가 아무한
테나 주어 버려도 좋은 것이 아니야! 아버지가 네사를 위해 만들어
주신 거야! 게다가 네사는 자기가 죽으면 구두를 내게 주겠다고 약
속했단 말이야!"

글린다는 애써 침착한 척하고 마녀를 아래위로 살폈다.

"아, 그래. 네가 입고 있는 옷에 그 반짝이는 유리 세공 구두가
참 잘도 어울리겠다. 엘피, 언제부터 네가 구두에 그렇게 집착했
니? 군화 같은 신발을 신고서는!"

"내가 뭘 신든 네가 알 바 아니야. 어떻게 남의 물건을 그렇게 맘
대로 처분할 수 있어? 네가 무슨 권리로? 아빠가 터틀 하트한테서
배운 세공 기술로 그 구두를 고쳐 만드셨어. 네가 마술 지팡이로 필
요하지도 않은 곳에 쓸데없는 짓을 했고!"

"네가 깜박한 모양인데, 내가 구두를 수선해 주었을 때는 벌써
낡아서 다 조각조각 떨어질 판이었어. 내가 특별한 결박 주문으로
구두를 다시 이어 붙여 주었다고. 네 아버님도, 너도, 네사를 위해
그렇게까지 하지는 못했어. 엘피, 네가 시즈에 동생을 버리고 갔을
때에도 난 그 애 옆을 지켰어. 네가 나를 버렸을 때에도. 넌 그랬
어, 부인하지 마. 그렇게 눈에서 번갯불을 튀기며 나를 노려보지 말
라고. 난 그 애한테 언니 노릇을 해 주었어. 옛 친구로서 그 구두를
통해 네사한테 혼자 똑바로 설 수 있는 힘을 주었어. 내가 실수했다
면 미안해, 엘피. 하지만 난 아직도 구두가 네 것 못잖게 내 것이기
도 하다고 생각해."

"흥, 구두를 되찾아야겠어." 마녀가 말했다.

"아, 그 일은 잊어버려. 그냥 구두일 뿐인데, 뭘. 구두가 무슨 성

물이라도 되는 것처럼 구는구나. 그건 그저 구두고, 솔직히 말하자면 유행에도 뒤떨어졌어. 그 여자 애가 갖게 내버려 둬. 그 애가 가진 것은 그것뿐이라고."

"여기 사람들이 구두를 어떻게 생각하는지 알잖아." 마녀는 큼지막한 붉은 글씨로 마구간에 휘갈겨진 낙서를 가리켰다. "늙은 마녀를 깔아뭉개라."

"제발 좀 그만해. 머리가 다 지끈거린다." 글린다가 애원했다.

"그 여자 애는 어디 있어? 네가 구두를 되찾아 오지 않겠다면 내가 직접 나서는 수밖에."

"네가 구두를 갖고 싶어 하는 줄 알았더라면 그냥 두었을 텐데. 하지만 현실을 받아들여, 엘피. 구두는 여기 있으면 안 돼. 무지한 먼치킨랜드 이교도들…… 한 꺼풀 벗겨 보면 다들 럴라인 교도들인 그들은 아무것도 아닌 그 구두를 지나치게 믿고 있어. 차라리 마법의 칼이라면 이해하겠다. '구두'라니 말이 돼? 제발. 구두를 먼치킨랜드 사람들 손이 닿지 않을 곳으로 치워 버려야 했어."

"넌 마법사와 공모해서 먼치킨랜드를 합병할 준비를 하고 있구나. 넌 자선을 베풀려고 여기 온 게 아니야, 글린다. 적어도 너 자신한테는 솔직해져 봐. 아니면 정말로 지금까지 내내 마담 모리블의 무뎌진 주문에 걸려 있는 거니?"

"나한테 그렇게 딱딱거리지 마. 그 소녀는 이미 떠났어. 이제 길을 떠나 서쪽으로 향한 지 일주일쯤 되었을 거야. 다시 한번 말하지만 그 애는 수줍은 어린애일 뿐이야. 아무런 해도 끼치지 않는다고. 네가 원하는 것을 자기가 갖고 있다는 사실을 알면 그 애는 어쩔 줄 몰라할 거야. 너한테는 그 신발이 아무런 힘도 못 써, 엘피."

"글린다, 만일 그 구두가 마법사의 손에 들어가기라도 하면 먼치
킨랜드를 재합병하는 공작에 이용될 거야. 이제 그 구두는 먼치킨
랜드 사람들에게 너무나 큰 의미를 갖게 되었어. 구두가 절대 마법
사의 손에 들어가서는 안 돼!"

글린다는 손을 뻗어 마녀의 팔꿈치를 잡았다.

"그 구두를 갖는다고 해서 네 아버지가 너를 더 사랑하게 되지는
않아."

마녀는 몸을 뒤로 뺐다. 그들은 서로를 노려보았다. 구두 한 켤
레를 놓고 갈라지기에 둘은 너무나 많은 추억을 공유하고 있었다.
그러나 구두는 그들이 서로 얼마나 다른가를 보여 주는 기괴한 상
징으로 그들 사이에 깊숙이 박혔다. 두 사람 다 물러설 수도, 앞으
로 나아갈 수도 없었다. 어리석지만 둘 다 그 자리에서 꼼짝도 할
수 없었다. 누군가 그 주문을 깨뜨려야 했다. 그러나 마녀는 고집을
꺾지 않았다.

"난 그 구두를 다시 손에 넣어야겠어."

4

장례식에서 글린다와 처프리 경은 고위 인사들과 사절들을 위해
마련된 발코니에 앉아 있었다. 마법사는 대표를 보냈다. 대표는 에
메랄드 십자가가 가슴을 사등분한 붉은색 정장을 화려하게 차려입
고, 경호원들 한 패거리가 그의 주변을 빈틈없이 에워싸고 있었다.
마녀는 아래에 앉아 글린다와 눈을 마주치지 않았다. 프렉스는 흐
느끼다가 마침내 천식 발작을 일으켜서, 마녀의 부축을 받아 옆문

으로 나가서 호흡을 가다듬어야 했다.

장례식이 끝난 후, 마법사의 사절이 마녀에게 다가와 말했다.

"마법사님께서 뵙고 싶어 하십니다. 마법사님께서는 피닉스를 타고 오늘 저녁 가족 분들에게 애도의 뜻을 표하기 위해 특별한 외교적 절차를 생략한 채 오시는 중입니다. 오늘 저녁 콜웬 그라운즈에서 마법사님을 뵐 준비를 하십시오."

"마법사가 이곳에 온다고! 어떻게 감히 그럴 수가!"

"지금 결정권을 쥔 사람들은 그렇게 생각하지 않습니다. 그건 그렇다 치고, 마법사님은 야음을 틈타 오셨다가 당신과 가족 분들하고만 말씀 나누실 겁니다."

"아버지는 마법사를 만날 상태가 아니에요. 거부하겠습니다."

"마법사님은 당신을 만나시겠답니다. 그분의 뜻입니다. 당신에게 외교적인 문제에 대해 물어보실 것이 있답니다. 하지만 이 방문은 외부에 알리지 마십시오. 그랬다가는 당신 아버님과 남동생이 아주 곤란에 처할 겁니다." 그는 분명한 사실을 새삼스레 덧붙였다. "그리고 당신도요."

서쪽나라의 마녀는 이 접견을 어떻게 하면 자기에게 유리한 쪽으로 이용할 수 있을까 곰곰이 생각했다. 사리마, 프렉스의 안전, 피예로의 운명이 머릿속을 스쳐 갔다. 그녀가 마침내 입을 열었다.

"좋습니다. 그를 만나도록 하지요."

그녀는 자기도 모르게 한순간 네사로즈의 마법에 걸린 구두가 안전하게 멀리 떨어진 곳에 있어서 다행이라는 생각을 했다.

저녁 종이 울릴 무렵, 먼치킨랜드인 하녀가 마녀의 방으로 와서 그녀를 불러냈다. 마법사의 사절이 대기실에서 그녀를 맞아 이렇게 말했다.

"몸수색을 받으셔야 합니다. 여기에서는 의전 규칙을 따르셔야 합니다."

엘파바는 대기실에 둘러선 장교들이 자기 몸을 뒤지고 쿡쿡 쑤시자 분개했다.

"이건 뭡니까?"

장교들은 그녀의 호주머니에서 『그리머리』의 한 페이지를 찾아내어 물었다.

그녀는 잽싸게 머리를 굴렸다.

"아, 그거요, 폐하께서 보고 싶어 하실 것 같아서요."

"아무것도 가져갈 수 없습니다." 장교들은 종이를 가져갔다.

"혈통에 따른 권리를 주장한다면, 난 오늘 밤이라도 트롭 영주의 자리에 다시 올라 당신들의 지도자를 체포할 수 있어요. 나한테 이 집에서 이래라저래라 하지 마요."

그들은 마녀의 말은 들은 척도 하지 않고 그녀를 작은 방으로 안내했다. 꽃무늬 카펫 위에 화려한 문양을 새긴 의자 한 쌍이 있을 뿐 텅 빈 방이었다. 벽 밑에 댄 판자를 따라 먼지가 잔뜩 쌓여 굴러다녔다.

"오즈의 마법사 황제 폐하 납시옵니다." 시종이 이렇게 말하고 물러갔다.

잠시 동안 마녀는 혼자 앉아 있었다. 그러더니 마법사가 방으로 걸어 들어왔다. 그는 아무런 가장도 하지 않은 못생긴 노인이었다.

깃이 높은 셔츠에 두꺼운 외투를 걸치고 조끼 주머니에는 회중시계를 매달고 있었다. 그의 분홍빛 대머리에는 얼룩덜룩 반점이 있었고 귀 위로 머리숱이 두드러져 보였다. 그는 손수건으로 이마를 훔치고 자리에 앉아 마녀에게도 앉으라고 손짓했다. 그녀는 앉지 않았다.

"안녕한가?" 그가 인사를 건넸다.

"무슨 일로 나를 보자고 하셨나요?"

"두 가지 용건이 있다. 너에게 할 얘기가 있어서 여기 왔다. 또 네가 자꾸 내 주의를 끌기도 하고."

"말씀하세요. 나는 당신에게 할 얘기가 없으니까."

"공연히 변죽 울릴 필요 없겠지. 마지막 영주로서 네 지위를 어떻게 할 생각인지 알고 싶다."

"내 뜻이 어떻건 당신과는 상관없는 일일 텐데요."

"아, 상관있는 일이지. 재통합이 진행 중이거든. 우리가 대화를 나누는 지금 이 순간에도 말이야. 글린다 부인이 어리석지만 선의에서 그 운 나쁜 소녀와 문제의 구두를 이 지역에서 내보내 버린 건 충분히 이해해. 그래야 합병이 좀 더 손쉬워지지. 나는 그 구두를 손에 넣고 싶다. 네가 구두를 갖고 헛된 망상을 품지 못하게 말이다. 그러니까 그 문제에 대해 네 뜻을 알아야겠다. 너는 동생의 종교적 독재 방식을 그리 마음에 들어하지 않았다던데. 그렇지만 네가 여기에서 정치를 시작할 생각은 안 했으면 좋겠군. 괜찮다면 협상을 좀 하지. 네 동생 같았으면 꿈도 못 꾸었을 일이군."

"여기에는 내가 있을 자리가 없습니다. 나는 누구를 다스리는 일에는 영 맞지 않아요. 내 자신조차 감당하지 못하는걸요."

"그 밖에도 군대하고 약간 문제가 있지…… 레드 윈드밀인가? 키아모코 아래의 마을 말이야."

"그래서 그들이 그동안 내내 거기 있었던 거군요." 마녀가 말했다.

"너를 움직이지 못하게 하기 위해서였다. 돈은 좀 들었지만, 그래도 네가 거기 있으니까 어쩔 수 없었지."

"당신을 귀찮게 만들기 위해서라도 영주 작위를 되찾아야겠군. 하지만 이 어리석은 사람들한테는 눈곱만큼도 관심 없어요. 먼치킨 랜드 사람들이 이제 무슨 짓을 하든 전혀 흥미 없습니다. 우리 아버지가 무사히 잘 계시기만 하면. 그게 전부라면……."

"다른 문제도 있지." 마법사가 말했다. 갑자기 그의 태도에 생기가 돌았다.

"나한테 낱장을 하나 가져왔더군. 어디에서 얻었지?"

"그건 내 거예요. 당신네가 넘볼 권리는 없어요."

"그것을 어떻게 손에 넣었는지, 나머지를 내가 어디에서 찾을 수 있는지 알고 싶을 뿐이야."

"말해 주면 나에게 뭘 줄 거죠?"

"나한테서 뭘 원하지?"

바로 이 때문에 마녀가 그를 만나는 데 동의했던 것이다. 그녀는 심호흡을 하고 이렇게 말했다.

"아르지키의 미망인 여왕 사리마가 아직 살아 있는지 알고 싶어요. 그리고 그녀가 있는 곳과 그녀의 자유를 협상할 방법도."

마법사가 미소를 지었다.

"만사가 척척 맞아떨어져 가는군. 내가 너의 관심사를 정확히 예측할 수 있었다니 재미있지 않은가?"

그는 손짓했다. 열린 문 밖에서 보이지 않는 시종들이 깨끗한 흰색 바지와 튜닉을 걸친 난쟁이를 데리고 들어왔다.

아니, 그것은 난쟁이가 아니었다. 몸을 잔뜩 웅크린 젊은 여자였다. 튜닉 목깃에서부터 발목까지 사슬이 채워져 있어 몸을 펼 수 없었던 것이다. 사슬 길이는 불과 칠팔십 센티미터밖에 되지 않았다. 마녀는 한참을 뚫어지게 살펴보고서야 그 인물이 노르라는 것을 확실히 알았다. 노르는 이제 열여섯, 열일곱쯤 되었을 것이다. 엘피가 시즈에서 크레이지홀에 들어갔던 나이였다.

"노르, 너 맞니?" 마녀가 물었다.

노르의 무릎은 지저분했고 손가락은 자신을 묶은 사슬 고리를 움켜쥐고 있었다. 머리는 소년처럼 짧게 쳤고, 쥐 파먹은 듯 삐죽삐죽한 머리카락 뒤로 매 자국이 선명하게 보였다. 노르는 음악 소리에 귀를 기울이는 사람처럼 머리를 들어 올렸으나 엘파바 쪽으로 시선을 돌리지는 않았다.

"노르, 마녀 아줌마야. 이제야 드디어 네 석방을 협상하러 왔어." 자기도 모르게 마녀의 입에서 이런 말이 튀어나왔다.

그러나 마법사는 시종들에게 노르를 데리고 나가라는 신호를 보냈다.

"유감이지만 그렇게 될 것 같지는 않은데. 노르는 너의 손이 닿지 못하도록 내 보호를 받고 있으니까."

"다른 사람들은 어찌 됐지? 그것도 알아야겠어."

"확실치는 않아. 하지만 사리마와 동생들은 모두 죽었을 거야."

마녀는 숨이 멎는 듯했다. 용서받을 마지막 희망마저 물거품처럼 사라져 버렸다! 그러나 마법사는 말을 계속했다.

"그 문제에 대해 권한도 없는 아랫것들이 피 맛을 좀 보고 싶었나 보군. 무장 병력에게서 믿을 만한 도움을 얻기란 대단히 어려운 일이지."

"이르지는?" 마녀는 자기 팔꿈치를 움켜쥐었다.

"그는 죽어야 했어. 왕위를 이을 후계자니까." 마법사가 미안하다는 투로 말했다.

"잔혹한 방법으로 죽이지는 않았겠지. 오, 그렇다고 말해!"

"파라핀 목걸이를 썼지.[+]" 마법사가 인정했다. "공식 발표로는 그래. 진술서도 다 꾸며져 있지. 자, 이제 본의 아니게 네가 알고 싶어 하는 것을 다 말해 주었군. 이번에는 네 차례야. 이 낱장이 붙어 있던 책을 어디에서 찾을 수 있지?"

마법사는 주머니에서 종이를 꺼내어 무릎 위에 펼쳐 놓았다. 그의 손이 가늘게 떨렸다. 그는 종이를 들여다보았다.

"용을 부리는 주문이로구먼." 그는 감탄스러운 듯이 말했다.

"그게 그런 건가? 난 잘 모르겠던데." 마녀가 놀라 이렇게 말했다.

"물론이지. 이 내용을 알아내려면 고생깨나 해야 할 거야. 알겠지만, 이건 이 세계의 물건이 아니야. 나의 세계에서 온 것이지."

마법사는 미쳤다. 다른 세상에 대한 생각에 사로잡혀 있었다. 마녀의 아버지처럼.

"진실을 말하지 않는군." 마녀는 자기가 옳았기를 바라며 이렇게 말했다.

"오, 난 진실 따위에는 관심 없어. 하지만 어쩌다 보니 진실을 말

[+] 희생자의 목에 고무로 된 테를 두르고 파라핀을 채운 다음 불을 붙여 죽이는 형벌.

하고 있군."

"왜 그 책을 원하죠?" 마녀는 노르의 생명을 맞바꿀 방법을 생각해 내려 애쓰면서 시간을 벌려고 질문을 했다. "난 무슨 내용인지도 모르겠던데. 당신도 모를걸."

"난 알지. 이건 이 세계로부터 멀리 떨어진 세계에서 만들어진 고대의 마법 책이야. 오랫동안 그저 전설 속의 이야기거나, 북방의 침략자들의 공격으로 파괴되었다고 여겨졌지. 나보다 더 뛰어난 마법사가 안전을 위해 우리 세계에서 그 책을 치웠어. 바로 그 때문에 내가 맨 처음 오즈에 오게 되었던 거지."

그는 노인네들의 흔한 습관처럼, 거의 혼잣말하듯 이야기를 이어 나갔다.

"블라바츠키 부인[19세기 러시아의 신비 사상가이자 영매]이 수정 구슬 속에서 책의 위치를 찾아냈어. 그래서 나는 희생 제물을 바치고 40년 전 여기로 여행을 온 거야. 나는 열정에 넘쳤지만 서툴기 짝이 없는 젊은이였지. 여기에서 한 나라를 통치할 뜻은 없었다. 그저 이 책을 찾아서 본래의 세계로 되돌려 놓고 거기에서 그 책의 비밀을 연구할 생각이었어."

"무슨 희생을 바쳤는데? 당신은 여기에서도 살인을 밥 먹듯 일삼더군."

"'살인'은 신성한 체하는 자들이나 쓰는 말이지. 자기들의 인식 범위를 벗어난 용기 있는 행동을 비난할 때 입맛대로 쓰는 표현이야. 내가 했던 일, 지금 하고 있는 일, 모두 살인이라고 할 수 없어. 다른 세계에서 온 나에게 멍청한 문명의 어리석은 관습을 둘러씌우면 안 되지. 난 혀쌀배기소리로 잘잘못이니 권리 따위를 따지는 유치한 설교 따위에는 초월한 존재야."

얘기하면서 마법사의 눈은 불타오르듯 빛나는 것이 아니라 차갑고 우울한 무관심의 장막 뒤로 가라앉았다.

"내가 『그리머리』를 당신에게 준다면 떠날 건가? 나에게 노르를 넘겨주고 악의 낙인을 모두 거두어 갈 건가? 우리를 내버려 둘 건가?"

"난 이제 너무 늙어서 여행을 할 수 없어. 그리고 내가 왜 이제껏 쌓아 온 업적을 포기해야 하지?"

"그러지 않겠다면 내가 이 책을 이용해 당신을 파괴할 테니까."

"읽지도 못하면서. 너는 오즈 사람이라 이런 것은 써먹을 수 없어."

"당신이 생각하는 것보다는 많이 읽을 수 있어, 의미를 다 알지는 못해도. 물질에 숨겨진 에너지들을 풀어 내는 방법에 대해 쓴 챕터를 읽었지. 너무 사악해서 차마 사용할 수도 없는 무기들이며 물에 독약을 타는 법, 양순한 민중을 키우는 법에 대한 글도 봤어. 고문 도구의 설계도도 봤고. 그림과 설명이 내 눈에 희미하게 보였지만 계속 읽을 수 있었지. 난 그렇게 나이를 많이 먹지는 않았어."

"우리 시대에는 엄청난 관심을 끄는 아이디어들이지." 마법사는 그녀가 꽤 많은 내용을 알아냈다는 사실에 놀란 기색이었다.

"난 관심 없어. 당신은 이미 물리도록 해봤겠지만. 내가 그 책을 준다면 노르를 나에게 넘겨 줄 건가?"

"내 약속을 믿으면 안 돼. 진심이야." 그는 한숨을 내쉬었다. 그러나 마법의 책장에서 눈을 떼지 않았다. "누구나 자기 뜻대로 용을 부리는 법을 배울 수 있지." 그는 생각에 잠겨 종이를 뒤집어 뒀

장의 내용을 읽었다.

"제발, 내 평생 단 한 번도 남에게 간청해 본 적이 없어. 하지만 제발 빌겠어. 당신이 여기 있는 것은 옳지 않아. 당신이 한 번쯤은 잠깐이라도 진실을 말한 것이라면, 그 다른 세계로 돌아가. 어디로든 가. 왕좌를 떠나. 우리를 그냥 놔둬. 책은 가져가서 무얼 하든 좋도록 쓰라고. 내 평생에 적어도 이 일 한 가지만이라도 성취하게 해 줘."

"너의 애인 피예로의 일가친척들에 대해 말해 주었으니, 너는 그 대가로 이 책이 어디 있는지 말해야 해." 마법사가 약속을 상기시켰다.

"말하지 않겠어. 제안을 수정하겠어. 노르를 넘겨주면 『그리머리』를 내주지. 그 책은 이미 깊숙이 숨겨 두었으니까 당신은 절대 찾지 못할 거야. 당신 능력으로는 어림도 없어." 그녀는 제발 자기 말이 먹히기를 빌었다.

그는 일어서서 종이를 호주머니에 넣었다.

"너를 처형하지는 않겠다. 적어도 이번 접견에서는. 난 그 책을 반드시 손에 넣고 말 테다. 나를 약속으로 구속할 수는 없어. 나는 말 따위에 얽매이는 존재가 아니야. 네가 한 말은 생각해 보겠다. 하지만 그동안 어린 노예 소녀는 내 곁에 두겠다. 그 애가 너의 분노를 막는 방패 구실을 할 테니."

"노르를 내놔! 지금 당장 내놓으라고! 사기 치지 말고 남자답게 굴어 보라고! 노르를 넘겨 주면 그 책을 내준다니까!"

"난 협상 따위는 안 해." 마법사가 말했다. 엘파바에게가 아니라 스스로에게 하는 말 같았다. 그는 기분이 상했다기보다는 그저 낙담한 듯한 모습이었다. "난 협상하지 않아. 하지만 생각은 해보지. 기다리면서 먼치킨랜드의 재통합이 어떻게 되어 가는지 볼 참이다. 네가 방해하지 않는다면 너의 얘기를 생각해 볼 마음이 들지도 모르지. 하지만 협상은 안 해."

마녀는 깊이 숨을 들이쉬었다.

"전에도 당신을 만난 적이 있어. 내가 시즈 출신 여학생이었을 때 알현실에서."

"그런가? 오, 맞아…… 너도 마담 모리블의 학생들 중 하나였구먼. 마담 모리블은 없어서는 안 될 조력자였지. 지금은 노망이 들었지만 한창 때에는 나에게 고집 센 소녀들의 기를 꺾는 법을 가르쳐 주었지! 너도 다른 학생들처럼 학장한테서 높은 평가를 받은 게로구먼?"

"학장은 나를 발탁해서 어떤 주인을 모시게 하려고 했어. 그게 당신이었나?"

"누구면 어떤가. 우리는 항상 이런저런 음모를 꾸미고 있었는걸. 그녀는 참 재미있는 여자였어. 그녀라면 절대로 저렇게 마구잡이로 다루지 않을 텐데."

마법사는 노르가 웅크린 채 혼자 뭐라고 웅얼대는 모습이 아직도 보이는 열린 문 쪽을 가리켰다.

"여학생들을 다루는 수완이 얼마나 뛰어났는지 따를 자가 없었지!" 그는 막 방을 나서려다가 문가에서 몸을 돌렸다. "아, 이제 기억나는구먼. 너에 대해 경고해 준 사람도 바로 그녀였다. 네가 자기를 배신하고 자기 제안을 거절했다더군. 너한테서 감시의 눈길을 떼지 말라고 충고해 주었지. 그녀가 아니었더라면 네가 다이아몬드 무늬를 피부에 새긴 왕자와 나누었던 짧은 로맨스도 발견하지 못했을걸."

"세상에!"

"그러니까 너는 전에도 나를 만난 적이 있었군. 잊고 있었어. 내가 어떤 모습으로 나타났었지?"

그녀는 구토가 올라오는 것을 참느라 자기 몸을 꽉 움켜쥐어야 했다.

"빛나는 뼈로 이루어진 해골 형상을 하고 폭풍우 속에서 춤추고 있었어."

"아, 그랬군. 참 교묘한 수법이었지. 인상적이었나?"

"당신은 정말 되먹지 못한 마법사야."

"그리고 너는 어설픈 흉내나 내는 가짜 마녀일 뿐이지." 그는 기분이 상한 듯 쏘아붙이고 나서 나가려 했다.

"기다려. 제발 잠깐만. 어떻게 당신의 답을 받을 수 있지?"

"올해가 가기 전에 사자를 보내겠다."

그의 등 뒤에서 문이 세게 쾅 닫혔다.

마녀는 바닥에 무릎을 꿇고 이마가 바닥에 닿을 정도로 주저앉았다. 옆구리에 주먹을 움켜쥐었다. 저런 괴물에게 『그리머리』를 내줄 생각은 손톱만큼도 없었다. 그의 손아귀에 책이 들어가지 않도록 막을 수만 있다면 목숨이라도 내놓을 수 있었다. 하지만 속임수를 써서 먼저 그에게서 노르를 넘겨받을 방법이 없을까?

마녀는 우선 아버지가 콜웬 그라운즈의 자기 방에서 쫓겨나지 않도록 확실히 조치해 놓고 나서 며칠 후 길을 떠났다. 아버지는 그녀와 함께 빈쿠스로 가려 하지 않았다. 나이 탓에 여행은 무리였다. 게다가 곧 셸이 돌아와 자기를 돌봐 줄 거라고 생각했다. 마녀는 프렉스가 네사로즈를 잃은 슬픔 때문에 오래 살지 못하리라는 것을 알았다. 그녀는 아버지에 대해 치미는 분노를 억누르고 마지막이 될지도 모를 작별 인사를 했다.

마녀는 콜웬 그라운즈의 앞뜰을 지나던 중, 다시 한번 글린다와 마주쳤다. 그러나 두 여자 모두 서로의 눈길을 피하며 반대 방향으로 제 갈 길을 재촉했다. 마녀는 하늘이 거대한 바위처럼 자신을 내리누르는 기분이었다. 글린다의 기분도 별반 다르지 않았다. 그러나 글린다는 몸을 돌려 외쳤다.

"아, 엘피!"

마녀는 돌아보지 않았다. 그들은 다시는 서로를 보지 못했다.

5

마녀는 본격적으로 도로시의 뒤를 쫓을 시간 여유가 없었다. 글린다라면 틀림없이 사람을 구해 구두의 행방을 뒤쫓게 할 것이다. 그녀가 가진 돈과 연줄을 동원하면 그쯤은 식은 죽 먹기다. 그러나 마녀는 노란 벽돌길을 따라가며 여기저기 들러서 길가의 술집에 앉아 낮술을 마시는 사람들에게 푸른색과 흰색 체크무늬 옷을 입은 외국인 소녀가 작은 개를 데리고 걸어가는 모습을 보지 못했느냐고 물어보았다. 술집 단골들 사이에서 초록색 마녀가 아이를 해칠 생각이냐를 놓고 열띤 토론이 벌어졌다. 그 아이는 낯선 사람들을 홀리는 보기 드문 재주를 갖고 있는 것이 분명했다. 그러나 그들은 해를 입힐 것 같지는 않다는 결론에 이르고 대답해 주었다. 도로시는 며칠 전 지나갔는데, 길에서 이삼 킬로미터쯤 떨어진 곳에서 누군가와 하룻밤을 묵은 다음 가던 길을 계속 갔다고 했다.

"노란색의 둥그런 지붕이 있는 손질이 잘된 집이라오. 뾰족하게 솟은 굴뚝이 있지. 찾기 쉬울 거요."

마녀는 그 집을 찾아냈다. 마당에 보크가 의자에 앉아 무릎 위에 아기를 놓고 어르는 모습이 보였다.

"세상에! 네가 여기 왜 왔는지 알지! 밀라, 빨리 와서 여기 누가 왔는지 봐! 크레이지홀 동창 엘파바야! 진짜라고!"

밀라는 앞치마 끈에 매달린 벌거숭이 아이들 둘과 함께 나왔다. 빨래를 하다 말고 와서 붉게 상기된 얼굴을 하고 눈을 가리는 헝클어진 머리카락을 연신 쓸어 올렸다.

"에구머니, 오늘은 옷도 제대로 차려입지 않고 있었는데. 이렇게 촌티를 풀풀 내며 살고 있는 꼴을 비웃어 주러 왔구나."

"근사하지 않아!" 보크가 다정하게 말했다.

눈에 띄는 아이들만도 네댓이었고 눈에 안 띄는 곳에 더 있을 듯했으나 밀라는 여전히 날씬한 예전 몸매 그대로였다. 보크는 가슴이 두툼하게 떡 벌어졌고, 삐죽삐죽 뻗친 머리카락은 나이에 걸맞지 않게 벌써 은발로 변해 대학생 때에는 전혀 없던 위엄 있는 분위기를 풍겼다.

"동생이 죽었다는 소식 들었어, 엘피. 네 아버님께 애도의 뜻을 전했단다. 네가 어디에 있는지 몰랐어. 네가 네사가 먼치킨랜드 통치자 자리에 오른 다음 여기 왔었다는 얘기는 들었지만, 어디로 돌아갔는지, 언제 떠났는지는 몰랐어. 다시 너를 만나서 기쁘구나." 보크가 말했다.

글린다의 배신에 쓰라렸던 마음이 보크의 꾸밈없는 환대와 솔직한 말에 좀 풀어졌다. 엘파바는 항상 보크의 열정과 분별력 때문에 그를 좋아했다.

"너 꼴이 그게 뭐야. 리클라, 그 의자에서 비켜 손님이 앉게 해 드려." 밀라가 한 아이에게 말했다. "옐로게이지, 넌 아저씨네 집에 뛰어가서 쌀하고 양파랑 요구르트 좀 얻어 오렴. 당장 서둘러, 그래야 식사를 차리지."

"난 오래 못 있어, 밀라. 갈 길이 급해서. 옐로게이지, 수고하지 않아도 된다. 나도 좀 앉아서 너희들 소식을 다 듣고 싶지만 그 이방인 소녀의 뒤를 쫓는 중이거든. 여기를 지나다가 하루이틀 묵고 갔다며?"

보크가 주머니에 손을 찔러 넣었다.

"아, 그랬지. 엘피, 그 애는 왜 찾는데?"

"내 동생의 구두를 돌려받으려고. 그 구두는 내 거야."

보크는 글린다처럼 놀란 기색이었다.

"넌 파티용 구두 같은 화려한 신발에는 관심 없었잖아."

"그래. 이제야 드디어 에메랄드 시 사교계에 때늦은 데뷔를 할 참이야. 사교계 데뷔 무도회에 나가야지." 엘파바는 자기 본심과 다르게 보크에게 빈정댔다. "개인적인 문제야, 보크. 그 구두를 되찾아야 해. 우리 아버지가 만들어 주신 구두이고, 이제는 내 거야. 그런데 글린다가 내 허락도 없이 그 여자 애한테 구두를 주어 버렸어. 구두가 마법사의 손에 들어간다면 먼치킨랜드에 재앙이 닥칠 거야. 그 도로시라는 여자 애는 어떻게 생겼니?"

"우린 그 애한테 홀딱 반했어. 아주 솔직담백한 애야. 여기에서 에메랄드 시까지는 어린아이한테 만만치 않은 먼 길이지만, 그 애는 문제없을 거야. 그 애를 본 사람이라면 누구나 도와줄 수밖에 없을걸. 달이 떠오를 때까지 앉아서 그 애의 고향이며 오즈 얘기, 그 애의 여행에서 예상되는 일을 놓고 수다를 떨었단다. 이렇게 멀리 여행해 보는 건 처음이라더라."

"근사하기도 해라. 그 애는 온통 신기한 것투성이겠네." 마녀가 말했다.

"아직도 뭔가 모의를 꾸미는 중이니?" 밀라가 갑자기 조심스레 질문을 던졌다. "있잖아, 엘피, 네가 그때 글린다와 함께 에메랄드 시에 갔다가 돌아오지 않았을 때 다들 네가 정신이 이상해져서 자객이 되었다고들 했어."

"사람들은 늘 남의 말 하기를 좋아하지. 안 그래? 내가 지금 스스로를 마녀라고 부르는 것도 그 때문이지. 서쪽나라의 사악한 마녀. 어차피 세상 사람들로부터 미치광이 소리를 들을 바에는, 그걸 자기한테 도움이 되는 쪽으로 이용하면 되잖아? 관습으로부터 해방되는 거야."

"너는 사악하지 않아." 보크가 말했다.

"네가 어떻게 아니? 그렇게 긴 세월이 지났는데."

마녀는 그렇게 말하면서도 그에게 미소를 지어 보였다. 보크도 다정하게 미소 지었다.

"글린다는 반짝이는 묵주를 이용했고, 너는 눈에 띄는 외모와 배경을 이용했지. 하지만 자신이 원하는 것을 손에 넣기 위해 가진 것을 최대한 활용하려 했다는 점에서 너희들은 마찬가지였던 것 아니야? 자기 입으로 사악하다고 주장하는 사람들치고 진짜 악인은 없어." 보크는 한숨을 쉬었다. "정말로 경계해야 할 상대는 자기들이 선량하다거나 다른 사람들보다 더 착하다고 주장하는 자들이지."

"네사로즈처럼 말이야." 밀라가 이죽거렸다.

그러나 사실이었으므로 다들 고개를 끄덕였다.

마녀는 보크의 아이들 중 하나를 무릎에 앉히고 꼭 끌어안아 주었다. 예나 지금이나 아이들을 좋아하지 않았지만, 오랫동안 원숭이들을 다루다 보니 전에는 미처 몰랐던 어린아이들의 심리 상태를 꿰뚫어 볼 수 있게 되었다. 아기는 부드럽게 옹알이를 하면서 기분 좋게 오줌을 쌌다. 마녀는 오줌이 치마를 적시기 전에 재빨리 아기를 되돌려주었다.

"구두 얘기는 접어 두더라도, 그런 어린애를 맨몸으로 마법사의 소굴에 보내도 괜찮다고 생각하니? 마법사가 얼마나 무시무시한 괴물인지 그 애는 알고나 있을까?"

보크는 거북한 기색이었다.

"저기, 엘피, 마법사를 나쁘게 말하고 싶지는 않아. 이 마을에도 남들 얘기를 엿듣고 다니는 사람들이 넘쳐나. 누가 어느 편인지 도통 알 수 없다니까. 우리끼리 얘기인데, 네사의 죽음을 계기로 이성적인 정권이 세워졌으면 해. 하지만 두 달 후 침략군의 공격을 받을지도 모르는 판에 침략자들을 헐뜯었다고 소문나는 건 싫어. 재통합이 될지도 모른다는 소문도 있고 하니."

"아, 내 앞에서 재통합을 바란다는 말은 하지 마. 너마저도 그런 소리 하진 말라고." 엘파바가 말했다.

"난 평화와 안정 말고는 아무것도 바라지 않아. 이 척박한 바위 투성이 땅에서 농사를 짓는 것만도 힘에 부쳐. 내가 시즈에서 배운 게 바로 농사일이잖아. 기억 안 나? 난 손바닥만 한 땅뙈기에 온 힘을 쏟아 부었고, 이제 간신히 입에 풀칠이나 하게 되었지."

그러나 보크는 이를 자랑스러워하는 듯했고 밀라도 그랬다.

"너희 집 가축우리에는 소도 두어 마리 있겠지." 마녀가 말했다.

"넘겨짚고 화부터 내지 마. 있을 리 없잖아. 너랑 크룹이랑 티벳이랑 함께 일했던 때를 내가 잊었을 줄 알아? 조용하기만 했던 인생에서 유일한 사건이었지."

"네가 반드시 조용한 삶을 살 필요는 없었는데, 보크." 마녀가 말했다.

"잘난 척하지 마. 그 일을 괜히 했다는 말이 아니야. 나에게는 의로운 투쟁으로 격정적인 나날을 보내는 것이나, 가족들과 함께 농장에서 평화로운 삶을 보내는 것이나 다 같이 소중해. 그때 생각하면 정말 좋은 일을 하지 않았어?"

"최소한 딜라몬드 박사님을 돕기는 했지. 박사님은 철저히 혼자서 연구를 진행하셨어. 지하 저항 운동은 박사님의 선구적인 가설에 기반을 둔 거야. 박사님은 돌아가셨어도 박사님이 발견한 결과는 여전히 살아남았어. 늘 그런 법이지."

엘파바는 원숭이에게 날개를 다는 실험 얘기는 꺼내지 않았다. 그것은 딜라몬드 박사의 이론을 직접 끌어내어 현실에 적용한 결과였다.

"우리는 그게 좋은 시절의 끝인지도 몰랐지. 전문직에 종사하는 **동물**을 마지막으로 본 게 언제였지?" 보크가 한탄했다.

"아, 그 얘기 꺼내지 말자고." 마녀는 더 이상 앉아 있을 여유도 없었다.

"네가 딜라몬드 박사님의 연구 노트를 몰래 숨겨 두었잖아. 나한테는 무슨 내용인지 죽어도 알려 주지 않았지. 그걸 좀 이용해 봤어?"

"박사님의 연구를 파고들수록 끝없이 질문거리만 쏟아져 나와."

마녀는 허풍 떠는 기분이 들어 이야기를 그만두고 싶었다. 이야기를 하자면 너무 슬프고 절망적인 심정이 되었다. 밀라는 이를 알아채고 무뚝뚝하지만 친절하게도 이렇게 말했다.

"그 시절은 이제 지나가 버렸어. 성가신 일에서도 다 해방된 셈이지. 우리는 혈기 왕성한 철부지들이었어. 이제는 뱃살이 늘어진 기성 세대가 되어 뒤에는 아이들을 이끌고 등에는 부모님을 짊어지고 있어. 우리에게 존경을 요구하던 인물들도 이젠 기력이 쇠했고 우리가 책임을 지고 있어."

"마법사는 아직도 생생하지." 마녀가 말했다.

"마담 모리블은 이제 기운이 다됐어. 셴셴이 지난번에 보낸 편지에 그렇게 썼던걸." 밀라가 말했다.

"정말?" 마녀가 되물었다.

"그럼, 맞다니까. 마담 모리블은 병석에 누워서도 계속해서 마법사 황제에게 교육 정책에 관해 자문을 해 주고 있대. 글린다가 도로시를 시즈로 보내어 마담 모리블에게 교육받게 하지 않다니 놀랐는걸. 그 대신 에메랄드 시로 보내다니."

마녀는 도로시의 모습을 떠올릴 수는 없었지만, 잠시 노르의 웅크린 모습이 눈앞을 스쳤다. 그녀는 노르처럼 사슬과 멍에에 묶인 일단의 소녀들이 오래전 그 여학생들처럼 마담 모리블 주위를 서성이는 모습을 보았다.

"엘피, 앉으렴. 안색이 좋지 않구나. 너한테는 힘든 시기일 거야. 내가 기억하기로 넌 네사로즈와 그다지 사이가 좋지는 않았지." 보크가 말했다.

그러나 마녀는 동생 생각을 떠올리기 싫었다.

"도로시라, 마음에 안 드는 이름이군. 그렇게 생각지 않아?"

엘파바는 무겁게 주저앉았다. 보크는 몇 발짝 떨어진 의자에 앉았다.

"모르겠는걸. 실은 이름 얘기도 좀 했지. 도로시의 고향 나라 왕은 이름이 시어도어래. 자기 선생님이 신의 선물이라는 뜻이라고 가르쳐 주셨대. 왕이라나 수상이라나, 그런 것이 될 운명을 타고났다는 표시라는 거야. 도로시의 말로는 도로시라는 이름이 시어도어를 뒤집은 것과 비슷하다고 했어. 하지만 선생님은 찾아보고 아니라고 하셨대. 도로시는 '선물의 여신'이라는 뜻이래."

"흠, 나한테 뭘 줄 수 있을지는 알지. 내 구두를 돌려줄 거야. 네 말은 그 애가 신의 선물이라는 거니, 아니면 그 애가 여왕이나 여신 비슷한 존재라는 거니? 보크, 너 옛날에는 미신 따위에 빠지는 사람이 아니었는데."

보크는 차분하게 말을 받았다.

"그런 얘기가 아니야. 파생어 얘기를 하고 있는 거라고. 인생의 숨은 의미를 찾는 일 따위는 나보다 더 많이 배운 사람들이나 하라 그래. 하지만 그 애 이름이 자기네 나라 왕 이름하고 닮았다는 건 재미있잖아."

밀라도 도로시를 감쌌다.

"그 애는 여느 아이들처럼 평범하고 순진한, 성스러운 어린 소녀야. 그 이상도 그 이하도 아니야. 옐로게이지, 레몬 타르트에 손대지 마. 여기에서도 다 보여. 말 안 들으면 실컷 맞을 줄 알아라. 그 도로시라는 아이를 보고 있자니 오즈마가 그런 모습이 아니었을까, 아니면 마법에서 풀려나 깊은 잠에서 깨어난다면 아직도 그런 모습이지 않을까 싶더라고."

"좀 으스스하게 들리는데. 오즈마, 도로시…… 다 어린 구세주에 대한 얘기로군. 난 예전부터 항상 그런 얘기라면 딱 질색이었어." 마녀가 말했다.

"그거 알아? 옛날 얘기를 하다 보니 생각났는데…… 스리 퀸스 도서관에서 예전에 내가 찾아냈던 중세의 그림 기억하니? 짐승을 품에 안은 여자 그림 말이야. 그 그림은 부드러우면서도 무시무시한 데가 있었어. 도로시한테도 뭔가 그 이름 없는 인물을 연상시키는 데가 있었고. 이름 없는 여신이라고 할까…… 신성 모독이 되려나? 도로시는 자기 개를 그렇게 다정하고 따뜻하게 대해 주었어. 정말 상종도 하기 싫은 짐승이었는데 말이야. 냄새도 지독했지? 얼마나 비위 상하는 개였는지 몰라. 그 애가 중세의 그림에 나온 인물이랑 똑같은 자세로 개를 안아 올려 개 위로 고개를 수그리고 얼러 주더라고. 도로시는 어린아이지만 태도에는 어른처럼 진중한 데가 있고, 어린아이들한테서는 찾아보기 힘든 위엄이 있어. 그런 면이 아주 잘 어울렸어. 엘피, 사실대로 말하자면 난 그 애가 마음에 꼭 들었어." 보크는 호두 두어 개를 깨뜨려 엘파바와 밀라에게 돌렸다. "틀림없이 너도 그럴 거야."

"그 말을 들으니 무슨 수를 써서라도 그 애를 피하고 싶어지네. 요즘 기분 같아서는 도저히 어린아이들의 순수함에 반할 것 같지 않아. 하지만 내 물건은 반드시 되찾아야 해." 마녀가 말했다.

"그 구두가 진짜 마법 구두인 거야? 아니면 그저 상징적인 의미가 있는 거니?" 밀라가 물었다.

"내가 어떻게 알아? 난 발에 신어 본 적도 없는데. 하지만 그 구두가 내 손에 들어와 나를 이 위험한 삶에서 걸어 나가게 해 준다면 반갑겠지."

"하여간, 다들 네사의 독재를 구두 탓으로 돌리고 있어. 글린다가 구두를 먼치킨랜드 밖으로 내보내기를 잘한 것 같아. 그 아이는 아무것도 모른 채 구두를 신고 멀리 가고 있으니."

"글린다가 그 애를 에메랄드 시로 보냈어." 마녀가 날카롭게 말했다. "만약 구두가 마법사의 손에 들어간다면, 먼치킨랜드로 진군해도 좋다는 허가증이 되는 셈이라고. 그런데 너희들은 마법사가 어떻게 하든 다 좋다는 듯이 멍청하게 강 건너 불 보듯 앉아 있구나."

"아무리 시간이 없어도 차는 한 잔 마시고 가." 밀라가 달래듯이 말했다.

"클라린다한테 차를 새로 끓이라고 했어. 사프란 크림도 집에 좀 있고. 아마 클러치의 장례식 후 열었던 사프란 크림 파티 기억나?"

마녀는 잠시 가슴이 먹먹해졌다. 목구멍이 아파 왔다. 그 힘들었던 시간을 떠올리기 싫었다. 글린다는 아마 클러치의 죽음 뒤에 마담 모리블이 있다는 사실을 잘 알고 있었다. 그런데 이제는 글린다도 그 악마 같은 여자와 똑같은 지배층의 일원이 되어 있다니, 끔찍한 일이었다. 도로시는 태생은 어찌 되었건 어린아이에 불과했다. 그들은 도로시를 이용해 먼치킨랜드에서 그 망할 구두를 치운 것이다. 아니면 마법사에게 구두를 보냈거나. 마담 모리블이 자기 학생들을 고수로 써먹으려 했던 것과 똑같은 식으로.

"너희들이랑 얼간이처럼 시시덕거리려고 여기 들른 게 아니야."

마녀가 소리치는 바람에 그들은 깜짝 놀라 바닥에 호두 그릇을 엎었다.

"시간 낭비라면 학창 시절에 수다 떨며 보낸 것으로 충분하지 않아?" 엘파바는 빗자루와 모자를 움켜쥐었다.

보크는 놀란 나머지 의자에서 뒤로 넘어질 뻔했다.

"엘피, 왜 그렇게 화를 내고……?"

마녀는 대답할 기분이 아니었다. 검은 치마와 스카프로 회오리바람을 일으키며 길로 뛰어 나갔다. 그리고 노란 벽돌길을 따라 급히 발걸음을 재촉했다. 자기도 모르게 마음속에서 한 가지 계획이 서서히 자리를 잡아 가고 있었다. 그러나 너무 생각에 골몰하여 잠시 동안 자기가 빗자루를 갖고 있다는 것도 까맣게 잊어버렸다. 잠시 쉬려고 발을 멈추고 빗자루에 기대었을 때에야 비로소 빗자루에 생각이 미쳤다.

보크, 글린다, 아버지마저도. 이제 그들 모두 실망스러울 뿐이다. 이 인간들은 젊은 시절부터 그렇게 썩어 있었는데 그때는 그녀가 너무 순진해서 그들의 참모습을 몰랐던 것일까? 사람들에게 넌더리가 나서 집으로 돌아가고 싶은 마음이 굴뚝같았다. 그녀는 하도 낙심하여 여인숙 같은 묵을 곳을 찾을 기력도 없었다. 노숙을 해도 무리가 없을 만큼 날씨는 따뜻했다.

마녀는 보리밭 가에 누웠으나 정신은 말짱했다. 달은 지평선 위로 맨 처음 떠오를 때 그렇듯 쟁반만 하게 보였다. 사람을 십자가형에 처하거나 허수아비를 매달기를 기다리듯 우뚝 선 울타리의 말뚝을 달빛이 뒤에서 비추었다.

왜 진작 네사로즈와 힘을 합쳐 마법사에 대항해 군대를 일으키지 않았던가? 해묵은 가족 간의 원한이 걸림돌이었다.

네사로즈는 먼치킨랜드를 다스리는 데 힘을 빌려 달라고 부탁했으나, 마녀가 그 부탁을 거절했다. 마녀는 7년간이나 키아모코에서 지냈다. 동생과 힘을 합칠 기회를 헛되이 흘려 버렸다.

엘파바가 혼자 힘으로 착수했던 모든 기도가 사실상 실패로 끝나고 말았다. 그녀는 달빛 속에서 몸을 뒤척이며 밤이 깊도록 네사의 죽음에 대한 생각으로 괴로워했다. 네사로즈가 벌레처럼 으깨어지는 장면이 마녀의 환상 속에서 생생하게 그려졌다. 그녀는 벌떡 일어나 다른 길로 들어섰다. 도로시는 틀림없이 에메랄드 시까지 노란 벽돌길을 따라갈 테고, 그 아이처럼 이국적으로 생긴 사람이라면 길 어디에서고 쉽게 찾아낼 수 있을 것이다. 마녀는 15년 전 자신에게 맡겨진 임무를 완수하러 가기로 했다. 마담 모리블이 아직도 그녀의 손에 죽을 날을 기다리고 있었다.

6

시즈는 이제 돈을 찍어 내는 공장 같은 곳이 되었다. 유서 깊은 구역에 자리한 대학들은 최근에 지은 기숙사와 너무 튀어 보이는 체육관만 빼면 별로 바뀌지 않은 채 남아 있었다. 그러나 대학 구역

밖으로 나가면 도시는 준전시 체제 덕분에 일약 호황을 누리고 있었다. 청동과 대리석으로 된 거대한 기념비 '제국의 정신'이 철도 광장을 거의 다 차지하다시피 버티고 서 있었다. 그 주변으로는 거대한 산업용 건물들이 들어서서 빛과 공기를 가로막고 대기 중에 더러운 검은 기둥을 뿜어냈다. 청석에는 이제 그을음이 잔뜩 껴 있었다. 공기 자체가 후끈한 열기로 가득했다. 도시는 매 순간마다 가쁜 숨을 토하며 부를 늘려 가고 있었다. 나무들은 잿빛으로 시들시들 말라죽어 갔다. 동물은 단 하나도 눈에 띄지 않았다.

크레이지홀은 기이하게도 더 낡아 보이는 동시에 더 새로워 보였다. 마녀는 수위를 성가시게 하지 않기로 하고, 벽을 타고 부엌 채마밭으로 넘어 들어갔다. 예전에 보크가 옆 건물 지붕에서 하마터면 그녀의 무릎으로 굴러 떨어질 뻔했던 바로 그 장소였다. 과수원 너머 뒤뜰은 사라졌고, 이제 그 자리에는 석조 건물이 세워져 있었다. 그 건물의 번쩍이는 문 위에는 "처프리 경과 글린다 부인의 예술원"이라고 새겨진 간판이 걸려 있었다.

세 소녀가 책을 품에 꼭 끌어안고 재잘재잘 수다를 떨며 바삐 길을 지나갔다. 마녀는 그들이 네사로즈와 글린다, 그리고 자기 자신의 환영처럼 보여서 화들짝 놀랐다. 빗자루를 꽉 움켜쥐고 잠시 놀란 가슴을 진정시켜야 했다. 자신이 그 시절로부터 얼마나 멀리까지 와 버렸는지, 얼마나 늙었는지 미처 모르고 있었다.

"학장님을 좀 뵙고 싶은데."

그녀의 말에 소녀들은 깜짝 놀랐다. 그러나 그중 한 명이 젊은이다운 태연자약함을 되찾고 길을 가르쳐 주었다. 학장실은 아직도 본관에 있었다.

"거기에 학장님이 계실 거예요. 오전 이맘때엔 늘 학장실에서 혼자 아니면 기부자들과 함께 차를 드시거든요."

아무도 내가 어떻게 채마밭에 들어왔는지 묻지 않는 것으로 보아 보안은 상당히 허술한 모양이군. 마녀는 생각했다. 잘됐어. 제지 당하지 않고 빠져나갈 수 있겠는데.

이제 학장에게는 비서가 딸려 있었다. 염소수염을 기른 뚱뚱한 노신사였다.

"약속을 안 잡으셨습니까? 지금 시간이 있으신지 확인해 보겠습니다." 그는 되돌아와서 이렇게 말했다. "학장님께서 지금 만나 보시겠답니다. 빗자루는 우산꽂이에 두고 가시겠습니까?"

"친절도 하셔라. 하지만 괜찮아요." 마녀는 이렇게 대꾸하고 걸어 들어갔다.

학장이 가죽 안락의자에서 몸을 일으켰다. 마담 모리블이 아니었다. 구릿빛의 곱슬머리에 분홍빛 도는 하얀 피부를 지닌, 몸집은 작지만 활기 넘치는 여인이었다. 학장이 공손하게 말했다.

"당신 이름은 처음 듣는데요? 당신은 오래된 학생이지만, 나는 새로 온 사람이라서 말입니다." 학장은 자신의 재치 있는 말에 깔깔 웃었지만 마녀는 웃지 않았다. "미안합니다만 아직 내가 사정을 다 파악하지 못했답니다. 매달 수십 명의 졸업생들이 찾아와 여기에서 지냈던 즐거웠던 한때를 되새기지요. 이름을 알려 주시면 차를 좀 내오라 하지요."

마녀는 간신히 입을 열었다.

"저는 여기 있을 때 엘파바 양으로 불렸습니다. 하도 오래전 일이라 기억마저 희미하군요. 차는 괜찮습니다. 오래 머물 수 없어서요. 제가 잘못 알고 왔군요. 마담 모리블을 만나러 왔는데. 그분의 행방을 혹시 아십니까?"

"아, 이걸 잘된 일이라 해야 하나, 안된 일이라 해야 하나? 그분은 아주 최근까지 매 학기 중 얼마간은 에메랄드 시에서 보내며 폐하께 교육 문제에 대해 자문을 해 드렸답니다. 하지만 얼마 전에 도더리의 퇴직자 아파트로 들어가셨어요. 아이고, 여학생들이 농담으로 쓰는 말이 헛나왔네. 진짜 이름은 '딸들의 건물' 이랍니다. 크레이지홀의 관대한 딸들인 우리 졸업생들이 댄 자금으로 세워졌지요. 건강이 무척 나빠지셨답니다. 나쁜 소식을 전하게 되어 유감이지만, 이제 살날이 얼마 남지 않으신 것 같습니다."

"잠시 찾아뵙고 인사나 드리고 싶군요." 마녀는 연기에 영 소질이 없었다. 마녀가 무사히 넘어갈 수 있었던 것은 오로지 새 학장이 물정 모르는 여학생처럼 너무 젊고 멍청했기 때문이다. "전 마담 모리블의 애제자였지요. 제가 불쑥 찾아가면 놀라시겠지만 기뻐하실 거예요."

"그로메틱을 불러서 데려다 드리라고 하지요. 하지만 마담 모리블의 간호원에게 손님을 받으실 수 있는 상태인지 물어봐야겠군요."

"그로메틱은 부르지 마세요. 알아서 찾아갈 수 있으니까요. 간호원과 제가 얘기를 해보지요. 잠깐만 들를 겁니다. 그런 다음 떠나기 전에 여기 다시 들르겠습니다. 연간 기금에 기부하든가, 최근에 하시는 모금 운동이 있으면 좀 보탤 방법이 있는지 알아보고 싶어서요."

마녀는 평생을 통틀어 이보다 더 멋지게 거짓말을 해본 기억이 없었다.

도더리는 나지막한 저장고처럼 생긴 널찍한 둥근 탑으로, 딜라몬드 박사의 추도 예배를 했던 대성당 옆에 있었다. 양동이와 빗자루를 들고 지나가던 하녀가 마녀에게 마담 모리블은 한 층 위, 마법사의 문장을 새긴 문 뒤에 있다고 일러 주었다.

잠시 후 마녀는 마법사의 문장 앞에 섰다. 마법사가 에메랄드 시에 극적으로 도착한 사건을 기리는 뜻에서 밑에 바구니가 달린 풍선 그림이 있고, 그 아래에는 엇갈리게 놓은 칼이 그려져 있었다. 몇 발짝 물러서서 보면 커다란 해골처럼 보였다. 바구니는 턱 같고 엇갈리게 놓은 칼은 불길한 X자같이 보였다. 그녀는 손잡이를 돌리고 방 안으로 들어갔다.

여러 개의 방이 있었다. 하나같이 학교 기념품이며 황제의 궁정을 비롯해 에메랄드 시의 여러 기관들로부터 받은 존경의 표시들로 어질러져 있었다. 마녀는 따뜻한 계절인데도 불을 피워 놓은 응접실 비슷한 방과 부엌을 지나갔다. 한쪽에 화장실이 있었다. 그 안에서 누군가 흐느끼는 소리와 코 푸는 소리가 들려왔다. 마녀는 경대를 문 쪽으로 밀어 놓고 침실로 계속 발걸음을 옮겼다.

마담 모리블은 피닉스처럼 생긴 거대한 침대에 몸을 반쯤 일으키고 기대앉아 있었다. 금빛 피닉스의 목과 머리가 침대 머리판에 조각되어 있었고, 침대 양 옆은 새의 날개 모양을 본떴다. 발판이 피닉스의 발을 이루었다. 가구 제작자가 아무리 재간을 부려도 꽁지깃까지는 만들 수 없었던지 전혀 보이지 않았다. 사실 새는 포탄

이 일으킨 바람에 쓸려 뒤로 날려 가는 것 같기도 하고, 제 가슴에 기대어 배 위에 앉은 집채만 한 몸뚱이를 배출하려고 진통하는 산모 같기도 한 어색한 자세였다.

마루 위에는 회계 서류가 무더기로 쌓여 있고 그 위에는 구식 안경이 놓여 있었다. 그러나 서류 읽는 시간은 다 지나가 버렸다.

마담 모리블은 회색 산처럼 손을 배 위에 얹고 눈을 가늘게 뜬 채 미동도 없이 쉬고 있었다. 그녀는 생선 비린내만 나지 않는다뿐이지 여전히 거대한 잉어처럼 보였다. 촛불을 이제 막 켰는지 아직도 성냥의 유황 냄새가 방 안을 떠돌았다.

마녀는 빗자루를 끌어당겼다. 다른 방에서 화장실 문 두드리는 소리가 들려왔다.

"여학생들 뒤에 숨어서 언제나 몸을 지킬 수 있을 줄 알았나?"

마녀가 자제심을 잃고 소리치며 빗자루를 쳐들었다. 그러나 마담 모리블은 이미 움직이지 않는 무심한 시체로 변해 있었다.

마녀는 빗자루의 자루 부분으로 마담 모리블의 옆머리와 얼굴을 내리쳤다. 아무런 자국도 나지 않았다. 그러자 마녀는 벽난로에서 제일 큰 대리석 받침대가 달린 기념 트로피를 찾아 그것으로 마담 모리블의 골통을 세차게 내리쳤다. 장작 팰 때 나는 것 같은 소리가 났다.

그녀는 트로피를 마담 모리블의 팔에 던져 놓았다. 거꾸로 내려다보고 있는 피닉스 조각만 빼고 거기 적힌 글을 누구나 다 읽을 수 있을 것이다. "당신이 이루어 놓은 모든 업적에 감사드리며"라는 글귀였다.

7

마녀는 15년을 기다려 왔지만 불과 5분 차이로 기회를 놓쳤다. 다시 돌아가 그로메틱이라도 절단 내고 싶은 유혹을 참을 수 없었으나 겨우 억눌렀다. 마담 모리블의 시체를 구타한 죄로는 처형을 당한다 해도 좋았지만, 기계를 상대로 분풀이한 죄로 붙들리기는 싫었다.

마녀는 카페에 들러 식사를 하면서 타블로이드판 신문을 훑어보았다. 그런 다음 상점가를 헤매고 다녔다. 화려한 장식에 전혀 취미가 없는 그녀는 지겹기만 했지만, 사람들이 마담 모리블의 죽음을 놓고 뭐라고 얘기하는지 듣고 싶었다. 말하자면, 논평을 기다렸다. 그런 다음 시즈는 물론이고 도시에는 영영 발도 들이지 않을 생각이었다. 이번이 오즈 왕국이 어떻게 대처할지를 확인할 마지막 기회였다.

그러나 오후가 저물어 가면서 슬슬 걱정이 되기 시작했다. 진상을 은폐하면 어쩌나? 현재 학장이 추문을 피하기 위해 폭행 사건을 쉬쉬하고 묻어 버리면 어쩌지? 황제의 측근에게 저질러진 범죄라고 더더욱 숨기려 한다면? 마녀는 자신이 한 짓이 쥐도 새도 모르게 묻힐지도 모른다고 생각하자 초조해졌다. 그녀는 누군가 털어놓을 상대가 없을까, 자기 얘기를 관계 당국으로 곧장 달려가 불어 버릴 사람이 없을까 머리를 쥐어짰다. 크롭이나 센센, 아니면 파니는 어떨까? 아니, 이런 문제라면 텐메도의 지방 군주 애버릭이 안성맞춤이지 않을까?

지방 군주의 시내 저택은 시즈 변두리의 사슴 사냥터에 자리 잡고 있었다. 마녀가 '황제의 공원'이라는 이름의 사슴 사냥터에 닿

앉을 때는 늦은 오후였다. 개인 주택이 광활한 대지 위에 띄엄띄엄 위치해 있었다. 집집마다 깨진 유리병을 박은 높은 담을 둘러쳤고 사나운 개와 자체 보안 병력들을 두었다. 하지만 개나 높은 담 따위는 마녀에게 문제가 안 되었다. 그녀는 벽을 넘어 테라스로 가뿐하게 무단 침입했다. 하녀가 침대를 정리하다가 기절할 듯 놀라 그 자리에 주저앉았다. 마녀는 서재에서 애버릭을 찾아냈다. 그는 크리스털 잔에 담긴 꿀빛 위스키를 홀짝이며 큼직한 깃털 펜으로 서류에 서명하고 있었다.

"난 칵테일을 마시러 나가지 않을 테니, 혼자 알아서 마시라고 했잖아. 내 말 못 들었나?" 애버릭은 이렇게 말을 시작했다가 상대가 누구인지 알았다. "어떻게 알리지도 않고 여기까지 들어왔지? 당신, 내가 아는 사람인데. 그렇지?"

"물론 알다마다, 애버릭. 크레이지홀의 초록색 여학생이야."

"오, 맞아. 네 이름이 뭐였더라?"

"엘파바였지."

애버릭은 등불을 켰다. 해 질 녘이라 그런지, 막 구름이 가려서 그런지 어둑했다. 그들은 마주 보았다.

"좀 앉아. 서재까지 들어왔는데 물리칠 수 없지. 뭐 마실래?"

"조금만 줘."

애버릭은 전에도 믿을 수 없을 만큼 미남이었지만 지금은 인물이 더 좋아졌다. 그는 머리카락을 뒤로 쓸어 넘겼다. 윤이 나는 은빛 머리카락은 숱이 많아 풍성했다. 운동과 휴식을 충분히 하는 생활을 누리고 있음이 한눈에 뚜렷이 보였다. 그의 몸매는 강인하고 늘씬했으며 자세가 곧고 안색도 좋았다. 처음부터 특권을 갖고 태어난 자들은 그것을 이용하는 법도 안다. 마녀는 첫 모금을 들이켜고 그를 관찰했다.

"웬일로 나를 다 찾아 주셨나?" 애버릭은 직접 자기 잔에 술을 새로 따라 그녀의 맞은편에 앉았다. "아니면 오늘은 온 세상이 재공연이라도 하는 날인가?"

"그건 또 무슨 소리야?"

"정오쯤 평소처럼 공원에 경호원들과 함께 산책을 나갔지. 축제 행사 하는 곳 앞을 지나갔어. 오늘 시작했나 봐. 곧 공원은 학생들이며 하인들, 공장 노동자들, 글리쿠스에서 온 수다스러운 가족들로 붐비겠지. 어린아이 출연자들은 멋진 서커스 공연의 매력에 푹 빠져 있었어. 대개 잔일을 돕는 십 대 소년들인데, 보나 마나 지긋지긋한 가족들이나 지방 소읍에서 도망 나온 아이들이지. 하지만 책임자는 피비린내 나는 작은 난쟁이였어."

"피비린내가 나다니, 무슨 뜻이야?" 마녀가 물었다.

"'비위에 거슬린다'는 뜻이야. 내가 즐겨 쓰는 속어야. 난쟁이야 누구나 본 적 있겠지만 중요한 건 그게 아니었어. 바로 그 난쟁이를 전에도 본 적이 있단 말이야. 오래전 일이지만 난 그를 알아보았어. 다른 때 같았으면 그 일을 더 생각해 보지 않았겠지만, 오늘 오후 그 난쟁이와 어느 정도는 기억이 겹치는 곳에 자리하고 있던 네가 갑자기 떡 하고 나타났잖아. 너도 거기 있었지? 그날 밤 너도 우리랑 철학 클럽에 가지 않았어? 우리는 코가 비뚤어지게 취했고 거기에서 뭔가 마법을 건 섹스쇼 같은 것을 했지. 약해 빠진 티벳 녀석은 그때 그만 좀 이상해져 버렸고. 그 호랑이랑 뭔 짓을 하다가 그랬던가……? 하여튼 너도 틀림없이 그 자리에 있었어."

"난 간 적 없는데."

"없었다고? 몽땅한 보크랑, 파니랑, 피예로하고, 또 다른 사람들도 있었는데. 기억 안 난단 말이야? 자기 이름이 야클이라던 노파랑 난쟁이가 우리를 들여보내 주었잖아. 정말 소름 끼치는 것들이었지? 하여간, 그게 중요한 게 아니고…… 그건 그저……."

"야클은 아니겠지." 마녀는 술을 들이마셨다. "내 머리가 좀 이상해졌든가 귀가 잘못되었나 봐. 남들 말이 맞아. 난 과대망상중 환자가 틀림없어. 아냐. 애버릭, 넌 20년 동안이나 누군가의 이름을 기억할 사람이 아니야."

"그 여자는 벗어진 머리에 가발을 쓴 집시 노파였어. 밤색 눈에, 난쟁이랑 각별한 사이 같았어. 난쟁이 이름은 모르겠어. 왜 내가 그 노파 이름을 기억 못 한단 말이야?"

"넌 내 이름도 기억 못했잖아."

"너는 그 반만큼도 무섭지 않았으니까 그렇지. 사실 너한테는 손톱만큼도 겁먹은 적 없어." 애버릭은 껄껄 웃었다. "내가 너한테 꽤 비열하게 굴었을 거야. 그 시절에 난 진짜 개자식이었지."

"지금도 그래."

"흠, 연습을 거듭하다 보면 나아지는 법이니까, 완벽한 개자식이라는 소리를 들어 본 적도 꽤 있다고."

"난 오늘 마담 모리블을 죽였다는 얘기를 해 주러 왔어." 마녀는 이 한마디를 할 수 있어서 너무나 자랑스러웠다. 큰 소리로 입 밖에 내어 말하니 좀 더 실감이 났다. 진짜 같았다. "내가 그녀를 죽였어. 누군가 믿을 만한 사람에게 그 사실을 알려 주고 싶었어."

"오, 왜 그런 짓을 한 건데?"

"생각할 때마다 매번 이유들이 조금씩 바뀌어." 그녀는 몸을 좀
더 곧게 펴고 앉았다. "하여튼 그 여자는 죽어 마땅해."

"요즘은 정의를 행하는 복수의 여신이 초록색인가 보네?"

"제법 근사한 변장이지 않아?"

둘은 함께 씩 웃었다.

"그러니까 그 마담 모리블을 네가 죽였단 말이지? 네가 달아난
뒤 그녀가 네 친구들을 모아 놓고 짤막한 훈시를 했다는 거 알고 있
었어?"

"넌 내 친구가 아니었잖아."

"그래도 껴 주더라고. 그때 일이 생생하게 기억나. 네사로즈는
너무 충격이 커서 거의 제정신이 아니었어. 마담 모리블은 네 기록
을 꺼내 와서 우리에게 너를 담당했던 여러 선생들이 평가한 생활
기록 자료를 읽어 주었지. 네가 날카롭고 과격한 성격이라고 경고
했지. 또 무슨 표현을 썼더라? 기억이 잘 안 나는군. 그다지 기억할
가치도 없는 얘기였어. 하지만 네가 모종의 학생 저항 운동을 일으
키기 위해 우리를 끌어들이려 할지도 모른다고 했어. 무슨 일이 있
어도 너와 접촉을 피하라고 했지."

"네사로즈는 꽤 상심했겠구나." 마녀가 우울하게 말했다.

"글린다도 그랬어. 그녀는 딜라몬드 박사가 확대 렌즈 위에 넘어
진 이후로 사람이 확 달라졌던 것처럼, 그때부터 또 다른 쪽으로 변
했지⋯⋯."

"아유, 그만둬. 그 케케묵은 거짓말이 아직도 통하니?"

"아, 그럼 좋아. 네 식대로 말하면 박사는 정체불명의 괴한에게
잔인하게 살해당했지. 네 생각대로라면 그 괴한은 마담 모리블의

모습을 하고 있고. 정말로 왜 그런 짓을 한 거야?"

"마담 모리블이 선택한 거야. 그녀는 교육을 책임지는 위치에 있는 사람으로서 학생들을 세뇌할 것이 아니라 교육을 해 주어야 했어. 그런데 그녀는 에메랄드 시와 관계를 맺고서 교양 교육이란 혼자 힘으로 생각하는 법을 배우는 것이라고 믿는 학생들을 모두 팔아넘겼어. 게다가 그녀는 비열한 악마였어. 딜라몬드 박사를 살해할 음모를 꾸몄어. 네가 뭐라 말하든 그건 사실이야."

그러나 마녀는 문득 마담 모리블이 선택을 했다는 자신의 말에서 코끼리 공주 나스토야가 언젠가 비슷한 말을 해 준 기억이 떠올라 흠칫했다. 아무도 당신의 운명을 지배하지 못한다. 최악의 순간일지라도 언제나 선택의 여지가 있다.

"그래서 그녀를 죽였군. 남자 애들이 운동장에서 사타구니를 남의 무릎에 걷어차일 때 곧잘 하는 말이지만, 엎어뜨리나 메치나 그게 그거지, 뭐. 식사나 하고 가지그래? 손님들이 와 있는데. 재치 있는 친구들이야." 애버릭이 주절거렸다.

"그 사이에 경찰을 부르려고? 고맙지만 사양하겠어."

"경찰 안 불러. 우린 그런 좀스러운 정의 따위는 초월했잖아."

마녀는 그를 믿기로 했다.

"좋아. 그건 그렇고, 넌 누구랑 결혼했니? 파니, 센센, 아니면 다른 사람이야? 기억이 안 나는군."

애버릭이 위스키를 한 잔 더 따르며 말했다.

"누구면 어때. 난 그런 사소한 일까지 일일이 다 마음에 담아 두지 못해. 지금도 그렇고 예전에도 그랬어."

지방 군주의 식품 저장실에는 없는 것이 없었다. 요리사는 초일류였고, 그의 포도주 저장실은 타의 추종을 불허했다. 손님들은 달팽이와 마늘 요리, 고수 잎과 작은 오렌지 양념을 넣어 구운 닭벼슬 요리를 양껏 먹었다. 마녀도 사프란 크림을 넣은 라임 타르트 접시를 다 비웠다. 크리스털 술잔이 빌 새가 없었다. 술기운을 빌려 대화가 무르익었다. 군주의 부인이 그들을 편안한 의자가 있는 응접실로 안내했을 무렵에는 천장의 석고 무늬가 담배 연기처럼 뱅뱅 도는 것 같았다.

"야, 너 얼굴이 붉어졌다. 그동안 술을 제법 하고 지낸 모양이네, 엘파바." 애버릭이 말했다.

"적포도주는 나랑 잘 안 맞아."

"너 그래 가지고는 아무 데도 못 가겠다. 하녀한테 안 쓰는 방을 하나 정리하라고 할게. 근사한 방이야. 섬에 있는 탑까지 훤히 다 내다보여."

"난 인공적으로 꾸민 전망은 안 좋아해."

"아침 신문이 나올 때까지 기다렸다가 제대로 다 기사가 실렸는지 확인해 보고 싶지 않아?"

"한 부 보내 줘. 아냐, 가야겠어. 신선한 바람 좀 쐬어야겠어. 애버릭, 부인, 친구들…… 놀라셨을 테지만 즐거우셨기를 바라요." 별로 내키지는 않지만 그렇게 말했다.

대화가 영 못마땅했던 군주의 부인이 말했다.

"즐거우신 분들도 있을지 모르지만 악에 관한 이야기는 식사 중에 나누기에 적절치 않은 화제예요. 소화에도 좋지 않아요."

마녀가 대꾸했다.

"오, 하지만 보세요. 젊은 시절이 지나가면 이런 심각한 질문을 스스로에게 던질 용기도 사라진단 말인가요?"

"흠, 난 내 주장을 고수하겠어. 악은 나쁜 짓을 하는 것이 아니라, 그 일을 한 뒤에 찾아오는 나쁜 기분을 말하는 거야. 행동에 절대적인 가치 따위는 없어. 우선……." 애버릭이 말했다.

"제도화된 관성일 뿐이야. 하지만 그렇다 치더라도 절대 권력이 갖는 엄청난 매력은 도대체 뭘까?" 마녀가 말했다.

"그러니까 제가 허영이나 탐욕처럼 단지 정신적인 통증에 불과하다고 말한 겁니다." 구리업계의 거물이 말했다.

"다 아는 바와 같이 허영이나 탐욕이 싸잡아 비난할 것은 아니지만 인간사에서 간담을 서늘케 하는 결과를 낳기도 하지요."

"이 말 저 말 할 것 없이 악은 선의 부재라니까요." 그의 정부이자 《시즈 인포머》의 인생 문제 상담가가 말했다.

"세계의 본질은 평온해요. 삶을 풍요롭게 만들고 북돋아 주지요. 악은 세상을 평화롭게 놔두고 싶은 마음이 없는 거예요." 애버릭이 말했다.

"다 헛소리야. 악은 도덕적 판단력이 덜 성숙했거나 원시 상태에 있는 거요. 아이들은 모두 날 때부터 악마들이라고. 우리 중에 범죄를 저지른 자가 있다면 그 사람들은 진보가 덜되어서……." 예술가가 끼어들었다.

"난 악은 부재가 아니라 존재라고 생각합니다. 악은 인큐버스나 서큐버스처럼 인간의 탈을 쓴 존재예요. 그건 다른 존재입니다. 우리하고는 다르죠."

"그럼 나조차도 악이 아닌가요? 제 입으로 죄를 고백한 살인자인 나도?" 마녀가 말했다. 그녀는 기대했던 것보다 더 활기 차게 토론에 참여했다.

"오, 말도 안 되는 소리 그만하세요. 우리 모두 다 남들한테 제일 근사한 모습으로 보이려고 하지요. 그건 그저 누구나 다 갖고 있는 허영심일 뿐입니다." 예술가가 말했다.

"악은 실재가 아니오, 사람도 아니고. 그건 아름다움처럼 하나의 속성이지……."

"악은 힘이에요. 바람 같은……."

"악은 전염병이지요……."

"악은 본질적으로 형이상학적입니다. 창조란 타락하기 쉬워서……."

"그렇다면 이름 없는 신 탓이겠군요."

"하지만 이름 없는 신이 의도적으로 악을 창조한 것일까요, 아니면 단지 창조 과정 중에 실수였을까요?"

"악은 천상의 것도, 영원한 것도 아닙니다. 악은 그런 게 아니에요. 악은 지상의 것입니다. 물질적인 거예요. 우리의 육체와 영혼 사이에 어긋난 부분이죠. 악은 육체적이에요. 서로에게 고통을 가하는 인간들, 그 이상도 그 이하도……."

"난 고통을 좋아해요. 손목을 뒤로 돌려 묶고 송아지 가죽 채찍으로 맞으면……."

"아니, 당신은 완전히 틀렸소. 어린 시절 종교에서 배웠던 것이 맞았어. 악은 근본상 도덕적인 것이오. 미덕이 아닌 악덕을 선택하는 거지. 모르는 척 시치미를 떼어도 좋고 합리화해도 좋지만, 당신도 스스로의 양심으로는 그것을 알고 있을 거요."

"악은 욕망이 아니라 행위예요. 식당의 탁자 맞은편에 앉은 예의 없는 시골뜨기의 목을 확 그어 버리고 싶지 않은 사람이 몇이나 있겠어요? 물론 여기 계신 분들은 예외로 하고요. 누구나 욕망은 있어요. 욕망에 굴복해서 저지르게 되는 행동이 바로 악이죠. 욕망 자체는 정상적인 거예요."

"오, 아니에요. 악은 그런 욕망을 억눌러요. 난 절대 어떤 욕망이든 억누르지 않아."

"내 응접실에서 이런 얘기는 참을 수 없어요." 군주의 부인은 거의 울 듯한 얼굴이었다. "당신들은 밤새 내내 마치 늙은 여인이 자기 침실에서 살해된 일은 일어난 적도 없다는 듯이 굴고 있어요. 그이한테도 어머니가 있을 것 아니에요? 그이한테도 영혼이 있잖아요?"

애버릭이 길게 하품했다.

"당신은 정말 부드럽고 순진하구려. 그럭저럭 봐줄 만한 때는 제법 매력적이기도 한데 말이야."

마녀는 일어섰다가 재빨리 앉았다가, 다시 빗자루에 의지하여 일어섰다.

"왜 그런 짓을 했죠?" 안주인이 격한 어조로 물었다.

마녀는 어깨를 으쓱했다.

"재미 삼아? 어쩌면 악은 예술 양식일지도 모르지요." 그러나 마녀는 문 쪽으로 휘청휘청 걸음을 옮기며 이렇게 말했다. "당신들 모두 바보들 패거리에 지나지 않아. 당신들은 오늘 저녁 내내 나를 접대할 게 아니라 경찰에 넘겼어야 마땅한데."

애버릭이 정중하게 대답했다.

"네가 우리를 대접했지. 이 계절 최고의 만찬이었어. 네가 저녁

256

내내 그 늙은 여선생을 죽였다고 거짓말을 늘어놓은 것이라 해도. 정말 근사한 저녁이었어."

손님들은 익살맞게 그녀에게 박수를 보냈다. 마녀가 문간에서 말했다.

"악에 대한 진실은 여러분이 말한 것 중 그 어느 것도 아니야. 당신들은 악의 한쪽 면, 즉 인간적인 면만 발견했어. 영속적인 면은 그늘 속으로 들어가 버렸어. 아니면 그 반대이든가. 옛날 속담 같은 거지. 껍데기 속의 용이 어떻게 생겼을까? 그건 아무도 알 수 없지. 보려고 껍데기를 깨는 순간 용은 더 이상 껍데기 속에 없을 테니까. 악의 본질은 비밀스러움이기 때문에, 이 질문은 실패로 끝날 수밖에 없어."

8

달이 어젯밤보다는 약간 홀쭉해진 모습으로 다시 떠올랐다. 마녀는 취기 때문에 빗자루에 타기가 불안해서, 잘 손질된 잔디밭을 갈지자걸음으로 휘청이며 걸어갔다. 답답하고 숨 막히는 사교계 응접실 밖에서 한숨 눈 붙일 장소를 찾고 싶었다.

마녀는 애버릭이 말했던 서커스 건조물과 마주쳤다. 초기에 만들어진 낡은 시계태엽 장치로, 조각한 나무와 작은 입상들로 이루어진 일종의 이동식 탑 같았다. 너무 잡다하고 복잡해서 오늘 밤처럼 취한 상태로는 제대로 알아보기 어려웠다. 발판이라도 있다면 그 밑에 들어가서 쉴 수도 있을 것이다. 그녀는 뚫어져라 살펴보며 앞으로 나아갔다.

"어디로 가십니까?"

먼치킨랜드 사람, 아니 난쟁이가 길을 막고 나섰다. 한 손에는 곤봉을 들고 그것으로 가죽같이 두꺼운 다른 쪽 손바닥을 철썩철썩 쳤다.

"눈 붙일 만한 데가 있으면 한숨 자려고. 그런데 당신은 난쟁이로군. 이게 바로 애버릭이 말했던 물건이군."

"타임 드래곤이 오늘 밤 일을 시작합니다. 그때까지는 안 됩니다."

"난 오늘 밤을 샜다간 죽을지도 몰라."

"아뇨, 죽지 않습니다."

"흠, 그럼 하여튼 가 보자고." 마녀는 난쟁이를 쳐다보며 몸을 쭉 폈다. 그때 그녀의 머리에 한 가지 생각이 번쩍 떠올랐다. "혹시 야클을 알아?"

"아, 야클 말입니까? 야클을 모르는 사람이 누가 있습니까? 놀랄 일도 아니지요."

"그녀가 오늘 밤 살해당하기라도 했어? 우연히?"

"우연 따위는 없습니다."

"너는 누구지?" 슬픔과 격정으로 머리가 어지러운 와중에 갑자기 두려움이 몰려왔다.

"오, 저야 하잘것없는 미물에 불과합니다."

"누구 밑에서 일하지?"

"저야 누구를 위해서든 다 일합니다. 악마는 아주 큰 천사이지만, 동시에 아주 작은 인간이기도 합니다. 하지만 저는 이 세상에는 이름이 없습니다. 그러니 저한테 신경 쓰지 마십시오."

"난 취해서 정신이 오락가락해. 수수께끼를 풀 상태가 아니라고. 난 오늘 누구를 죽였어. 너도 죽일 수 있어."

난쟁이가 차분하게 대꾸했다.

"당신은 그녀를 죽이지 않았습니다. 그녀는 이미 죽어 있었죠. 당신은 나도 죽일 수 없습니다. 저는 불사의 존재니까요. 하지만 당신이 무진 애를 쓰고 있으니 저도 당신에게 말씀드리죠. 저는 그 책의 수호자입니다. 그 책의 운명을 감시하고, 그 책이 본래 있던 곳으로 돌아가지 못하도록 막기 위해 이 공포스러운 버림받은 땅에 왔습니다. 저는 선하지도 악하지도 않습니다. 그러나 이곳에 갇혀 죽지도 못하고 영원토록 그 책을 지킬 운명을 선고받았습니다. 당신이든 그 누구든 무슨 일을 당해도 저는 관심 없습니다만 그 책을 지켜야 합니다. 그것이 저의 책임입니다."

"그 책이라니……."

그녀는 무슨 말인지 이해하려고 머리를 쥐어짰다. 이야기를 들으면 들을수록 점점 더 취기가 몰려오는 기분이었다.

"당신은 『그리머리』라고 부르더군요. 다른 이름도 있지만…… 그거야 중요치 않습니다."

"그럼 왜 책을 가져가지 않지? 왜 손에 넣지 않아?"

"그건 제가 일하는 방식이 아닙니다. 저는 침묵의 동반자입니다. 저는 여러 사건을 겪으면서 방관자로 살아갑니다. 인과관계를 조금 알고, 이 세계에 잘못 태어난 것들이 어떻게 살아가는지 관찰합니다. 저는 오로지 책의 안전을 위해서만 간섭합니다. 어느 정도까지는 앞으로 다가올 일을 볼 수 있는데, 그만큼만 인간과 **동물**들의 일에 끼어듭니다." 난쟁이는 작은 악마처럼 춤을 추었다. "저는 동에 번쩍 서에 번쩍한답니다. 천리안이 있으면 뭔가를 지키는 일을 할 때 크게 유리하지요."

"넌 야클과 함께 일하지?"

"우리는 같은 목적으로 일할 때도 있고 그렇지 않을 때도 있어요. 야클의 관심은 저와 다른 것 같습니다."

"야클의 정체는 뭐지? 관심이 뭐야? 너는 왜 내 삶의 주변에서 얼쩡거리지?"

"제가 본래 있던 세상에는 수호천사가 있습니다. 하지만 제가 알아낼 수 있는 한에서는 야클이 그와 비슷한 존재입니다. 야클의 관심사는 당신이지요." 난쟁이가 말했다.

"무엇 때문에 그런 악마가 나에게 관심을 둔다는 거야? 왜 내 삶이 이렇게 고통스럽지? 누가 그 할망구한테 내 삶을 좌우할 자격을 준 거야?"

"제가 모르는 것도 있고, 아는 것도 있습니다. 야클이 사람인지 뭔지 몰라도 누구의 명령을 받느냐는 제가 아는 범위를 벗어나는 일이며 관심도 없습니다. 하지만 왜 당신이냐? 당신이 알아야 할 것이 있습니다. 당신으로 말하자면……." 난쟁이는 쾌활하면서도 사무적인 투로 말했다. "이것도 아니고 저것도 아니지요. 아니, 이 것이면서 동시에 저것이기도 하다고 해야 할까요? 오즈와 다른 세계 모두 말입니다. 당신의 아버님 프렉스 님은 틀렸습니다. 당신은 아버님의 죄에 대한 벌이 결코 아닙니다. 잡종이라고 할까요, 새로운 종이라 할까요, 이식된 사지 같은 존재랄까요. 아니면 위험스러운 돌연변이지요. 당신은 항상 다른 요소가 뒤섞인 생물들, 망가지고 재합성된 것들에 끌렸습니다. 왜냐하면 그것이 바로 당신 자신이니까요. 어떻게 그 사실을 알아차리지 못했단 말입니까?"

"나한테 뭔가 보여 봐. 무슨 소리를 하는지 모르겠어. 이 세계가 아직 나한테 한 번도 보여 준 적 없는 것을 보여 줘." 마녀가 소리쳤다.

"당신을 위해 준비했으니 즐겁게 보십시오."

난쟁이가 사라지고 기계 부품이 서로 맞물려 돌아가는 소리, 윤활유를 바른 톱니바퀴들이 삐걱이는 소리, 가죽 벨트가 철썩대는 소리, 추가 흔들리는 소리 등이 들려왔다.

"한 분만을 위해 타임 드래곤이 특별 공연을 합니다."

맨 위에서 짐승 한 마리가 춤추듯 날개를 펄럭였다. 환영 인사인 동시에 관객들을 한데 몰아넣고 놓치지 않으려는 동작 같았다. 마녀는 뚫어져라 바라보았다.

위쪽 절반의 작은 공간이 밝아졌다. 깊은 곳에서 울리는 난쟁이의 목소리가 들려왔다.

"3막극 중 1막. 성스러움의 탄생."

엘파바는 그것이 무엇인지를 어떻게 알았는지 자기도 몰랐지만, 그녀가 본 것은 압축된 무언극 형식으로 만든 성 에이엘파바의 일생이었다. 기도를 드리러 폭포 뒤로 사라졌던 그 신비주의자이자 은둔자인 선한 여인. 마녀는 성녀가 폭포를 뚫고 똑바로 걸어 들어가는 모습을 보고 몸을 움츠렸다. (머리 위에서 홈통 주둥이가 아래 보이지 않는 곳에 숨겨진 쟁반에 진짜 물을 떨어뜨렸다.) 엘파바는 태엽장치 성인이 나오기를 기다렸으나, 나오지 않고 마침내 불이 꺼졌다.

"2막. 악의 탄생."

"기다려, 전설에서처럼 성녀가 나오지 않았잖아. 순 엉터리군."

"2막. 악의 탄생."

불이 다른 작은 무대를 밝혔다. 마분지로 만든 배경에 콜웬 그라운즈가 그럴듯하게 닮은 모습으로 그려져 있었다. 멜레나 인형이 친정 부모님께 작별 키스를 하고 프렉스와 함께 떠났다. 프렉스는 짧은 검은 수염에 걸음걸이가 활달한 잘생긴 작은 인형이었다. 그들은 작은 오두막 앞에 발을 멈추었다. 프렉스는 멜레나에게 입 맞추고 설교를 계속했다. 그 장면 내내 그는 한쪽으로 몸을 돌리고 농부들에게 목이 터져라 설교했다. 그러나 농부들은 그의 면전에서 서로를 땅바닥에 쓰러뜨리고 토막토막 자르고 육즙이 흐르는 성기를 먹어 치웠다. 마늘 냄새와 살짝 튀긴 버섯 냄새까지 날 정도였다. 멜레나는 집에서 하품을 하고 예쁜 머리카락으로 장난치며 남편을 기다렸다. 한 남자가 다가왔는데, 마녀는 처음에 누구인지 알아보지 못했다. 그는 멜레나에게 술을 주었다. 멜레나는 술을 마시고 오늘 밤 마녀처럼 몸을 가눌 수 없을 만큼 취해서인지 도덕심이 느슨해져서인지 그의 팔에 쓰러졌다. 여행자와 멜레나는 프렉스의 교구민들과 똑같이 박자를 맞추어 힘차게 관계를 가졌다. 프렉스까지도 박자를 맞춰 춤추기 시작했다. 관계를 다 맺고 나자 여행자는 멜레나에게서 몸을 떼어 냈다. 그가 손가락을 탁 튀기자 하늘에서 바구니가 달린 풍선이 내려왔다. 여행자는 거기에 올라탔다. 그는 바로 마법사였다.

"아, 말도 안 돼. 이건 순 헛소리야." 마녀가 말했다.

불빛이 어두워졌다. 기계 안에서 난쟁이의 목소리가 들려왔다.

"3막. 성스러움과 악의 결혼."

그녀는 기다렸다. 그러나 어디에도 불이 들어오지 않았고, 인형이 움직이지도 않았다.

"뭐야?" 그녀가 물었다.

"뭐라뇨?"

"연극이면 결말이 있어야 할 것 아냐?"

난쟁이는 무대의 뚜껑 문에서 고개를 내밀고 그녀에게 찡긋 눈짓했다.

"연극 대본이 끝까지 다 쓰였다고 누가 그럽디까?"

난쟁이는 이렇게 말하고 문을 꽝 닫았다. 다른 문이 마녀의 손바로 옆에서 열리더니 쟁반 하나가 미끄러져 나왔다. 그 위에는 타원형의 유리거울이 있었다. 한쪽에 금이 가 있고 표면에는 여기저기 긁힌 자국이 있었다. 그녀가 어린 시절 갖고 있던 거울과 비슷했다. 내세 따위를 믿던 시절에는 그 속에 내세가 보일 거라고 상상하곤 했다. 타원형 거울에 대한 마지막 기억은 에메랄드 시에서 숨어 지냈던 은신처에 두고 왔다. 유리 속에 젊고 아름다운 피에로와 젊고 열정적인 엘파바의 모습이 살고 있었다. 마녀는 거울을 들어 앞치마 속에 숨기고 그 자리를 떴다.

아침 신문에 마담 모리블의 죽음에 관한 기사는 단 한 줄도 실리지 않았다. 마녀는 머리가 쪼개질 듯한 두통을 느끼며 더는 기다릴 수 없다고 판단했다. 애버릭과 그의 야비한 친구들이 소문을 퍼뜨려 주든가 말든가 할 것이다. 이제 그녀가 할 일은 없었다.

그러나 소문이 마법사의 귀까지 들어가기만 해라. 마녀는 혼자 중얼거렸다. 그가 소식을 들을 때 그의 방공호 벽에 붙은 파리가 되었으면 좋겠다. 그가 마담 모리블을 죽인 사람이 나라고 생각하기를. 그렇게 소문이 퍼지기를.

9

마녀는 먼치킨랜드까지 고된 여행을 했다. 거의 제대로 눈을 붙이지 못했고 머릿속이 아직도 쿵쾅쿵쾅 울렸다. 그러나 그녀는 자신이 자랑스러웠다. 그녀는 보크네 오두막집 앞마당에 당도하여 식구들을 불렀다.

보크는 밭에 나가고 없었다. 아이들 중 하나가 그를 부르러 가야 했다. 그는 한 손에 손도끼를 들고 달려왔다.

"네가 왔을 줄은 몰랐어. 그래서 시간이 좀 걸렸네." 보크가 숨을 헐떡이며 말했다.

"도끼를 두고 왔으면 더 빨리 뛰어올 수 있었을 텐데." 마녀가 지적했다.

그러나 보크는 도끼를 내려놓지 않았다.

"엘피, 왜 되돌아온 거야?"

"너한테 내가 한 일을 말해 주러 왔어. 너도 알고 싶어 할 것 같아서. 내가 마담 모리블을 죽였어. 이제 더는 아무도 해치지 못할 거야."

그러나 보크는 기쁜 기색이 아니었다.

"그런 늙은 여자를 미워했단 말이야? 이제는 누구를 해치고 자시고 할 처지도 아닌데?"

"너도 남들과 똑같은 착각을 하는구나." 마녀는 크게 실망했다. "그런 걸 논할 상대가 아니잖아?"

"넌 **동물**들을 보호하려고 노력했어. 하지만 동물들을 잔인하게 다룬 자들과 똑같은 수준으로 내려가서는 안 돼."

"불에는 불로 맞서는 수밖에. 난 진작 그 일을 해치워야 했어! 보크, 너도 애매모호하게 얼버무리고 넘어가는 바보가 되었구나."

"얘들아, 안으로 들어가서 엄마를 찾아오렴." 보크는 마녀를 두려워하고 있었다.

"넌 이쪽저쪽 눈치만 살피고 있어. 마법사 황제가 통치하는 오즈 왕국에 소중한 먼치킨랜드가 흡수될 판인데! 넌 글린다가 무슨 짓을 꾸미고 있는지도 알아. 그리고 내 구두를 갖고 그 아이가 제 갈길을 가도록 보내 주었지. 넌 젊을 때는 네 입장이 있었어. 보크! 그런데 지금은…… 어떻게 그렇게 망가질 수 있지?"

"엘피, 나를 봐. 넌 지금 제정신이 아니야. 술이라도 마셨니? 도로시는 어린아이에 불과해. 네가 아무리 되풀이해 말해도 그 애가 악마로 바뀌지는 않아!"

밀라가 앞마당에 팽팽하게 흐르는 긴장에 놀라 뛰어나와 보크 뒤에 섰다. 그녀의 손에는 부엌칼이 들려 있었다. 아이들은 시끄럽게 수군대며 창문에서 내다보았다.

"몸을 지키려고 칼이랑 손도끼까지 들고 나올 필요는 없는데. 너희가 마담 모리블에 대해 알고 싶어 할 줄 알았어." 마녀가 차갑게 말했다.

"너 떨고 있어. 봐, 이것을 내려놓을게. 넌 너무 흥분했어. 네사의 죽음이 너에게 너무 큰 타격을 주었던 거야. 하지만 자제력을 찾아야 해, 엘피. 도로시를 미워하지 마. 그 애는 순진무구한 아이야. 아무도 없이 혼자라고. 제발 너한테 부탁할게."

"아, 부탁하지 마, 부탁하지 말라고. 다른 누구보다도 너한테서 부탁받는 건 참을 수 없어!" 마녀는 이를 갈면서 주먹을 부르쥐었다. "너한테 아무것도 약속하지 않겠어, 보크!"

마녀는 빗자루를 타고 날아갔다. 기류를 타고 무모하게 날아 올랐다. 발밑으로 그녀의 마음을 괴롭게만 하는 땅의 모습이 멀어져 보이지 않게 되었다.

마녀는 키아모코에서 너무 오래 떠나 있었다는 생각이 슬슬 들기 시작했다. 리르는 고집불통이 되었다가 겁쟁이가 되었다가 오락가락하는 바보 녀석이었고, 유모는 종종 자기가 어디 있는지도 잊어버렸다. 마녀는 어제 일, 마담 모리블의 죽음, 인형극의 내용 따위는 생각하고 싶지 않았다. 마법사를 이미 더할 수 없을 만큼 증오했다. 그가 자기의 생부일지도 모른다는 구역질나는 얘기가 만에 하나 사실이라 해도 그를 더욱 증오할 구실이 될 뿐이었다. 집에 돌아가면 유모에게 물어봐야겠다고 생각했다.

집에 돌아가면. 그녀는 서른여덟 살이었다. 이제야 막 집이 있다는 것이 어떤 것인지 깨닫기 시작했다. 사리마에게 그 점에 대해서는 감사했다. 어쩌면 집이란 사람이 결코 용서받지 못하는 곳인지도 모른다. 그래서 죄책감에 묶여 영원히 그곳을 떠나지 못하는 것이다. 귀속감을 얻으려면 그 정도 대가는 치러야 하는 것일지도 모른다.

그러나 마녀는 노란 벽돌길을 따라 키아모코로 향하기로 결심했다. 마지막으로 한 번만 구두를 찾아보기로 했다. 그런다 해도 손해 볼 것은 없었다. 마법사가 구두를 손에 넣는다면, 먼치킨랜드에 대한 자신의 권리를 뒷받침하는 데 이용할 것이다. 그녀는 어깨를 한 번 으쓱하고 먼치킨랜드는 알아서 제 운명을 가도록 내버려 두어도 그만이었다. 그러나 구두는 마녀의 것이었다.

마녀는 마침내 도로시를 보았다는 행상을 만났다. 그는 마차 옆에 서서 그녀와 이야기를 나누며 당나귀 귀를 문질러 주었다.

"몇 시간 전에 여기를 지나갔어요." 그는 당근을 씹으며 당나귀와 나누어 먹었다. "아니, 혼자가 아니던걸. 웬 떨거지들을 함께 끌고 가던데. 경호원인가?"

"흥, 불쌍하게도 겁에 질렸나 보군. 누군데요? 먼치킨랜드 남자들이던가요?"

"그건 아닌데. 허수아비랑 양철 나무꾼, 내가 지나가니까 덤불 속으로 숨었던 덩치 큰 고양이랑…… 표범 같기도 하고, 퓨마 같기도 하고."

"허수아비라고요? 신화에 나오는 인물을 깨워서 생명을 불어넣었다는 건가? 과연 꽤 매력적인 아이로군. 그 애가 신은 구두 봤나요?"

"내가 사고 싶은 구두였지."

"그래요! 그래서 샀어요?"

"팔지 않는다던걸. 구두에 홀딱 반한 것 같더군. 착한 마녀한테서 받았다나."

"웃기고 있네."

"어느 쪽이든 나야 알 바 아니지만. 당신은 뭐 찾는 거 있소?"

"우산이오. 우산을 안 갖고 나왔어요. 비가 올 것처럼 찌푸린 날씨인데."

"가물었던 시절이 좋았지." 행상은 낡아 빠진 우산 하나를 찾아냈다. "아, 여기 있우. 동전 한 닢만 내슈."

"공짜로 주시면 안 될까요? 땡전 한 푼 없는 불쌍한 늙은 여인의 청을 물리치지야 않으시겠지요?"

"안 될 소리." 행상은 이렇게 대꾸하고는 갈 길을 재촉했다.

그러나 마차가 지나갈 때 마녀의 귀에 다른 목소리가 들려왔다.

"물론 짐을 지는 짐승한테 의견을 물어볼 사람은 없겠지만, 내 의견을 말하자면 그녀는 깊은 잠에서 깨어나 왕좌를 되찾으러 오즈로 행진해 가는 오즈마야."

행상은 채찍을 휘둘렀다.

"망할 왕당파들. 난 제 의견을 내세우는 **동물**들도 싫다니까."

그러나 마녀는 발길을 멈추고 끼어들 수가 없었다. 그녀는 아직까지 노르를 구하지 못했다. 마법사와 협상할 능력도 갖추지 못했다. 한 발 늦는 바람에 마담 모리블을 죽이지도 못했다. 아니, 제시간에 맞춘 건가? 어느 쪽이든, 확실히 자기 능력을 넘는 일은 시도하지 말아야 했다.

10

마녀는 상승기류 앞머리를 타고 덜덜 떨었다. 빗자루를 타고 이렇게 높이까지 올라와 보기는 처음이었다. 신나면서도 무서웠다. 도로시를 쫓아가야 하나, 구두를 빼앗아 와야 하나…… 자신의 진짜 동기가 무엇인지 자신도 알 수가 없었다. 글린다가 권력에 굶주린 먼치킨랜드 사람들의 손아귀에 구두가 들어가지 않기를 바랐듯이, 구두가 마법사의 손에 들어가는 것을 막으려는 건가? 아니면 얻을 자격이 있건 없건, 아버지의 관심을 한 조각이라도 되찾고 싶은 건가?

빗자루 아래로 구름이 퍼져 바위가 점점이 박힌 언덕과 조각천처럼 멜론 밭과 옥수수 밭이 이어진 초원을 가리기 시작했다. 엷게 꼬인 수증기가 풍경을 그린 수채화를 지우개로 문질러 지운 자국처럼 보였다. 빗자루를 더 높이 향하여 계속 위로 위로 올라간다면 어떻게 될까? 하늘에 부딪혀서 산산이 부서질까?

그녀는 그 모든 노력을 포기할 수도 있었다. 노르를 버릴 수도 있다. 리르를 자유롭게 놓아줄 수도 있다. 유모를 버릴 수도 있다. 도로시를 놓아줄 수도 있다. 구두를 포기할 수도 있다.

그러나 바람이 몰아쳐 마녀의 왼쪽 옆구리를 거세게 떠밀었다. 바람에 맞서 빗자루를 잡고 버틸 수가 없었다. 옆으로 떠밀려 내려가다 보니 노란 벽돌길이 다시 한번 숲과 들판 사이로 펼쳐진 금빛 실처럼 선명하게 드러났다. 지평선에 폭풍우가 걸려 있었다. 흐릿한 연자줏빛 구름과 잿빛 도는 초록색 들판 사이에 누런 빗줄기가 쏟아졌다. 시간이 별로 없었다.

그때 밑에서 그들의 모습이 보였다. 그녀는 더 잘 보려고 아래로 날아갔다. 검은 버드나무 아래에서 발길을 멈추고 잠시 쉬고 있나?
만일 그렇다면, 지금 끝장을 볼 수도 있을 것이다.

11

폭풍우가 걷히고 마녀가 끔찍한 숙취에서 정신을 차렸을 때, 아
직 하루가 지나지 않은 것인지 확실치 않았다. 그들 가까이까지 갔
었는지도 확신할 수 없었다. 그들이 그렇게 자기 손가락 사이로 빠
져나가도록 내버려 두었단 말인가? 그러나 에메랄드 시까지 그들
의 뒤를 감히 쫓아갈 엄두는 나지 않았다. 그 썩어 빠진 정권에는
마담 모리블의 친구들이 많이 있었다. 지금쯤이면 소식이 다 전해
졌을 것이다. 마녀를 찾으러 수색대가 떴을지도 모른다. 그렇다면
어쩔 수 없다.

울화가 치미는 일이었지만, 당분간은 네사의 구두를 되찾아올
생각을 접는 수밖에. 그녀는 키아모코로 돌아가는 여행길 내내 잠
깐씩 멈추어 딸기를 좀 따거나 원기를 보충하느라고 견과류와 달콤
한 뿌리를 씹어 먹은 것을 제외하고는 거의 쉬지 않았다.

성은 불에 타 버리지 않았다. 마법사의 정찰대는 여전히 전투 준
비를 갖춘 채 지루하게 레드 윈드밀 인근 주둔지에서 야영 중이었
다. 유모는 자기 장례식에 쓸 예쁜 관 덮개를 짜고 문상객 명단을
만드느라 분주했다. 손님들 대부분은 이미 지하 세상에 있었다, 그
런 세상이 있다고 가정한다면.

"아마 클러치를 다시 볼 수 있다면 얼마나 좋을까. 나도 정말 보
고 싶어요." 마녀가 유모의 어깨를 꼭 껴안으면서 한탄했다. "난 항

상 그녀를 좋아했는데. 억지웃음이나 짓는 글린다보다 훨씬 나은 사람이었어."

"아가씨는 글린다한테 극진했잖소. 모르는 사람이 없었는걸." 유모가 대꾸했다.

"흥, 이제는 아니에요. 그 배신자."

"아가씨한테서 피 냄새가 나요. 가서 좀 씻구려. 달거리 때라도 된 거유?"

"난 절대 안 씻어요. 알면서 그러네. 리르는 어디 있어요?"

"누구?"

"리르 말이에요."

"아, 어디 있겠지요. 우물 속 한번 찾아봐요!" 유모가 웃었다.

그 일은 이제 식구들 사이에서 오래된 농담이 되었다. 마녀는 리르를 음악실에서 찾아냈다.

"이건 또 무슨 실없는 장난이니?"

"사람들 말이 맞았어요. 내가 이제야 드디어 잡은 것을 보세요." 그것은 오랫동안 우물 속에 살고 있던 금빛 잉어였다. "아, 죽어 있는 것을 바구니로 건져 올렸어요. 낚싯바늘이나 그물을 쓴 게 아니고요. 하지만 어쨌든 찾았다고요. 우리가 마침내 이놈을 잡았다고 그들에게 말해 줄 수 있게 될까요?"

리르는 요 몇 달 전부터 사리마와 가족들이 마치 유령이 되어 끝없는 술래잡기를 하느라 탑의 나선계단 주변에 숨어 웃음을 간신히 참고 있는 것처럼 말하기 시작했다.

"그러기를 바랄 뿐이지." 마녀가 말했다.

마녀는 아이들이 희망을 품고 살도록 키우는 게 부도덕한 일일

지도 모르겠다는 의구심이 희미하게 일었다. 세상 돌아가는 현실에 순응하기가 훨씬 더 힘겨워지지는 않을까?

"내가 없을 동안 그 밖에는 아무 일 없었니?"

"그럼요. 하지만 돌아오셔서 기뻐요."

마녀는 툴툴거리며 치스터리와 수다스러운 식구들에게 인사하러 갔다.

마녀는 못과 끈을 써서 자기 방에 낡은 거울을 걸어 놓고 들여다보지는 않았다. 거울을 들여다보면 도로시가 보일 것만 같은 섬뜩한 느낌이 들었다. 도로시를 다시 보고 싶지 않았다. 그 아이를 보면 누군가가 연상되었다. 그 한 점의 의심도 품지 않는 솔직함, 수치심으로 깜박이는 법도 없는 시선. 도로시는 너구리처럼 자연스러웠다. 아니면 고사리처럼. 또는 혜성처럼. 마녀는 곰곰이 생각했다. 노르인가? 도로시를 보면 그 나이 때의 노르가 떠오르는 걸까?

그러나 그때도 마녀는 노르를 좋아해 본 적이 없었다. 피예로의 얼굴을 조그맣고 부드럽게 다시 빚어 놓은 것 같은 얼굴을 하고 있는데도 진심으로 좋아한 적이 없었다. 마녀는 네사로즈와 셸을 제외하고는 밝은 미래에 대한 희망으로 빛나는 아이들에게 호감을 가져 본 적이 한 번도 없었다. 피부색보다도 바로 이 점 때문에 그녀는 항상 더 고독한 느낌이 들었다.

안 돼…… 자신의 의사와 달리 그녀의 시선이 낡고 닳아빠진 거울 위로 떨어졌다. 그녀는 생각했다. 거울을 가진 마녀라. 자기 자신의 모습 말고 거울 속에서 누구를 보겠는가. 그게 바로 저주다.

도로시를 보면 그 나이 때의 내 모습이 떠오른다. 그게 어떤 모습이었건 간에······.

　오벨스에서의 시간. 수줍음으로 부끄러워 어쩔 줄 모르는 덜떨어진 초록색 소녀가 있다. 발이 젖을까 봐 소가죽으로 만든 찐득거리는 각반을 두르고 방수 장화를 신고 물을 철벅거리며 간다. 엄마는 셸을 임신해서 배가 남산만 하다. 엄마는 이번에야말로 건강한 아이를 낳게 해 달라고 몇 달간 쉬지 않고 기도했다. 엄마는 술병과 핀로블 잎도 진흙 속에 다 내다 버렸다.
　유모는 매일같이 물고기며 꽃, 콩 넝쿨 따위를 찾으러 돌아다니는 어린 네사를 돌본다. 네사는 볼 수는 있지만 만질 수 없다. 아이한테 이 무슨 지독한 형벌인지! (틀림없이 네사는 자기가 볼 수 없는 것들을 믿었다. 손으로 만져 증명할 수 있는 것은 아무것도 없었기 때문이다.) 아빠는 자기 죗값을 갚기 위해 초록색 딸을 데리고 터틀 하트의 친척들을 찾아 여행을 떠났다. 대가족인 그의 집안사람들은 둥치가 굵은 나무들이 썩어 가는 숲에 둥지처럼 매단 오두막에서 살고 있었다. 쿼들링 사람들은 웅크리고 있는 쪽이 더 편해서 고개를 푹 수그리고 있다. 그들의 집에서, 피부에서 생선 비린내가 풍긴다. 그들은 누추한 마을에 있는 자기들을 찾아낸 유일교 목사가 무섭다. 늙어서 이빨이 다 빠졌지만 자부심에 찬 집안의 제일 웃어른이었던 노파 말고는 한 사람 한 사람 잘 기억나지 않는다.
　쿼들링 사람들은 한참을 수줍어하며 뒤로 빼더니, 목사가 아니라 나, 초록색 소녀에게 다가온다. 그 소녀는 더 이상 내가 아니다.

너무 오래전 사람이다. 그 소녀는 그 소녀일 뿐이다. 불가사의로 두껍게 덮여 속을 알 수 없는 존재. 그 소녀는 타고난 용기로 등뼈를 곧게 펴고, 눈 하나 깜박이지 않고 도로시처럼 서 있다. 어깨를 뒤로 펴고 손은 옆구리에 붙였다. 자기 얼굴을 쓰다듬는 사람들의 손가락을 유순하게 받아들인다. 선교 임무의 대의명분을 위해 움츠리지 않는다.

아빠는 터틀 하트의 죽음에 대해 용서를 구한다. 아마 5년쯤 전의 일일 것이다. 아빠는 자기 잘못이라고 말한다. 자기와 처가 함께 쿼들링 유리 세공인과 사랑에 빠졌다. 아빠가 말한다. 제가 어떻게 하면 여러분께 그 죄를 갚을 수 있겠습니까? 엘파바는 아빠가 미쳤다고 생각한다. 그들이 듣지도 않는다고 생각한다. 그들은 아빠의 기이함에 홀렸다. 제발 저를 용서해 주십시오. 아빠가 말한다.

과부만이 아빠의 말에 반응한다. 아마도 유일하게 터틀 하트를 진짜로 기억하는 사람일 것이다. 그녀는 바위 밑에 깔려 위험을 무릅쓰고 손을 내미는 사람 같은 표정이다. 도덕이 느슨한 사람들에게는 과오라 할 것도 거의 없다. 과부에게는 이 조우가 불가해하고 복잡한 거래다.

과부는 이런 말을 한다. 우리는 고해를 듣지 않아요. 고해를 듣고 용서하지 않아. 터틀 하트를 위해서 안 해. 그녀는 아빠의 얼굴을 갈대로 쳐서 가느다랗게 벤 자국을 낸다. 나는 목격자일 뿐이었다. 그때 난 진짜로 살아 있는 것도 아니었다. 하지만 난 알았다. 바로 그때부터 아빠가 길을 잃고 헤매기 시작했다는 것을. 그 매질 이후부터였다.

아빠가 충격에 빠진 모습을 보았다. 도덕적인 삶에 대한 아빠의 관념 속에 용서받지 못할 죄가 있다는 생각은 전혀 떠오르지 않았다. 과부의 매질 세례로 핏방울이 맺힌 아빠의 얼굴은 양파 속처럼 하얘졌다. 아마도 과부에게는 그런 짓을 할 권리가 있었을 것이다. 하지만 아빠의 인생에서 그녀는 늙은 쿰브리시아가 되었다.

고집스럽고 자부심 강한 그녀의 모습이 보인다. 그녀의 도덕 체계에서는 용서를 허락하지 않는다. 그녀도 아빠처럼 유폐된 존재일 뿐이다. 그러나 그녀는 그 사실을 모른다. 그녀는 잇몸을 다 드러내고 위협하듯 씩 웃더니 자기 쇄골뼈 위에 갈대를 놓는다. 갈대잎 끝이 팔락이며 목걸이처럼 그녀의 목을 감싸고 내려앉는다.

아빠가 나를 가리키며 이렇게 말한다. 나에게가 아니라 그들 모두에게, 이 정도면 벌을 받을 만큼 받지 않았습니까?

엘파바는 아버지를 망가진 인간으로 보는 법을 모른다. 그녀가 아는 것은, 아버지가 자신의 망가진 모습을 그녀에게 전가했다는 것뿐이다. 날마다 습관처럼 죽도록 자기 자신을 혐오하고 미워하는 아버지의 모습이 그녀를 망가뜨린다. 날마다 그녀 쪽에서는 아버지에게 애정으로 답한다. 달리 방법을 알지 못하기에.

거기 내 모습이 보인다. 소녀는 도로시처럼 눈을 크게 뜨고 목격한다. 너무나 끔찍해서 이해할 수 없는 세계를 응시하며, 무지와 순진함 덕분에 이 깨뜨릴 수 없는 죄와 비난의 계약 밑에 언제나 더 건전한 방법으로 묶고 풀 수 있는 더 오래된 계약이 있다고 믿으면서. 몸값을 치르는 고대의 관례를 따른다면, 우리가 늘 우리의 수치로 괴로워하지 않아도 될지 모른다. 도로시도 어린 엘파바도 이런 얘기를 할 줄은 모르지만, 우리 둘의 얼굴에 그러한 믿음이 있다……

마녀는 아직도 "기적의……"라는 꼬리표가 붙어 있는 초록색 유리병을 가져다가 침대 옆 탁자 위에 놓았다. 기적이 일어나 사막 너머 진짜 세계가 아니라 전혀 별개의 세계, 심지어 초자연적인 어딘가 다른 곳에서 왔다는 도로시의 터무니없는 변명을 설명해 줄 만한 것을 찾아내기를 바라며 잠들기 전에 고대의 영약을 한 숟갈 먹었다. 마법사는 스스로에 대해 그렇게 주장했다. 난쟁이의 말이 맞다면 마녀도 그쪽 핏줄이다. 밤이면 그녀는 자기가 꾸는 꿈의 주변을 관찰하며 세부까지 살피도록 스스로를 훈련하려 노력했다. 거울 테두리를 살펴보려고 애쓰는 것과도 조금 닮은 데가 있었지만, 그보다는 더 해볼 만한 가치가 있었고.

그러나 그녀가 무엇을 얻었던가? 촛농이 뚝뚝 떨어지는 촛불처럼 모든 것이 깜박였지만 더 거칠고 귀에 거슬렸다. 사람들은 짧게 끊어지는 동작으로 움직였다. 흐릿하고 약에 취한 듯 생기가 없으면서도 병적으로 흥분한 모습이었다. 건물들은 높고 황량했다. 바람이 거세게 불었다. 마법사가 이런 그림들 속을 들락날락거렸다. 그는 꿈속에서 아주 비참해 보였다. 마법사가 풀죽은 모습으로 나타난 가게의 어느 창문에서 그녀는 몇 개의 단어를 얼핏 본 듯했다. 그녀는 그 단어들을 적어 놓기 위해 잠에서 깨어나려고 있는 힘을 다 쥐어짰다. 그러나 그 단어들은 무슨 소리인지 도통 알 수 없었다. '어떤 아일랜드 인도 지원할 필요가 없음.'

그러던 어느 날 밤 악몽을 꾸었다. 다시 마법사가 나왔다. 그는 키 큰 회색 풀들이 나 있고 위로 거센 바람이 불어닥치는 모래언덕을 넘어왔다. 늙은 쿼들링 과부가 프렉스를 쳤던 것과 같은 깔쭉깔쭉한 풀들이 잔뜩 나 있었다. 마법사는 넓고 평탄한 길 위에서 발을 멈추었다. 그는 옷을 벗어 버리고 역사적인 순간을 기억해 두려는 듯이 손목에 찬 시계를 보았다. 그러더니 벌거벗고 망가진 몸으로 앞으로 걸어왔다. 마녀는 그가 다가오고 있음을 깨닫자 악을 쓰며 꿈에서 깨어나려고 애썼지만 헤어날 수 없었다. 이것은 상상의 바다였다. 마법사가 물 속으로 걸어 들어가자 이내 무릎까지, 허벅지까지, 허리까지 잠겼다. 그는 그 자리에 서서 몸을 부르르 떨고는 참회의 뜻으로 자기 몸에 물을 끼얹었다. 그런 다음 계속 걸어가서 폭포의 성녀 에이엘파바가 폭포수 뒤로 사라졌다는 이야기처럼 바다 속으로 완전히 모습을 감추었다. 바다는 지진이 일어나듯 거세게 파도 치며 모래사장에 부딪혀 북소리처럼 요란하게 부서졌다. 마법사는 파도에 휩쓸려 몇 번이나 거듭하여 해변으로 다시 올라왔다. 그는 그때마다 다시 바다 속으로 걸어 들어갔지만 점점 더 힘이 빠졌다.

극기심 같기도 하고 결단력 같기도 했다. 과연 그는 한 나라를 정복할 만한 인물이었다. 꿈은 그가 좌절감에 흐느끼며 마지막으로 해변으로 쓸려 올라오는 것으로 끝났다.

마녀는 말할 수 없을 정도로 공포에 질려 컥컥거리며 잠에서 깨어났다. 그 후로 기적의 영약을 먹지 않았다. 대신 유모의 처방전 『그리머리』의 각주를 뒤져 찾아낸 방법에 따라 잠들지 않고 깨어 있는 약을 조제했다. 또 잠이 들었다가는 지상의 파괴에 관한 그 환상에 다시 사로잡힐 것 같았다. 그러느니 차라리 죽는 편이 나았다.

유모는 악몽에 대해서는 별로 해 줄 말이 없었다. 마침내 유모가 입을 열었다.

"아가씨 어머니도 악몽을 꾸었더랬지요. 꿈속에서 분노에 찬 미지의 도시를 보았다는 얘기를 하곤 했답니다. 아가씨가 태어난 꼴을 보고 화를 참지 못했어요. 내 말은 신체상으로 말이우. 나를 그런 눈으로 보지 마요. 초록색 딸을 놓고 사정을 속 시원하게 설명할 수 있는 엄마가 어디 있겠우. 아씨는 네사로즈를 임신했을 때 그 약들을 사탕 먹듯 잘도 삼켰다우. 네사로즈가 아직도 살아 있어서 불평할 수 있다면, 자기한테 일어난 일을 어느 정도는 아가씨 탓으로 돌릴 거예요."

"하지만 그 초록색 병은 어디에서 손에 넣었어요?" 마녀는 유모의 성한 귀에 대고 물었다. "봐요, 유모. 기억을 잘 더듬어 봐요."

"잡동사니를 싸게 팔 때 샀던 것 같은데. 덕분에 1페니를 잘 써먹었지."

진실은 훨씬 더 왜곡해서 잘 써먹을 수도 있겠지. 마녀는 생각했다. 그녀는 초록색 병을 박살내고픈 유혹을 꾹 눌렀다. 우리는 모두 가족 간의 증오의 끈으로 얼마나 깊이 묶여 있는 것일까? 우리 중 누구도 그 속박에서 자유로워지지 못해.

12

몇 주가 지난 어느 오후, 산책을 나갔던 리르가 잔뜩 흥분되고 심란한 모습으로 돌아왔다. 마녀는 그가 레드 윈드밀에 있는 마법사의 병사들과 다시 친해져서 노닥거리고 왔다는 얘기를 듣고 싶지 않았다.

"에메랄드 시에서 급보가 왔대요. 그 이방인 대표단이 마법사를 만나러 갔대요. 도로시라는 그 다른 세계에서 온 여자애 말이에요.

친구들 몇하고요. 마법사는 백성들에게 접견을 허락하지 않은 지가 벌써 여러 해 되었다네요. 사람들 말로는 대신들을 통해서 일을 한대요. 병사들 중에는 마법사가 오래전에 죽었는데 평화를 유지하기 위해 궁정에서 술책을 부리는 거라고 생각하는 사람들도 많아요. 하지만 도로시와 친구들은 궁정에 들어가서 그를 만나고 와서 모두에게 그 얘기를 해 주었다지 뭐예요!"

"그래그래. 상상이 간다. 오즈 전체가 이 도로시 얘기로 들끓고 있단 말이지. 그 바보들이 그 다음에는 뭐라고 하디?"

"전령의 얘기로는 손님들이 마법사한테 자기들의 소원을 들어 달라고 청했대요. 허수아비는 뇌를 달라고 하고, 양철 나무꾼 닉은 심장을, 겁쟁이 사자는 용기를 갖고 싶다고 했대요."

"도로시는 구둣주걱을 달라고 했겠지?"

"도로시는 집으로 보내 달라고 부탁했대요."

"부디 소원이 이루어졌으면 좋겠군. 그래서?"

그러나 리르는 말을 잇기를 주저했다.

"아, 계속해 봐. 내가 이 나이에 뜬소문이나 듣자고 저녁 먹는 시간도 미루어야겠니?" 그녀가 야단쳤다.

리르는 죄책감 섞인 쾌감으로 얼굴을 붉게 물들였다.

"병사들 말로는 마법사가 그 기묘한 청들을 거절했대요."

"그게 그렇게 놀랄 일이냐?"

"마법사가 도로시더러 소원을 이루고 싶거든, 그들이…… 그들이……."

"요 몇 년 동안은 말을 더듬지 않더니. 또 더듬었다가는 때려 줄 테다."

"도로시와 친구들이 여기로 와서 아줌마를 죽여야 한대요. 병사들 말로는 아줌마가 시즈에서 어떤 노부인을 죽였기 때문이래요. 유명한 노부인이라던데. 아줌마가 암살자래요. 또 아줌마더러 미치광이라고 했어요."

"그 무능한 떠돌이들보다야 내가 살인자답겠지. 마법사는 그들을 떼어 버리려고 그런 것뿐이야. 어쩌면 그 애가 사람들의 관심 밖으로 사라지기가 무섭게 비밀경찰을 시켜 그 애의 목을 베라고 했을지도 몰라."

그리고 틀림없이 마법사는 그 구두를 손에 넣었을 것이다. 그 생각을 하니 애가 달았다. 그러나 자기가 살인을 저질렀다는 소식이 퍼졌다는 것은 기쁘기 짝이 없었다. 이제야 마담 모리블을 자기가 죽였다는 확신이 들었다. 마녀가 죽었어야 이치에 맞았다.

그러나 리르는 고개를 가로저었다.

"재미있는 건 도로시가 '질풍 도로시'로 불린다는 거예요. 레드 윈드밀의 병사들 말로는 '질풍 부대'는 도로시에게 손끝 하나 대지 못할 거래요. 그들은 미신에 너무 깊이 빠져 있대요."

"그 병사들은 이런 오지에 처박혀 있는 주제에 음모에 대해서 뭘 안다니?"

리르는 어깨를 으쓱했다.

"오즈의 마법사가 아줌마가 누구인지 안다니 놀랍지 않아요? 아줌마 진짜 살인자예요?"

"오 리르, 네가 좀 더 크면 알게 될 거다. 아니면 모르고 넘어가는 것이 제2의 천성이 될 수도 있고. 뭐 어떻든 상관없지. 네가 물어본 의미가 이거라면, 너한테 해를 입히는 일은 없을 거다. 하지만 에메랄드 시에 내 존재가 알려져 있다는 사실을 너무 놀라워하는 것 같구나. 네가 내 말이라면 죽어라 안 듣고 나를 인간 쓰레기 취급하니까 온 세상이 다 그런 줄 알았니?" 그러나 그녀는 기분이 좋아졌다. "하지만 알아 두렴, 리르. 그 소문이 진실일 가능성이 손톱만큼이라도 있다면 레드 윈드밀에서 좀 떨어져 있는 편이 좋을 거다. 그들이 너를 납치해서 내가 이 계집애랑 친구들한테 투항할 때까지 너를 인질로 붙잡아 둘지도 모르니까."

"전 도로시를 만나 보고 싶어요."

"넌 아직 그럴 나이가 아니야. 부디 속 좀 썩이지 말렴. 그러잖아도 네가 사춘기가 되기 전에 한 번 혼쭐을 내 줘야겠다고 죽 생각하고 있었어."

"전 납치 같은 거 당하지 않아요. 걱정하지 마세요. 게다가 그들이 여기 도착할 때 저도 여기 있고 싶으니까요."

"네가 납치당한다 해도 걱정은커녕 난 눈 하나 까딱 않을 거다. 다 네가 판 무덤이고, 나야 먹여 살릴 입 하나 줄 테니 오히려 다행이지."

"치, 그럼 겨울마다 땔나무는 누가 계단으로 날라요?"

"그 양철 나무꾼을 고용하지. 그 녀석 도끼가 제법 날카로워 보이던걸."

"양철 인간을 봤어요? 말도 안 돼, 아니죠!" 리르의 입이 딱 벌어졌다.

"실은 봤어."

"도로시는 어떻게 생겼어요?" 리르는 얼굴이 확 밝아지면서 열을 올리며 물었다. "도로시도 틀림없이 봤겠군요. 어떻게 생겼어요, 마녀 아줌마?"

"나를 아줌마라고 부르지 마라. 속이 느글거린다."

그러나 리르는 계속해서 귀찮게 캐물어 대서 마침내 그녀가 참지 못하고 빽 소리를 질렀다.

"그 애는 사람들이 자기한테 해 주는 말이면 뭐든지 다 믿는 예쁜 꼬마 바보야! 그 애가 여기 오거든 그 애한테 좋아한다고 말해 보렴! 그럼 아마 네 말도 믿을 테니. 이제 여기에서 나가! 난 할 일이 있어!"

리르는 그래도 문가에서 계속 얼쩡거렸다.

"사자는 용기를 갖고 싶어 하고, 양철 나무꾼은 심장을, 허수아비는 뇌를 갖고 싶대요. 도로시는 집에 가고 싶어 하고요. 아줌마는 뭘 원하세요?"

"너만 꺼져 주면 돼."

"아니, 진짜로요."

마녀는 용서라고 말할 수 없었다. 리르에게만은 할 수 없었다. 그녀는 제복 입은 남자들한테 정신이 팔려 있는 리르를 놀려 주려고 훈련병이라고 말하려 했다. 그러나 그렇게 말하면 리르가 상처 받으리라는 것을 깨닫고 말을 반쯤 내뱉다 말았다. 그 결과 그녀의 입에서 나온 말에 두 사람 모두 깜짝 놀랐다. 그녀는 이렇게 말했던 것이다.

"영혼……."

리르는 눈을 깜빡이며 그녀를 빤히 쳐다보았다.

"그럼 너는?" 그녀는 착 가라앉은 목소리로 물었다. "리르, 마법사가 너한테 뭐든 줄 수 있다면 뭘 갖고 싶니?"

"아빠." 리르의 대답이었다.

13

마녀는 잠깐 동안 자기가 미쳐 가고 있는 게 아닌가 의심스러웠다. 그날 밤 의자에 앉아 뜬눈으로 밤을 새우며 자기가 한 말을 생각했다.

이름 없는 신도, 그 어떤 것도 믿지 않는 사람이 영혼을 믿을 리가 없다.

종교라는 꼬챙이가 몸 전체를 꿰뚫고 있다면, 움직일 때마다 의식할 것이다. 그런 사람의 정신적, 도덕적 체계에서 종교라는 언월도를 뽑아낸다면 제대로 서 있기나 할 수 있을까? 아니면 초원의 하마가 섬유질의 소화를 돕는 유독한 작은 미생물들을 몸속에 품어야 하듯이 인간도 종교를 품어야 하는 것일까? 종교를 벗어 버린 사람들의 역사는 종교 없이 살아가는 사람들에게 그다지 설득력 있게 와 닿지 않는다. 그 진부하고 아이러니한 종교란 그 자체로 필요악인가?

종교의 개념은 네사로즈에게 잘 맞았다. 프렉스에게도 맞았다. 구름 속에 진짜 도시 따위가 없다 해도, 그 존재를 꿈꾸는 것만으로도 정신에 활력을 얻을 수 있다.

어쩌면 우리 시대는 너그럽게도 이름 없는 신의 천공 아래 모든 종교적 충동이 살아 숨쉬도록 허용하는 한편 우리 자신의 운명은 봉인했는지도 모른다. 이제 희미하게나마 우리 자신의 사악한 모습으로 이름 없는 신에게 이름 붙일 때가 왔는지도 모른다. 적어도 우리에게 관심을 가져 주는 권위 있는 존재가 있다는 환상이라도 갖고 살아 나갈 수 있도록.

이름 없는 신에게서 인격이라고 할 만한 부분을 다 쳐내고 나면 무엇이 남을까? 거세게 몰아치는 한 줄기 공허한 바람밖에 없을지도 모른다. 그 바람은 모든 것을 쓸어 버리는 강풍일 수도 있지만, 도덕적인 힘은 없을지 모른다. 회오리바람 속에서 들려오는 목소리는 사육제의 호객꾼이 손님을 끄는 외침소리일지도 모른다.

그녀는 이번만큼은 시대에 뒤떨어진 이교의 관념이 더 마음에 와 닿았다. 요정 마차를 타고 구름 속 보이지 않는 곳을 맴도는 럴라이나라면 우리가 누구인지 기억하고 천년왕국이든 어디든 언제고 하늘에서 내려와 덮칠 것이다. 하지만 정체를 알 수 없는 이름 없는 신이 갑자기 들이닥치리라고는 기대할 수 없다.

이름 없는 신이 우리 문을 두드린들 그를 알아볼 수나 있을까?

14

가끔씩 마녀는 졸음을 견디지 못하고 가슴에 턱을 파묻고 꾸벅꾸벅 졸았다. 어떤 때는 탁자 위로 무너지듯 쓰러지는 바람에 이와 턱을 부딪치고 화들짝 놀라 깨어나기도 했다.

마녀는 창가에 서서 골짜기를 내려다보았다. 도로시와 일행이 도착하려면 몇 주는 더 걸릴 것이다. 그들이 사리마처럼 벌써 살해당하여 그 시체가 불에 태워지지 않았다면.

어느 날 밤 리르가 막사에 갔다가 돌아왔다. 리르는 눈물범벅이 되어 제대로 말을 잇지 못했다. 마녀는 신경 쓰지 않으려고 했지만 너무 궁금해서 그냥 내버려 둘 수 없었다. 리르가 간신히 얘기했다. 군인들 중 한 명이 동료들에게 도로시 일행이 오거든 친구들은 다 죽이고 도로시는 꽁꽁 묶어서 외롭고 거친 남자들끼리 재미 좀 보자고 제안했다는 것이다.

"아, 남자들은 그런 성적 환상을 품는다니까." 마녀는 말은 그렇게 했지만 심란했다.

리르는 동료들이 그가 한 말을 상관에게 보고했다는 얘기를 하면서 울음을 터뜨렸다. 상관은 그 군인의 옷을 벗기고 거세하여 풍차에 못 박았다. 그의 몸을 풍차에 매달아 빙빙 돌리자 맹금들이 날아와 그의 창자를 찍고 파먹으려 했다. 그는 그래도 아직 살아 있었다.

"이 세상에서 악을 찾기란 어렵지 않지. 악은 항상 선보다 더 상상하기 쉬운 법이거든."

마녀가 담담하게 말했지만 사령관이 자기 부하에게 내린 과격한 조치에 역시 충격을 받았다. 그렇다면 도로시가 아직 멀쩡히 살아 있는 것도 무리가 아니었다. 군부 최고위층으로부터 그녀를 보호하라는 명령이 떨어진 것이 틀림없었다.

리르는 치스터리를 자기 무릎에 앉히고 그의 머리 위로 눈물을 쏟았다.

"슬픔 슬퍼 울어." 치스터리가 옹알거리며 리르와 함께 울었다.

"참 사랑스러운 한 쌍이지. 저렇게 보기 좋은 그림이 또 어디 있겠우?" 유모가 말했다.

마녀는 어둠을 틈타 빗자루를 타고 빠져나가 고통에 몸부림치는 군인의 숨을 한 번에 끊어 주었다.

어느 날 저녁, 영문 모르게 갑자기 엄마 품에서 끌려와 시즈의 니키딕 박사의 연구실에서 연구용으로 쓰이게 되었던 새끼 사자 생각이 떠올랐다. 새끼 사자가 몹시 겁먹고 있던 것이며 자기가 일으켰던 소동이 기억났다. 아니면 지난 기억 속에서 자신을 미화하고 있는 걸까?

만약 바로 그 사자가 자라서 지나칠 정도로 겁쟁이가 되었다면, 마녀에게 덤비려고 들지는 않을 것이다. 그녀는 어릴 적 사자를 구해 주었으니까.

이 노란 벽돌길 게릴라를 어떻게 생각해야 좋을지 혼란스러웠다. 양철 나무꾼은 속이 빈 태엽장치이거나 주문에 걸려 내장을 다 제거당한 인간일 것이다. 사자는 본래 타고난 본능이 이상하게 변해 버렸다. 시계태엽 장치라면 거뜬히 상대해 줄 수 있을 것이고 동물들도 잘 다룰 자신이 있다. 하지만 허수아비만은 두려웠다. 주문일까? 가면일까? 그 안에 어떤 재간 좋은 춤꾼이 숨어 있는 것일까? 그들 셋 다 어떤 식으로든 거세된 존재였고, 소녀의 순진함이라는 주문에 걸려들어 있었다.

사자는 시즈 과학 강의실에서 학대당했던 새끼 사자라고 보면 되었다. 나무꾼은 동생의 악의적인 마법에 희생된 인물, 즉 마법에 걸린 도끼로 사고를 당한 바로 그 사람이 아닐까? 그러나 허수아비에 대해서는 어떻게 생각해야 좋을지 몰랐다.

그 옥수수 가루 부대에 물감으로 그린 얼굴 뒤에 그녀가 아는 얼굴, 기다려 온 얼굴이 숨어 있을지도 모른다는 생각이 들기 시작했다.

마녀는 촛불을 밝히고 마치 정말로 주문을 외듯이 그 말을 크게 소리 내어 해보았다. 그 말들은 잿빛 연기를 피워 올리는 양초 옆으로 흩어졌다. 그 말이 세상에서 다른 효과를 지니고 있다 해도 아직은 그것이 어떤 것인지는 알 수 없었다.

"피예로는 죽지 않았어. 감금되어 있다가 탈출한 거야. 키아모코로 돌아오고 있어. 나에게로 돌아오고 있어. 아직은 무엇과 맞닥뜨릴지 모르니까 허수아비로 변장한 거야." 이런 계획을 생각해 내려면 뇌가 필요할 것이다.

마녀는 피예로의 낡은 옷가지를 꺼냈다. 늙은 킬리조이를 불러다가 냄새를 잘 맡아 보라고 이르고, 매일같이 계곡으로 내려 보냈다. 여행자들이 나타나면 그들을 찾아내 집으로 기쁘게 맞이해 올 수 있도록.

그녀는 자지 않으려고 애썼지만 가끔은 어쩌지 못하고 잠이 들었다. 그녀의 꿈은 피예로를 집으로 점점 더 가까이 데려왔다.

15

첫 가을바람이 몰아치던 날, 막사의 깃발들이 바뀌고 금속성의 나팔소리가 비탈을 따라 성까지 울려 퍼졌다. 마녀는 이로써 일행이 레드 윈드밀에 도착하여 극진한 환대를 받고 있으리라 짐작했다.

"그들이 왔구나. 이제 기다리지 않겠지? 가렴, 킬리조이. 가서 그들을 찾아내어 여기까지 제일 빨리 올 수 있는 길을 일러 줘."

마녀는 늙은 개를 풀어 주었다. 개의 일족 전체가 그를 따라 기쁨에 넘쳐 미친 듯이 짖어 대며 임무를 완수하러 달려갔다.

"유모, 속치마 좀 깨끗한 것으로 입고 앞치마도 바꿔 매요. 해 질

녘이면 일행을 맞이하게 될 테니까!" 마녀가 외쳤다.

그러나 개들은 오후가 다 저물도록 돌아오지 않았다. 마녀는 이유를 알 수 있었다. 마녀는 대칭 렌즈에 관한 딜라몬드 박사의 발명에 따라 만들어 낸 망원경으로 충격적인 살육을 목격했다. 도로시와 사자가 허수아비 뒤에서 떨고 있을 동안, 양철 나무꾼이 도끼를 휘둘러 개들의 머리를 하나씩 뎅겅뎅겅 잘라 버린 것이다. 킬리조이와 늑대 친족들은 퇴각한 들판에 널린 죽은 병사들처럼 흩어져 있었다.

마녀는 분노를 못 이겨 펄펄 뛰면서 리르를 불렀다.

"네 개가 죽었다. 그들이 한 짓을 좀 봐! 저럴 줄은 상상도 못 했는데!"

"흥, 난 저 개를 그다지 좋아하지도 않았어요. 어쨌든 살 만큼 살았잖아요." 리르는 몸을 떨면서 이렇게 말했지만, 다시 망원경을 산비탈로 돌렸다.

"이 바보야, 도로시는 같이 어울릴 상대가 아니야!" 마녀는 그의 손에서 망원경을 낚아챘다.

"손님을 곧 맞이할 사람답지 않게 안절부절못하시네요." 리르가 부루퉁하게 말했다.

"네가 잊은 모양인데, 저들은 나를 죽이러 오는 거야."

마녀는 자기도 잊고 있었으면서 그렇게 말했다. 마녀는 구두 생각은 잊고 있다가 다시 망원경을 들여다보고는 기억을 떠올렸다. 마법사가 도로시한테서 구두를 가져가지 않았다니! 왜 그랬을까? 이건 또 무슨 속셈일까?

그녀는 방 안을 뱅뱅 돌면서 『그리머리』를 마구 뒤적였다. 주문을 읊었으나 틀려서 다시했다. 까마귀에게 주문을 걸려는 것이었다. 원래 있던 까마귀 세 마리는 문틀 위에서 딱딱하게 굳어 죽은 지 이미 오래였지만 아직도 집 안에는 다른 까마귀들이 많이 살고 있었다. 좀 멍청하긴 해도 암시에 잘 걸려서 명령대로 우르르 움직였다.

"가서 내가 보는 것보다 너희들 눈으로 더 자세히 보는 것이 낫겠다. 허수아비의 정체를 알 수 있도록 그의 가면을 벗겨 다오. 그들을 내게 데려와. 도로시와 사자는 눈을 파내 버려. 너희 셋은 천년 초원의 나스토야 여왕에게로 가. 우리 모두 힘을 합쳐야 할 때가 왔으니. 『그리머리』의 힘을 빌려 마법사를 쓰러뜨려야 해!"

"아줌마가 무슨 소리 하시는 건지 도통 모르겠어요. 저들의 눈을 멀게 하면 안 돼요!" 리르가 말했다.

"오, 내가 못 하나 한번 봐." 마녀가 사납게 을러댔다.

까마귀들은 먹구름처럼 떼 지어 날아가더니 하늘에서 떨어지는 총알처럼 삐죽삐죽한 절벽 아래로 날아가 여행자들에게 덤벼들었다.

"멋진 석양이로군. 그렇지 않아요?" 유모가 웬일로 마녀의 방에 올라왔다. 언제나처럼 치스터리가 도와주었다.

"아줌마가 저녁 식사에 오는 손님들 눈을 멀게 하려고 까마귀들을 보냈어요!"

"뭐라고?"

"아줌마가 저녁 식사에 오는 손님들을 장님으로 만들려고 한다고요!"

"아, 먼지를 털어 내고 청소하지 않아도 될 테니 그것도 방법이 구면."

"조용히 좀 안 할래?"

마녀는 화병 걸린 사람처럼 부들부들 떨면서 자기가 까마귀인 양 팔꿈치를 퍼덕거렸다. 망원경 속에서 그들의 모습을 발견하자 긴 울부짖음이 그녀의 입에서 터져 나왔다.

"뭐예요, 나도 보여 줘요." 리르가 망원경을 낚아챘다. 마녀는 이제 거의 말을 못 할 지경이었으므로 리르가 유모에게 상황을 설명해 주었다. "아, 허수아비가 까마귀 쫓는 법을 알고 있나 봐요."

"허수아비가 어떻게 했는데?"

"까마귀들은 돌아오지 않을 거예요. 제가 할 수 있는 말은 그뿐이에요." 리르는 이렇게 말하면서 마녀를 흘낏 쳐다보았다.

"그래도 그이일지 몰라." 그녀가 숨을 몰아쉬며 간신히 이렇게 말했다. "어쩌면 네 소원이 이루어질지도 몰라, 리르."

"제 소원이라고요?"

리르는 아빠를 갖고 싶다고 했던 것도 잊고 있었다. 마녀는 굳이 리르에게 상기시키지 않았다. 아직 허수아비가 변장한 사람이 아니라는 암시는 전혀 없었다. 피예로가 죽지 않았다면 용서를 구할 필요도 없을 것이다!

해가 지고 기묘한 일행은 금세 언덕까지 올라왔다. 그들은 군인들의 호위를 받지 않고 왔다. 어쩌면 군인들은 진짜로 키아모코를 사악한 마녀가 다스리고 있다고 믿는지도 모른다.

"이리 오렴, 벌들아. 이제 나와 함께 일하자꾸나. 이번에는 모두 함께하는 거야. 벌침이 약간 필요하단다. 우리한테 침 좀 줄 수 있겠니? 아니, 우리 말고. 내가 얘기할 때는 잘 들어야지, 이 멍텅구리들아! 저 언덕 밑에 있는 소녀 말이야. 너희 여왕벌을 잡으러 왔어! 너희가 일을 잘 끝내면 내가 내려가서 저 구두를 가져올 거야."

"지금 저 마녀가 뭐라고 지껄이는 거냐?" 유모가 리르에게 물었다.

벌들은 마녀의 새된 목소리에 정신을 바짝 차리고 떼 지어 창문 밖으로 날아갔다.

"유모가 봐요. 난 못 보겠어." 마녀가 말했다.

"달이 예쁜 복숭아처럼 산 위로 둥실 떠올랐네." 유모는 백내장에 걸린 눈을 망원경에 대고 말했다. "뒷마당에 성가신 사과나무 말고 복숭아나무를 좀 심는 게 낫겠구먼."

"벌을 보라니까, 유모. 리르, 망원경을 갖다가 무슨 일이 벌어지는지 좀 말해 주렴."

리르는 보이는 대로 상세히 설명했다.

"벌들이 덮쳤어요. 요정 같기도 하고 길게 꼬리를 끌며 날아가는 뭔가 큰 덩어리 같기도 해요. 여행자들도 벌들이 날아오는 것을 봤어요. 그렇지! 그거야! 허수아비가 가슴이랑 각반 속에서 밀짚을 뽑아내 사자와 도로시를 덮어 주고 있어요. 작은 강아지도요. 벌들은 밀짚을 뚫지 못해요. 허수아비는 땅 위에 온통 흩어졌어요."

그럴 리가 없다. 마녀는 망원경을 낚아챘다.

"리르, 이 못된 거짓말쟁이 같으니라고." 마녀가 외쳤다. 폭풍치듯 심장이 거칠게 뛰었다.

그러나 정말이었다. 허수아비의 옷 속에는 밀집과 공기밖에 없었다. 집으로 돌아오는 숨은 연인 따위는 없었다. 마지막 구원의 희망도 사라졌다.

벌들은 양철 나무꾼 외에 공격할 대상이 남지 않자, 그에게 몸을 내던졌다가 나무꾼의 양철에 침을 박고 땅 위에 석탄재처럼 떨어져 쌓여 검은 무더기를 이루었다.

"손님들 재주가 보통이 아니라고 인정하셔야겠는데요." 리르가 말했다.

"그 혓바닥을 꽁꽁 묶어 놓기 전에 입 닥치고 있어!" 마녀가 소리쳤다.

"내려가서 전채를 좀 준비해야겠우. 아가씨가 하도 고생을 시킨 끝이라 저이들 배가 고플 테니. 치즈랑 크래커나 후추 소스를 친 야채 어떻겠어요?" 유모가 말했다.

"전 치즈가 좋아요." 리르가 말했다.

"아가씨는? 아가씨는 뭐로 하겠우?" 그러나 마녀는 『그리머리』를 뒤지느라 정신이 없었다. 유머가 마녀의 등뒤에서 주절거렸다. "늘 그랬지만 이런 일이야 다 내 몫이지. 내가 모든 일을 도맡아 해야 한다니까. 이 나이에 이러고 살아야 하다니 좋아서 눈물이 다 나려고 하네. 아가씨는 이번만큼은 나도 좀 다리를 쉴 수 있겠다고 생각할지 모르지만, 안 그래요. 나야 허구한 날 들러리만 섰지 신부 노릇을 해본 적이야 한 번이라도 있나."

"항상 대부 노릇만 하지 신이 되어 본 적은 없지요." 리르가 대꾸했다.

"둘 다 나 좀 도와주면 어디가 덧나나! 유모, 가려면 가요!" 유모는 늙은 수족을 움직일 수 있는 한 빨리 움직여 문을 나섰다. "치스터리, 유모는 혼자 힘으로 가게 내버려 둬. 넌 여기에서 나를 도와

줘야 해."

"나야 계단에서 굴러 죽든 말든 무슨 상관이겠우. 아가씨한테 도움만 된다면야 기쁜 일이지. 그거야말로 잘된 일일 테지."

마녀는 치스터리에게 자기가 원하는 바를 설명했다.

"이건 바보 같은 짓이야. 곧 어두워질 테고, 저들은 절벽에서 굴러 떨어져 죽을 거야. 불쌍한 것들. 나도 별로 그러고 싶지는 않지만. 양철 나무꾼과 허수아비는 아무리 굴러 떨어져도 그다지 크게 다치지는 않을 거야. 솜씨 좋은 양철공이라면 찌그러진 몸통을 말끔히 고칠 수 있겠지. 하지만 도로시와 사자는 나한테 데려와. 도로시는 내 구두를 갖고 있고 저 사자는 좀 만나야겠어. 우리는 옛 친구 사이거든. 할 수 있겠지?"

치스터리는 눈을 가늘게 뜨고 고개를 끄덕이고 머리를 흔들며 어깨를 으쓱하고는 침을 뱉었다.

"자, 그럼 잘해 봐. 시도해 보지 않으면 무슨 소용 있겠니. 네 친구들도 다 데리고 가."

마녀는 리르에게 몸을 돌렸다.

"자, 이제 만족하니? 저들을 죽이라고 하지 않았어. 우리 손님을 여기까지 모셔 오라고 했지. 구두를 찾으면 곱게 가던 길 가도록 보내 줄 거야. 그런 다음에는 이『그리머리』를 갖고 산속 동굴에 들어가 살 거야. 너도 이젠 네 한 몸 건사할 만큼 자랐잖아. 이제야 귀찮은 일에서 해방됐네. 이제 용서를 원하는 사람 따위 누가 있어? 응?"

"그들이 아줌마를 죽이러 오고 있어요." 리르가 말했다.

"그래. 넌 너무 기대돼서 숨도 제대로 못 쉬고 있잖아!"

"제가 아줌마를 지켜 드릴게요." 리르는 거북하게 말하고는 이렇게 덧붙였다. "하지만 도로시를 해치지 않는 한에서요."

"아, 가서 식탁이나 차려. 유모한테 치즈니 크래커는 다 잊어버리고 야채면 됐다고 해." 마녀는 리르에게 빗자루를 흔들었다. "가, 가라니까!"

혼자 남은 마녀는 웅크리고 주저앉았다. 저 여행자들은 운이 억세게 좋은 것일까, 아니면 위기를 잘 헤쳐 나갈 용기와 머리와 가슴을 갖고 있는 것일까? 그녀는 분명히 잘못된 방법으로 접근했다. 그 아이를 반갑게 맞이하여 상황을 잘 설명해 주고 그 구두를 손에 넣어야 한다. 구두와 나스토야 여왕의 도움이 있다면 아직 마법사에 맞서 복수할 수 있을지도 모른다. 어쨌든 『그리머리』는 숨겨야 한다. 일이 어떻게 되든 간에. 그리고 구두도 마법사의 손이 닿지 않는 곳에 두어야지.

그러나 친구들의 죽음으로 인한 충격에 그녀의 피가 차갑게 얼어붙었다. 생각과 계획이 엎치락뒤치락하며 수없이 바뀌고 또 바뀌었다. 도로시를 마주하게 되면 자기가 어떻게 할지 정말로 알 수 없었다.

16

리르와 유모는 문 양쪽에 서서 미소를 지었다. 치스터리와 동료들이 도로시 일행을 안뜰의 자갈 위에 함부로 쿵쿵 떨어뜨렸다. 사자는 아파서 끙끙 신음하며 현기증으로 눈물을 찔끔거렸다. 도로시는 일어나 앉아 작은 개를 팔에 꼭 안고 물었다.

"여기가 어디예요?"

"잘 왔어요." 유모가 공손히 무릎을 꿇으며 맞아 주었다.

"안녕." 리르는 한쪽 발을 다른 쪽 발 옆으로 꼬다가 물이 든 양동이 위로 엎어졌다.

"먼 길 여행하느라 지쳤겠구먼. 뭐 좀 가볍게 먹기 전에 씻겠우? 대단한 건 없어. 우리야 워낙 세상과 동떨어져 살고 있어 놔서." 유모가 말했다.

"여기가 키아모코야. 아르지키 부족의 요새지." 리르는 홍당무같이 발개진 얼굴로 다시 벌떡 일어섰다.

"여기는 아직도 윙키 족의 땅인가요?" 소녀가 불안한 기색으로 물었다.

"저 아이가 뭐라고 하니? 목소리 좀 더 크게 해 달라고 하렴." 유모가 말했다.

"빈쿠스 족이라고 불러야 해. 윙키는 깔보는 의미로 쓰는 말이거든."

"어머나, 남의 기분을 상하게 할 뜻은 전혀 없었어요! 정말 아니에요."

"참 깜찍하고 예쁜 소녀로구먼. 팔도 다리도 다 제자리에 붙어 있고 피부는 또 얼마나 곱고 보기 좋은가 말이야." 유모가 미소 지으며 중얼거렸다.

"난 리르야. 여기 살아. 여기는 내 성이야."

"난 도로시야. 그런데 내 친구들이 너무 걱정돼. 양철 나무꾼이랑 허수아비야. 오, 제발 그들을 어떻게든 도와줄 사람이 없을까? 날은 어두워졌는데, 친구들이 길을 잃을 거야."

"절대 다치지는 않았을 거야. 내일 날이 밝으면 그들을 데려올게. 약속해. 뭐든 할게. 정말로, 뭐든지." 리르가 말했다.

"정말 친절하구나. 이곳의 다른 모든 사람들처럼. 아, 사자야, 괜찮니? 무서웠지?" 도로시가 말했다.

"이름 없는 신이 사자가 하늘을 날게 하고 싶었다면 열기구를 보내 주었을 텐데. 계곡 위를 날다가 내 점심밥을 떨어뜨린 것 같아." 사자가 말했다.

유모가 수선스럽게 말했다.

"진심으로 환영해요. 여러분을 기다리고 있었다우. 난 식사 준비를 하느라 손가락이 다 부르텄지 뭐야. 대단치는 않지만, 우리 것은 뭐든 다 마음대로 써도 좋아요. 그게 여기 산속에서 우리의 좌우명이거든. 여행자들은 언제나 대환영이지. 이제 가서 펌프 가에서 뜨거운 물이랑 비누로 좀 씻고 들어갑시다."

"여러분은 정말 친절하세요. 하지만 저는 '서쪽나라의 사악한 마녀'를 찾아야 해요. 여러분을 번거롭게 해 드려서 정말 죄송해요. 여긴 흠잡을 데 하나 없이 근사한 성 같아요. 돌아가는 길에 여기를 지나면 다시 들를게요."

"아, 그 마녀도 여기 살아. 나랑 함께. 걱정하지 마. 마녀도 여기 있어." 리르가 말했다.

도로시의 얼굴에서 핏기가 약간 가셨다.

"여기 있다고?"

마녀가 문간에 모습을 드러냈다.

"물론, 여기 살고말고." 마녀는 치맛자락을 펄럭이며 빗자루를 쳐들고 한달음에 계단을 내려왔다. "자, 치스터리, 잘했어! 나의 노력이 전부 헛되지는 않았다고 생각하니 기쁘구나. 도로시, 질풍 도로시, 뻔뻔스럽게도 내 동생을 네 집으로 깔아뭉갰지!"

"저, 그건 제 집이 아니었어요. 엄밀히 따지면 법적인 의미에서는 아니에요. 사실 엠 아줌마나 헨리 아저씨 것이라고 말하기도 어려워요. 창문 두어 개와 굴뚝만 빼면요. 위치토에 있는 '농부 제일 은행'에 저당이 잡혀 있으니까, 책임자는 그들이에요. 누군가와 접촉하셔야겠다면 은행이랑 상대하셔야 해요." 도로시가 설명했다.

마녀는 갑자기 기이하리만치 침착해졌다.

"그 집이 누구 소유인지는 나한테 아무런 상관이 없어. 중요한 건 네가 도착하기 전까지 내 동생이 살아 있었는데 지금은 죽고 없다는 거지."

"아, 그 일은 정말 죄송해요." 도로시가 어쩔 줄 몰라하며 말했다. "정말이에요. 저도 피할 수만 있으면 어떻게든 했을 거예요. 만약 엠 아줌마 위로 집이 떨어진다고 생각만 해도 정말 끔찍해요. 언젠가 현관에서 널빤지가 아주머니 위로 떨어진 적이 있었거든요. 아줌마는 머리에 큰 혹이 나서 오후 내내 찬송가를 불렀어요. 하지만 저녁 무렵이 되자 다시 본래대로 괴팍한 노인네로 돌아갔지요." 도로시는 옆구리에 강아지를 끼고 다가가서 마녀의 손을 꼭 잡았다. "정말 죄송해요. 누군가를 잃는다는 건 견디기 어려운 일이에요. 저도 어릴 때 부모님을 잃었어요. 아직도 기억에 생생하답니다."

"나한테서 떨어져. 거짓으로 꾸민 감정 따위는 질색이야. 살갗에 벌레가 기어 다니듯이 근질거리네." 마녀가 말했다.

그러나 소녀는 열기 띤 눈으로 그 자리에 버티고 서서 아무 말도 하지 않고 기다릴 뿐이었다.

"놔, 이거 놔." 마녀가 소리쳤다.

"동생과 친하셨어요?" 도로시가 물었다.

"그게 중요한 게 아니잖아." 마녀가 매몰차게 쏘아붙였다.

"전 엄마랑 아주 가까웠거든요. 엄마 아빠가 바다에서 사라지셨을 때는 정말 참기 힘들었어요."

"바다에서 사라지셨다니, 무슨 말이지?" 마녀는 자기에게 달라붙은 아이한테서 몸을 떼어 내며 물었다.

"유럽에 할머니를 방문하러 가시던 길이었어요. 할머니는 임종을 눈앞에 두고 계셨거든요. 폭풍우가 몰아닥쳐서 배가 뒤집혀 두 동강이 났답니다. 바다 밑바닥으로 가라앉고 말았지요. 배에 타고 있던 불쌍한 영혼들은 모두 익사했어요."

"오, 그러니까 그들한테 영혼이 있었구나." 마녀는 온통 물에 둘러싸인 배의 모습이 떠올라 순간 움찔했다.

"지금도 그렇죠. 그분들이 남기고 간 것도 영혼뿐일 거고요."

"부탁인데 그렇게 달라붙지 마. 뭐 좀 먹으러 가렴."

"가자, 너도." 소녀가 사자에게 말했다. 사자는 시무룩하게 큼지막한 발을 뻗고 일어나 따라왔다.

마녀는 생각했다. 그래서 이제 식당으로 들어가는군. 레드 윈드밀에 하늘을 나는 원숭이를 보내어 바이올린 연주자라도 데려와 분위기를 잡을걸 그랬나? 이렇게 별난 살인자가 또 어디 있을까?

마녀는 어떻게 소녀의 무장을 해제할지 곰곰이 생각했다. 얼빠진 분별심과 솔직함을 제외하고 어떤 무기가 있는지 알 수가 없었다.

저녁 식사를 하던 중 도로시가 울기 시작했다.

"저런, 치즈 말고 야채를 넣을걸 그랬나?" 유모가 말했다.

그러나 소녀는 대답하지 못했다. 참나무 식탁 위에 두 손을 올려놓고 어깨를 슬픔으로 가늘게 떨었다. 리르는 일어나서 그녀의 어깨를 감싸 안아 주고 싶어 안달했다. 마녀가 그에게 그대로 있으라고 엄하게 고갯짓을 했다. 리르는 짜증이 나서 우유 잔을 탁자 위에 거칠게 내려놓았다.

도로시는 마침내 코를 훌쩍이면서 말했다.

"정말 괜찮아요. 하지만 헨리 아저씨와 엠 아줌마가 너무나 걱정돼요. 헨리 아저씨는 제가 학교에서 조금만 늦게 돌아와도 애를 태우시거든요. 엠 아줌마는…… 아, 화가 나면 얼마나 무서운지 몰라요!"

"아줌마들은 다 그래." 리르가 말했다.

"먹어 둬. 다음 끼니는 언제가 될지 알 수 없으니까." 마녀가 말했다.

소녀는 먹으려고 해봤지만 계속 우느라고 정신이 없었다. 끝내는 리르까지도 덩달아 훌쩍이기 시작했다. 강아지 토토가 음식 찌꺼기를 달라고 캥캥거렸다. 그 개를 보니 마녀는 자기가 잃어버린 개가 떠올랐다. 그녀와 8년을 보냈던 킬리조이가 이제는 파리가 끓는 시체가 되어 자식들과 함께 언덕에 빳빳이 굳어 누워 있다. 그녀는 벌과 까마귀들은 그리 예뻐하지 않았지만, 킬리조이는 그녀에게 특별한 애완동물이었다.

"자, 이건 파티라우. 장식 삼아 촛불이라도 좀 켜 놓을걸 그랬구
먼." 유모가 말했다.

"촛불 켜 흐려." 치스터리가 따라했다.

유모는 촛불을 밝히고 도로시의 기운을 북돋아 주려고 "생일 축
하합니다……." 하고 노래를 불렀지만 아무도 함께 부르지 않았다.

노래가 끝나자 침묵이 흘렀다. 유모만 식사를 계속하여 치즈를
다 먹었다. 리르는 하얘졌다 붉어졌다 번갈아 얼굴빛이 바뀌었고,
도로시는 식탁의 광나는 나무에 팬 옹이 구멍을 멍하니 바라보았
다. 마녀는 칼로 손가락을 긁었다. 마치 피닉스의 깃털처럼 집게손
가락으로 칼날을 부드럽게 훑었다.

"저는 어떻게 될까요? 여기 오지 말았어야 했는데." 도로시의 말
투가 높낮이 없는 단조로운 투로 바뀌었다.

"유모, 리르. 부엌으로 나가 있어. 사자도 데려가고." 마녀가 말
했다.

"저 늙은 것이 나더러 뭐라는 거야? 꼬마 애는 왜 울고 있고? 우
리 음식이 마음에 안 든대냐?" 유모가 리르에게 물었다.

"난 도로시 곁에서 떠나지 않겠어!" 사자가 외쳤다.

마녀가 나지막이 차분한 어조로 물었다.

"우리 아는 사이지? 너는 오래전 시즈의 과학 강의실에서 실험
용이 되었던 새끼 사자야. 넌 그때 잔뜩 겁에 질려 있었고 내가 너
를 위해 나섰어. 네가 얌전히 굴면 다시 너를 구해 줄게."

"당신이 구해 주지 않아도 돼." 사자가 벌컥 화를 냈다.

"나도 그런 느낌 알아. 하지만 너라면 나에게 야생 상태의 동물

들에 대해 뭔가 가르쳐 줄 수 있을 거야. 그들이 본래 상태로 되돌아갈 수 있는지, 어느 정도까지 그렇게 되는지. 너는 야생 상태에서 자란 것 같구나. 넌 도움이 될 수 있을 거야. 내가 『그리머리』, 마법의 책, 내 말레우스 말레피카룸〔마법에 대한 표준 지침서로 간주되는 상세한 문서〕, 매혹적인 고판본, 내 스카라베〔고대 이집트 사람들이 신성시한 풍뎅이 모양의 부적 장신구〕의 법전, 필펏이자 감마디온〔만 (卍)〕, 나의 기적의 책을 갖고 여기에서 나갈 때 나를 지켜 줄 수도 있을 거야."

사자가 갑자기 포효하는 바람에 모두, 도로시마저 의자에서 떨어질 뻔했다.

"밤에 치는 천둥 같네. 난 세탁실에나 가 있어야겠구먼." 유모가 창밖으로 흘깃 시선을 던지며 말했다.

"내가 너보다 몸집이 커. 도로시를 너와 단둘이 놔두지는 않을 거야." 사자가 마녀를 을러댔다.

마녀는 홱 덤벼들어 도로시의 팔에서 강아지를 빼앗았다.

"치스터리, 이 녀석을 우물에 던져 버려."

치스터리는 미심쩍은 얼굴이었으나 토토를 사납게 짖어 대는 빵 덩어리처럼 옆구리에 끼고 쏜살같이 뛰어 나갔다.

"오, 안 돼, 누가 좀 구해 줘!" 도로시가 외쳤다.

마녀는 손을 내밀어 도로시를 식탁에서 일어나지 못하게 눌러 앉혔지만, 사자가 원숭이와 토토를 쫓아 부엌으로 뛰어 들어갔다.

"리르, 부엌문을 잠가! 저들이 돌아오지 못하도록 빗장을 질러." 마녀가 외쳤다.

도로시가 울부짖었다.

"안 돼, 안 돼요. 당신 말대로 할게요. 토토한테는 손대지 마요! 당신한테 아무 짓도 하지 않았잖아요!" 도로시는 리르에게 몸을 돌려 이렇게 말했다. "제발 저 원숭이가 토토를 해치지 못하게 해 줘. 사자는 아무 짝에도 쓸모가 없어. 사자가 내 강아지를 구해 줄 거라고 믿지 마!"

"불가에서 푸딩이라도 좀 먹을까? 캐러멜 커스터드푸딩인데." 유모가 밝은 얼굴로 말했다.

마녀는 도로시의 손을 붙잡아 끌고 갔다. 리르가 갑자기 튀어나와 도로시의 다른 쪽 손을 붙잡았다.

"이 마귀할멈, 도로시를 내버려 둬."

"리르, 네 개성을 드러낼 때로 하필이면 제일 어울리지 않는 때를 골랐구나. 공연히 용감한 척 설쳐서 너랑 나를 망신시키지 마." 마녀가 지친 투로 조용히 말했다.

"난 괜찮을 거야. 토토를 돌봐 줘. 리르, 토토를 부탁해. 무슨 일이 있어도…… 제발. 토토는 집이 필요해."

리르는 몸을 기울여 도로시에게 입맞춤을 했다. 도로시는 기절할 듯 놀라 벽에 기대어 쓰러졌다.

"이제 그만 좀 해라. 내가 아무리 지은 죄가 있다 해도 이런 꼴을 당해야 할 정도는 아니야." 마녀가 중얼거렸다.

17

마녀는 도로시의 등을 떠밀어 탑 꼭대기 방으로 들어가 등 뒤에서 문을 잠가 버렸다. 오랫동안 잠을 못 잔 탓에 머리가 핑핑 돌았다. 그녀는 소녀에게 말했다.

"네가 여기에 무엇 때문에 왔는지, 왜 네가 에메랄드 시에서 내내 걸어왔는지 다 안다. 하지만 내 앞에서 말해 봐! 소문대로 넌 나를 죽이러 왔지⋯⋯ 아니면 마법사한테서 전갈을 가지고 왔나? 이제 노르와 책을 맞바꿀 마음이 생겼나? 그 아이와 마법을? 말해! 마법사가 너한테 내 책을 훔쳐 오라고 시킨 거 다 알아! 그런 거지!"

그러나 소녀는 탈출할 곳이 없나 좌우를 살피며 뒤로 물러서기만 했다. 창문 말고는 빠져나갈 구멍이 아무 데도 없었고 창문은 떨어지면 누구라도 살아남지 못할 높이였다.

"말해!" 마녀가 다그쳤다.

"전 이 낯선 곳에서 외톨이예요. 부디 저한테 이러지 마세요."

"날 죽이고 『그리머리』를 훔쳐 가려고 왔지!"

"무슨 말씀이신지 하나도 모르겠어요!"

"우선 그 구두를 내놔. 그건 내 거야. 그 다음에 얘기하자꾸나."

"그럴 수가 없어요. 구두가 안 벗겨져요. 글린다가 구두에 주문을 걸어 둔 것 같아요. 며칠 동안이나 벗으려고 해봤어요. 양말이 너무 척척해요."

"구두를 내놓으라니까! 구두를 신은 채 마법사한테 돌아가면 너는 그의 계략에 놀아나는 꼴이 되는 거야!" 마녀가 날카롭게 외쳤다.

"안 돼요, 보세요, 구두가 딱 달라붙었잖아요!" 소녀가 외쳤다. 그녀는 한쪽 구두코로 다른 쪽 발뒤꿈치를 찼다. "보세요. 저도 애쓰고 있잖아요. 그래도 안 벗겨진다고요. 정말이에요, 믿어 주세요! 마법사님이 구두를 달라고 했을 때도 드리려고 해보았지만 벗

겨지질 않았어요! 구두가 너무 꼭 낀다든가 무슨 문제가 있나 봐
요! 아니면 제가 발이 자랐든가."

"넌 그 구두를 가질 권리가 없어."

마녀는 방을 빙빙 돌았다. 소녀는 뒤로 물러서다가 가구에 발이
걸려 휘청이다 벌통에 부딪혔다. 소녀는 그만 부서진 벌통 조각 사
이로 튀어나온 여왕벌을 밟고 말았다.

"내가 가진 것은 전부, 조그만 것까지도 다 네가 나타나 죽여 버
리는구나. 아래에서는 리르가 입맞춤 한 번을 위해 나를 당장이라
도 내팽개칠 기세로 있지. 내 짐승들은 죽고 동생도 죽었어. 너는
가는 길마다 온통 죽음을 뿌리고 다니는구나. 겨우 계집아이 주제
에! 너를 보면 노르가 생각난단 말이다! 그 애는 세상이 온통 다 마
법이라고 생각했어. 그런데 그 애가 어떻게 되었는지 봐!"

"어떻게 되었는데요?" 도로시는 불쌍하게도 시간을 벌어 보려고
이렇게 물었다.

"세상이 어떤 식으로 마법 같은지를 알게 되었지. 그 애는 유괴
당해서 정치범으로 비참한 삶을 살고 있어!"

"하지만 당신도 저를 유괴했잖아요. 전 아무것도 요구하지 않았
어요. 아무것도요. 부디 자비를 베풀어 주세요."

마녀는 가까이 다가가 소녀의 손목을 틀어쥐었다.

"왜 나를 죽이려고 하지? 정말로 마법사가 약속대로 할 거라고
믿나? 그는 진실이 무슨 뜻인지 모르기 때문에, 자기가 거짓말한다
는 것도 모르는 자야! 그리고 난 너를 유괴하지 않았어, 이 멍청아!
네 발로 여기까지 왔잖아, 나를 죽이려고!"

"전 아무도 죽이러 오지 않았어요." 소녀는 뒤로 물러서면서 말

했다.

마녀가 갑자기 말했다.

"네가 고수냐? 아하! 네가 세 번째 고수로구나? 맞지? 네사로즈랑, 글린다랑 너로구나? 마담 모리블이 숨은 권력자에게 봉사하라고 너를 불러왔지? 네가 한테 힘을 모은 거야. 내 동생의 구두와 내 친구의 마법, 그리고 너의 순진무구한 힘까지. 인정해, 네가 고수라고 인정해! 어서!"

"전 고수가 아니라 고아예요. 뭐 한 가지 제대로 할 줄 아는 게 없는데 고수라뇨?"

"넌 나를 파헤치러 온 내 영혼이야. 난 느낄 수 있어. 나한테는 영혼이 없어. 없다고. 영혼이 있다면 영원히 살아야 하잖아. 하지만 이 정도면 난 충분히 고통스러운 삶을 살았어."

마녀는 도로시를 복도로 다시 끌어내고 빗자루 끝에 횃불처럼 불을 붙였다. 유모는 치스터리에 의지하여 쟁반에 푸딩 접시를 받쳐 들고 절룩이며 계단을 올라오고 있었다. 유모가 구시렁거렸다.

"내 소란이 멈출 때까지 부엌에 저것들을 다 가두어 놓았지. 이렇게 온 집 안을 다 뒤집어 놓고 소란을 피우니 유모가 버티겠느냐고. 유모는 너무 늙었어. 다들 짐승들이야."

아래쪽, 키아모코의 으슥한 구석에서 개가 한두 번 짖었다. 사자는 으르렁대며 부엌문에 몸을 부딪혔다.

"도로시, 우리가 가요!" 리르의 날카로운 외침이 들려왔다.

그러나 마녀는 돌아서서 발을 내밀어 유모를 넘어뜨렸다. 유모는 신음소리를 내며 계단을 굴러 내려갔다. 치스터리는 기겁해서 유모를 쫓아갔다. 부엌문 문짝이 떨어져 나갔다. 사자와 리르가 밖으로 나뒹굴며 계단 발치에 쓰러져 있던 유모의 몸 위로 엎어졌다.

"올라와, 올라오라고. 너희들이 나를 해치우기 전에 내가 끝장내 줄 테니!" 마녀가 외쳤다.

도로시는 마녀한테서 몸을 빼내 탑의 나선계단을 뛰어 올라갔다. 출구는 하나뿐인데 흉벽으로 이어져 있었다. 마녀는 잽싸게 그 뒤를 따랐다. 사자와 리르가 오기 전에 일을 끝마쳐야 했다. 구두를 되찾아『그리머리』를 갖고 리르와 노르를 버리고 황야로 모습을 감출 것이다. 책과 구두를 불태우고 자기 자신도 매장해 버릴 것이다.

도로시는 어둠 속에서 몸을 웅크리고 돌 위에 뭔가 게워 내고 있었다.

"아직 내 질문에 대답하지 않았어." 마녀가 횃불을 높이 쳐들었다. 성의 그림자 속에 숨은 유령들이 달아났다. "넌 나를 쫓아왔잖아. 알아야겠어. 왜 나를 죽이려는 거지?"

마녀는 등 뒤의 문을 쾅 닫고 잠갔다.

소녀는 간신히 숨만 헐떡일 뿐이었다.

"네 얘기가 오즈 전역에 쫙 퍼진 줄도 몰랐니? 마법사가 나를 죽였다는 증거를 갖고 돌아오라고 너를 여기에 보낸 줄 내가 모를 거라고 생각했어?"

"오, 그건 사실이에요. 하지만 그 때문에 온 것은 아니에요!"

"그런 얼굴로 그럴듯한 거짓말쟁이는 못 되겠구나!" 마녀는 빗자루를 비스듬히 기울였다. "사실대로 말해 봐. 얘기를 다하면 너를 죽여 주마. 얘야, 이런 시대에는 죽임을 당하지 않으려면 죽이는 수밖에 없단다."

"전 당신을 죽일 수 없었어요. 당신 동생을 죽인 것만으로도 무서워 죽을 지경이었어요. 어떻게 당신까지 죽일 수 있겠어요?" 소녀가 흐느꼈다.

"착하기도 해라. 정말 근사해. 정말 감동적이야. 그럼 여기에는 왜 온 거냐?"

"예. 마법사가 당신을 죽이라고 했어요. 하지만 결코 그럴 생각은 없었어요. 그러려고 온 것이 아니에요!"

마녀는 소녀의 얼굴을 더 잘 들여다보려고 불타는 빗자루를 더 높이 쳐들었다.

"사람들이…… 사람들이 그게 당신 동생이었다고, 우리가 여기 가야 한다고 말했을 때…… 그 말이 징역형 선고처럼 들렸어요. 가고 싶지 않았어…… 하지만 가야겠다고 생각했어요. 친구들이 나를 도와줄 거라고…… 가야겠다고…… 가서 말해야겠다고……."

"무슨 말을 한다는 거야?" 마녀는 참지 못하고 소리를 질렀다.

소녀는 몸을 곧게 펴고 이를 악물고 말했다.

"당신한테 말하려고 했어요. 그 사고에 대해서, 당신 동생의 죽음에 대해 나를 용서해 달라고. 절 용서해 주시겠어요? 전 아무리 해도 저 스스로를 용서할 수가 없었어요!"

마녀는 공포에 차서 믿을 수 없다는 듯이 날카롭게 비명을 질렀다. 지금 이 순간도 세상은 뒤틀릴 대로 뒤틀려 그녀를 다시 한번 모욕하고 있었다. 사리마로부터 용서를 거부당했던 엘파바한테, 이 횡설수설하는 어린아이가 지금 언제나 자신을 거부했던 바로 그 자비를 구하고 있다니? 이토록 공허한 그녀의 내면에서 어떻게 그런 것을 끄집어내 줄 수 있단 말인가?

마녀는 자신이 걸려든 상황에서 몸을 뒤틀며 미친 듯이 몸부림

쳤다. 그러나 무엇을 향해서? 빗자루 솔 부스러기가 날려 떨어져서 그녀의 치마에 불이 옮겨 붙었다. 불은 순식간에 빈쿠스에서 가장 건조한 부싯깃을 먹어 치우며 그녀의 무릎까지 확 번졌다.

"오, 이 악몽에는 끝이 없나 봐." 도로시가 외쳤다. 빗물을 받으려고 놓아 둔 양동이가 눈에 띄자 그것을 움켜쥐었다. 소녀가 외쳤다.

"제가 구해 드릴게요!" 도로시는 마녀에게 물을 확 끼얹었다.

날카로운 고통의 순간이 지나고 모든 감각이 사라졌다. 세계의 위쪽에는 홍수가 범람하고 아래쪽으로는 불길이 타올랐다. 영혼 같은 것이 있다면, 영혼은 이를 일종의 세례로 믿을 것이다. 영혼이 이긴 것일까?

육체는 영혼에게 육체가 저지른 과오에 대해 사과하고, 영혼은 초대도 받지 않고 육체 안에 들어와 있었던 데 용서를 구한다.

빛이 어두워지기 전에 기다리고 있는 얼굴들이 둥그렇게 나타났다. 그들은 시체를 파먹는 귀신들처럼 그늘 속에서 움직인다. 엄마가 머리카락을 가지고 장난치고 있다. 비바람을 맞은 목재처럼 거칠고 색 바랜 네사로즈도 있다. 묵상에 빠진 아빠의 모습도 보인다. 의심에 찬 이교도들의 얼굴 속에서 자기 자신을 찾고 있다. 겉으로는 완전히 멀쩡한데도 아직 온전히 제 모습을 찾지 못한 셸도 있다.

그들은 다른 사람들로 변한다. 냉소적이고 오만불손했던 한창 때의 유모다. 아마 클러치와 아마 빔프며 다른 아마들이 한데 뭉쳐 흐릿하게 어머니의 모습이 된다. 그들은 보크로 바뀐다. 비굴해지기 전의, 다정하고 부드럽고 성실한 보크. 과장되고 우스꽝스러운

짓으로 호감을 사려고 안달하는 크룹과 티벳도 있다. 잘난 애버릭
이다. 글린다가 드레스 차림으로 훌륭한 인물이 되어 원하는 것을
가질 수 있게 되기를 기다리고 있다.

자신의 이야기가 다 끝난 사람들도 있다. 마넥과 마담 모리블과
딜라몬드 박사와 피예로. 피예로의 푸른 다이아몬드 무늬는 푸른
물빛이면서 동시에 파르스름한 유황불 빛이기도 하다. 그리고 기묘
하게도 아직 이야기가 끝나지 않은 이들도 있다. 때맞춰 도움을 주
러 오지 못한 스크로의 나스토야 여왕. 자신의 완두 꼬투리에서 튀
어나온 수수께끼의 업둥이 소년 리르. 따듯하게 맞아 주고 자매처
럼 대해 주었지만 용서해 주지는 않은 사리마. 사리마의 동생들과
아이들과 미래와 과거……

그리고 킬리조이와 그 밖에 집에서 키우던 동물들을 비롯하여 마
법사에게 쓰러진 이들이 있다. 그들 뒤에 바로 그 마법사가 있다.
자기 나라에서 망명할 때까지 실패자였던 마법사. 그의 뒤에는 정
체 모를 야클이 있다. 존재한다면 말이지만, 익명의 고수들도 있다.
이름이 없는 난쟁이도 있다. 그리고 허섭스레기 인생들, 절름발이
들, 권리를 빼앗긴 자들, 학대받은 자들. 사자, 허수아비, 망가진 양
철 나무꾼. 찰나의 그늘 속에서 빛으로 나왔다가 곧 스러지는 자들.

마지막으로 화염과 물 속에 싸인 채 당도하여 그녀를 품에 안고
뭐라 부드럽게 흥얼대는 선물의 여신. 그러나 내용은 분명치 않다.

18

오즈는 키아모코에서 서쪽과 북쪽으로 수백 킬로미터는 족히 뻗

어 나갔고, 동쪽과 남쪽으로는 그보다 훨씬 더 멀리까지 뻗어 나갔다. 서쪽나라의 사악한 마녀가 숨을 거두던 날 밤, 유난히 눈 밝은 누군가가 흉벽에서 내다보았을지도 모른다. 서쪽으로 달이 천년 초원 위로 떠올랐다. 온순한 유나마타 족은 합류하기를 거부했지만, 아르지키 족과 스크로 족은 마법사의 군대가 쿰브리시아 고갯길에 집결할 경우를 대비하여 동맹 조약 체결을 고려하기 위해 회담 중이었다. 아르지키 족 수장과 나스토야 여왕은 서쪽나라의 마녀에게 대표를 보내어 지원과 지도를 요청하기로 합의를 보았다. 그들이 마녀가 죽은 지 채 한 시간도 안 되어 그녀를 위하여 건배를 들며 그녀의 안녕을 빌고 있을 때, 엘파바가 도움을 청하러 사자로 보냈던 까마귀가 야행성인 로크들 옆에 내려앉았다가 잡아먹혔다.

달은 은빛을 뿌리며 그레이트 켈스 지역을 비추었다. 레서 켈스 골짜기에는 은빛 그늘이 졌다. 사워 사막의 전갈들이 독을 쏘러 나오고, 서스크 사막의 스카크들이 둥지에서 짝짓기를 했다. 크본 제단에서는 정체가 모호하다 못해 이름도 없는 어느 종교 분파의 수행자들이 죽은 자들의 영혼을 위해 한밤의 공물을 바쳤다. 대부분의 사람들이 그렇듯이, 그들도 죽은 사람에게 영혼이 있다고 믿으니까.

뻘밭과 개구리가 들끓는 황무지인 쿼들링은 쿼이어에서 벌어진 사건만 제외하면 밤새 조용히 썩어 갔다. 악어 한 마리가 육아실로 들어가 작은 아기를 씹어 먹었다. 그 동물은 살육당하여 아기의 시체와 함께 절규와 분노 속에서 불태워졌다.

길리킨에서는 은행들이 돈을 활기 차게 굴리며 유통시켰고, 공장들은 상품을 쏟아 내고, 상인들은 마누라를 넘기고, 시즈 학생들은 지적인 주제를 바꾸고, 태엽장치 노동자들은 과거 철학 클럽이 있던 자리에서 비밀 회합을 갖고, 자유의 몸이 되어 슬픔에 잠긴 그로메틱의 계급 혁명에 관한 이야기에 귀를 기울였다. 글린다는 충격과 후회, 고통으로 뒤숭숭한 밤을 보냈다. 그녀는 기름진 음식 탓에 일찍 통풍이 올 징조라고 짐작했다. 그러나 그녀는 한밤중에 일어나 앉아 입 밖에 낼 수 없는 이유로 창가에 촛불을 밝혔다. 달이 빈쿠스에서부터 머리 위로 지나갔다. 그녀는 달빛이 자신을 비난하듯 자기에게로만 떨어지는 것을 느끼고 높은 창문에서 뒤로 물러섰다.

달은 마들렌스로 알려진 언덕 산등성이를 넘어 콘배스킷으로 들어가 콜웬 그라운즈의 창문 안을 들여다보며 여행을 계속했다. 프렉스는 터틀 하트와 멜레나, 그렇다, 아름다운 멜레나의 꿈을 꾸고 있었다. 멜레나는 그가 사악한 타임 드래곤에 맞서 설교하러 떠나던 바로 그날 그에게 아침을 만들어 주고 있었다. 멜레나는 아름다운 거품 같았다. 배는 산같이 부풀었지만, 그에게서 용기와 대담성, 애정을 이끌어 냈다. 프렉스는 비밀 회합에서 돌아온 셸이 발끝으로 살금살금 걸어 들어와 그의 침대 옆에 앉아도 움직이지 않았다. 셸은 아버지가 기척을 느꼈는지 잘 알 수 없었다. 아버지가 정말로 깨어났는지도 알 수 없었다.

"아무래도 그 이빨은 이해할 수 없었어. 왜 이빨이지?" 프렉스가 웅얼거렸다.

"그걸 누가 알겠어요?" 셸은 무슨 잠꼬대인지 몰랐지만 재미있어서 이렇게 대답했다.

달이 에메랄드 시 위에도 있었을까? 달은 보이지 않았다. 에메랄드 시는 너무 밝고 너무 힘이 충만하고 너무 기운이 넘쳤다. 아무도 달을 찾지 않았다. 아주 막강한 권력자의 휑하고 간소한 방에서는 오즈의 마법사가 이마를 문지르며 자신의 운이 얼마나 오래갈까 생각하고 있다. 그는 40년 동안 똑같은 의문을 품고 살아왔다. 행운이 늘 한결같기를, 그것이 당연한 일로 여겨지기를 바랐다. 그러나 그의 왕궁 기저를 쏠고 있는 생쥐들의 소리를 들을 수 있었다. 캔자스에서 질풍 도로시가 왔다는 것이 바로 호출 신호라는 걸 알고 있었다. 그는 도로시의 얼굴을 본 순간 그 사실을 알았다. 이제는 『그리머리』를 찾아봤자 헛일이었다. 복수의 천사가 그를 집으로 불러 가려고 왔다. 그의 세계로 돌아가면 그를 기다리고 있는 것은 자살이었다. 지금쯤이면 이를 성공적으로 끝낼 수 있을 만큼 충분히 배워 두었어야 했다.

마법사는 그 구두에 갇힌 도로시를 그대로 마녀를 죽이라고 보냈다. 소녀에게 남자가 할 일을 맡겨서 보낸 것이다. 마녀가 승리했다면…… 그 골칫덩이 소녀를 제거하게 된다. 그러나 뜻밖에도 그는 아버지 같은 마음으로 도로시가 시험을 잘 통과하기를 반쯤은 바라고 있었다.

서쪽나라의 사악한 마녀의 죽음은 유명한 사건이 되었다. 정치적 암살 또는 흥미진진한 살인으로 칭송받았다. 도로시는 무슨 일이 있었는지 설명했지만, 사람들은 기껏 들어 주어도 자기 기만이거나 뻔한 거짓말로 해석했다. 살인이든 안락사든 사고이든, 도로시는 간접적인 방법으로 나라에서 독재자를 제거하는 데 일조했다.

도로시는 그 어느 때보다도 망연자실한 모습으로 사자와 양철 나무꾼, 허수아비, 리르와 함께 에메랄드 시로 귀환했다. 그곳에서 도로시는 마법사와 두 번째로 유명한 접견을 했다. 아마도 그는 또다시 자기 목적을 위해 그녀의 구두를 벗길 기회를 노렸을 것이다. 그러나 아마도 도로시는 마녀의 경고를 기억하고 그를 속여 넘겼을 것이다. 어쨌든 도로시는 그에게 마녀의 집에 다녀왔다는 것을 입증할 증거물을 내놓았다. 빗자루는 형체를 알아볼 수 없을 정도로 불에 타 버렸고 『그리머리』는 너무 번거로워서 가져올 수 없었다. 그래서 그녀는 앞면에 "기적의 영……"이라고 쓴 종이가 풀로 붙어 있는 초록색 유리병을 가져왔다.

마법사가 그 유리병을 본 순간 숨을 헐떡이며 가슴을 부여잡았다는 설은 단지 지어낸 얘기일 뿐일지도 모른다. 그 이야기는 말하는 사람에 따라, 이야기할 당시 주변 상황에 따라 각양각색으로 다르게 전해진다. 그러나 그 일이 있은 직후 마법사가 궁정에서 자취를 감추었다는 것은 역사적인 사실이다. 그는 처음 왔을 때처럼 열기구 풍선을 타고 떠났다. 선동적인 대신들이 궁정에 반란군을 끌고 들어와 재판도 없이 닥치는 대로 사람들을 처형하기 불과 몇 시간 전의 일이었다.

도로시가 어떻게 오즈를 떠났는지를 놓고 온갖 헛소문이 난무했다. 도로시가 아예 떠나지 않았다고 말하는 이들도 있었다. 그들은 도로시 이전에 오즈마의 이야기를 하던 때처럼, 도로시가 하녀로 변장하고 끈기 있게 숨어 있으면서 다시 돌아와 본모습을 드러낼 날을 기다리고 있다고도 했다. 또 어떤 이들은 그녀가 다른 세상으로 올라가는 성인처럼 앞치마를 펄럭이며 그 개를 꼭 껴안고 하늘로 날아가 버렸다고 주장했다.

리르는 이복동생 노르를 찾아 에메랄드 시의 인파 속으로 사라졌다. 그의 소식은 한동안 다시 들려오지 않았다.

본래의 구두가 어찌 되었는지는 몰라도 모두들 그 구두를 깜짝 놀랄 만큼 아름다운 구두로 기억했다. 근사하게 꾸민 유명 상표의 복제품들이 항상 시중에 돌았고 아주 오랫동안 유행의 중심에 있었다. 구두는 복제품이라도 마법의 효력이 남아 있다는 암시를 담고 공공 의식이 있을 때마다 등장하는 바람에, 마치 성인의 유물처럼 수요를 대기 위해 똑같은 구두가 한도 끝도 없이 생산되었다.

그러면 마녀는? 마녀의 삶에서 "그 후에"란 없다. 마녀의 "그 후로도 오랫동안"에 "행복하게"는 없다. 마녀의 이야기에는 후기가 없다. 그것은 인생담 너머, 인생의 이야기 너머에 있다. 안된 일이지만, 아니 어쩌면 다행일지도 모르지만 말할 필요가 없다. 마녀는 죽어서 사라졌다. 그녀에게 남은 것이라곤 "사악한 마녀"였다는 소문의 껍데기일 뿐이다.

"그래서 사악한 늙은 마녀는 오래오래 동굴에서 살았단다."
"그리고 그 후에 마녀가 나왔나요?"
"아직 못 나왔어."

옮긴이의 글

이 소설을 한마디로 간단히 소개한다면 출간 이후 백여 년 동안 전 세계에서 사랑받아 온 유명한 고전 동화 프랭크 봄의 『오즈의 마법사』를 패러디한 작품이다. 『위키드』에서는 도로시의 물벼락을 맞고 녹아 버린 사악한 서쪽나라 마녀가 주인공이고, 오즈의 마법사는 잔혹한 폭군 독재자다. 그러나 이러한 소개의 말은 책의 내용을 섣불리 속단하게 만들 소지가 있다. 책을 읽기 전에 위와 같은 설명을 듣는다면, 선량하고 평범한 인물로 알려진 오즈의 마법사가 실은 진짜 악이고, 마녀 엘파바는 악에 맞서는 정의로운 반체제 영웅인데 권력을 쥔 자에 의해 악의 축으로 낙인찍힌다는 뻔한 고전 뒤집기일 거라고 지레짐작하기 쉽다. 그런 단순한 고전 뒤집기 식의 패러디는 무수히 많다. 그런 작품이라면 단지 고전의 명성에 기댄 것일 뿐이며, 익숙한 것을 뒤집어보는 재미 말고는 얻는 것이 별로 없다. 고전을 먼저 읽지 않고는 즐길 수도 없다.

그러나 『위키드』에서는 깊이 들어갈수록 고전과는 전혀 다른 세계가 펼쳐진다. 위에서 말한 대로 오즈의 마법사가 사악한 폭군이며 마녀 엘파바는 독재에 맞서는 반체제 혁명가인 것은 맞지만, 이 소설은 엘파바의 반체제 활동 자체보다는 그녀의 심리를 파고든다. 『오즈의 마법사』에서 도로시는 서쪽나라의 마녀를 죽이고 오라는 명령을 받지만, 사실 왜 마녀가 죽어 마땅한지, 어째서 그녀가 악인지, 정말로 사악한 마녀라면 왜 그렇게 되었는지에 대해서는 아무런 설명도 없다. 그저 마녀는 사악하니까 당연히 죽어야 한다는 식이다.

　　『위키드』는 바로 이 지점에서 권선징악의 법칙이 지배하는 『오즈의 마법사』의 동화적 세계를 벗어나 『위키드』만의 독자적인 세계로 나아간다. 엘파바는 선하고 정의로운데 순전히 권력자에 의해 악인으로 낙인찍힌 인물이라고 말하기는 어렵다. 정의감이 강하기는 하지만, 사악하고 편협하며 냉혹한 면도 갖고 있다. 엘파바에게는 정말로 '마녀' 라고 불릴 만한 면모가 있다.

　　『위키드』는 악은 어디에서 비롯되는가, 왜 초록색 소녀가 마녀가 되었는가의 문제를 엘파바의 삶을 통해 파헤친다. 엘파바가 초록색 피부를 갖고 태어나서 세상을 놀라게 한 날은 그녀의 경건한 성직자 아버지가 참담한 실패를 경험한 날이었다. 그런 탓에 아버지는 엘파바를 자신의 과오에 대한 저주로 받아들였다. 엘파바는 자신의 의지와 전혀 무관하게 태어날 때부터 "속죄해야 할 죄"의 상징이 된 것이다.

　　그런 데다가 아버지는 양팔이 없는 불구로 태어난 동생 네사로즈를 위해 엘파바에게 끝없이 희생할 것을 요구한다. 아버지의 사랑받는 딸이 되고 싶었으나 좌절당한 엘파바는 그 결핍을 채울 수가 없어 평생을 괴로워하면서 뒤틀린 삶을 산다. 초록색 피부에 고집 세고 독립적이면서 기성 체제와 종교에 반항하고 이상이나 구원에 냉소적인 엘파바는 주변 사람들의 눈에 물과 기름처럼 세상에 섞일 수 없는 존재 '마녀'로 비친다. 엘파바도 이 사실을 잘 알고 있으므로, 마녀라는 호칭을 자신의 것으로 받아들이고 황야에서 고립과 은둔의 삶을 택한다. 엘파바는 시즈 대학 시절부터 지각을 가진 동물들에게 가해지는 마법사의 박해와 차별에 격렬히 분노하지만, 정작 주변 사람들, 심지어 자기 친아들에게조차도 별로 애정을 보이지 않는다. 엘파바의 이러한 모순적인 모습은 일견 위선으로 비칠지도 모르나, 사실 위선이라기보다는 동물을 자신과 동일시하는 데에서 비롯된다. 엘파바는 인간과 똑같은 지성과 감성을 지녔으면서도 단지 동물의 겉모습을 하고 있다는 이유로 박해와 학대를 겪어야 하는 그들과 기이한 초록색 피부 때문에 소외되어야 하는 자신 사이에 동질감을 느꼈기 때문에 자연스럽게 동물의 권리를 위한 싸움에 나서게 된다. 그러나 사랑을 제대로 받아 본 적이 없기 때문에 다른 사람, 심지어 자기 자식한테까지도 사랑을 줄 줄 모른다. 그것이 엘파바의 비극이다. 캔자스에서 날아온 도로시가 자연스러운 천진함과 밝은 성품으로 모두의 사랑을 받는 것과는 반대로, 엘파바는 그 누구에게도 유해한 존재가 아닌데도 마녀의 삶을 살아야 한다. 엘파바의 삶은 사랑도, 혁명도 모두 실패와 좌절로 점철되었고, 애타게 바랐던 용서도 얻지 못한다. 엘파바의 어둡고 뒤틀린 삶은 본인의 의지와 무관하게 출생 때부터 운명 지워진 조건들 때문이다.

그러나 엘파바는 한때 마음을 나누고 순수한 열정을 불태웠던 글린다, 보크 등 친구들이 세파에 찌들어 속물로 변해 가는 와중에도 비록 모나고 괴팍해 보이지만 자신이 지켜야 할 신념을 좇는 자세만은 잃지 않는다. 보통 판타지의 주인공이 고난과 시련을 거쳐 자신의 도덕적 결함과 약점을 극복하고 영웅이 된다면, 엘파바는 끝까지 불완전하고 뒤틀린 실패자, 마녀로 남아 고독 속에서 생을 마치지만 불의와 부조리와 타협하지 않고 외로운 투쟁을 계속한다는 점에서 영웅적인 면모를 보인다.

누구나 도로시처럼 애써 꾸미거나 노력하지 않고도 있는 그대로의 모습으로 모든 이에게 사랑받기를 원하겠지만, 대개는 가까운 사람으로부터 상처받고 세상으로부터 거부당한 경험이 한 번쯤은 있을 것이다. 사랑받고 싶고, 용서받고 싶은 엘파바의 평생에 걸친 외롭고 힘겨운 사투는 그런 점에서 공감을 자아낸다.

『오즈의 마법사』에서 도로시가 주저 없이 물을 끼얹었던 서쪽나라 마녀의 내면은 옛날이야기 속에서 마녀가 영원히 갇힌 동굴 속처럼 캄캄하기만 하다. 엘파바는 성녀인가, 마녀인가? 그러나 우리가 그녀에게 공감할 수밖에 없는 이유는 인간이 선과 악으로 무 자르듯 나눌 수 없는 복잡하고 모순적인 존재라는 걸 깨닫게 해 주기 때문이다. 악 또한 단순한 도덕적 잣대로 판단하기 어렵다는 다른 차원의 도덕적 성찰로 이끈다. 고독하고 냉소적인 엘파바, 겉으로는 강인하고 냉혹해 보이지만 속은 상처투성이인 불행한 엘파바는 그 독특함으로 충분히 매력적인 주인공이 될 만하다.

옮긴이   송은주

이화여자대학교 영문학과를 졸업하고 같은 학교 대학원에서
박사학위를 받았으며, 현재 전문 번역가로 활동하고 있다.
옮긴 책으로 『엄청나게 시끄럽고 믿을 수 없게 가까운』,
『동물을 먹는다는 것에 대하여』, 『모든 것이 밝혀졌다』, 『미들섹스』,
『순수의 시대』, 『시대의 소음』, 『로마제국 쇠망사』 등이 있다.

위키드 2

서쪽 마녀 이야기

———

1판 1쇄 펴냄 2008년 1월 15일
1판 2쇄 펴냄 2011년 9월 16일
2판 1쇄 펴냄 2012년 3월 5일
2판 10쇄 펴냄 2021년 8월 26일
3판 1쇄 펴냄 2024년 11월 1일
3판 2쇄 펴냄 2024년 11월 29일

지은이 · 그레고리 머과이어
옮긴이 · 송은주
발행인 · 박근섭, 박상준
펴낸곳 · (주)민음사

출판 등록 · 1966. 5. 19. 제16-490호
서울특별시 강남구 도산대로1길 62(신사동)
강남출판문화센터 5층 (우편번호 06027)
대표전화 02-515-2000 · 팩시밀리 02-515-2007

www.minumsa.com

한국어 판 ⓒ (주)민음사, 2008, 2012, 2024. Printed in Seoul, Korea

ISBN 978-89-374-2822-7 (04840)
ISBN 978-89-374-2820-3 (세트)

* 잘못 만들어진 책은 구입처에서 교환해 드립니다.